STORYCRAFT

普立茲獎評審親傳
美國大學非虛構寫作聖經

說故事的技藝

普立茲獎評審
傑克．哈特 Jack Hart
謝汝萱——譯

｜增訂版｜

THE COMPLETE GUIDE TO WRITING
NARRATIVE NONFICTION SECOND EDITION

——— 獻給與我合力發現敘事藝術的非凡作者 ———

目錄 Contents

增訂版前言——Preface to the Second Edition

大約四十年前，一位警務線記者走進我在《西北雜誌》（*North-west Magazine*）的辦公室，兜售一則故事。一名酒醉司機開車撞死了一個年輕母親，身為記者的他起初忠實地寫了篇例行的簡短報導，但那名女子的死總是縈繞在他心頭。究竟是怎樣的命運捉弄，讓她在那個不可能的時間與地點遭遇死亡？她曾擁有怎樣的人生？而撞死她的男人呢？他只是另一個醉鬼，還是隱藏在偏見下、另有不為人知的人性面？所以，這則故事值得更好的位置，不該被亂塞在報紙B6版牙醫保險廣告上方的那兩欄空間。

就這樣，湯姆．霍曼（Tom Hallman）走進《奧勒岡人報》（*Oregonian's*）的週日雜誌版辦公室，賣了一則真實故事給我這新手編輯。我們所刊載的版本有開頭、中場、結尾；文章架構堅實、結構控制得當，並營造出戲劇張力。與其著墨消息來源，這篇故事更著重於人物塑造。與其一一列出主題，這篇更著重的是場景描寫。細節力求精確，卻能揭露一般新聞報導未能觸及的真相。

於是一篇五千字的敘事〈碰撞路徑〉誕生了，完全不同於湯姆和我所做過的任何新聞報導，讀者的反應也很新鮮，紛紛來電或寫信告訴我們這個故事多麼引人入勝。他們讀得入迷，深受感動並有所啟發，而且還想要聽更多故事。

我們對非虛構敘事的一生熱愛，便是從這個故事開始。

時機來得正好。我們這場紀實故事實驗，趕上了人們對取材於現實故事漸感興趣的風潮。當時有許多報導紀實類的非虛構長篇著作，包括經常上暢銷榜的約翰．麥克菲（John McPhee）《走進國境》（*Coming into the Country*）與崔西．季德（Tracy Kidder）《新機器的靈魂》（*The Soul of a New Machine*）；而安東尼．盧卡斯（J. Anthony Lukas）的《共識》（*Common Ground*）則贏得了普立茲非虛構獎，書中鉅細靡遺地描寫波士頓的強制種族融合運動。這種趨勢遠不只出現在圖書上。接下來幾年，非虛構敘事報導廣泛出現在美國各大報章雜誌，成為廣播節目的明星，紀錄片也在電影界掀起新高峰。最終，網際網路改變了非虛構作家的創作方式，並把這形式推向令人興奮的方向。Podcast 結合了最新的媒體：網際網路，與最古老的媒體：廣播，開發出一群狂熱的新觀眾。

在《西北雜誌》任職期間，我們乘著這股風潮，以非虛構敘事手法探索了伐木業、心臟移植到遺傳工程等主題。雜誌的讀者飛快增加，這個專欄成為這份週日報中最受歡迎的欄位。因此，我在成為《奧勒岡人報》的寫作教練之後，便運用十幾年來擔任大學教授所發展的技巧，將敘事理論教導給《奧勒岡人報》其他作家與編輯群。

他們實踐理論的成就驚人。《奧勒岡人報》所刊載的敘事作品，贏得了許多國家級獎項，主題涵蓋宗教、商業、音樂、犯罪、運動，以及所有你想得到的主題的故事。李奇．里德（Rich

Read）和我合寫的國際商業故事，獲得普立茲解釋性新聞獎。霍曼也和我再度聯手，寫出一篇獲頒普立茲特寫獎的故事。蜜雪兒・羅伯茲（Michelle Roberts）和我合寫的報導，則是贏得普立茲現場新聞獎作品中的一篇。里德、與我合作多年的茱莉・蘇利文（Julie Sullivan）後來加入阿曼達・班奈特（Amanda Bennett）團隊，該團隊獲得二〇〇一年普立茲金獎，[1]這是美國新聞寫作的最高榮譽。

我當上主編後仍繼續擔任寫作教練。身為報紙寫作計畫的發言人，我參加國際會議，與會人士包括報業編輯與新聞學教授到美食作家、採訪記者、旅遊作家、葡萄酒作家、園藝作家等。我為《編輯與出版人》（*Editor & Publisher*）雜誌撰寫專欄，並製作一份全國性發行的教學通訊月刊。我偶爾仍在大學開寫作課，課程重心逐年轉向非虛構敘事。每一場演講、每一個寫作坊、每一堂課、每一篇文章，都驅使我更深入思考，真實人物的真實故事為何吸引讀者。

但我最寶貴的受教經驗，還是來自與我合作數百篇故事的那數十位作家。我所打下的故事實務寫作基礎，則歸功於截稿發行日壓力下的新聞與書籍寫作，這點即使世界上最頂尖的研究所也做不到。於是退休之後我決定，該是把自己多年來有效的實務經驗傳承下來的時候了。

我最早努力的成果是《寫作指導》（*A Writer's Coach*），調查了與我合作的頂尖作家有哪些讓文字更有力、更具感染性、更抒情、（最重要的是）更有效的技巧。藍燈書屋（Random House）出版了那本書，但隨著歲月推移，那本書顯得過時，最後在出版商的龐大書單中消失無蹤。幾年後，我在芝加哥大學出版《說故事的技藝》第一版，內容涵蓋了我職涯後期主要採用的說故事類型。

得知有機會將《寫作指導》帶到芝加哥大學出版社，我馬上抓緊機會。那份機緣讓我能更新範例，將重心從報紙作家延伸到閱聽人身上，也讓我得以重新回復最初的嘗試，讓這本書涵蓋了《說故事的技藝》前半部內容。它還恢復了我最早用來體現意圖的原書名。如今《文字技藝》（*Wordcraft*）與《說故事的技藝》都由芝加哥大學出版，兩本書相互參照，成為我最初心目中所期待建構的教學組合。

幾百位作家告訴我，他們從《寫作指導》獲益良多，老師們也發現學生對那本書反應良好。那種效果有一部分是我試圖在每一頁納入實用重點的成果。畢竟，我提出的訣竅與建議，都是經由與成就斐然的專業人士共同合作下（通常在緊迫截稿期限內）所收集而來。對他們實用的訣竅，通常對學生和其他要與更複雜、更困難的人類技藝搏鬥的作家來說，也很有用。在將《寫作指導》轉換為《文字技藝》的過程中，我盡力在更新的內容裡保留並擴充實用重點。《說故事的技藝》增訂版，同樣重視實用性。第一版也獲得讀者窩心不已的熱烈迴響。其中，最有收穫的是電子郵件、電話、信件等多半讚揚：《說故事的技藝》協助他們克服了艱難的挑戰——找出適合獨特素材的結構，解開錯綜複雜的組織問題，並釐清觀點、事件的時間順序以及細節層次等問題。

如我所希望的，許多與我聯絡的作家也特別提出《說故事的技藝》的實用價值。我將「實用性」當成我的首要目標，我所挑選的案例援引自與我合作的作家，他們需要的是協助，而不是吹毛求疵的文學評論。我協助他們撰寫報導、選擇場景、描寫人物，同時讓他們對內容做出取捨。

他們也想知道自己有哪些選擇。你在學院小說課中學到的經典敘事弧（narrative arc）只是故事的冰山一角。而你也無法在現有的寫作技巧書中，找到側重非虛構敘事的書單，往往只專注在其中一兩種。因此我在書裡收錄了各類型的非虛構報導作品，包括解釋性敘事、小品文、記敘文以及 Podcast 等。

我帶著同樣的實用考量修訂增訂版，但廣泛的討論讓非虛構敘事在過去十年來變得如此重要、普及，產生許多變化。Podcast 就是一個例子，不但成了敘事的良好媒介，還有爆炸性的成長，連普立茲獎主辦單位都體認到這項發展，罕見地頒發年度新獎項「音頻報導獎」。增訂版納入了談 Podcast 的全新章節，詳述其與傳統紙本及紀錄片形式的異同。書中也深入探討其他地方的 Podcast，並拓展現有理論，納入音頻敘事。

自《說故事的技藝》第一版以來的另一項重大發展，是探討「說故事起源於人腦結構」的研究大量增加。第一版確認我們在生物學上被設計為說故事的動物，但十年前大腦核磁共振掃描（fMRI）才剛要打響名號。受這類新技術刺激所做的研究，也啟發了人類學家與其他研究者進行科學研究，闡明說故事在世界各地文化中的核心作用。在數百份研究文章發表後，我們已經更明白如何讓所有人成為更有影響力的說故事者了。

增訂版也納入了數十個新案例，我希望藉以強調，非虛構敘事是一種持續成長的重要形式，它在報社的新聞編輯室之外蓬勃發展，並在每種大眾媒體中都留下了印記。

不過，有些真理始終不變。熟習各種不同的敘事形式，是寫作成功的關鍵之一；另一個關鍵是充分了解故事理論，避免將敘事硬套在不適合素材上的致命錯誤。我顯然是古典敘事手法的鐵粉。但經驗告訴我，大部分主題為了迅速切中要點，最適合簡單的訊息性寫作。體育新聞記者總是從最後的得分寫起是有道理的。如果你的鄰居想知道學校能否從目前這輪預算削減中全身而退，你卻長篇大論地從沉重的學校校務會議開始講起，就顯得很蠢。充斥在Google與蘋果網路新聞的短篇報導，也是如此。

為了聚焦於實務應用，我在書中所舉的例子，幾乎都來自已經出版的作品，而其中許多故事也包含我的一份心力。引用的作品都列在參考文獻中，還列出過去未引用的一些非虛構敘事的代表作品。其他未出版的素材與需要解釋的引文，則列在各章節註釋中。

本書也收入編輯的觀點。多數談論敘事技巧的書籍常會忽略編輯的角色，僅有極少數的教育計畫提到非虛構敘事的編輯工作。但無論是在報章雜誌、書籍、Podcast、還是網路文章中，故事只有在作家與意志堅定的敘事編輯合作下，才能說得好。哈洛德·羅斯（Harold Ross）與威廉·尚恩（William Shawn）在《紐約客》（*New Yorker*）建立起持續穩健的非虛構敘事傳統，而哈洛德·海耶斯（Harold Hayes）擔任《君子》（*Esquire*）雜誌編輯期間，也為許多當代非虛構敘事作品奠定基礎。理查·普雷斯頓（Richard Preston）在《伊波拉浩劫》（*The Hot Zone*）前言中，特別提到負責此書的藍燈書屋編輯莎朗·迪拉諾（Sharon DeLano）提點他，想讓全書敘事扣人心弦，得靠故事結構。近期艾拉·格拉斯（Ira Glass）也透過他在公共廣播電臺《美國人的生活》（*This American Life*）的大師角色以及在莎拉・柯妮格（Sarah Koenig）大為轟動的 Podcast 節目《連環》（*Serial*）中的主持人身分，展現出一位有遠見的製作人與編輯的關鍵角色。

我在與非虛構說書人共事的四分之一世紀中，還發現一件事：想讓故事說得成功又受歡迎，靠的既非才氣縱橫，也不是閣樓苦思數十載。如果你有意探索紀實故事的藝術，別因缺乏經驗而卻步。我一再看到，全無敘事經驗的作者掌握幾個核心原則、找到適合的故事結構後，便構思出足以打動讀者的戲劇性故事。有些紀實故事的處女作更是一鳴驚人。《奧勒岡人報》古典樂評大衛・史泰伯勒（David Stabler）為一位音樂天才撰寫的系列報導，正是他的第一部作品，後來入圍普立茲獎；李奇・里德榮獲普立茲獎的作品也是處女作。

這些作家和我一樣，來自報紙的新聞編輯室，這是過去三十年來培育偉大敘事作品的沃土。但如今報業正在讀者逐漸小眾化與數位媒體轉型中奮力求生。長篇形式的敘事所費不貲，所以緊縮的報社新聞編輯室製作的長篇敘事遠遠少於二十年前。可以肯定的是，下一個世代非虛構說書人所走的路，會與我曾共事過的作者們截然不同。而其他媒體的敘事作者可能也必須另闢蹊徑接觸受眾。整個媒體市場正天翻地覆，各領域的年輕說書人都會面臨前所未有的挑戰。最有創業精神的人會適應瞬息萬變的科技，從數位環境中找出運用紙本、聲音與影像的新方式。然而，無論運用何種技術發表，故事要大受歡迎仍得遵循亙古不變的普世原則。

這些原則正是本書的內容。

雖然透過傳統報業新聞編輯室發掘非虛構敘事技巧的作家少有，不過令人安心的是，還有許多通往敘事生涯的門路。崔西・季德在哈佛與愛荷華作家工作坊學習創意寫作。在這些興盛於全美各大學的創意寫作計畫中，非虛構敘事是主流。泰德・寇諾華（Ted Conover）在安默斯特學院專攻人類學，後來透過民族誌學接觸非虛構的敘事技巧；威廉・蘭茲威斯徹（William Langewiesche）在成為全美最頂尖的雜誌作家之前，曾是職業飛行員。格拉斯的職業生涯大多是在公共廣播電台度過。想要寫出傑出的非虛構敘事作品，唯一真正的條件是，具有精通此門技藝的決心。

為了呼應今日非虛構敘事的廣泛領域，我在《說故事的技藝》裡運用了許多報章雜誌以外的例子，但其中仍不乏來自報紙的範例，主要是因為我過去擔任寫作教練和編輯時曾密切參與。我希望本書能呈現我個人的深度經驗，其中最主要的目的是分享實戰經驗教會我的事。優秀敘事來自作者與編輯對現實世界的獨到判斷，因此不僅要了解故事的抽象原則，也必須明白如何在真實世界中運用這些原則。我相信精通敘事技巧、結合理論與實務的人們，正是想踏入敘事專業的寫作者們最好的學習對象。對我來說，這表示需要借鑒我從事新聞專業的背景，近期更包括我在寫作坊與非虛構敘事作家對話，以及指導數本非虛構敘事書籍從構思到出版的歷程。

最後，我不認為優秀的紀實故事會受到其來源所影響。說起參考典範，故事說得好，比故事在哪裡發生重要得多。嫻熟、熱情的說書人，在任何能接觸到受眾的媒介，表現同樣出色。優秀的說故事理論與技藝，甚至足以超越大眾媒體。泰德・寇諾華的例子，就說明了民族誌學與非虛構敘事同樣把沉浸式報導當成核心技巧。律師參加工作坊，學習建構說服陪審團的敘事；

心理師也在臨床治療中運用說故事的技巧。我希望《說故事的技藝》在敘事可能的範圍內，提供有價值的見解。

說故事的運用廣泛，因為從根本來看，它滿足的是人類的普遍需要。故事為我們展現一個行動如何導向下一個行動，在令人迷惘的世界找出理路；故事藉由探索人類如何在生活中克服各種挑戰，告訴我們生存之道；故事也帶我們發現那些將人與世界萬物緊緊相繫的不變真理。

最終，故事說得好的共通點，就是熱愛故事。如果你和我一樣，也懷有這股熱愛，就讓我來告訴你我所學到的一切。

1 故事——Story

故事是一種放諸四海皆然的永恆形式。

——好萊塢編劇教父 羅伯特·麥基（Robert McKee）

在一間波士頓飯店的宴會廳後方，我深受吸引地看著艾拉·格拉斯安排採訪、調控音樂，引導數百位作家了解指導他的說故事理論。我是出版人，格拉斯是廣播人，但那一刻我了解到，這位精力充沛、也是全國公共廣播電台節目《美國人的生活》背後的創意天才，所遵循的原則，和我為報紙挑選、編輯非虛構敘事作品的原則一模一樣。[1]

這正是「靈光一閃」的時刻，突來的洞見讓我把至今從未完全整合的概念連結起來。我在非虛構報刊與雜誌敘事上都有豐富的編輯經驗，知道許多說故事原則能同時應用在這兩種領域。但格拉斯在廣播說故事上的見解，讓我了解到，無論作者在哪一種領域述說他們的故事，在設定場景、形塑角色和建構情節上，都適用同樣的原則。不管是透過報紙的系列報導、廣播紀實節目、雜誌報導、書籍、電影、Podcast或網路節目，同樣有意思的心理糾葛，皆能推動一個角色。

我不清楚自己過去怎麼從來沒抓住這麼重要的觀點，證據明明早已俯拾即是。例如，我完全了解馬克・包登（Mark Bowden）在《費城詢問報》（*Philadelphia Inquirer*）的經驗。包登當時是警務記者，寫過美軍入侵索馬利亞的專題系列報導，他的文章透過網路吸引全國關注，而後順利出版《黑鷹計畫》（*Black Hawk Down*），再經好萊塢導演雷利・史考特（Ridley Scott）大成本改編，拍成電影；包登後來成為《大西洋》雜誌的全國通訊記者。

說故事的原則適用於各種媒介。恍然大悟到這一點後，我發現這類例子隨處可見。《巴爾的摩太陽報》（*Baltimore Sun*）社會記者大衛・西蒙（David Simon）運用警方在行動中蒐集到的各種素材寫書，書籍內容可再轉換為其他媒介呈現。他的《凶殺案：殺戮大街上的一年》（*Homicide: A Year on the Killing Streets*）便改編為熱門犯罪影集《情理法的春天》（*Homicide: Life on the Street*），後來又啟發了從《火線重案組》（*The Wire*）到《墮落街傳奇》（*The Deuce*）等一連串寫實電視影集。暢銷非虛構作品如賽巴斯汀・榮格爾（Sebastian Junger）的《完美風暴》（*The Perfect Storm*）、蘇珊・歐琳（Susan Orlean）的《蘭花賊》（*The Orchid Thief*）與蘿拉・希林布蘭（Laura Hillenbrand）的《海餅乾》（*Seabiscuit*）等，都成功改拍成好萊塢電影，並讓他們的作者開啟了說故事的職涯，形成了一座相關書籍與電影的圖書館。

同樣的情形也發生在我所編輯的《奧勒岡人報》長篇敘事報導。一位年輕記者巴恩斯・艾利斯（Barnes Ellis）和我合作寫〈地獄行〉（A Ride through Hell），描寫奧勒岡州一對夫妻遭到兩名亡命之徒綁架的經歷，沒多久這篇故事即改編成電視電影《俘虜》（*Captive*），由喬安娜・克恩斯

（Joanna Kerns）與巴瑞・波斯威克（Barry Bostwick）主演；湯姆・霍曼寫過一位身障業務員比爾・波特（Bill Porter）的故事，發人深省。改編的版本出現在《讀者文摘》，ABC電視臺「20／20」節目也報導了這則故事，隨後又改拍為電視電影《天生我才必有用》（*Door to Door*），由威廉・H・麥斯（William H. Macy）主演。

能夠確定的是，故事就是故事，無論你在哪裡說故事，運用的原則都一樣。兩度獲頒普立茲獎的喬恩・富蘭克林（Jon Franklin）曾說：「所有故事都具有一些常見的屬性，卻以某種特定方式編排。」

每一個想在說故事上充分發揮潛力的人，都一定要知道這些通則。要把非虛構敘事說得好，必須對故事的基礎理論和理論所提及的故事結構，有基本的認識。一旦忽略它們，你就註定敗給人類天性；掌握它們，無論運用何種媒介，都能觸及更廣大而熱情的觀眾。

故事理論最早起源於希臘，數千年來，人們所發展的故事仍延續著一致的結構。編劇大師羅伯特・麥基（Robert McKee）說：「自亞里斯多德寫完《詩學》（*The Poetics*）二十三個世紀以來，故事的『祕密』就像路邊圖書館一樣，眾所周知。」

確實如此，但並不表示人們能普遍理解或實踐故事的祕密。我跌跌撞撞了半個職業生涯，才找到進入那座圖書館之路，借閱正確的書籍。多年來，我曾和許多同樣迷路、說故事的作者深談。他們耗費無數的時間去追逐註定失敗的敘事線，而忽略潛力無窮的主題，這是因為他們沒看出它們正不知不覺地從眼前溜走。

如果你想寫出成功的故事，知道自己在尋找什麼，就成功了一半。發掘故事的慧眼來自於理解故事的基本要素是普遍的，並學會在真實世界中辨識出它們。如果你想發掘好故事，請往下閱讀我在這一章中所解釋的要素；如果你想寫出好故事，請繼續研讀本書各章節所說明的技巧。

光是從現實的一個小片段中，很難找齊故事的所有要素。但選擇發展敘事並不是非黑即白、非有即無的命題。如果你發現了一個充滿許多故事要素的情況，你或許會想徹底執行，建構出一則完整的長篇或短篇故事，引領角色經歷完整的敘事弧。如果你能用來陳述一段趣味情節的行動線（action line）有限，你仍足以寫出一篇優秀的解釋性報導，或是一篇散文、小品文。或者，也許你只需將趣聞寫進傳統的報導或專題新聞裡。

不這麼做，也行。如果你的觀眾真正想要的是未經修飾的訊息、切中要害的明確現實，那也沒關係。就像麵包包裝袋上通常會印有烘焙師或麵包店的名字、成分表，其他沒了。

另外，我最喜歡的麵包包裝上有一則兩百字故事，透露烘焙師曾在獄中蹲過十五年，「從前科累累的罪犯，轉變為一個老實人，努力想讓世界變得更好……從一條麵包開始。」

現在，誰不想買一條背後有這種故事的麵包來嘗嘗呢？

❖ 講故事的物種

喬瑟夫・坎伯（Joseph Campbell）的《千面英雄》（*The Hero with a Thousand Faces, 1949*）讓我們知道，

世界上各種文化所創造的原始故事，都深藏著同樣的原型。受人尊敬的科學研究人員從古生物學家史蒂芬・古爾德（Stephen Jay Gould）到語言學家史蒂芬・平克（Steven Pinker）[2]等都認為：說故事的一致性意味著演化基礎。這種主張認為，某些組織資訊的體系，會給予我們一種優勢、一種感知世界的方式，幫助我們生存。

大腦分析的新技術，也支持我們生來就喜歡故事的觀點。科學作家史蒂芬・霍爾（Stephen Hall）在進行大腦核磁共振掃描時，同時在腦海中編寫故事，他右前額葉一塊方糖大小的區域因此亮了起來。在他為《紐約時報雜誌》撰寫的報導中，將這一小塊位在大腦前葉額下回的區域稱為「說故事區」。這塊區域與其他大腦中心相連，例如，視覺皮質；而所有區域共同構成了霍爾所謂的大腦「說故事系統」。

其實霍爾的例子稱不上是嚴格的科學研究，但卻強烈顯示出說故事的生物學特性。對我來說，這完全說得通。我們運用故事來應付世界的方式多樣，因此很難想像敘事不是我們本性的一部分。很多腦部科學家也都察覺到這點。自霍爾進入大腦核磁共振掃描機後二十年來，神經學家、語言學家和其他科學家主持了數百項研究，探索故事如何契合著人類的本性、對我們這個物種有何作用、我們的生物性又如何引導著故事的結構與內容。

徐杰（Jeremy Hsu）近期審視了這類激增的研究，並在《科學人》雜誌（*Scientific American*）總結其發現。依據他的報告，「說故事是少數真正跨文化且穿越所有已知歷史的普世人類特性之一……從狩獵採集部落的口述說書者，到絞盡腦汁寫書、電視節目腳本、電影劇本的幾百萬名作家，所有不同類型的社會都有人編敘事。當一個特色鮮明的行為在眾多不同社會中出現，研究者就要注意了：它的根源或許有助於我們深入理解人類的演化史。」

故事以某種生物性的方式內建在人腦當中，這種可能性也說明了何以種種研究發現，受試者對敘事的掌握比對其他形式好；敘事較能傳達更清晰的訊息給大多數讀者，閱聽人也偏愛敘事的表現方式。研究更顯示，如果我們接觸到的是故事而非條列，會更精確地記住事實；如果律師在法庭上辯護時，以敘事呈現，我們會更加可能相信他們所提出的論點。[3]

過去十年，那些引人入勝的早期發現，讓研究活動激增（在 Google 搜尋「storytelling brain research」〔說故事大腦研究〕這幾個字，就會得出一千個以上的熱門鏈結，即最常被引用的近期研究）。這股研究熱，主要透露了下列幾個事實：

- **故事主導著人類的存在。**「如果你將自己花在想像世界中的時間加起來，」喬納森．哥德夏（Jonathan Gottschall）寫道，「會得到一個驚人的數字。我們一天花四小時看電視，孩子遊戲扮演，實際上是一天八小時沉迷在白日夢裡。把我們沉浸在故事的時間加總起來，得出對我而言『人類不僅僅是地球人那麼簡單』的驚奇結論——我們就像是生活在名為夢幻島的奇怪大千世界裡的居民。我們多數的時間都徜徉在想像世界中。」
- **人類說故事的歷史源遠流長。**二〇一七年，人們在印尼蘇拉威西島（Sulawesi）一處洞穴，發現了四萬四千年前「獸人狩獵」洞穴壁畫。澳洲考古學家馬克西姆．奧伯特（Maxime Aubert）

認為：「這是世上最古老的岩石藝術，充分顯現出現代認知的所有關鍵層面。」他的結論是，想像各種角色與形狀故事的能力，在蘇拉威西島洞穴中就已完備了，這表示「在離開非洲到世界其他地方居住的早期現代人身上，或許早就有這種能力」。[4]

或者，以麗莎．克隆（Lisa Cron）的話來說：「與其他手指相對的拇指讓我們能用手抓牢；故事則告訴我們要抓牢什麼。」

- **在狩獵採集社會中，說故事有明顯的生存價值**。倫敦大學學院演化人類學家丹尼爾．史密斯（Daniel Smith）曾主持一項以菲律賓狩獵採集部族阿埃塔人（Agta）為對象的嚴謹研究。他的結論是，說故事能提升社會合作，增加尋找伴侶的成功率，促進社會地位，有助於分享，所有上述行為顯然都有演化益處。
- **大腦深層對故事的感受，與生俱來**。即使是有腦傷、智商僅有二、三十的孩童，也能理解故事。史密斯說，這類孩童身上的這種能力「表示理解故事是如此的基本，甚至在嚴重的神經損傷下依然留存。」史密斯接著表明：「人腦基本上是一種靠故事運作的敘事裝置。我們在大腦裡儲存的知識，我們的『世界觀』大致上是以故事的形式存在。」
- **腦部的「鏡像神經元」會回應故事所創造的情緒**。一九九〇年代，一群義大利研究者發現，當他們有人抓起堅果時，猴子大腦相同的區域就會活躍起來，如同牠們看到另一隻猴子抓堅果一樣。研究者的結論是，僅僅因為觀察到產生情緒的事件，腦部就產生了真實情緒，這是因為「鏡像神經元」的作用，它們會複製腦部從外界觀察到的感受。這項發現激發了「猴子與人類鏡像神經元的研究浪潮」。馬可・雅克伯尼（Marco Iacoboni）寫道，電影給人逼真的感受，是「因為我們腦部的鏡像神經元再造了從銀幕上看見的痛苦」。[5]

- **孩童是以符合經典敘事形式的說故事方式來組織遊戲。**哥德夏研究孩童、遊戲與說故事的關係後總結道，「故事是孩童的生活重心，幾乎可說定義他們的存在」。
- **隨著故事開展，角色與情節可能是相輔相成的，但最重要的仍是角色。**與非虛構說書人的普遍看法相反，驅使大多數閱聽人的力量不是「接下來會發生什麼事」，而是「接下來發生的事會如何影響我所關心的角色」。
- **要引起讀者的興趣，故事比寫作品質更重要。**麗莎・克隆觀察相關研究並總結道：「寫得不好所造成的傷害，可能遠比你以為的還小——如果你會說故事的話。」只要瞥一眼暢銷榜上的書，就能證實這項發現，榜單上盡是文筆拙劣的作家所寫的書，但他們依舊是偉大的說書人。

這也證實了兩度獲得普立茲獎的作家喬恩・富蘭克林三十多年前說過的話。富蘭克林認為，耗費大量時間字斟句酌、精修段落的作者與編輯，失去了寫作初始就專注於主要故事元素，深入打動讀者的機會。

- **我們從自身述說的生平故事中，建立自己的身分**。我們也將自己的生活看成某種敘事，這或許解釋了為什麼我們如此著迷於別人的故事。心理學家曾研究我們描繪自己生平故事的方式。根據《紐約時報》報導，發現每個人心中都有某種內在劇本，「我們想像每個場景的呈現方式，不僅形塑了我們對自己的想法，也形塑了我們的一舉一動。」[6] 這說明了，為何今日有些心理學家會鼓勵經歷精神創傷的腦損傷患者用說故事的方法重建自我身分。[7] 我們從自身述說的生平故事中建構自身身分的觀念，已經引起了大眾的關注；傑克．戈德史密斯（Jack Goldsmith）以此譴責聯邦調查局（FBI）竊聽並記錄與黑道掛勾的繼父電話的行徑。戈德史密斯在《大西洋月刊》論道，由於竊聽舉動，他的繼父不得不面對其犯罪過往的真相，而無法繼續活在自己建構的生平故事幻覺中。戈德史密斯說道，政府的非法竊聽「以暴力對待他的私密空間與關係，摧毀了他告訴自己及世人關於上述空間與關係的故事，進而破壞了他定義與形塑人生的力量。」

上述幾項近期的研究發現，證實了說故事在我們生物學中的根源，比我們所認為的還深。了解故事深植於我們的大腦與行為中，有助於解釋為什麼成功的故事包含這麼多共同元素。有時，一項發現會轉譯為鍵盤上的直接運用（例如，說書人可從中發現包含人生教誨、顯示如何解決共通難題的主題）。但這類研究更常做的是取笑說書人，而又未提出實際的指導。

（當你坐在鍵盤前，四萬四千年前的人類在印尼一處洞穴牆壁上說故事這件事，能帶給你什麼價值？）

也許，在最近關於說故事生物學的研究熱潮中，最重要的發現是，兩千年來的試誤給予我們驚人的說故事技巧，而這些技巧與目前科學告訴我們的可行方法一致。我們可以重新有信心的依靠這些以科學為後盾的技術。

❖ 故事的關鍵因素

一九四二年，拉約什・埃格里（Lajos Egri）在對劇作家影響深遠、目前仍再版的編劇指南《劇本寫作的藝術》（*The Art of Dramatic Writing*）中主張，角色是故事的驅動力。他說，人的需求與慾望，推進了故事發展，並決定後續的一切。

我們都生活在一個資源稀少的世界，不論是魚子醬還是同伴；因此一個懷有渴望的人通常必須克服逆境來獲得資源。換句話說，慾望會產生衝突。梅爾・麥基（Mel McKee）說：「故事是一場戰爭，一場持久而直接的戰鬥。」[8] 衝突的概念另外延伸，把阻礙人類達到目標的各種問題也包含在內，其中有些純粹是內在問題；而這些內在問題通常不屬於衝突，而是「糾葛」（complications）。

因此，以最基本來說，故事從懷有某種渴望的角色開始，他為了達成目標，努力克服障礙，採取一連串行動（實際的故事結構）最後終於贏得勝利。如史蒂芬・平克所言，「故事，就是發生的事如何影響著試圖達到其實頗困難之目標的人，以及他／她因此有何改變」。⁹

這也簡潔說明了一般俗知的「主角─情節糾葛─收尾」故事模型；在各種形式裡都可見。寫小說也寫長篇敘事性非虛構寫作的菲利浦・傑拉德（Philip Gerard）說，一個故事的展開是「我們所關心的角色為了滿足慾望而採取行動，並帶來重大的後果。」美聯社前寫作教練、退休後成為成功懸疑小說家的布魯斯・迪希爾華（Bruce DeSilva）說：「每一個典型的故事……底層結構都相同……角色有個難題，而他與難題戰鬥。故事大部分與戰鬥相關，最後的結尾是，你會看見角色克服了難題或被打敗。」

我偏好喬恩・富蘭克林在《為故事寫作》（Writing for Story，關於敘事性非虛構寫作的開創性著作）為故事所下的定義：

> 故事由一連串行動組成，引人共鳴的角色遇見一個他得面對並解決的糾葛局面時，就會產生行動。

富蘭克林的定義簡單卻切中要領，還能用來對故事的關鍵要點進行更詳盡的分析。

一連串行動。在任何故事中，主要角色先做一件事，接著是下一件及再下一件事，而作者對這一連串行動的描述，就創造了敘事。因此，在最簡單的層次上，敘事不過是事件發生的時間順序表。

另一方面，情節（plot）顯然和純粹的敘事（narrative）不同。當說書人精心選擇並編排材料，讓更大的意義浮現時，情節就出現了。珍納・布蘿葳（Janet Burroway）說，情節是「一連串經過刻意安排的事件，以顯露其戲劇、主題與情感意義。」對尤多拉・韋爾蒂（Eudora Welty）來說，「情節就是『為什麼？』」或者，如E・M・福斯特（E. M. Forster）的名言，敘事是「國王死了，接著皇后也死了。」情節是「國王死了，接著皇后因為哀痛也死了。」[10]

根據這種觀點，敘事加上情節，就等於故事。

情節依因果模式展開，並蜿蜒穿過一系列的「情節點」（plot point），勞勃・麥基（Robert McKee）將情節點定義為「讓故事轉移到新方向的任何一種發展」。我指導作者時，最有價值的事情是列出情節點。那給予我們設計故事軌跡的要件。

我想到和史都華・湯林森（Stuart Tomlinson）合作的一則突發新聞短文，當時湯林森是《奧勒岡人報》大都會新聞處的警務記者。他致電我的辦公室，急著分享他得知的消息，於是我請他娓娓道來。[11]

一名警員坐在十字路口，看著車潮。還沒有情節點。沒有改變日常事件行進方向的事情發生。接著「一輛皮卡車呼嘯而過，車速逼近八十」。情節點出現了。一旦巡邏警員看見車輛用近八十英里的速度衝過都會中的十字路口時，他那一天就註定會朝新方向發展。對傑森・麥高溫（Jason McGowan）這位巡邏警員來說，事情開始引起他的興趣。

皮卡車撞毀了一輛轎車，變形的金屬車身困住了女司機（情節點二）。皮卡車司機棄車逃逸（情節點三）。麥高溫逮捕他，並請幾位旁觀者看住他（情節點四），同時他衝回轎車那裡。車子著火了（情節點五），車裡的女子陷入火海，命在旦夕。這時又來了兩輛巡邏車（情節點六），警員從巡邏車取出滅火器滅火（情節點七），但火勢再起（情節點八）。其中一人於是衝到附近的超商拿來另一具滅火器。結果一樣（情節點九）。失事車裡的女子動了——她還活著！（情節點十）。消防隊帶著油壓破壞剪抵達現場，那是用來撬開變形車體的裝備（情節點十一）。救護車把受害者載往醫院（情節點十二），後來她在醫院裡與麥高溫見面，感謝他的救命之恩。

哇！情節點一個接一個出現。湯林森和我逐一列出情節點後，用來建構故事的敘事弧一切皆齊備。我們知道該如何取捨。我們知道故事的可能起點，製造懸念的最佳素材和其他的戲劇手法，我們還必須設定敘述觀點，以及在鋪排故事情節時，替所浮現的問題設定解答。

引人共鳴的角色（sympathetic character）。推進故事的角色是主角，而主角是積極的參與者，他採取行動達成慾望，擊敗反派或解決問題。所以當你尋找主角時，請尋找**讓事件發生的人**。

依照慣例，警務記者如果去採訪湯林森，會將故事焦點放在受害者身上，寫出一篇以她為主的「是誰—什麼—哪裡—為何」的標準新聞報導。湯林森卻明智地選擇透過傑森．麥高溫來說故事，因為他擁有好主角的特質。首先，麥高溫容易親近。湯林森在先前的採訪中認識他，彼此相處融洽。所以，如果湯林森需要做大量採訪來重建整個故事，麥高溫是適合人選。麥高溫也目睹了構成故事的整體事件。還有許多切合故事線出現的角色，在其他人採取行動以前，他們會在短時間內積極克服問題。在湯林森的故事中，抵達現場協助滅火的其他警員也是潛在主角；還有使用油壓剪的消防隊員也是。不過，沒有人親眼目睹整個故事。的確，你可以藉由一連串參與者轉換觀點來說故事；但通常最好僅用單一觀點。

喬恩．富蘭克林強調主角要引人共鳴，這點也要注意。毫不令人意外的是，新手經常想以壞人當故事主角，但壞人當主角很少行得通。其中一個原因是，他們很少能告訴我們事情「應該」怎麼做；另一個原因是，讀者無法認同他們。此外，讀者期待的是英雄式的主角，至少要討人喜歡，這也是為什麼好萊塢電影裡的罪犯主角通常是討喜的痞子。如果你在非虛構故事中將主角的設定為反社會分子，讀者會對這個狂人投射他不配擁有的正面特質。

上述觀點與科學研究相符，研究指出，我們運用故事來學習人生課題，了解我們能認同的角色如何解決我們自己某一天也可能面對的糾葛。

當然，這不是說你不能寫壞人，只是你不能把壞人當主角。安．儒勒（Ann Rule）以真實犯罪小說平步青雲，一九八七年的《微小的犧牲》（*Small Sacrifices*）聚焦於病態自戀的黛安．唐絲（Diane Downs）射殺自己孩子的故事。不過，儒勒選擇讓唐絲下獄的檢察官佛列德．胡基（Fred Hugi）為主角。胡基不僅逮捕怪物下獄，他和妻子也收養了逃過母親毒手的兩個孩子（其中一個孩子半癱）。胡基正是一個能令人產生共鳴的角色。

傑森．麥高溫沒有那麼英雄氣概，但確實是一個能引起共鳴的角色。他是個英俊、有幼子的居家男人，身為全職消防員，做的是備受社會敬重的工作。他還兼任後備警員，身兼兩份公職的角色，讓他在逮捕肇事者、拯救受困女子時，形象更為正面。

糾葛（complication）。「在文學中，」珍納・布蘿葳寫道，「只有麻煩才有意思。」換句話說，你的主角需要一個難題。誰會關心一個稱心如意、沒有理由採取行動、沒有需要迎接的挑戰，也無法教導我們如何因應這個世界的人呢？「沒有錯綜複雜的問題，」哥德夏說，「就沒有故事可言」。

任何問題都能構成糾葛，但只有某些糾葛才能讓故事成立。你可能不會想讀一個女人弄丟車鑰匙的故事，除非那點小麻煩會導致嚴重的後果。而如果是那種情形，鑰匙或許可以讓故事動起來，卻不會成為驅動故事前進的糾葛情節。

不是每個糾葛都必須攸關生死。我們會受到麥高溫那種激動人心和情節緊湊的事件所吸引，但平靜的故事往往更有意義。「人生與文學中的重大危險，未必來自最醒目的地方。」布蘿葳說，「我們的慾望所遭遇的最深阻礙，往往近在身邊，來自我們自己的身體、個性、朋友、情人與家人。看見帶槍陌生人靠近而驚慌的人，不比看見媽媽帶著擀髮棒走近而驚嚇的人多。」

想表現糾葛的另一個方式是，人類的慾望。人一旦明白他想要某樣事物並採取行動，就啟動了潛在的故事。

糾葛愈深刻，故事就愈強大。喬恩・富蘭克林喜歡的是「切中人類處境，牽涉愛、恨、痛苦、死亡等」的糾葛。如你所預期的，拉約什．埃格里對於角色也表達了同樣的原則。他說，有強大意志力、真心渴望並不計一切要得到某樣事物的主角，會製造出強烈的衝突，產生一個具有偉大文學分量的故事。

但請別開始認為，你得要找出驚天動地的糾葛，才能寫出劇力萬鈞的故事。小而美的糾葛能構成小而美的故事。已故的肯．福森（Ken Fuson）任職《得梅因紀事報》期間是全美最佳專題作者，他的寫作生涯就從首次獵捕雉雞的男孩，或首次投票的移民女性等主題開始。

解決（resolution）。解決是每一個故事的最終目標。解決會釋放主角在情節糾葛的掙扎中，所產生的戲劇張力。解決藏著讓閱聽者帶走的教誨，讓故事的讀者、觀者或聽眾能將洞見應用在自己的生活中。

在簡單的故事中，解決純粹是物質的（消防隊帶著油壓破壞剪抵達，撬開變形的車體救出受害者）。在更複雜有意義的故事中，釋放糾葛的是深刻而永久的心理轉變。霍曼的〈理查．米勒的教育〉文章敘述一位咖啡師的故事，他厭倦了貧窮和散漫的生活，於是剪掉頭髮，買一套西裝，進入商業公司工作。但不久他就發現，擔任中產階級的一員、過著勤奮的生活，所必須付出的代價，遠比他以為的還多。霍曼一路跟隨這位前咖啡師，了解何謂競爭、野心、責任與守成，直到主角終於改頭換面，能夠享受新生活所帶來的報酬。

換句話說，你能改變世界或改變自己，進而解決糾葛。

不是每一個敘事都有解決。釋義性敘事用行動線來探索主題，不需解決來達成寫作目的。

敘事只需要沿著平面軌道行進，一個事件接著一個事件，偶爾偏離，對沿路不時出現的有趣主題進行較抽象的討論。大衛．葛蘭（David Grann）在《紐約客》寫一位紐西蘭人執著於捕捉大王魷魚的動人文章，正是此類文章的典範。故事是關於魷魚、魷魚的歷史、奧秘以及現代魷魚的科學知識。魷魚獵人的追尋是探索這個主題的手段，所以最後他空手而返，就一點也不重要了。

記敘文通常從一條簡短的行動線寫起，很少有解決。重點是將讀者帶進作者的思路，追隨他沉思發生在自己身上的事，以達成某種關於人生意義的結論。我寫過一篇文章，從觀察我兒子在滑雪場排隊等吊車寫起。文章的敘事部分進展不多——兒子努力地走到隊伍最前端，爬上了升降椅。我沒有在行動線下結論，而是提出更大的觀點。我的總結寫道，我們死後之所以長存，不僅是將基因傳給後代，還有那些我們曾教導他們的，在我們故去後，仍能為他們所用。

你也不必為小品文下結論——你的目的只是補捉顯露人生的那一刻。當美國原住民在一個世紀後首度重回威拉梅特瀑布捕魚時，《奧勒岡人報》的比爾．莫洛（Bill Monroe）跟著一起走上搖搖欲墜的足臺，描述他們整夜守著那張用來捕撈三十英磅重鮭魚的抄網。〈河邊一夜〉目的不是創造和解決戲劇張力，而是帶領讀者到瀑布，親自體驗那個特殊的事件。

相反地，小說家通常都希望有較完整的故事線及明確的解決。大多數好萊塢電影也都有乾淨俐落的解決方式，不過動作片導演卻可能會用一連串假結局來戲弄觀眾。魔鬼終結者永遠打不死，死而復生，再度威脅主角，戲劇張力也因此節節升高。

羅伯特・麥基將好萊塢的典型結局稱作「封閉式」結局，因為結果是「絕無轉圜餘地，回答了所有問題，也滿足了觀眾的所有情緒。」有些批評家認為好萊塢影片的結局過度簡化扭曲了人生不可避免的複雜性，他們偏好麥基所說的「開放式」結局，「高潮之後，仍有一兩個問題懸而未解，某些情緒未獲滿足。」

喬恩・富蘭克林則贊同好萊塢，他堅稱，沒有解決的真實世界糾葛，對作者而言，「有害無益」。不過，精確平實的非虛構作品，通常缺乏小說那種純粹的「主角—糾葛—解決」結構。當一位非虛構作者堅持即時追隨他的主題，而非從已經發生的解決往前重建敘事時，更是如此。寇諾華是觀察性敘事大師，他融入文化的某個角落，並耗費數月觀察事態發展。他的非虛構生涯從搭乘火車四處打零工開始（《漫無目的地前進》〔*Rolling Nowhere*〕），後來則擔任紐約新新監獄的獄卒（《新來的》〔*Newjack*〕）。「如果你真的很幸運，」他說，「你能成功解決，但人生通常沒那麼順利。」[12]

如果你得到的是富蘭克林說的「建設性的解決方式」，更是加倍有福氣，更精確的來說，我們稱之為「快樂結局」。對希臘人而言，不論是否有趣，這樣的解決方式造就了喜劇；而相形之下，悲劇則以負面的解決方式結尾。悲喜兩種截然不同的劇，在舞台上仍然以悲傷與快樂的面具來代表演出。

希臘人偏好悲劇，莎士比亞因悲劇而不朽。但是，古典悲劇處理的是真正宏大的負面結尾，如傲慢、自戀與貪婪等人類的根本缺陷。有些罪惡對人類的失敗來說極其重要，所以可以支持不以勝利遊行結尾的敘事，而是以希臘人所說的「災難」（catastrophe）結束，主角死亡，生者哀悼送行，悲嘆自己的命運。

憤世嫉俗、習慣報導受害者消息的記者，通常會找悲劇。身敗名裂的魯蛇，比懂得如何面對人生挑戰的贏家有魅力。有一次，我糊里糊塗答應了指導一篇故事，內容描述一名囚犯上吊求死未遂，變成大腦受損的植物人，最後只得在國家負擔高價病房的養老院裡度過餘生。由於納稅人必須負擔巨額稅收，這些事實成為熱門新聞故事，但是這篇敘事既無價值，也無法帶給我們人生領悟。

因此，我贊同富蘭克林對贏家的偏好。正如他指出的，負面解決方式的確能讓你有所收穫，但逐一排除你所「不應該」做的事，對於認識世界實在太沒效率，遠不如乾脆聚焦在贏家策略上。畢竟每個策略都值得學習。

我也同意富蘭克林對解決方式的其他成見。他堅稱，解決方式「必須是角色親自付出努力得到的成果，絕無例外。」我們從活躍積極的角色身上學習，他們解決問題，創造自己的命運。他們的故事是羅伯特．麥基所說的「主情節」（archplots）。將主角塑造為不過是受害者，受到不可抗力的折磨，麥基稱這種行動線為「反情節」（anti-plot）。

關於解決，最後再提一點：偏好正面結局，不代表一個乍看之下是輸家的人，就不能當故事主角。蓋．塔雷斯（Gay Talese）說，他總是會發現輸家的更衣室比贏家的更衣室更有趣。[13]不過，那是因為敗陣的運動員，還有在愛情、選舉、職場競爭等類似情況中落敗的人，必須找出有建設性的方式來面對人生的不如意。所以事實上，魯蛇的故事可以是勵志正向的。我們都必須克服人生中的不如意，也都能從別人的應對機制中學習。

❖故事帶來的衝擊

一旦你了解故事的理論，就能懂得故事結構的原則。從這裡開始，說書人的教育就進入實際細節。你必須學習如何表現角色、行動與場景。你必須探索觀點，找到自己的聲音，發展風格。你必須理解各種敘事形式的差異，還有如何據實報導。最後，你得要精通敘事弧。

對霍曼和我來說，這趟漫長旅行始於少婦被酒醉司機撞死的〈碰撞路徑〉故事。研究、實驗與練習，讓我們學會掌握感覺，能夠對基本工具運用自如，因此接下來二十年，我們以作者與編輯的身分，成就斐然地組隊合作。接著在世紀之交，出現了一個故事，於是我們便掌握這個機會，將所知的理論、結構與技藝統統派上用場。

當時讀者經常向霍曼透露，哪些故事題材適合他的獨到風格。有人來電告知有關山姆・賴特納（Sam Lightner）的故事，這名波特蘭少年的臉部殘障，嚴重扭曲變形。山姆當時剛中學畢業，即將上高中，而高中似乎往往是外表、接納和合群比什麼都重要的地方。為了改善情況，山姆和家人決定冒險接受可能致命的整型手術，但山姆差點死在手術房裡，賴特納家只得放棄進一步的重建計畫。最後山姆振作起來，獲得人們全新的理解與接納，繼續他的人生。

山姆的家人歡迎霍曼寫他的故事，最後霍曼與賴特納一家相處了數百個鐘頭。他們一起飛到東岸的波士頓，也就是山姆動手術的地方。霍曼參與家族會議、與鄰居互動，山姆高中註冊時他也到場。他的深入報導帶來了栩栩如生的場景與高潮迭起的故事弧，這篇長達一萬七千字的系列故事分四天刊出。二〇〇一年，〈面具下的男孩〉（The Boy Behind the Mask）[14]獲得普立茲特稿寫作獎。

更重要的是，故事感動了讀者。數千封信件、Email與電話源源不絕湧入，我們從未見過讀者的反應如此熱烈。〈面具下的男孩〉顯然是我們所寫過最成功的敘事紀實。了解讀者的反應狀況和原因，必定會為我們帶來寶貴的教訓；所以我仔細分析這些來信。

他們教會了我如何打動讀者，回過頭來，我也善用建議，在寫作和編輯上靈活發揮。我從中獲益匪淺，我想你也能發現其用處。

讀者最常見的反應明白指出，故事具有扣人心弦的力量。其中數百位讀者指出，〈面具下的男孩〉營造出了強大的戲劇張力，吸引他們緊緊跟隨行動線（「我不忍釋卷。」一位讀者說）。這種反應說明了，霍曼的技巧足以讓讀者明白後續發展精彩可期，並能串連一個接一個行動，釣足讀者的胃口，引頸期盼後續發展。任何一個想抓住觀眾的作者都必須做到這點。

同樣地，有說服力的故事必須能夠讓讀者沉浸在另一個世界中，脫離日常俗務（「只要一閱讀文章，」另一位讀者說，「我忘卻了周遭的一切」）。要達到如此的轉移效果，作者必須結合有力的行動線與巧妙的場景布置，重建真實情況，讓讀者融入故事角色。近年的科學研究強調，「參與」（engagement）是鏡像神經元發揮威力的一個關鍵變項，能促使讀者認同主角，對其行動產生情緒反應。因此，學習創造參與的技巧，也是這場戲局重要的一部分。

大多讀者都提到他們對賴特納的故事產生的情緒反應（「我的淚腺決堤，哭得一塌糊塗，才讀完刊載的第一部分，就覺得痛徹心扉」），印證了霍曼本身的人性。寫該篇報導時，他融入自己當下的情緒反應，並蒐集產生這些情緒反應的細節，以便傳達給讀者。反過來，讀者除了用腦，也用心去感受這些事。那段過程也反映出鏡像神經元的情緒威力。霍曼對自身情緒反應的自覺，讓他能在讀者心裡激發同樣的情緒反應。

數百位山姆的讀者說，故事給他們的感受，讓他們體悟到單憑原始事件無法產生這樣的洞見。其他人則評論說，從山姆的觀點看世界，有助他們認出彼此共通的人性，加強與社會的一體感（「透過山姆的雙眼看世界，我強烈感受到身而為人的許多情感」）。還有人說，那篇故事幫助他們重新看待自己的煩惱，改進了對自身命運的看法（「下一次，我看孩子打足球賽時因為他上場的時間不夠，或因為他沒有獲邀參加大舞會而為他難過時，我會想起山姆」）。有些讀者說，看見山姆努力奮鬥，不畏艱難，相較自己的小問題，激發他們更努力面對自身的挑戰（「山姆的故事應該能為許許多多受挫或需要一點鼓勵來繼續迎接生活挑戰的人們，帶來鼓舞」）。

最後，讀者最感激的，是霍曼的故事所提供的教誨（「我列印出這篇故事，打算等八歲女兒進高中，遭遇同儕壓力時拿給她看」）。科學研究顯示，好故事具有教育性，此一基本功能必須上溯至最早的說書人。在古代營火旁，經驗豐富的獵人向年輕人分享追捕獵物的故事，傳授擊倒獵物所需要的勇氣、技巧與策略。有些故事最後會像蘇拉威西島的洞穴繪畫一樣，被畫在洞穴壁上。

其他故事無疑也幫助了新世代了解育兒的祕密、各種民俗療法，還有在冷酷危險的世界中，將脆弱的人類團結起來的習俗與價值。消遣、情感、觀點、啟發、人生教誨——將讀者的所有收穫加在一起，就能得到一個非虛構作家可以追尋的目標清單。但是，你要如何組織文字來達到目標？要採用什麼寫作形式，才能激發讀者反應？更要緊的是，你要如何熟習精通？

《說故事的技藝》接下來要陳述的就是這些問題。本書將總結這三十多年來，我從與霍曼及其他非虛構作家合作中學到的教誨。這是一本我希望自己的生涯剛起步時能讀到的書，我耗費了許多時間與努力，才辛辛苦苦學到這些教誨。現在我傳承下來，希望前人種樹，後人乘涼。

你或許無法奪得普立茲獎，但肯定能贏得觀眾。

2 結構——Structure

技藝完全存在於文字的編排中。

——菲利浦·傑拉德

在《蜜獾》（*The Honey Badger*）中，小說家羅伯·魯瓦克（Robert Ruark）敘述了艾列克·巴爾（Alec Barr）的故事，一個心懷大志的雜誌作者，「試圖將『什麼—哪裡—何時』的報紙技巧運用在不同媒體」，結果反而「愈弄愈混亂」。著名的雜誌編輯馬克·曼泰爾（Marc Mentall）看過艾列克寫壞的稿子，對他說：「我用鉛筆示範一些訣竅——等我畫圖給你看，雜誌文章應該是什麼樣子之後，調整一下你的故事。它應該就像建築物或任何一種精密結構一樣，具有建築形式。」

曼泰爾拿出記事本和鉛筆，畫出現代版標準五千字雜誌非虛構文章的結構，並解釋每一個部分的功能。艾列克瞪大眼睛，從這扇嶄新開啟的窗口張望，第一次領略到結構的重要性。看著退稿，「他能清楚看到哪裡缺乏形式，故事從哪個地方走樣。」艾列克抓起鉛筆，大改文章。

曼泰爾瀏覽標記的原稿。

「你抓到重點了，很好，」他說，「我保證這能賣，如果我們沒有採用，其他高檔雜誌也會用。千萬別忘記我畫給你的圖，那可是成功的指標。等你寫小說的時候，我還有另一張圖……」

「我可以要你畫的圖，並請你簽名嗎？」兩人起身時，艾列克問道。

「當然，你要拿來做什麼？」

「裱起來。」艾列克．巴爾說。

從亞里斯多德以來，幾乎每位敘事理論專家，都會強調結構的重要性。故事傾向某種形式，如果你偏離過多，最後就成不了故事。「最重要的是事件的結構，」亞里斯多德寫道，「不是人物，而是行動與生命的結構。」任何說故事的基礎，可能深深根源於腦部的連接方式。強納森．哥德夏綜觀近年的腦部研究後總結道：「無論何時何地，人們所說的所有故事不管表面上有多瘋狂，骨子裡都有共通的結構。」

他也談到幾乎所有小說和諸多非虛構敘事的根本結構：主角─糾葛─解決。可以確定的是，非虛構敘事作者可以使用的其他結構還很多。但諾拉．艾芙隆（Nora Ephron）指出，「如果你選擇正確的結構，那麼很多地方就會變得很清楚。」[1]

曾獲普立茲獎的非虛構敘事大師凱莉・班罕・弗蘭奇（Kelley Benham French），曾解釋結構決策如何決定了從報導開始的寫作計畫裡的所有內容。《今日美國》開始進行「一六一九年：尋找答案」計畫時，她加入團隊，效力於這個在美國奴隸制度四百週年強力播送的系列。在「返家路漫長」這一集中，團隊協助汪達・塔克（Wanda Tucker）尋找她在安哥拉的先祖根源，最早被賣到後來的美國當奴隸的非洲人，就是來自這裡。

「在我們決定前往安哥拉之前，」弗蘭奇說，「那則故事缺乏情節。我們有角色……但眼前沒有什麼可以紀錄的，也沒有很多可重述的家族故事。但我們一決定帶汪達到安哥拉，就出現了清楚的敘事弧。」[2]

弗蘭奇的經歷與成就使她敏銳地了解到，跨過半個地球追蹤尋找一個敘事結構是值得的。但我遇過的新手敘事作者，通常都與魯瓦克筆下的角色巴爾較相近。他們和這個虛構角色一樣，奮力將標準非虛構報導的寫法削足適履地塞進故事結構裡。他們來找我時，我會動手畫圖，告訴他們用來放置材料的新結構。如果他們聽得懂，距離刊登出版的日子就不遠了。

我們談到寫作時，時間大多都消耗在討論選字、造句、風格、用法，還有修潤作品時會遇到的五花八門的問題。這些事當然重要，但太執迷這些問題，反而令我們忽略了更加重要（卻又不太明顯）的成功要素。「也許因為修潤顯而易見，」富蘭克林說，「很多人都錯以為修稿是寫作最重要的一環。」事實上，他接著說，修潤只是「結構牆上的灰泥」。

證據就在街角書店的櫥窗裡。在當前的暢銷書單中，無疑有幾本是來自文字笨拙、分辨不出句子好壞的流行小說家。像瓊・奧爾（Jean Auel）、大衛・鮑爾達奇（David Baldacci）與湯姆・克蘭西（Tom Clancy）等人的書籍銷售量達數百萬本，這是因為他們懂得故事結構，批評家卻只懂得抨擊語法，而未看出這一點。

普立茲非虛構獎得主理查德・羅德斯（Richard Rhodes）是一位優秀的文體家，碰巧作品也很暢銷。他說，想要打動讀者，比較重要的策略「和詞彙能力沒什麼關係」。他說，為了精通結構，比較需要培養「模式能力與管理能力」。羅德斯嘆道，結構有個問題在於，「不幸的是，作家不常談論這點。」[3]

好吧，接下來談結構。

❖將結構視覺化

結構較為視覺而非邏輯，是一種有自己規則並將各部分組合的模式，多數經驗豐富的作者會為故事的組合設計某種視覺指南。就像建築師一樣，用藍圖來表現結構概念；為了看見結構，必須用圖像呈現。

小學四年級時，拘謹女老師教的羅馬數字大綱，對新聞報導、論文或像本書這種教學指導類書籍很有用，但無法呈現故事的核心模式。我懷疑那種主題式綱要是來自大腦語言區，即左腦的語言中樞。史蒂芬．霍爾的大腦核磁共振掃描小實驗強烈顯示，故事藍圖是來自右腦，幫助我們將故事形狀進行視覺化的神經網路，和視覺皮質息息相關。

在魯瓦克的小說中，雜誌編輯曼泰爾所畫的「圖」，是「一連串三角形、方形、長方形與橢圓形，散布著圈叉、打勾等記號。」湯姆．法蘭奇（Tom French）是現在的《坦帕灣時報》普立茲獎得主，後來於印第安納大學教書，他建議作者「做一張圖表，畫好故事的主軸。我尋找的是讓故事流暢最簡單的方式，最自然展開的路徑。如果我無法列出圖表，通常表示我的結構並不清楚。」[4]小說家達林．史特勞斯（Darin Strauss）說，「我發現，在計畫階段，拿張紙把每一條情節的弧線畫出來很有幫助。一端設A，另一端設B；A是問題，B是答案。一般來說，這個問題應該和主角的具體慾望有關。」

約翰．麥克菲是非虛構釋義性敘事大師，他執著於結構的部分原因是：勾勒一張簡單的藍圖，能幫助他整理故事寫作時所冒出的繁雜訊息。等到一切就緒，開始動筆，他會略過錯綜複雜的東西，對準目標，並勾勒出實現目標的路徑。「年輕的時候，」他回憶，「我對妥善處理所有材料感到困惑不已。學會計畫結構以後，才終於讓我放下心中那塊五十噸重的大石。」

麥克菲口中的「塗鴉」有各種形式；圓圈裡面突出的線條，代表不同的敘事；線條旁的環線表示題外話。在珍妮佛．葛林斯坦．奧特曼（Jennifer Greenstein Altmann）於普林斯頓大學週報的採訪中，麥克菲分享後來成為他最為人知的作品：〈喬治亞州之旅〉的藍圖。這張圖呈螺旋狀，逐步展開故事的關鍵場景。（麥克菲對結構的延伸觀點，發表於《第四版草稿》〔*Draft No. 4*〕，這本文集收錄了他在《紐約客》論敘事技藝的文章）。

〈喬治亞州之旅〉追溯一對野生生物學家因公走進喬治亞州鄉間的旅程。麥克菲的圖上畫著幾個比較有趣的停靠點。

生物學家們經常停下來，撿起路上剛被車撞死的動物屍體，並煮熟吃掉，麥克菲的塗鴉上也加上一頓麝香鼠餐。途中他們撞見一位挖土機司機正在破壞河流渠道化計畫的部分溼地，這也成為螺旋狀敘事的一個關鍵點。在故事最緊張處，他們停下來檢視一隻被車撞成重傷的陸龜，眼睜睜看著縣警警長笨拙地拔出手槍讓牠解脫。如螺旋圖的標示，敘事結束在麥克菲和生物學家吃掉了陸龜。

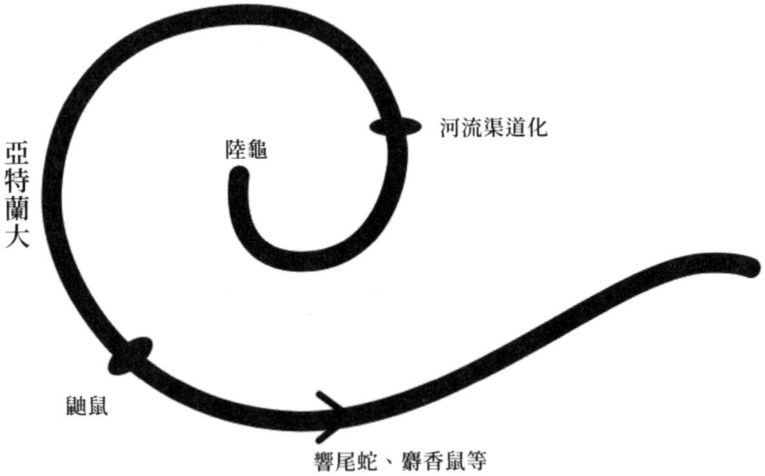

圖 1 ｜約翰．麥克菲的圖示大綱

❖藍圖

一般房屋建商並不會直接動手蓋房子，每天決定看是要把房間或門框設在哪裡，同時預購大量建材以防不時之需。他們會做的是根據藍圖，依需求訂購材料，按部就班依據藍圖完成結構的興建。

最困惑、焦慮、沒有生產力的敘事作者，就像是沒有藍圖的建商。成功的作者最後都會恍然大悟，知道自己需要計畫。「我還是新手的時候，」寇諾華告訴羅伯・伯因頓（Robert Boynton），「在我開始動筆後，有時我已經寫了很多，通常結構才開始變得明朗。我會毫無計畫地開始動筆，哪裡有趣就往哪裡發展。但這個辦法不太有效，我浪費了很多時間在死巷摸索。」

長久以來，我已經養成習慣，對故事方向一有什麼靈感，就馬上要作者和我坐下來一起畫藍圖。如果故事發展超乎預期，你永遠可以修正藍圖——房屋建商向來都這麼做；於此同時，你也能避免把時間和力氣花在蒐集你終究不需要的材料上。「故事有結構，這件事我永遠記在心裡，」瑪麗・羅區（Mary Roach）說，「所有細節都必須符合結構。這樣你會省去很多麻煩，不必蒐集一大堆不用的東西。」[5]

好的藍圖也會讓寫作行雲流水。請記住富蘭克林的警告：不要太注重修潤。他也指出，你的第一份草稿應該強調結構（把對的事放在對的地方），而不是嘗試把句子修到完美。一旦大致完成整體結構，就能回頭重新修潤。再拿建築來譬喻，建商會先把整棟建築的梁柱牆壁設好，再來思考每個房間的裝修細節。如果你也這麼做，就能減少很多焦慮，避免浪費時間去修潤終究會捨棄的材料。

❖ 敘事弧

情境喜劇《歡樂單身派對》(*Seinfeld*)中我最喜歡的片段之一，依照慣例是以克雷默焦慮地衝進傑瑞的公寓、在屋裡來回踱步做為開場，傑瑞則是一臉不耐煩，「怎麼了？」他終於忍不住問道。「我剛剛才發現，」克雷默回答，「我沒有敘事弧！」

這句玩笑話在許多層面都能引起共鳴。當特定的故事元素按照事實順序依次展開時，敘事弧因應建構而生。但是在《歡樂單身派對》播出期間，「敘事弧」在紐約文人圈中還只是個沒有什麼實質意義的流行用語。我們可以認為克雷默只是在鸚鵡學舌、套用流行用語，似乎並不明白自己在說什麼。然而諷刺的是，他說的並沒有錯——他的生活方式我行我素，缺乏秩序性和一致性，確實缺少敘事弧。這個橋段也從側面反駁一些批評家對這部影集的評論，他們認為這部影集「無所事事」，劇中人物的生活漫無目的，似乎始終找不到方向。

這部電視劇幽默的調性確實掩蓋了它的敘事動能。但事實上，每一集的《歡樂單身派對》都結合了好幾個敘事弧。克雷默的計畫推展又失敗；伊蓮最新的戀情升溫又冷卻；喬治找到工作又丟了飯碗。如同所有成功的說故事藝術，《歡樂單身派對》也有將故事定形的結構，讓觀眾期待後續發展。

自亞里斯多德以來，分析家一直努力想要拆解結構。我們大多數人都聽說過亞里斯多德「三幕劇」的說法，故事要具備開頭、中間和結束。但這無法對實際的寫作提供太多引導。有抱負的敘事說書人需要更具體的細節。

別擔心——具體細節多得是。就算亞里斯多德提出關於結構的建議，也不只是只有開頭、中間和結束。針對最有可能和讀者有所關聯的結構，現代評論家提出相當詳細的建議，他們都運用視覺圖表，來展現「主角—

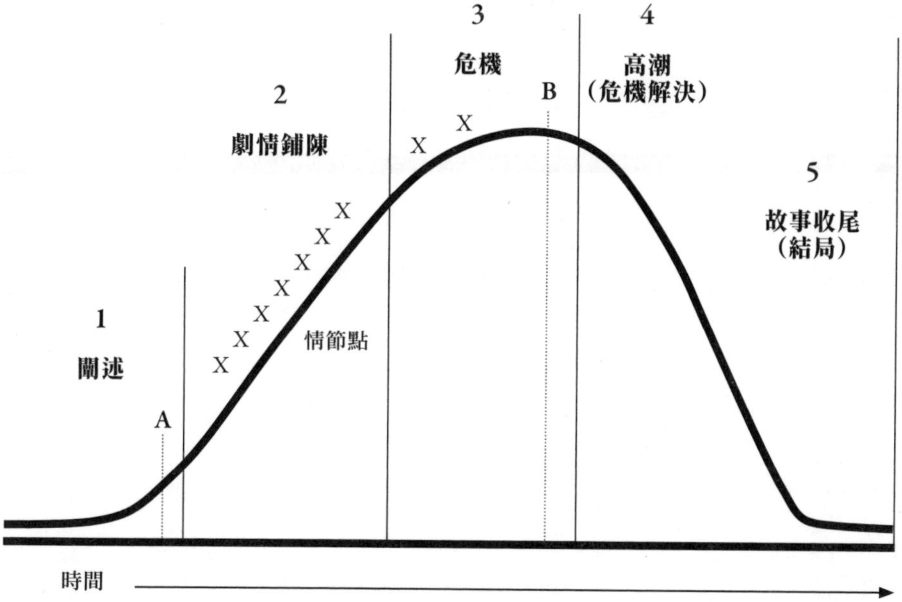

圖 2 ｜敘事弧

糾葛—問題解決」模式中基本元素的連結。在珍納．布蘿葳的小說寫作教材中，你可以找到許多這樣的例子。多年來，我已經為採訪作家發展出一套系統，設計一種能幫助他們設計故事與寫作的圖示大綱。

一開始，我會請他們列出故事主要元素的大綱。接著我會畫出敘事弧，形狀就像一個向右偏移的常態曲線，範本如圖 2。

我不認為克雷默能夠認出這張圖畫就是他所缺少的敘事弧，不過許多經驗老道的非虛構文學作家也認不出來。「就敘事寫作而言，很少有作家了解故事走向是呈現曲線形，」前《洋基》(*Yankee*) 雜誌編輯吉姆．柯林斯 (Jim Collins) 說，「不只是開頭、中間、結束，還有一連串事件促使讀者往下閱讀。我讀過許多單調無味的文章。一件事發生，接著是另一件、又一件，沒有環環相扣的漸進動感。」[6]

真正的敘事弧會隨著時間快速推進，行動連結不斷，推動敘事。看起來就像一道快要打下來的浪，充滿張力和能量。

❖ 1 闡述

任何一個完整的故事，敘事弧都會經歷圖 2 中的五大階段，每個階段上方都以阿拉伯數字標示。第一個階段是闡述，告訴讀者主角是誰，並給予讀者足夠的訊息，以了解主角將面臨什麼糾葛。

亞里斯多德說在故事的闡述階段要界定角色。拉約什・埃格里注意到《韋氏字典》將闡述定義為「揭露的行為」，於是他問「接下來，我們想揭露什麼？前提？氣氛？角色背景？情節？場景？情緒？答案是，這些我們都必須揭露。」

不過這並非是將一切都告訴讀者……。要寫出一段好的釋義性文字，祕訣是告訴讀者他們必須了解的事……僅止於此。南西・龐切斯（Nancy Punches）和溺水獵狐犬故事，就是一份很好的案例研究。

二〇〇七年，一場猛烈的冬季暴風雨席捲太平洋西北大部分地區。馬克・拉勒比（Mark Larabee）當時是《奧勒岡人報》波特蘭新聞編輯部的重大新聞記者，他向北開了八十五英里路，當地西岸南北向主要州際公路被大水阻隔。馬克在報導人們手忙腳亂地恢復高速公路通暢時，聽說一名狗飼養員在洪災中失去幾乎所有犬隻，她自己也差點滅頂。馬克和她的鄰居與友人交談後，追到醫院對她進行採訪。他說他掌握了絕佳的素材，隨時都能動手寫第一篇故事。回到波特蘭後，他的編輯讓他來找我。[7]

我們坐在辦公室裡，而且（我在指導寫故事時一向這麼做）我問他發現了什麼來做為開場白。我問得愈多就愈興奮。馬克確實有很棒的素材、絕佳的場景細節，足以寫出一篇感人肺腑、啟發人心的故事：大水阻絕了那名女子獨居的偏僻小屋的連外道路。她拚命拯救得獎的美國獵狐犬，卻只能眼睜睜看著牠們一隻隻淹死。她長時間被困在屋中，情況嚴峻，冰冷的水無情地淹至天花板。只有一隻幼犬活了下來，她為牠取名為諾亞。

我們的對話來到關鍵部分，想要在任何媒體中有效地說故事，必須得先思考。無論是計畫寫報紙敘事、雜誌專題文章、廣播紀錄片、Podcast 或電影，埋首寫作之前都必須先了解故事所蘊含的基本要素。

我和馬克先討論狗飼養員做為主角的特性，是這些人格特質讓她承受住嚴峻考驗。我們又討論了關於倖存者的探究，這名女子與他們有什麼相似之處，我們能從她的身上學到什麼。我們將故事拆解成幾個關鍵部分，我在黃色便條紙上畫出敘事弧，插入情節點。最後完成一份場景大綱。

真正下筆寫故事之前，馬克必須提出闡述。對於主角，讀者需要知道什麼？當然包括一些基本事實（南西．龐切斯，七十四歲，獨居，飼養獵狐犬）。還要稍微交代基本設定（南西住在奇黑利斯河邊，這條河流經華盛頓州西南部）。介紹她的個性（南西堅強、足智多謀又獨立）。南西的某些動機也很重要（她愛她的狗，她飼養具有冠軍血統的狗已長達三十年。她還有一窩剛出生五週的小狗）。

馬克的讀者所需要的闡述大致如此——它解釋了南西在對抗接踵而來的糾葛時的種種行為。

新手敘事作家常會犯這樣的錯誤，他們會把從關鍵角色身上蒐集到的背景資料一股腦地全盤托出，延宕能牢牢抓住讀者的故事線。因而有了「闡述是敘事的敵人」這個準則，在任何媒體中都是真理。我曾擔任一名 Podcast 作者的顧問，對方忽略上述準則，頻頻離題描述與故事核心糾葛無關的事物。由此完成的 Podcast 內容令身為聽者的我感到失望，因為我看不出他的素材重點在哪裡，而我只是想**讓故事繼續進行下去**。

我們談過這個問題後，這位作者成立了另一個大幅改善的全新 Podcast 節目，並憑著該節目，在當地的大型媒體公司找到一份全職工作。

優秀的闡述只提供足夠的背景故事，解釋主角如何在某個時間碰巧出現在某個地方，介紹人物心中的渴望，將會引導故事進入下一個階段。詳盡的報導會產生過於龐雜的細節。優秀的說書人會披荊斬棘，另闢一條得以前行的明路。作者需要從大量的相關背景事實中，篩選出對故事絕對必要的基本素材，這可能是我最愛的小說家戈馬克·麥卡錫（Cormac McCarthy）在《平原城市》（*Cities of the Plain*）一書中這句話的含意：「揭露一切，便不成敘事。」

如果推遲了行動線，就連必須讓讀者知曉的少許訊息，也會阻礙進入故事的輕鬆切入點。杭特·湯普森（Hunter Thompson）說，祕訣在於「融合、融合、融合」。快速投入情節，接著將闡述融合其中，掩藏在修飾語、從屬子句、同位語等語言形式中。當馬克回到電腦前，寫下第一段文字，內容不僅表達了情節，也提供了基本闡述：

> 南西·龐切斯盯著洶湧的大水。接連不斷的暴風雨使得奇黑利斯河暴漲，大水灌滿渠道，並向外溢流，淹沒了一大片早已吸飽雨水的大地。但是，在那個濕漉漉的週日傍晚，河水還遠遠低於她屋旁的產業道路。

在故事的闡述階段，作者也可以透過預示即將發生的戲劇性事件，來吸引讀者進入行動線。馬克原本可以粗略地這麼寫：「南西從未料到她的狗在幾小時後就會死亡，她自己也會被困在屋子裡，為生存搏鬥。」但他明智地選用更為精妙的方式來寫：

住在奇黑利斯以西十三英里的這六年來，南西從未見過河水決堤。長年居住在當地沿岸的鄰居告訴她，他們從未見過河水漫到路上，即使是一九九六年河水決堤、五號州際公路封閉時也是。再說了，這次的暴風雨還沒那麼嚴重。

南西放下心來，返回家中，指望能一夜好眠。

讀者深知當作者大費周章地告訴他們角色沒有做好最壞打算時，即將會倒大楣。馬克・辛格（Mark Singer）在《紐約客》雜誌發表〈漂流者〉（Castaways）一文，講述墨西哥漁民短期出海，最後卻迷航漂流九個多月的故事。請注意開頭他是如何寫的：

二〇〇五年十月二十八日清晨，在墨西哥中部太平洋沿岸的聖布拉斯鎮（San Blas），五名漁夫登上一艘小船。那一天的開始看起來充滿希望：龍捲風的季節快過去了，天空的雲量稀少，馬坦琴灣的廣闊水面平靜無波……假使一切順利，他們會在海上待兩天，最多三天。

你也能找出不須明顯提示的方法來鋪陳。通常，這只是用缺少前因後果的代名詞，或是顯然未交代清楚的情節來逗弄讀者的問題。瓊・蒂蒂安（Joan Didion）在她最著名的其中一部敘事性非虛構作品的開頭是這樣寫的：「請先想像班揚街的樣子，因為事情就是在那裡發生的。」《奧勒岡人報》的專欄作家史賓塞・漢茲（Spencer Heinz），以「佩特・約斯特（Pat Yost）聽到聲響時，她正躺在床上」做為另一篇故事的開端。

發生了什麼事？什麼聲音？標準的新聞報導會立即揭曉全部答案，但小謎團會驅使敘事前進。《華爾街日報》前寫作指導比爾・布倫德爾（Bill Blundell）說：「我教授的方式就是在導言的部分稍微逗弄一下讀者。他們不會介意的，你只是想引起他們的興趣。」

或是參照查爾斯・狄更斯（Charles Dickens）的成功準則：「逗他們笑，讓他們哭。但最重要的是，要讓他們等待。」[8]

不過有一件事不能讓讀者等待，就是他們需要透過閱讀闡述，進而知道發生了什麼事。像是在馬克所寫的那類水災驚險短篇新聞敘事中，你大概無法把所有闡述融入行動線。但一、兩段未融入行動線的背景故事，還不至於拖沓太多。在馬克寫到南西・龐切斯躺上床，期待一夜好眠後，隨即補述一段對於關鍵背景的純粹闡述：

南西今年七十四歲，充滿活力，氣色紅潤，留著一頭銀白長髮，她是美國養犬俱樂部的評審，曾培育出獲獎的美國獵狐犬種，這是她從一九七〇年代中期以來就在培育的冠軍血統。她住在雙車廂新型移動式房屋，停在占地八英畝牧場的高地處。

其餘闡述，例如南西有六隻五週大的小狗這件事，則接著用湯普森式的風格恰到好處地插入行動線中。待必要的背景故事建立起來之後，馬克就結束了故事的闡述階段。在任何敘事弧中，這個階段是最重要的部分之一，麥基稱之為「引發事件」，其他人稱作「情節點Ａ」或「陷入糾葛」。不論你怎麼稱呼它，這就是驅動整個故事的事件，在敘事弧的圖中，以垂直虛線表示，上方標註英文字母Ａ。

以下是馬克對於開展南西・龐切斯故事事件的描述：

> 週一早晨她一骨碌起床，望向窗外。褐色的水漫進她的院子，淹到雪佛蘭廂型車的引擎。由於水已經淹到路面，就算她能發動車子，也無路可逃。

進入糾葛部分，故事的闡述階段隨之結束。接著事情就變得有趣了。

❖ 2 劇情鋪陳

完整的敘事弧具備劇情鋪陳，這是故事的第二個階段，和其他階段一樣重要。事實上，在大多數的故事裡，劇情鋪陳所占比重最大。這是保持觀眾目不轉睛的階段，標準一百二十分鐘的好萊塢電影，大概會花超過一百分鐘在劇情鋪陳上頭。劇情鋪陳製造出戲劇張力，唯有故事的高潮邁向危機解決時，才會獲得釋放。

對南西・龐切斯來說，劇情鋪陳就是上升的水面。水漫升進房屋前廊，接著水位愈來愈高。透過馬克・拉勒比詳盡的採訪，揭露後續一連串戲劇性的事件。每一個事件形成一個情節點，在圖中以一連串的 X 標示，順著敘事弧往上攀爬，通過「劇情鋪陳」階段的曲線。

你可能還記得在前一章所讀到的，情節點就是讓故事轉移到新方向的任何一種發展。情節點 A，也就是引發事件，將主角帶離現狀，開啟一段通往新現實的旅程，直到敘事弧末端。小說家達林・史特勞斯建議「在故事開始之前，將核心人物的人生想像成一顆在山巔搖搖欲墜的大石」。敘事弧會從「一隻鳥飛來，觸碰大石，大石滾下山坡」開始。

大石滾落驚動了主角，同時也驚動了觀眾，由此而生的張力，會隨著情節的每一個新轉折擴大。大多數情節點都會為主角帶來新的問題。泰德・柯諾瓦（Ted Conover）提醒我們：「當事情出了差錯，敘事就開始了。」[9]

我和馬克・拉勒比在寫作前的談話中，討論了故事的情節點。列出的情節點愈多，故事看起來就愈好。馬克的採訪揭露了一連串情節的迂迴轉折，環環相扣無法阻擋。情節正應該是如此。「在戲劇中，」埃格里說，「每一刻都是從前一刻發展而來。」

在看到庭院淹水時，南西的驚險故事便展開了。她奮力把幼犬、狗媽媽，還有另外五隻狗救進屋裡。大水阻斷通往狗舍的路，困住了剩下的十隻狗。在屋裡，大水湧過地板，淹至南西的膝蓋。破瓦殘礫擋住了門，把她困在其中。泡在冰水中，南西渾身濕透又凍得不行，不過誠如她機智的性格特徵，她有條不紊地計畫一個又一個逃生之道。兩隻小狗淹死了，她將倖存下來的狗放進一個漂浮在水面上的保麗龍搬運箱中。水位不停地升高。留在外頭狗舍裡的狗全部淹死了。接著屋裡的成犬也一隻接著一隻溺斃。

> 南西爬上廚房流理台。水漫升得愈來愈高，淹沒了椅子，淹沒了窗台。接著漫升至百葉窗，漫過一條接一條的葉片。家具倒下，沉進水裡。

一個書櫃傾倒，漂在水上。南西游了過去爬到上頭。等到大水淹至天花板，南西和所有小狗都會淹死。真的會這樣嗎？

在精心安排的劇情鋪陳中，每一步的發展都會滋生一個問題。傑拉德指出，戲劇性故事的結構是由「一連串經過深思熟慮排定的謎團所組成。謎團可大可小，作家可以充分利用這種變化，逐步解決謎團，升高層級，用小問題引導至大問題，最大的謎團則留待最後解決。」

務必要突顯最後的謎團。在我擔任普立茲獎評審期間，有一次被其中一件參賽作品驚呆了，因為它完全忽視了這個原則。整個故事都圍繞著主角生死未卜打轉，但書頁版面設計美編很顯然只著眼書籍包裝，竟然在故事開始時放了一張哀悼者們站在主角新墳前吊唁的圖片。

那位美編應該看看亞里斯多德的這段話，他說：「第一幕，闡明事例；第二幕，編排事件，以這樣的方式，直到第三幕進行到一半，觀眾可能還是很難猜到結果。要一直出其不意；這樣觀眾才會以為，還有一些與看似肯定的推論相去甚遠的事情必須了解。」

強納森．哈爾（Jonathan Harr）的《法網邊緣》（*A Civil Action*）一書，能成為二十世紀最暢銷的非虛構敘事著作之一，有一部分是因為哈爾極聰明地堆疊了一個又一個謎團。此書是根據當紅律師許立建（Jan Schlichtmann）的真實經歷，他鍥而不捨地追查汙染沃本（Woburn）地區地下水的企業，沃本位在波士頓近郊。他認為就是格雷斯公司（W. R. Grace Corporation）以及其他公司所傾倒的有毒化學物質，導致幾名兒童罹患血癌身亡。

庭審進行到一半，被告請地下水專家約翰．葛斯華（John Guswa）站上證人席，他主張格雷斯公司工廠流出的地下水，不可能流進沃本地區使用的供水井，所以不可能引發疾病和死亡。這時許立建的同事、哈佛大學教授查理斯．尼森（Charles Nesson）突然離席。

那天尼森沒有再回到法庭，下午稍晚也沒有進辦公室。許立建打電話到尼森在哈佛法學院的辦公室，但祕書說沒有見到他。緊接著許立建愈來愈恐慌，他打電話到尼森位在劍橋的住家，仍然沒有人接電話。「查理究竟去哪裡了？」許立建在會議室大喊。

隔天早上，尼森還是不見人影。許立建一整天都在質詢那名證人，但始終無法攻破證詞。他無法證明受汙染的地下水實際流到多遠的地方，案子似乎就要敗在這個議題上了。最終，我們發現尼森其實人去了哈佛法學院的教職員圖書室，他想運用水文學的基本定律達西定律（Darcy's law），來證明辯方律師的計算不可能是對的。那一晚，他走進許立建的辦公室。

許立建跳起來大吼道：「天哪查理，你究竟去哪裡了？」

尼森笑了。「我找到揭穿葛斯華的方法了。」

隔天，許立建把證人席上的葛斯華打得落花流水，開啟他打贏這個生涯大案子的可能性。優秀的敘事也會跟著希望起伏，這是有效劇情鋪陳的另一個特徵。蝙蝠俠贏了一回，希望點燃；小丑贏了一回，希望落空。許立建錯失一項關鍵的法律申請，他的訴訟案看似會胎死腹中。接著他像變魔術一般意外找到解決之道，於是重回正軌，不可能的任務死而復生。

同樣的，希望的起伏也為艾瑞克．拉森（Erik Larson）《白城魔鬼》（*The Devil in the White City*）一書提供許多戲劇性的轉折。拉森故事主角的真實原型丹尼爾．伯恩罕（Daniel Burnham），負責替預計一八九三年舉辦的芝加哥世界博覽會架設舞台。時間緊迫，天候欠佳，順利完工的機率不高。

伯恩罕一個接一個地處理麻煩的情節點，有時信心滿滿，有時沮喪失意。在某個情節點中，關鍵角色知名景觀設計師費德列克．洛．奧姆斯德（Frederick Law Olmsted）感到灰心喪志。他寫信給伯恩罕。

「看來是時候你必須把我排除在外了，」他寫道。芝加哥世博會看起來無望完工。「很顯然，依照目前情況，我們無法完成任務。」

不過想當然耳，奧姆斯德重新振作起來，就像這場大型盛會中其他偶感士氣低落的建築師一樣。最終結果就是芝加哥世界博覽會成為美國文明史中最精彩的其中一頁。

希望、謎團與疑點的跌宕起伏，根深柢固在故事劇情鋪陳的階段中，所以我有

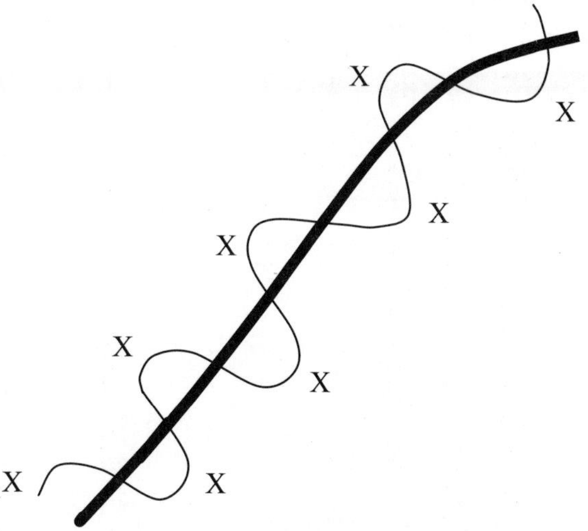

圖 3｜在劇情鋪陳曲線上擺盪游移的希望、謎團與疑點

時會將其畫成一條曲線，沿著原本的曲線蜿蜒盤繞而上，每一個情節點都以X標示（見圖3）。以成功的劇情鋪陳來說，最終的關鍵要素是製造懸念（cliff-hanger）。你不需要實際製造出有人掛在懸崖邊搖搖欲墜的場景——像印第安那·瓊斯那樣，抓著小樹，高懸在河流上方的峭壁擺盪；但你確實會想在每一小段的結尾時留下出乎意料的懸念，好吊足主角和觀眾的胃口。

當許立建結束一整天對葛斯華的質詢後，他已經無計可施，無法再質疑對方的證詞，因此他亟需查理斯·尼森的幫忙。這段描述以懸念作結：

他對於明天該如何應對毫無頭緒，而尼森仍舊不見蹤影。

艾瑞克·拉森描述丹尼爾·伯恩罕邀請幾位鼎鼎大名的紐約建築師到芝加哥，竭力遊說他們加入世博會的建設。如果他們加入計畫，將會贏得世博會能夠成功舉辦至關重要的公信力。然而對於這場關鍵會議的結果，拉森留下懸念給讀者，這段結尾是這麼寫的：

他相信自己已經說服了他們。晚會結束時，他問他們會不會加入計畫？眾人卻停頓沉默。

馬克．拉勒比也有幾招製造懸念的手法。在他的故事中，劇情鋪陳段落以「南西爬到漂浮的書櫃上，大水漫升使得她距離天花板愈來愈近」作結。一旦她碰到天花板，肯定會淹死。馬克如此寫道：

混濁的大水淹沒窗戶，燈光瞬間熄滅。水面持續攀升。南西伸出手，摸到了天花板。

3 危機

亞里斯多德寫到「劇情轉折」（peripeteia）或稱「情勢逆轉」，就是第三幕情節出現轉折，突然使主角陷入危險困境。現代故事分析家大多偏好將劇情轉折視為「危機」，這個較廣義的概念，預示著張力提升，引領故事走向緊要關頭。

對南西．龐切斯來說，危機在她伸手碰到天花板、並意識到自己快要溺死的那一刻降臨。危機就是一切懸而未決的時刻，什麼都有可能發生。

對任何一位說書人來說這都是關鍵重點，不僅僅是因為觀眾身歷其境，一同屏住呼吸，很快會需要被允許再次喘息。危機也為身為作者的你提出一個決定性的戲劇問題：你是恰好在引發事件之前，按照時間順序開始描述故事？還是從危機切入，利用戲劇張力吸引讀者，讓他們一頭栽進故事裡？

羅馬詩人賀拉斯（Horace）在論古代世界史詩《詩藝》（*Ars Poetica*）10專著中，也提出這個兩難困境。荷馬是從故事的中間部分開始創作史詩，接著才倒敘回去，提供聽眾必須具備的故事背景。用賀拉斯的話來說，他使用攔腰法（in medias res）做為開始，或說是「從中間寫起」。根據賀拉斯的說法，從開頭寫起為本源法（ad ovo，從蛋開始）或初始法（ab initio，從頭開始）。

此差異突顯出一個關鍵點。對於非虛構故事來說，敘事弧描述的是現實，事件順序就是在現實中實際呈現的順序；在小說中，儘管弧線描繪的是想像中的現實，依然要遵守同樣的原則。然而無論非虛構故事還是小說，並沒有規則告訴你必須依照正確的時間順序說故事。你可以在故事弧線上用倒敘（flashback）或預敘（flash-forward）等各種方式四處跳躍。換句話說，情節無須跟從敘事弧。電影《記憶拼圖》（*Memento*）就是將整個故事反向敘述，從最後一幕開始，以這種方式一幕幕回溯到故事的開頭。

非虛構敘事通常會按照時間順序推展，但往往會包括一、兩次倒敘，為讀者補足必要的背景。大衛．葛蘭在暢銷書《失落之城Z》（*The Lost City of Z*）與《花月殺手》（*Killers of the Flower Moon*）中，展現了他對敘事結構的駕馭能力。當他撰寫《紐約客》中那篇費力活捉大王魷魚的故事時，大部分的敘事都建立在與史蒂夫．奧謝（Steve O'Shea）相處的時間上，他是個執著於捕捉大王魷魚的紐西蘭獵人。但他也用超過一千五百字的長篇倒敘，向讀者補充說明他們為了追尋行蹤飄忽的魷魚所付出的其他種種努力：

去年一月，在和奧謝出外探險前，我曾加入布魯斯・羅賓森（Bruce Robison）的魷魚獵捕小隊，他是和奧謝旗鼓相當的對手之一。不同於其他獵人，羅賓森有兩具水中機器人，不僅成像功能優越，在水中的行進速度也遠遠快於其他潛水夫或大部分潛艇。

攔腰法以危機做為開場，再倒敘回到故事的開端。作者的敘事線接下來會經歷闡述、糾葛與劇情鋪陳等階段。待它再次來到危機時刻，敘事會穿過它，繼續向高潮挺進，進入一個全新領域。

攔腰法敘事如下頁圖4。

我和馬克討論過南西・龐切斯的故事用攔腰法開場的可能性。我們可以從她漂浮在書櫃上寫起，只提供讀者足以了解她所身處的險境的背景故事。她距離天花板只有一臂之遙，這可是絕佳的懸念。

另一方面，用攔腰法開場會造成寫作變得更複雜，而南西的故事是馬克的第一篇新聞敘事。此外，敘事弧自然開始的本源法（南西走到奇黑利斯河岸，看見河水高漲，確定沒什麼好擔心的）便帶有不祥之兆，具備強大力量將讀者拉進故事中。我的建議是採用我從軍中學到的「KISS原則」（Keep it Simple, Stupid，簡單到傻瓜也能理解）。馬克最後選擇的開場方式，十分接近我提出的建議：「南西・龐切斯盯著滾滾河水。」

無論你的經驗有多麼豐富，每當你考慮書寫大量的倒敘或預敘，最好應用KISS原則。儘管有《記憶拼圖》為例，說書人通常還是希望讀者能愉悅地沉迷於故事之中，而跳脫時間順序會威脅到這一點。預敘法更是會破壞讀者彷彿身歷其境之感，因為預敘的人工斧鑿太過刻意。當我們親身體驗這個世界的時候，或許會回想起之前發生過的事，但我們的意識來不及突然跳向未來。預敘會提醒我們有個作者橫亙在我們和故事線之間，實際上，此人還會闖入故事線，說：「在這裡稍待片刻，讓我告訴你接下來會發生什麼事。」

上述種種問題促使湯姆．法蘭奇

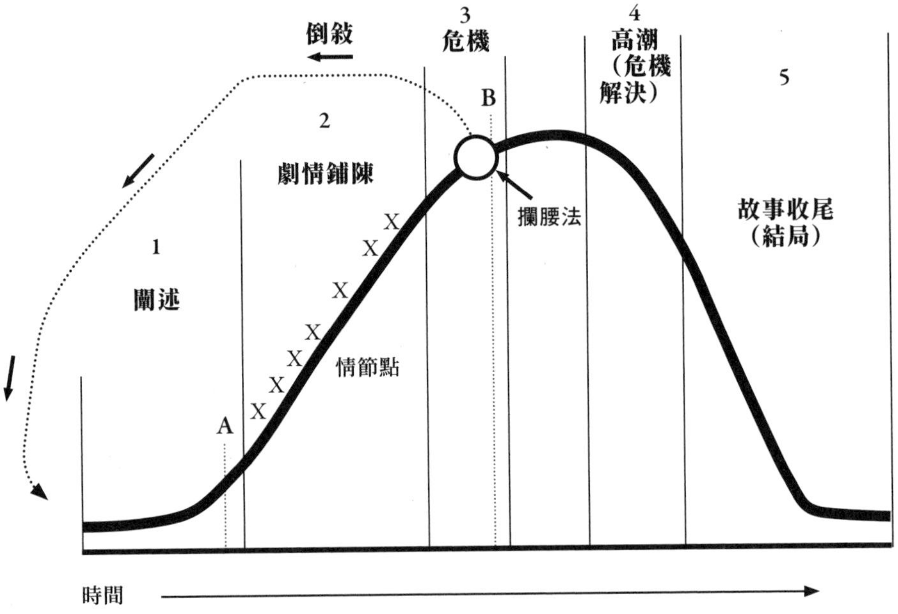

圖 4 ｜攔腰法開場

寫道：「注意那些過長的倒敘，辭藻華麗的預敘，號稱專家被硬拖出來『解釋』。盡可能地貼合情節吧。」

危機是敘事弧的最高點。波浪瓦解時，它的動能會對事物帶來深刻的變化。在悲劇中，它會摧毀主角（馬克白）。在行動豐富的簡單故事中，它會解除糾葛，讓主角回到現狀（救護車趕到，將困在燃燒汽車中的女子迅速送往醫院）。在具有建設性結局的完整故事中，這會改變主角，造成永久的心理變化，讓主角能夠帶著新的洞見與知識，在人生中繼續前進（山姆·賴特納逐漸接受自己的外表，選擇和同學一起邁向成年）。亞里斯多德稱這種洞見為「肯認」（the recognition）。

好萊塢動作片通常只是杜撰的故事——即使再激烈，骯髒哈利（譯註：指電影《緊急追捕令》〔*Dirty Harry*〕中的主角警探）也不會改變。但是當克林·伊斯威特（Clint Eastwood）拍攝內容更為嚴肅的劇情片時，敘事弧必然會引領主角用新的觀點看待世界。電影《殺無赦》（*Unforgiven*）從批評家口中獲得的讚譽，就是骯髒哈利系列電影遠遠比不上的。

羅伯特·麥基說，如果你比較主角在電影一開始以及結尾的情況，「你就會看見在影片的敘事弧中，變化幅度之大，將主角從一開始的生活境遇，帶到結尾另一種截然不同的景況。」

在南西．龐切斯這類歷險故事中，事情一般來說發生得太快，來不及產生任何心理轉變。南西在危機中百折不撓，足智多謀，等到危機過去，基本上她仍舊是原來的她。大多數短篇敘事皆大同小異。在斯圖爾特．湯姆林森的故事中，警察救出被燃燒汽車壓住動彈不得的女子之後，心理狀態並沒有什麼重大改變。非虛構作品不常提供讀者跟著敘事弧，來歷經主角的世界觀深刻改變的機會。因此你很少能從中獲得「洞見點」（point of insight），也就是敘事弧曲線標示為B的情節點。

如果你得到洞見點，確實該感到慶幸。同時擁有引發事件（情節點A）和洞見點（情節點B），表示你有一個完整的故事，意味著你所擁有的素材，可以寫出真正具有文學價值的作品。

但是就算人物沒有真正的心理轉變，思考如何用洞見點來結束危機仍舊有所幫助。捫心自問：「是什麼事件解決了危機？」請把它想成是你的洞見點。就算你寫的是新聞敘事，具備這樣的觀點可以幫助你構思整個結構。我會說，消防員帶著油壓剪抵達現場的那一刻，就是斯圖爾特．湯姆林森火燒車故事的洞見點；當南西．龐切斯的手碰觸到天花板的那一刻，則是她的故事的洞見點。在這兩個例子中，高潮必定緊接而來。

❖ 4 高潮

高潮只是解決危機的單一事件，或一連串事件。佛羅多摧毀魔戒的同時，也解開了魔戒三部曲的糾葛；當消防員撬開被壓扁的車子救出女子，將她抬上救護車並送到急診室時，斯圖爾特・湯姆林森的救人故事也隨之告終；當南西・龐切斯靠近天花板時，接下來的事件將決定她的生死，同樣的，也形成故事的高潮：

間隙只剩下十英寸，持續上漲的大水速度似乎慢了下來。

接著停了。

她失去了時間感，終於，暮光閃爍透過窗戶落進房裡。水位下降了……

夜晚大水褪去，南西終於能夠再站起身來。她看不見四周，但還是設法把小狗裹進她的套頭羊毛毛衣裡。她緊緊抱著牠們，用體溫替牠們取暖，她在房裡四處走動，甚至產生幻覺，牆壁彷彿是玻璃做的。一隻小狗探出頭來舔她的臉，又縮回去套頭毛衣裡。

她想：堅持下去，別放棄。

失溫導致神志渙散，但南西仍然奮力熬過那一晚，迎來天亮。那隻小狗又探頭舔了舔她的臉。南西產生幻覺，但她看見的其中一個景象——有個小女孩靠近她的屋子，竟是真的。女孩跑去找父親，男子過來破開南西家被堵住的大門，救出她和小狗們。她的糾葛解除了。

南西的堅韌剛毅與足智多謀讓她活了下來，但水面下降是因為大自然的力量，加上把她從屋裡救出來的鄰居。反觀佛羅多的高潮則是真正好萊塢風格，因為困境解決是他一人努力而為。是他帶著魔戒來到末日火山，一路上克服從半獸人到地震的所有困難。是他將戒指丟入唯一能摧毀它的火焰中。

有時真實人生的高潮是來自主角本身的奮鬥，山姆．賴特納就是一個很好的例子。但真實人生不是好萊塢電影，所以事情並非向來如此。傑森．麥高溫不是操作油壓剪的人。（儘管他幫助受困女子撐下來，直到消防員趕來。）南西．龐切斯未能阻止大水。（儘管她運用智慧和毅力讓自己保持漂浮在水面上，直到大水漲至最高點。）但這兩個例子都構成傑出的新聞敘事。這衍生出非虛構敘事的一個核心要點：完整的故事架構可能會缺少一、兩個環節，但真實故事所蘊含的戲劇性力量，以及讀者明白故事的真實性，便足以吸引讀者走完整段敘事弧。

❖ 5 故事收尾／結局

高潮帶你攀上故事巔峰，自此就要往下走了。所以才有了「故事收尾」的概念。強度減弱，步調變慢，事情也趨緩。

到故事收尾的階段，可能還有一些尚待解答的問題。從燃燒汽車裡被救出來的女子是生是死？她的傷勢嚴重嗎？開皮卡車的傢伙究竟是怎麼回事？

你會在故事收尾階段處理這類問題，由於這個原因，這個階段也被稱為結局或「解開糾結」（unknotting）階段。故事進行到這裡，一切都會變得明朗。

斯圖爾特・湯姆林森的故事最後是以描述傑森・麥高溫如何帶頭努力拯救伊凡・瓦格娜（Evan Waggoner），也就是被困在燃燒汽車中的女子做為結尾，如下：

> 不出幾分鐘，伊凡・瓦格娜就被載往奧勒岡健康與科學大學醫院。麥高溫與泰森・佛特納也一起坐救護車到醫院。
>
> 在醫院裡，麥高溫見到了瓦格娜的家人。星期二，他得知她的骨盆有三處破裂，左腿骨折，右腿與下巴也受了傷。她要臥床休養三個月，並接受多次手術。
>
> 這起事故已經交由摩爾諾瑪郡地檢署調查。
>
> 伊凡・瓦格娜說，她希望很快就能見到未婚夫詹姆士・卡欽斯（James Calkins），他是奧勒岡國民警衛隊一等兵，人在德州，明年初將會被派往伊拉克。

寫結局時請記住一件事：故事收尾已經釋放了故事中的所有戲劇張力。讀者想知道一些問題的答案，但故事的強力引擎已經關閉，所剩不多的動能不足以帶領讀者繼續前進。所以別再碰運氣了，盡快寫完結局，離開舞台。我聽聞對於《魔戒》電影版本的抱怨就是結局拖得太長，再見說得太久，離別永無止盡。

一旦回答完必要的問題，你就只剩下一項任務——用新聞界所說的「意外結局」（kicker）替故事收尾。一個好的故事會有總結，並帶有一點驚喜，或許還能讓事情圓滿結束，將主角安放到全新的現狀之中。它完全清楚表明故事到此結束。

斯圖爾特・湯姆林森的救援故事採取英勇公職人員觀點，在對主角的讚賞中進行收尾：

瓦格娜在病床上告訴醫院發言人，她說：「請務必讓每個人都知道，如果不是那位警官，我不可能還活著。」

馬克・拉勒比的屬於說書人不可思議的連環好運，一直延續到他寫下意外結局。在他動筆之前，我們坐下來討論故事，他眼睛一亮，多透露了一些舔南西・龐切斯臉龐的那隻小狗的事。馬克在醫院採訪她時，她的一個朋友帶著那隻小獵狐犬來醫院探病。那個朋友告訴我，她決定留下牠，牠是真正的水災倖存者，她替牠取名為諾亞。

「諾亞！」我說，「太棒了！多麼完美的意外結局！我們必須想辦法將這個寫進故事的結局。」

馬克離開醫院回家寫稿。等他再來到辦公室時，一切都搞定了：

在水災發生之前，這些珍貴的幼犬都已經賣出去了。畢竟南西是飼養員。

星期日這一天，一個朋友把不斷舔南西臉頰的那隻小狗偷偷帶進病房，讓牠坐在床上。

小狗嗅了嗅，抬頭望著她，然後跳到她身邊，又舔舔她的臉。

牠是另一名倖存者。她不會把牠賣掉，她說。就叫牠諾亞吧。

3 觀點——Point of View

作家整理故事的原始材料時，必須確知角色的核心重點……他會問：這是誰的故事？

——克林斯・布魯克斯（Cleanth Brooks）與羅伯特・潘・華倫（Robert Penn Warren）

凌晨五點，波士頓涼爽的這一天破曉前不久，有著濃密黑褐色頭髮、愛爾蘭人淺白膚色，懷孕四十一週的伊莉莎白・魯爾克（Elizabeth Rourke），伸手搖醒了丈夫克里斯。

「我開始陣痛了。」她說。

「妳確定嗎？」他問。

「我確定。」

故事就此展開……波士頓醫師阿圖・葛文德（Atul Gawande），是《紐約客》〈醫學記事〉專欄作家暨《人生的最後功課》（*Being Mortal*）等暢銷書作家，他將帶領我們進入一個「孕育」（相當名符其實）著豐富戲劇張力、引人入勝的故事。但是很少有讀者會去細思，當葛文德決定要用這樣的方式做為故事開場，所面臨到的敘事觀點問題。

請思考一下。是誰在描寫在伊莉莎白．魯爾克房間裡的私密場景？說書人的位置在哪裡？他能看到和聽見什麼？這究竟是誰的故事？

好吧，或許你會說是作者把身為讀者的我們放進臥室裡的，距離事發過程只有幾英尺之遙。伊莉莎白和丈夫也置身其中，我們離他們很近，可以聽見他們在說什麼。總而言之，我們就位在等著看故事開展極佳的位置。

可是，等一下！看看下一段發生什麼事。

她超過預產期一週，陣痛的痛感深沉，彷彿被老虎鉗夾著，完全不像她之前偶爾感覺到的痙攣。疼痛似乎來自下背部，且環繞侵襲整個下腹部。第一次的痙攣將她從沉睡中驚醒。接著是第二次、第三次。

天啊！現在我們真的在伊莉莎白的身體裡，感受她的痛楚，了解她的經歷了。

透過接下來的兩段內容，我們對這位準媽媽有更多的認識。這是她第一次懷孕。事實也證明，她本身就是醫師，是麻州綜合醫院的新任內科醫師。她已經接生過四個新生兒，其中一個還是在醫院停車場接生的。在葛文德文章的第十段，她神奇地從自己痛苦的生產過程抽離出來，用她自己的話告訴我們故事經過：

孩子的父親打電話說：「要生了！現在正在去醫院的路上，她要生了！」於是我們小跑著來到急診室。外頭天寒地凍。一聲刺耳的剎車聲，車子抵達醫院。車門飛快打開。果然，媽媽就坐在裡面。

因此，我們似乎可以推斷這是伊莉莎白的故事，她將要講述這個故事。我們將跟著她經歷生產過程，一邊聽她說明經過。

接著，奇怪的事情發生了。一道不知道從哪裡冒出來的聲音躍進故事裡，說了個笑話，拋下一些出乎意料的背景訊息。其他事情也跟著有所變化。在此之前，故事都是以第三人稱展開。但是緊接著，「我們」這個第一人稱複數代名詞突然出現。原本以為是伊莉莎白的故事，但突然之間，我們──所有讀者，事實上，還有全部人類，似乎都被含括了進去。

其他哺乳類動物一出生發育就較為成熟，得以在幾個小時內走路並覓食；而我們人類的新生兒在出生後好幾個月仍舊弱小無助。

接著，到了文章中間，人稱又改變了。葛文德自己站出來，告訴我們他個人對生產所做的研究，以及在接生過程中使用產鉗的發現。

我和小華生．鮑斯醫師（Dr. Watson Bowes, Jr.）談過，他是北卡羅萊納大學產科榮譽教授，曾為一本廣為使用的教科書編纂產鉗技術的章節。

整篇八千五百字的文章就是這樣進行的。我們站在十英尺之外看著伊莉莎白的生產過程，貼近故事發展，如同身歷其境。然後我們向後退離，細節變得模糊不清，在時空中快速穿梭。很快地我們再次靠近故事發展。伊莉莎白偶爾會說話，講述自己的經驗。或是隱身解說員會突然插話，補充行動線的背景訊息。接著作者站上舞台中央，告訴我們他對這個主題的親身經驗。

我們接受的訓練讓我們認為這種非虛構的說故事方式可以描述現實。但事實上，現實事件不會依照特寫、長鏡頭、即時以及歷史摘要這種超自然的模式發生。我們無法看到其他人的內心世界，也無法在不同角色間跳躍來去，無法先透過一個人的視角，再用另一個人的視角看世界。敘事性非虛構寫作就是一種愚弄我們的手段，讓我們自以為在體驗現實，實際上，它卻賦予我們一種超越現實的神力。這種神力主要來自於技巧卓越的敘事作家操縱觀點的方式。

那麼，觀點究竟是什麼？

唉，答案眾說紛紜。小說家達林．史特勞斯堅稱「觀點不過是角色在述說或體驗故事時的思考活動」。著作出版經紀人彼得．路比（Peter Rubie）說，觀點是「攝影機鏡頭的位置」。創意非虛構權威菲利浦・傑拉德說，觀點可以是第一人稱或第三人稱，根據說書人有多了解角色心理而變換。

我們其他人通常是用「觀點」來簡略描述影響我們理解世界的價值觀。艾茵・蘭德（Ayn Rand）對於資本主義的狂熱，支配小說《源泉》（*The Fountainhead*）的創作。卡爾・桑德堡（Carl Sandburg）對自由資本主義的厭惡，影響了他的芝加哥詩作。在非虛構敘事作品中，價值觀會如何影響故事的描述，也是一個重要的考量因素。事實上，由於這個因素十分重要，我們將在另外獨立的章節加以討論。

但就本章目的來說，可將觀點歸結為三個問題的答案：我們透過誰的眼睛來看這個故事？從哪個方向看？看的距離是多遠？

❖ 觀點角色

既然必須是某人的故事，那麼任何一位敘事作者首先要回答的一個問題就是：「這是誰的故事？」

這和「誰述說故事？」的問題不一樣。若以第三人稱敘述故事，這個角色從敘事弧的開始到結尾，都不會和讀者直接對話。但讀者會隨著觀點角色在時間中穿梭移動，見其所見，聞其所聞，有時候讀者甚至可以思其所思。

詹姆士・坎貝爾（James Campbell）在《最後的拓荒者》（*The Final Frontiersman*）整本書中，都是用捕獸人的觀點，描述最後一位捕獸人在阿拉斯加遙遠的北部內陸，自給自足養家活口的冒險故事。這一天，海莫・柯斯（*Heimo Korth*）外出獵鴨時：

> 在距離小屋半英里的地方，他聽見類似火車行駛的聲響——冰層裂開，河水試圖掙脫束縛。這聲響嚇到了他，他趕緊逃跑，幾乎是用盡全力衝刺通過正在融化、一英尺深的積雪。在距離河邊一百英尺的地方，他可以看見河水漫過河岸：洪水來了。等他跑到小屋時，水已經淹到前門。要先做什麼？別慌，他提醒自己。現在不能慌。

這是個驚心動魄的題材。海莫正面臨大麻煩，而我們與他同在，見他所見，不僅如此，更思他所思。

然而，海莫不是敘述者。坎貝爾將海莫當成帶領讀者穿行故事的火車，自己才是駕駛，掌控著油門，一刻也不放開。

然而，海莫是主角。這位堅韌不拔的捕獸人深陷糾葛，歷經一連串的挑戰，體驗到洞見點，最後釋放出故事的戲劇張力。觀點角色通常就是主角，就像海莫，但並非一向如此。小說中最著名的例子，應該是史考特・費茲傑羅（Scott Fitzgerald）《大亨小傳》（*The Great Gatsby*）中的觀點角色尼克・卡拉威（Nick Carraway）。尼克住在傑・蓋茲比（Jay Gatsby）宅邸附近的小屋裡，剛好是觀察蓋茲比的最佳位置，他發現了蓋茲比神祕的過往，也目睹他最後的敗亡；但那是蓋茲比的故事，不是尼克的。

作家可以透過多個角色變換觀點。邁克・道爾索（Michael D'Orso）的小說《阿拉斯加之鷹》（*Eagle Blue*），跟著育空堡高中籃球隊，一路打進阿拉斯加州冠軍賽。第一章介紹球隊教練，下一章聚焦於其中一位現任球員，第三章則近觀一位代表典型成年村民的前任球員。這三章標題「大衛」、「麥特」與「保羅」，顯示觀點角色的轉變。

變換觀點幾次沒有妨礙，但是不要變換觀點十幾次，把讀者弄得暈頭轉向。在雜誌文章或Podcast節目中，焦點最好不要超過兩、三個主要角色，再另外加幾個輔助角色即可。著作可以容納再多幾個角色，但即使是在電影中歷久不衰操控觀點的經典範例黑澤明的《羅生門》（*Rashomon*），也只使用四個觀點，從四個視角編造出同一個故事。

觀點角色的運用是現代敘事性非虛構寫作的強項之一。早在以《凶殺案》、《街角》（*The Corner*）等著作成為暢銷作家的多年前，當時還是《巴爾的摩太陽報》社會記者的大衛・西蒙，就主張捨棄日報典型採用的超然觀點。他問：「如果記者夠了解採訪對象，能站在他們的觀點敘述故事，不是更有可能獲得更加寶貴的視角？讓讀者設身處地站在辯護律師、法官、獄警、線民與殺手的立場——這就是達蒙・魯尼恩（Damon Runyon）與赫伯・拜亞德・斯沃普（Herbert Bayard Swope）說故事的技巧。」而且事實證明，大衛・西蒙深知這一點。他對於掌控源於主角觀點的內在世界觀，正是其《火線重案組》、《絕處逢生》（*Treme*）、《墮落街傳奇》等電視影集之所以成功的心法。要掌握內心深處的觀點，必須具備新聞書寫的敏感度，齊普・斯坎蘭（Chip Scanlan）就「返家路漫長」採訪凱莉・班罕・弗蘭奇時，便注意到了這點。「返家路漫長」是她與黛博拉・巴菲爾德・貝瑞（Deborah Barfield Berry）合力為《今日美國》撰寫、極具影響力的故事。在美國奴隸制度四百週年之際，弗蘭奇與貝瑞陪同汪達・塔克前往非洲尋根。斯坎蘭在為「尼曼故事版」（Nieman Storyboard）網站撰寫的文章中，引用這則故事的一段話：

她搭上接駁車，「啪」的一聲坐到椅子上，左手緊張地輕拍著膝蓋。起初她還會抹去淚水，後來便放任不管。她覺得快要喘不過氣來。

斯坎蘭接著問道：「這完全是汪達・塔克的觀點。哪一種新聞書寫有可能支持這種寫法？」「我們問過她，」弗蘭奇說，「詢問人們當下有何感受並不難。」當弗蘭奇和貝瑞無法詢問汪達・塔克在某一刻有何想法時，就會轉向另一種新聞書寫策略。採訪這則故事的攝影師賈拉德・韓德森（Jarrad Henderson），會讓塔克看自己穿越某個場景的錄影畫面。「然後，」弗蘭奇說，「他會請她說說當時她看見了什麼，感受到什麼，在想什麼。賈拉德是很優秀的採訪者，往後我一定還會使用他的那種方法。他告訴我那叫做『照片／錄影引談法』（photo/video elicitation）。管他是什麼，這個手法太高明了。」

❖ 第一人稱

非虛構作家也可以選擇讓自己成為觀點角色，帶領讀者透過他們自己的雙眼體驗敘事發展。泰德・柯諾瓦是個最重要的參與觀察者，他投入故事成為角色，如同在他之前的杭特・湯普森一樣，通篇敘事使用第一人稱書寫。湯普森和地獄天使幫一起騎車；柯諾瓦則以新新監獄獄警身分遊走各區牢房。

其他作家會視當下需求使用第一人稱。崔西・季德絕大部分是採用第三人稱撰寫小說《愛無國界》（*Mountains beyond Mountains*），但其中有一段他想要表現主角健康的體魄，而改用第一人稱。主角保羅・法默（Paul Farmer）是定期到海地偏遠山區義診的人道醫師。某一次的遠行，季德也隨同前往。他透過比較自己和法默的生理反應來表達觀點：

> 我們持續前行，愈來愈深入山區，法默在前方帶路。我們一前一後聊著天。我滿身是汗，但他的脖子上卻看不到半點汗漬。

柯諾瓦與季德所採用的第一人稱觀點，迥異於影響新新聞學（New Journalism）至深的自我本位第一人稱觀點，正是這種具有突破性的文風，改變了一九六〇至一九七〇年代美國非虛構文學的風格。杭特・湯普森與湯姆・沃爾夫（Tom Wolfe）等新新聞學記者，將極為個人的觀點帶入素材之中，以狂野、獨樹一格的筆鋒為寫作注入活力，時常看起來像是在寫自己而非主角的故事。即便柯諾瓦在以新新監獄為主題的著作《新來的》，描述的是他自己的故事，但他的觀點是向外的，著眼於發生在他周圍的事件。他的文章樸實無華，不像新新聞學花團錦簇，能瞬間聚焦。而且不同於，比如說杭特·湯普森的小說《賭城風情畫》（*Fear and Loathing in Las Vegas*），《新來的》描述故事之餘，並未讓故事變成專屬於作者本身。

大衛·西蒙說，現代敘事新聞「絕不能與早期的『新新聞學』作品混為一談，在此種寫作風格中，作者的思維、人生觀、視野與言論，在故事中會變得與客觀事實同樣重要。敘事新聞則恰恰相反：它當然需要優秀作家帶入自己的風格並運用誇張手法，但是反對作者天馬行空的幻想。視野應該來自生活在事件現實中的人。」

當然，有時候作者自己就是生活在事件現實中的人，他們用著作出版經紀人彼得·路比所謂的「回憶之聲」來述說故事，告訴你他們沿著行動線前進時的所見、所聞和所感。這種方法似乎能夠傳達一種特別的親密感，這當然無損泰德·柯諾瓦、瑪麗·羅區與麥可·波倫（Michael Pollan）等作家的作品銷售量。

❖ 第二人稱

你（哈！就是在說你）很少會在敘事性非虛構寫作中發現第二人稱的觀點，所以你可能會想把這種直接稱呼（哈！又是在說你）用在自助文章或食譜。因為在旅行指南和使用說明書中，使用「你」或建議你的讀者去採取動作是特別適合的，所以在本書中我會繼續使用第二人稱。

第二人稱的確偶爾會出現在敘事中，通常是一種風格手段，為的是把讀者放進某個場景。在這樣的脈絡背景下，它比較像是一種文學手法，而非實際的直接對話。吉姆・哈里森（Jim Harrison）有時候會運用這種技巧，並獲得很好的效果。他的回憶錄《旁觀人生》（*Off to the Side*），如你所料大多是以第一人稱書寫。例如，他寫到自己造訪亞利桑那州卡比札・普里埃塔野生動物保護區，「我在那裡閒逛了三天之久，一個人影也沒見到。」後來往南到墨西哥斯里海岸（Seri Coast），他建議讀者：

你可以慢悠悠地從德沁波奎（Desemboque）前往基諾港（Bahia Kino）……在空曠的海灘或沙漠上紮營。爬上山坡遙望提布隆島（Isla Tiburon）。啟程之前，先閱讀當地的民族植物學資料，還有約翰・史坦貝克（John Steinbeck）的著作《科提茲海》（*Sea of Cortez*）。

美國國家雜誌獎得主麥可・帕德尼提（Michael Paterniti）在〈一一一號班機的墜落〉中運用類似策略，這篇刊登在《君子》雜誌、高潮迭起的文章，講述一九九八年瑞士航空一一一號班機在新斯科細亞（Nova Scotia）海岸墜毀的故事。在帕德尼提看來，第二人稱是將讀者拉進罹難者與倖存者觀點的方式。他還附上乘客在飛機不幸失事前所拍攝的照片。一名罹難者坐船出海，站在甲板上感受海風拂面。一名年輕女子跟男友說再見。父母與他們的孩子道別。他這樣寫道：

所有人彷彿都變成金色的，額頭上都標示著無形的X記號，當然我們也一樣，只是時間與地點尚未確定。是的，我們正在燃燒生命；時間分秒流逝。這兩百二十九人有車有房，睡在床上，為了這次的旅程特地買了衣服與禮物，有些價格標籤還在上頭——然而，他們全消失了。

你記得最後一次你感受海風拂面是什麼時候嗎？最後一次親吻孩子的額頭是什麼時候？你還記得她手拿著機票，最後分別之際和你說過什麼嗎？

❖ 第三人稱

荷馬用第三人稱描述特洛伊的陷落，當代大多數非虛構說書人紛紛仿效。楚門．卡波提（Truman Capote）將他的小說寫作才華轉向描寫真實世界，為後續創作出大量非虛構敘事作品奠定了基礎，他很自然地繼續採用第三人稱觀點。卡波提的著作《冷血》（*In Cold Blood*）展現出第三人稱提供非常多的可能性和優點，因此能夠做為非虛構說書人的預設觀點。

一方面，第一人稱會把你局限在自己的視角中。你無法進入另一個觀點角色的內心世界或聽見他的心聲，除非你能用自己的經驗來衡量他說的話。例如，角色或許會告訴你他在某個關鍵時刻心裡在想什麼，接著你才能將這段對話描述出來。如果你想直接描述觀點角色的經驗，可以暫時捨棄第一人稱，但是只有第三人稱敘述才是真正的解決辦法，能夠從觀點角色的觀點來說故事。

有何不可？第三人稱能為故事發展提供不可思議的豐富前景。透過第三人稱能將你自己化身為電影鏡頭，運用生動的細節，塑造場景與角色的外部影像。或者，你也可以違反自然法則，窺探角色的內心。你可以凌駕於場景之上，描述同一時間發生在遠方的事。你甚至擁有特權，可以用一種位於現場的臨場感，看見過去和未來。就像阿圖・葛文德那樣。

菲利浦・傑拉德將第一個選項（電影鏡頭法）稱為「戲劇觀點」。因為它忠於外部現實，可以由另外獨立的觀察者所證實，這是最客觀、最新聞化的第三人稱觀點。採用戲劇觀點的故事，通常是由一系列相對純粹的場景建構而成，有獨立的分段排版，除了簡短的必要背景訊息之外，不受題外話影響。雖然作者在關鍵時刻會集中精力搭建場景，讀者還是像個旁觀者般體驗故事。現實不再乏味，關鍵地點與時間無須再透過通常顯得冗長無聊的日常生活來連接。以下是一段典型的描述，摘錄自喬恩・富蘭克林發表在《巴爾的摩太陽報》的普立茲獲獎故事〈凱利太太的怪物〉（*Mrs. Kelly's Monster*）：

現在是早上七時十五分，在十一號手術室裡，一名技術人員正在檢查腦部手術用的顯微鏡，值班護士則是擺好綳帶與各種器具。凱利太太正一動也不動地躺在不鏽鋼手術台上。

第二個選項（受限的第三人觀點）卻能給你更多自由。你描述的主要是外界現實，而且你也只描述觀點角色所見的世界。但你仍有權進入角色的內心世界，傳達他對周遭世界的想法。以下這一段摘錄自湯姆．霍曼〈失而復得的人生〉（*A Life Lost …… and Found*），講述蓋瑞．沃爾（Gary Wall）在腦部嚴重受傷後，努力康復的故事：

他鎖上公寓大門，經過自己的車。雖然蓋瑞已經再次學會開車，但他還是選擇坐火車上班。當其他乘客看報或翻閱平裝書時，他在研究自己的記事本。

蓋瑞擔心那些紙巾，供應商應該要把紙巾放在藍十字餐廳的碗櫃裡。但是他卻在水槽下方發現紙巾，而且他老是記不得它們放在哪裡。

不過第三人稱能做到的不止於此。如果你想變成一個自大狂，賦予自己能夠隨時隨地看見一切的能力，那便採用終極的第三人稱觀點——即全知的第三人稱觀點。從這個高度，你可以俯瞰萬事萬物，隨時描述發生在蘇城、舊金山和聖保羅的事。如果你想要，可以穿越到兩個世紀以前，帶回一些背景資訊，也可以預測十年後可能會發生什麼事。只要你肯花時間調查，確實報導你的發現，任何推動故事的元素你都能夠恣意地囊括進來。

艾瑞克．拉森的《白城魔鬼》全書皆採用第三人稱描寫。但他從一開始就宣稱自己是全知的。他的故事始於一九一二年四月十四日，主要觀點角色是丹尼爾．伯恩罕。這位著名建築師登上開往歐洲的豪華郵輪奧林匹克號。他一時心血來潮，決定發無線電報給法蘭克．米列（Frank Millet），這個人是在一八九三年芝加哥世博會建造白城的艱鉅計畫中，與他最親密的工作夥伴之一。

伯恩罕向服務人員示意。服務人員是個中年男子，穿著潔白筆挺的制服，他收下訊息，爬上三層樓來到連接船員甲板的電報室。沒多久他去而復返，手中仍拿著訊息，他告訴伯恩罕接線生拒收。

伯恩罕雙腳痠痛又心情煩躁，他要求服務人員回到無線電報室問明原因。

拉森再清楚不過（畢竟他無所不知）米列已登上奧林匹克號的姊妹號。而在鐵達尼號上，一九一二年四月十四當晚的災難眾所周知，難以忘卻。

但是對拉森來說，奧林匹克號頭等艙的餐廳，只是故事方便又富有戲劇性的起點。他很快跳回世博會本身。他提到在白城不遠處跟蹤女性的連環殺手，此人為本書提供一條平行敘事線。接著拉森越過大西洋，甚至讓回溯至一八八九年，亞歷山大．古斯塔夫．艾菲爾（Alexandre Gustave Eiffel）名留青史的那一年：

法國在巴黎的戰神廣場上召開世界博覽會，如此盛大、迷人，極富異國情調，參觀者離開時都相信沒有一場博覽會足以堪比。一千英尺高的鐵塔矗立在會場中央，高聳入雲，是當時地球上最高的一座人造建築。

接著，拉森溜回主敘事線，伯恩罕迫不及待地想知道，究竟是紐約還是芝加哥會成為下一屆世博會的舉辦城市。拉森將敘事鏡頭拉近至伯恩罕與魯特建築師事務所，這是主角位在芝加哥的辦公室，之後又飛到這座工業時代城市的上空，描述人們堅韌不拔的精神：

伯恩罕等待著。他的辦公室面朝南，魯特的辦公室也是，以滿足他們對自然光的渴望，這是整個芝加哥共同的渴求，那時煤氣燈仍是主要的人工照明來源，可是在當地，煤氣燈幾乎無法穿透城市中縈繞不散的煤煙霧霾。

隨後故事再度穿越漫長時空，來到主角的人生開端：

丹尼爾．哈德森．伯恩罕，一八四六年九月四日出生於紐約州的亨德孫，他的家庭恪守斯威登堡教會服從、克己與服務大眾的教條。一八五五年他九歲時，全家搬到芝加哥。

接著我們回到芝加哥，距離伯恩罕辦公室不遠處：

論壇報大樓外一片寂靜。人群需要一些時間來消化新聞。一名長鬚男子第一個反應過來。他曾發誓要等到芝加哥拿到下一屆世博會主辦權才刮鬍子。現在他爬上隔壁聯信公司銀行大樓的階梯，站在最高那一階，仰天長嘯，一位目擊者把他的聲音比作火箭尖銳刺耳的響聲。

我們回到四年前，結束這段旋風般的旅程。在這裡我們捕捉到拉森另一位主要觀點角色的行跡，這名窮凶惡極的殺手顯現出白城邪惡的一面：

一八八六年八月的某個早晨，街道如同孩子發高燒一般迅速升溫，一名自稱哈里·霍華德·賀姆斯的男子走進芝加哥的一座火車站。空氣凝結，飄散著一股腐臭味，充斥著爛桃子、馬糞與伊利諾州無煙煤燃燒不完全的味道。

了不起的是，所有這些橫跨數十年、穿越海洋的劇情快速移動轉換，我們不但覺得正常且輕易接受，還認為這個故事描述得非常好。《白城魔鬼》迅速衝上《紐約時報》非虛構暢銷書排行榜，並直達榜首。

❖ 立足點

多年前，在波特蘭市中心東邊的高速公路上，一輛油罐車與另一輛車相撞，瞬間引發火勢。我在市中心《奧勒岡人報》的新聞編輯室裡可以看見滾滾濃煙直沖天際，形成一條黑色煙柱。隔天早報描述濃煙升入仲夏天空，並「遮住了胡德峰」。

撰寫那篇油罐車車禍新聞的記者，理所當然地假定每個人都是從同一個方向看見那股濃煙。沒錯，如果你從俯瞰市中心的西山高級住宅區看過去，那條煙柱確實會遮住胡德峰，但是住在車禍現場東邊的報紙讀者所見，濃煙遮住的並非胡德峰，而是西山。對那些讀者來說，這篇新聞報導對立足點的粗心混淆，很有可能暗藏偏見。在波特蘭，西山象徵該市的自由派權力精英，而勞工階級的保守派多半住在遙遠的東邊，不用懷疑，當他們有些人讀到「遮住胡德峰」的內容後，會對西山人的勢利嗤之以鼻，因為西山人只會從自己的角度看世界。

立足點是你架設攝影機的地方與鏡頭朝向的方向，它向世界顯示你對待主題的態度。散文作家理查德．羅德里格斯（Richard Rodriguez）指出，「西岸」只是美國東岸歐裔美國人的說法。對墨西哥人來說，「西岸」是指「北方」。對中國人來說，則是指「東方」。

除了偏見，照理說你所選擇的立足點，要能提供讀者看見故事展開的最佳角度。「每一個故事都能從許多不同觀點來述說，」美國報紙金牌寫作指導教練唐．莫瑞（Don Murray）說，「作家的任務是挑選出幫助讀者看見主題的觀點。」

立足點往往就是觀點角色的位置。還記得斯圖爾特．湯姆林森描述警察從燃燒的汽車裡救出一名女子的突發新聞事件嗎？它是這樣開頭的：

一輛皮卡車呼嘯而過，車速逼近八十英里。

波特蘭後備警官傑森．麥高溫將巡邏車停在東南分區路與第一四二東南大道交叉口，他看見皮卡車急轉彎進出車陣。

也就是說，斯圖爾特的立足點（他攝影機的位置）是和麥高溫一起在巡邏車裡，看著皮卡車穿行過麥高溫的視野。但那個立足點對接下來發生的所有情節起不了作用，所以斯圖爾特結束故事前曾幾度移動攝影機。車禍緊接在開場之後發生，觀看事故的最佳視角是在對街，所以斯圖爾特將鏡頭移到那裡：

天佑護理系統的客服代表凱倫．韋伯，正在卡樂星速食連鎖餐廳得來速排隊。她驚恐地看見一輛皮卡車撞上開往對街 7-11 的道奇汽車。汽車和皮卡車飛速橫越馬路，撞毀了招牌與路邊的灌木叢。

麥高溫將車子開過十字路口，跳下車追趕棄車肇逃的皮卡車駕駛。斯圖爾特把攝影機放在一定的距離之外，這樣可以拍攝到這一段故事，讓所有動作一目了然。

麥高溫在後面追趕，但佛特納因為車禍受傷，速度慢了下來，最後癱倒在地。麥高溫來到他身邊。

就這樣，立足點移動，以跟隨情節變化。斯圖爾特將攝影機挪近，對準失事車輛的車窗，顯示衝擊力是如何將前座座椅向後推撞，困住了駕駛。他往後退，轉動鏡頭，顯示另外兩名警員也抵達現場。他透過將鏡頭轉移到終於救出受害者的消防隊員身上，安排了故事的高潮。故事結尾時，攝影機架設在受害者病床旁幾英尺之處。她或許是背靠著枕頭撐坐起來，我們看見她直視鏡頭，她感謝麥高溫警官救了她的命。

選擇立足點通常是很容易就能做到的事。真正重要的是做出選擇。不熟悉敘事的非虛構作者，經常會忘記立足點這回事，他們的故事從各種方向蜂擁而至，令人困惑。為了讓讀者沉浸在故事當中，你會希望他們自然而然對各種觀看位置感到安心。重點是讓讀者看見動作，彷彿身歷其境。那意味著他們需要一個連貫的視覺景框，為連續動作搭建舞台。你會希望避免攝像師所謂的「跳接」情況發生，也就是突然打斷展開的敘事，將前後矛盾的動作接合在一起，使觀者不快。

我與湯姆．霍曼潤飾〈面具下的男孩〉第一幕時，花了一些時間討論立足點的問題。故事的開場是山姆．賴特納坐在客廳沙發上，家裡養的貓趴在他腿上，手足坐在他前方的地板上玩牌。鏡頭直接對著山姆，但距離夠遠，足以容納他的弟弟妹妹入鏡。

接著山姆起身走向廚房。湯姆的鏡頭緩緩轉動，跟著山姆的行進路線穿過客廳。男孩在廚房門口停下腳步，站在暗處，看著母親清洗晚餐要煮的菜。他們交談了幾句；而後山姆走進明亮的廚房，經過母親身後，走上樓梯。湯姆用手持電影攝影機的拍攝手法一路跟隨描述。

湯姆親眼見過這個場景，但是我沒有，所以我問他：「你從客廳看進廚房時能看見什麼？」湯姆描述了拱形的門，提到廚房的桌子。我問他牆上掛了什麼、母親的長相，還有她洗了什麼菜。場景呈現出一個具有更多細節也更為一致的輪廓。不是所有細節最後都會被納入敘事之中，但出現的細節都合情合理。身為讀者，你能夠想像自己就在現場，看著平靜的居家場景展開。

他朝廚房走去，他的母親正彎著腰在水槽前洗菜……他在廚房門口停下腳步，融入向晚的陰影中。他看著母親用水沖洗萵苣。男孩清了清喉嚨，說他不餓。

關於立足點的討論也讓我和湯姆都了解到，當山姆踏進明亮廚房的那一刻，正是描述男孩的面具的完美時機，他臉部血管畸形，激發了故事的心理糾葛。

男孩輕手輕腳地走到母親身後，踏進一片亮光之中。

他的左臉頰有一大塊突起的肉瘤，發紫的畸形左耳從頭的側面鼓起，下巴也向前突出。肉瘤的主要組織布滿藍色血管，腫成圓頂形狀，從鬢角延伸到下巴的部分覆蓋住。肉瘤把他的左眼擠成一條縫，讓他的嘴巴彎成一個小小的倒半月形。看起來好像有人把三磅重的黏土甩在他臉上，黏土緊緊附著，把男孩的面容掩藏其中。

要充分體驗到那副景象所帶來的衝擊力，你必須置身現場，第一次親眼看看山姆的樣子。如果你的立足點是清楚的，場景會突然變得栩栩如生，營造出來的情感力量，能驅使你讀完接下來的兩萬字的故事。

❖ 距離

選好觀點角色，決定好使用第一人稱或第三人稱，也選好立足點之後，你還要再決定一個觀點的問題——你打算用怎樣的距離去接觸你的故事？

還記得阿圖．葛文德故事的開場是在伊莉莎白．魯爾克的房間裡，接著進入她的腦海，告訴我們生產有多麼痛苦嗎？那讓我們極為接近觀點角色的人性經驗。但是當你抽離事件現場，就能顯露出更多脈絡，包括關乎我們所有人的現實中更為抽象的元素。你應該還記得，葛文德也對人類生產的過程做出十分抽象的歸納。

用不同距離說故事，需要兩種不同的敘事方式，兩者本質上是不同的語言。距離很遠，你從情節場景抽身時，要用「扼要敘事」（summary narrative）書寫。當距離拉近，再改用「場景敘事」（scenic narrative）的寫作方式。

不論登載在哪一種媒體上，兩者的區別至關緊要。如果你不懂，就無法寫好敘事。

以下的例子引用自一篇攸關生死存亡的驚險故事。這篇故事雖然刊登在報紙上，但同樣的觀點技巧也能應用在廣播、雜誌、Podcast 或書籍敘事中，而且這個故事也能拍成極好的電影。不過相同觀點的問題，會出現在任何你所能想到的故事中。

幾年前，一場突如其來的傾盆大雨澆灌至伊利諾河上游，這條恣意不羈的河流從奧勒岡西南部山區蜿蜒而下。在天氣極好的時候，伊利諾河是激流挑戰的場地，吸引全國各地橡皮艇和獨木舟愛好者前來一試身手。但暴風雨讓伊利諾河化為一條致命河流，把幾支泛舟隊伍困在峽谷裡。和我合作的幾位記者將故事聚焦於描述麥克道格的隊伍成員，他們第一段的探險旅程沒有遭遇什麼大問題：

划過最初的十英里，水花四濺地衝過三十四段急流之後，麥克道格的隊伍在克朗代克溪段靠岸紮營。

但是，麥克道格和他的冒險夥伴還要面對名為「綠牆」的恐怖怪物，那是一條洶湧咆哮的急流，在布滿苔蘚的懸崖之間彎繞，故得其名。J．陶德．佛斯特（J. Todd Foster）與強納森．布林克曼（Jonathan Brinkman）在《奧勒岡人報》報導這個故事，用場景敘事來描述這段恐怖的遭遇：

麥克道格與拜爾斯離岸出發。他們成功通過這條十五英尺長的巨獸，但是下一道浪拍打過來，使得他們搖擺著向一側傾斜。皮艇翻覆，拜爾斯被甩進水裡。麥克道格仍坐在位子上，但實際上是頭下腳上翻進水裡。當皮艇隨著下一波浪升起之際，麥克道格抓緊了槳，神乎其技地導正了船身。

這兩段都是在描述動作，但一個基本特性將兩者區別開來，熟練的敘事作家肯定會意識到此種區別。

請思考第一個例子，並想像這三十四段急流的每一段發生了什麼事。人們瘋狂划槳，皮艇在高聳巨浪中驟起驟落，周圍充斥著湍流的嘶嘶作響聲，隊員們的叫喊聲，還有發現鋸齒狀黑色岩石從渦流泡沫中隱約冒出來的突然示警聲。但是陶德與強納森選擇一筆概述那段時間在那段距離發生的一切事情。如神明般擁有全知觀點的歷史學家，他們用高高在上俯瞰峽谷的視角來述說故事，在冷靜理智、缺乏戲劇性的描述中，時間空間轟然解體。由於這是一篇描述事情發生經過的抽象報導，基本上是採用新聞觀點，用我們所知的概括敘事方式，或是更適切地說，是用「歷史敘事」（historical narrative）方式加以報導。

但是當麥克道格一行人抵達綠牆時，好戲上場。作者俯衝靠近，把讀者從高高在上的位置拉進場景之中。讀者如同盤旋在幾英尺的上方，看著情節展開，也因此我們稱呼這種實用有效的說故事觀點為「懸掛氣球觀點」（hanging-balloon point of view）。當優秀的說書人採用這種觀點時，會改用場景敘事，一些分析家又將這種形式稱為「戲劇性敘事」（dramatic narrative），理由不言自明。

就最基本的層面來說，概括敘事與場景敘事的區別在於，兩種形式在抽象階梯（見圖5）的相對位置不同。這個階梯的概念對每一位作者都極為實用，從概念最具體的層次，上升至愈來愈抽象的範疇。請想想麥克道格，他在綠牆處把槳伸入白沫四濺的水中時，他站在第一階；往上一階，你或許會發現這個隊伍中的全部四名成員；再往上一階，是峽谷中

圖5｜抽象階梯

二十二位泛舟愛好者；再上去，是所有橡皮艇與獨木舟愛好者，再往上或許是所有戶外冒險者。階梯愈升愈高，所包含的類別就愈來愈大。再往上會穿過包含所有人類的層級，還有包含所有生物的層級。最後，所有抽象階梯都會來到最高點，這是最大的層級——世間萬物。

階梯的最低幾層會將你放進場景之中，場景敘事的概念由此而來。你看得到，聽得見，有時甚至可以聞得到。所以你會做出跟直接觀察者一樣的反應。綠牆靠近時你會感到恐懼。拜爾斯的屍體浮出水面時，你也會和其他人一樣驚恐。情緒產生自較低的層級。

當你向上攀爬階梯，層級所代表的事物類別會跨越時空，進一步擴展。適用於這些層級的一、兩句描述，必定會忽略許多細節，有利於對類別中的所有內容進行速記。扼要敘事的概念便是由此而來。

在攀爬階梯的時候，你得到的故事會更全面，但也會失去形成具體意象的能力。每往上一階，層級中每個成員所展現的特性就愈少。麥克道格的每一個面向，都與只含有麥克道格的層級相關，如果作者敘述得夠好，你就能想像出他的模樣。但河中所有橡皮艇泛舟愛好者的共通點較少，要想像出他們共通的形象就比較困難。當你往上到達所有戶外冒險者這個層級時，你所說的人男女老少、高矮胖瘦、黑白膚色都有。只可能是一個最模糊的形象。

但是你已經用具體性換來其他同樣具有價值的東西。如果你能概括總結一個更大的層級，你所擁有的知識就能運用在許多不同情況中。例如，你或許會發現泛舟愛好者和其他戶外冒險者一樣，天生容易受到冒險行為所吸引。這樣你就可能可以依照你對泛舟愛好者的了解，來預測登山者或跳傘者的行為。因此，階梯愈上層，往往具有愈深遠的意義。

新聞報導大多使用的都是抽象階梯的中間階段。例如車禍報導，會比較抽象地描述受損的車輛以及後續問題，它不會升到階梯中較高的層級，去歸納整體的肇事率或汽車安全的趨勢。同理，它也不會降低層級，提供車禍分秒不差的特寫報導。換句話說，大多數的新聞報導既沒有特別意義，亦缺乏戲劇性。

一旦習慣待在抽象階梯的中間階段來報導世界，你將會很難用其他方式來看待現實。我開始指導寫作時，最讓我困惑的一件事，就是記者是每天都要趕截稿的寫作專業人士，但為什麼往往最難像說書人般思考？

為什麼會這樣？我和他們其中很多人都很熟，我敢保證他們坐在篝火旁、喝著啤酒的時候，說起故事來可是一點困難都沒有。當孩子要求要聽床邊故事，我不認為他們有人會坐在床邊，拿起早報，洪亮地大聲朗讀：「州警表示，本週三兩名河城市民開車衝破二十三號公路護欄，撞上大樹而喪生。」

「拜託，」小傢伙號啕大哭。「我是說我要聽故事！」

故事傳達經驗，報導傳達訊息，而且通常是大量的訊息。報導強調的是結果。前文假設的二十三號公路車禍故事，聚焦的是結果（兩人身亡）而不是造成這種後果的因果鏈。如此報導並沒有錯。生活在現代世界，我們需要大量訊息，而且大多數時候，我們不想讀完一整篇敘述才能獲得重點。

但是，故事所提供的回報遠遠超過原始訊息，透過重現人生產生意義。故事強調的是過程，而非結果。所以，如果讀者不需要立即掌握重點，如果一個情況能提供主角、糾葛、環環相扣的情節點等足夠的故事元素，那麼敘事也許是更好的選擇。

為了描述二十三號公路事故的場景，說書人或許不會用摘要式導言來開場，而是從一連串具體行動切入：「一隻母鹿從右邊路肩的樹林裡跑了出來，牠看見迎面照射而來的燈光，於是突然衝過公路。馬克見狀向右猛打方向盤，皮卡車的輪胎在溼滑的路面上打滑。」

說書人在這類的場景中建構故事，劇幕拉開，場景展開；故事結束，劇幕落下。在場景中的角色互相交談，對白因應而生。對白通常比典型新聞報導所採用的直接引述更適合敘事形式。不同於時效性與鄰近性等新聞價值，反映的是廣泛的社會關注，說書人強調的是與我們個人有關的戲劇性價值，例如成年，或是接受自己的缺陷。

換句話說，報導與故事天差地別。難怪那些在整個職涯中只學習一種形式的記者，很難轉換成另一種形式來寫作。然而記者不是唯一透過精心撰寫報導、而非創作故事的方式來學習寫作的人。任何在組織環境中工作的人（無論從事商業、法律、政治、教育還是軍事），大多數時候都是在處理訊息。這意味著要閱讀並撰寫大量的報導。但報導能提供的是井蛙之見，將你困在抽象階梯的中間階段，並損害你敘述好故事的能力。

扼要敘事 vs. 場景敘事

扼要敘事	場景敘事
抽象	具體
橫跨空間	在一個地點展開
消解時間	看來是即時發生
直接引文	運用對白
根據專題組織	根據場景組織
全知觀點	特定觀點
處理結果	處理過程
傳達資訊	重現經歷

大多數非虛構敘事作家經常在場景敘事與扼要敘事兩種模式之間轉換，並隨著每一次的變動來調整觀點的距離。他們對寫作大師們的諄諄囑咐「表現出來，別用說的」充耳不聞，因為他們深知優秀的作品要時時在抽象階梯上下移動。他們既要表現，也要述說。

請注意哈爾・伯恩頓（Hal Bernton）的例子。他是一名資深記者，早在探索頻道的節目《漁人的搏鬥》（*Deadliest Catch*）讓數百萬名觀眾了解到二月的白令海的恐怖之前，他就已經登上捕蟹船冒險北航。哈爾的任務是解釋奧勒岡州「遠洋船隊」的經濟重要性，這些當地漁船在太平洋上航行，尋找像阿拉斯加帝王蟹這類利潤豐厚的漁獲。因此，故事開始後不久，哈爾就攀上抽象階梯，採用新聞式觀點，告訴讀者這支船隊為什麼重要：

奧勒岡州的遠洋船隊挖掘了北美最大的海洋漁獲資源，此寶庫每年都吸引更多船隻北航。該船隊至少僱用三百位船長與船員。所獲得的利潤，往往比他們一整年在奧勒岡州海岸捕魚多出三倍以上。

但是，統計數字只說明了故事的一部分。如同電視實境節目所發現的，冬天的白令海對人類的挑戰是地球上少有其他地方能比。要面對冰雪、狂風與巨浪，在捕蟹船上的生活艱苦，需要憑藉著一股愚勇，抵擋千辛萬苦，追求冒險。為了捕捉這部分的故事，哈爾帶領讀者登上一艘名為「開拓者號」的奧勒岡州捕蟹船，並採用懸掛氣球觀點，運用場景敘事來講述身邊發生的故事：

韋恩．貝克在上下搖晃的駕駛艙裡做好準備，凝視著外頭跟房子一樣高的巨浪彼端……風速激增到每小時六十英里，舔著浪尖上的白色羽狀浪花。他打電話到廚房，號令船員：

再捕撈一次螃蟹。

無論是為報紙、雜誌、書籍還是其線上版本撰寫故事，好的作家會仰賴同樣的技巧，透過在抽象階梯上下移動變換觀點距離。這裡舉一個蘇珊・歐琳的例子，她為《紐約客》報導動物標本剝製術大會，她先將鏡頭拉近，接著拉遠，從場景敘事轉換到扼要敘事：

在皇冠廣場飯店大廳，諮詢服務台的對面，設置了一個整理區。標本剝製師們彎著腰，拿著手電筒檢查動物的淚腺與鼻孔等問題部位……人們轉來轉去，和同行打招呼，自從上屆世界錦標賽以來，他們就沒再碰過面……一開口就三句不離本行。

竟然有動物標本剝製錦標賽這回事，不僅讓那些與鹿鼻器和鴨毛軟化脫脂劑無關的人們感到吃驚，就連動物標本剝製師自己也深感訝異。長久以來，動物標本剝製師都是自己閉門造車……。

接下來的數十年，動物標本剝製術一直屬於邊緣技術——執業者零星散布在不同地方，大多是自學，只靠口碑相傳。

抽象層級並不是區分扼要敘事與場景敘事的唯一因素。在接下來的例子中，你會發現一些其他的差異。這是我以前對於奧勒岡州大規模洪災所做的報導。第一段採用扼要敘事，來自主要新聞故事的開場：

即使住在地勢高、家中沒淹水的人們，也要為銷量下降、工時減少與失去機會付出代價。「就某些方面來說，我們都蒙受損失。」波特蘭第一州際銀行經濟學家比爾·康納利（Bill Conerly）說。

顯而易見，財產損失就像暴漲的河流一樣廣而深。整個地區的數百條道路與數千棟民宅、農場與企業都被摧毀，或是需要大修。

政府會為街道、高速公路與橋梁的修建買單，但是眾多居民們卻要自掏腰包。只有一萬一千六百名奧勒岡人與一萬七千四百名華盛頓州人，為他們的民宅與企業保了洪水險。

這段描述提供許多意義。內容寫得彷彿記者盤旋在太平洋西北地區兩萬英尺的上空，能看見這一週在整個地區發生的所有事情。從這個全知的觀點，文章總結了暴雨對數千棟建築物的影響，其中包含一段直接引述，從原本脈絡的場景中抽離，透過記者記事本中的文字，被帶到抽象階梯的高階部分。

但是，扼要敘事缺乏讓讀者憑直覺理解事件的具體描述。為了具體描述，一群敘事作家追查威拉米特河洪水的自然歷史，追蹤洪水在山中湖泊的源頭，直到與哥倫比亞河匯流的過程。[1]在威拉米特河口，湯姆·霍曼找到一位拖船船長，願意帶他到洪水湧進大河的地方。

湯姆因此寫下這段經典的場景敘事：

船長克里斯．薩塔里奇（Chris Satalich）撥動開關，薛佛運輸公司七十英尺長的拖船「拉森號」的雙引擎轟鳴啟動。薩塔里奇檢查儀表板時，駕駛室突然震動起來。

他滿意地推動油門杆，拖船如舞者般優雅地駛出港口。

「我從未看過像這樣的河水。」他說。

他透過駕駛室的窗戶看向外頭，下方水深三十五英尺。

「從來沒有。」他說。

沒有統計數字，沒有泛論，整個場景中只有船長一個人站在駕駛室裡。讀者就與他同在，周圍流動的不是資訊，而是經驗。他們或許不知道洪水生成了多少立方英尺的水量，或是造成幾百萬美元的損失，但他們確實知道親身體驗起來是什麼感覺。

4

聲音與風格——Voice and Style

聲音將作者帶進我們的世界。

——諾曼・西姆斯（Norman Sims）

瑪麗・羅區寫屍體、食人習俗與死亡，有時著實在考驗我對死亡這類恐怖事情發達的神經。我第一次接觸她的作品時，有聲書《不過是具屍體》（*Stiff*）正好講到人體如何腐壞那一章。主題變得如此恐怖，我差點直接暫停播放，想要將此書束之高閣。但我還是說服了自己。瑪麗的書實在太有趣了，我捨不得放棄。

畢竟，這位作家可是將暴龍描述成「站得筆挺，像個社交名流」，又說唐納大隊（Donner Party）人吃人是「食譜上找不到的菜色」。她在《活見鬼》（*Spook*）一書中探索來世，回憶道：「在我母親版本的《聖經》中，拉撒路的復活被描述成像是某種布利斯・卡洛夫（Boris Karloff）的翻版，裹著木乃伊的破布條，直挺挺地坐起來。」

不論瑪麗去哪兒，我都跟定她了。在線上雜誌《沙龍》的「白夢」專欄中，她帶領我去到南極，告訴我在那裡工作的人們：

對白色的視覺變得敏銳。去年某一天，「美國南極計畫」的求生教練比爾．麥考米克（Bill McCormick），騎著雪橇摩托車從麥克默多站到位在羅斯冰棚的教室，這兩英里路程的途中，他發現雪地上有一塊保麗龍。你不得不承認這實在令人印象深刻，這種視覺的極致成就，近似於從全麥維麥片中發現一粒威迪麥片。

瑪麗人如其文，逗趣聰明。約翰．麥克菲則是一個一絲不苟、有條不紊的蘇格蘭人，穿著打扮與言行舉止都跟他的作品一樣小心仔細。瑪麗．羅區有多熱情洋溢，麥克菲就有多中規中矩、謙沖自牧。但他是個共進午餐的好飯友，他才思敏捷又健談，腦子裡充滿故事，並具有敏銳的觀察力。他出生在普林斯頓，畢業於普林斯頓大學，並留校任教；無怪乎他用像你所遇到最好的教授那樣不疾不徐、學識淵博的聲音來寫作。打開他描寫阿拉斯加的經典著作《走進國境》，隨意翻開一頁，你會讀到類似以下的內容：

阿拉斯加的一個秋日早晨，一架尖機鼻的小型直升機，載著三名乘客從費爾班克往南飛向預定地。他們飛越湍急渾濁的塔納納河，沿著一片低矮的黑雲杉林地呼嘯飛行，地面上河流密布，難以一一列舉。下方的地勢開始升高，他們也跟著爬升，越過寬廣的台地與高大的山丘，愈接近阿拉斯加，山脈愈顯陡峭。

沒有雙關語，沒有玩笑話，也沒有令人震驚的意象。一如往常，麥克菲的作品就像鋪展開來的地毯，平順地向前推進，邁向主題。不賣弄文字使得文章失焦，犀利明確地揭露主題。直升機機身小，機鼻尖銳。塔納納河湍急渾濁。黑雲杉凍原景致單一平凡，給人一種廣袤空曠之感。

在書中，麥克菲的聲音就跟他本人一樣謙遜。每一句話都那麼誠摯，有助於故事平實、有條不紊地推展。與內容相符，每個句子結構完整，表達精準正確，優雅簡單地展現出完美無瑕的語法。麥克菲掌控故事全局，就算他引領你穿越荒原或逆流，你仍會感到安心。他就是帶領你的馬車隊的賈利・古柏（Gary Cooper，譯註：美國演員，活躍於一九三〇至五〇年代，以演技自然內斂聞名）。

毫無疑問，這是我能讀完麥克菲三本地質學著作的原因，畢竟這個主題比雜誌文章還難引起我的興趣。作家創造主題，而之於我來說，麥克菲成就了地質學。

當然，體現在書中的不是作者本人，而是作者的聲音。不論主題是什麼，聲音在吸引並留住讀者方面發揮關鍵作用，有時更扮演主導的角色。對《哈潑雜誌》前編輯路易斯・雷賁恩（Lewis Lapham）來說就是如此，他曾說：「打開一本書，我會先傾聽作者的聲音。透過這種方式，作者在那一年內出版的作品，我有很多都不必一一細看了。」[1]

聲音在小說中當然重要。從寇特・馮內果（Kurt Vonnegut）、伊恩・佛萊明（Ian Fleming）到大衛・福斯特・華萊士（David Foster Wallace）等小說家，作品都獨具個性，吸引忠實讀者。海明威的聲音更具有辨識度，激發群起仿效。

但是，聲音對非虛構作品也很重要。如果我們將自己交託給一個承諾能夠帶領我們進行一場揭示真實世界旅程的嚮導，我們會希望對方具有威信和專業知識。如果要進行一場長途旅行，我們則需要更多——一位風度翩翩、將為此次體驗注入人性的同伴。哈佛大學尼曼基金會（Nieman Narrative Program）總監暨波士頓大學「敘事的力量」大會發起人馬克・克雷默（Mark Kramer），主張聲音是長篇敘事成功的關鍵要素，制式化語氣，比如說通訊社的報導，就缺乏這種吸引力。聲音是一個人的標記，這使得一切大為不同。「聲音中容許『自我』存在，對讀者是一大福音，」克雷默說。「聲音包容溫情、關懷、同情、恭維、人人都有的缺點——一旦缺失這些真實感受，作品會顯得生硬，偏離人生。」

但是，「聲音」究竟是什麼？這個詞涵蓋許多技巧，應用之靈活令人抓狂。「聲音」是如此難以捉摸，以至於當我還是個初出茅廬的小記者時，我完全不予理會，認為它不過又是一個英國文學教授用來到處炫耀的空洞抽象概念。現在我比較能理解「聲音」是什麼，但還是覺得很難用文字快速解釋。不過我想我所能提出最好、最全方面的定義是，聲音是作者體現在作品中的人格。

❖ 制式化聲音

根據定義，制式化寫作不鼓勵有個人聲音。老師撰寫關於「成果導向學習態式」的教學分析；社會心理學家發表報告討論「認知失調與社會疏離感對反社會行為之預測」。警察、醫生與都市計畫人員都有與同僚說話的方式，這些方式都會壓抑個人的聲音。

其中以記者尤甚。我與許多報業記者共事數十年，遭遇到最大的挑戰是讓他們放鬆下來，做自己。這沒什麼好奇怪的，因為他們接受的教育就是如此。新聞學教授（我也不例外）在新聞採訪第一階段課程上課的第一天，就開始灌輸學生把個人特色從新聞寫作中摒除的觀念，改用陳舊的規則手冊取而代之，好讓每一個記者的聲音聽起來都一樣，每一道毫無特色的聲音，都來自遙遠、全知的制式規則。

想當然耳，規則手冊第一條就是禁止使用第一人稱，這條禁令會立即讓瑪麗．羅區和約翰．麥克菲失去擔任任何新聞工作職位的資格。如今這條禁令正在動搖，但其他準則依舊占據主導地位，並未出現明顯的質疑聲浪。人性被抽離，內容充斥刻板制式化語氣的報紙，正在一步步走向死亡。新聞用語將個人的聲音淹沒在被動語態、生硬詞彙、間接句法，以及弱化動詞等制式化的泥沼之中。不是警察抓到闖空門的竊賊，而是「週二稍早，警方接獲保全裝置的警示，逮捕兩名企圖闖入西城一棟民宅的嫌疑犯。」

呸！記者必須採訪新聞，而且不是每篇報導都能寫成長篇敘事，但那不代表記者必須將最後一絲人性從撰寫的所有文章中摒除。大衛．西蒙為《巴爾的摩太陽報》警察巡邏的新聞報導帶來高度個人化的聲音。Podcast 節目使用第一人稱敘事的策略，說明了以個人角度談論新聞的魅力。《連環殺手》位居 Podcast 熱門榜之冠，主因是做為主持人與主要調查者的莎拉．柯尼格（Sarah Koenig），她的聲音賦予節目一種獨具魅力的個人風格，能夠吸引聽眾加入她的旅程。

❖ 第一人稱與聲音

對於最浮誇的新新聞學者來說，故事寫的是手邊的主題，也是寫他們自己。杭特．湯普森透過他自己的濾鏡來過濾所寫的一切。而在諾曼．梅勒（Norman Mailer）創作的每一篇非虛構敘事中，幾乎都能看到他本人的身影。所有的自我意識實際上都需要用第一人稱來表現。

然而，第一人稱不是聲音，聲音也不是第一人稱。即使是在新新聞學的全盛時期，像蓋．塔雷斯與湯姆．沃爾夫等高度表達自我的作家，依然聚焦於外界，試圖切實地描寫主題的實際情況，而非他們自身的反應。現代敘事作家偏好這種方法，基本上這是一種民族誌研究方法。他們像人類學家一樣實地考察各方文化，沉浸其中，回來後再描述給家鄉的人們聽。然而，不同於真正的民族誌學者，他們避免採用學術體，而是讓自己的聲音在文字間穿梭。多才多藝的部落客、小說家、劇作家暨記者莎拉．戴衛森（Sara Davidson）說：「當我剛開始為雜誌寫稿的時候，莉蓮．羅斯（Lillian Ross）是我的榜樣……她從來不用『我』這個字，不過你能很明顯感覺到有一股定向意識在引領著你。」[2]

是否使用「我」這個字，依照個人作品而定。很難想像個人文章不採用第一人稱。不過艾瑞克．拉森的《白城魔鬼》不需要用第一人稱。崔西．季德只有在需要時才採用第一人稱，因為他偶爾要用自己做為襯托，來闡明主題的某些方面。實際接受過民族誌學訓練的泰德．柯諾瓦，在《漫無目的地前進》搭乘火車當流動勞工；在《新來的》擔任獄警；並在《邊境之狼》（*Coyotes*）與非法移民一起偷偷越境。以上作品大量使用第一人稱，全都清楚傳達了柯諾瓦的聲音。但嚴格說來，沒有一部作品是關於柯諾華本人的故事。那是精心設計的結果。柯諾瓦的解釋是：

> 我寫到了自己，但我不希望這只是一本關於我的書。外面的世界很大，而我認為，總的來說，外界的事物比我本人更有趣。不過，我知道我的經歷能帶領讀者進入這些奇異的世界之中。換言之，很難讓普通讀者進入監獄，那不是一個令人愉快的地方。許多人也對非法移民感到不安——他們不願意深思這件事，或者根本無法想像自己會認識那些人。所以我有點像是變成了導遊，試圖透過自己的聲音，提供進入這些世界的許可證，一個入口。[3]

❖ 化身與立場

輪廓鮮明的化身帶給個人文章人性，是這些作品的魅力之一。作者運用化身，採取特殊的立場來面對題材，透過可辨認的人格來表達主題。正如菲利浦．羅培特（Phillip Lopate）在《個人散文的藝術》（*The Art of the Personal Essay*）一書中指出，它或許像H．L．孟肯（H. L. Mencken，譯註：美國記者與諷刺作家，以觀點鮮明、筆調犀利著稱）一般，展現出「淘氣的率性」。散文作家也可以讓自己化身為流浪者、遊手好閒的人、退休人員，或是有時間意願來觀察分析的旁觀者。

化身也是聲音的一個基本元素。如果你想將人格帶入作品，會引出一個問題：「哪一種人格？」

當然，化身應該忠於它被塑造出來的形象，但是人是具有多重人格特色的。我們和老朋友喝啤酒聊天時是一個樣子，在正式的雞尾酒會認識陌生人時又是另一個樣子。兩者可能都是我們真實的模樣，只是會因應不同場合而刻意改變。敘事作家用第三人稱撰寫雜誌文章或書籍時，帶入的化身也應該要能符合內容，可以依照主題和讀者群的不同而定。湯姆．沃爾夫採用的化身反映出他筆下的社交圈，從年輕女孩到太空人都有，但不論主題是什麼，我們總是能聽見湯姆．沃爾夫的聲音。

跟沃爾夫一樣，大多數敘事作家會發展出符合讀者期待的聲音，隨著作家變得成熟、放鬆，對於自我的文學風格感到愈來愈自在時，這種聲音就會出現。「漸漸地，」崔西．季德說，「我聽見了寫作的聲音，來自一個有見識、公平正直，而且始終溫和的人——這不是我的聲音，而是我想成為的那個人的聲音。」[4]

在我聽來，季德的聲音屬於現代敘事非虛構作品的主流。約翰．麥克菲的聲音表現也被認為是「有見識、公平正直，而且始終溫和」。瑪麗．羅區或許玩世不恭，樂於八卦，但她的聲音在一般非虛構作品中是個特例。泰德．柯諾瓦、強．克拉庫爾（Jon Krakauer）、理查．普雷斯頓與強納森．哈爾，則都是更偏向溫和的類型。

立場則是另外一回事。如果敘事被視為在舞台上展開的情節，立場就是作者在敘述故事時所處的地點。有些作者會站在幕後深處，當情節展開時，讀者幾乎看不見他們。有些作者會站在觀眾附近，偶爾上前對剛才發生的事發表評論。有些作者則是會置身在幕前，讓焦點聚集在自己還有他們對身後情節發展的評論上頭。

像大衛．芬柯（David Finkel）這樣的記者，通常會退居幕後，讓事實說話。不過如此精心安排的事實，仍會清楚呈現出芬柯個人的看法。〈天才〉是他在《華盛頓郵報雜誌》（*Washington Post Magazine*）發表的一篇文章，主角是一位高中女生。芬柯並未直接談論「缺少女性科學家」這個大主題，但故事中這位出色的理科女學生顯然是個縮影。以下關於女學生與六名男同學互動的描述，顯見女性科學家所面臨的問題：

同學們大聲討論，爭相發言，但伊莉莎白是個沉默的聽眾，她聽見了需要修正的地方，或至少需要加強解釋。她也是個有耐心的聽眾，想法不會輕易脫口而出，而是等待時機再加入討論。現在，討論聲音變小，她開口發言，但隨即意識到她誤判了情勢，說話時機已逝，她沒有機會了，她正身處另一種時機的邊緣，她愈說愈小聲，遲早會尷尬地終至沉默，而沒有人聽見她說了什麼。

芬柯克制自己不表達個人想法，只報導在他眼前展開的情節。不過，他是專題作家，不是硬性新聞記者，因此他可以加入一點自己的解釋，暗示讀者前文所見，在伊莉莎白眾多經驗之中算是稀鬆平常。但芬柯仍維持將焦點放在伊莉莎白身上，他則退居幕後，告訴我們他所看見的一切。

截取自《與中國作家相會》的這段描述中，安妮．迪勒（Annie Dillard）則是稍微往舞台前方挪了挪，使她能夠透過（或是性別化？）概括幾次經驗，提出類似的論點：

> 平常奉茶的侍女今天似乎不在，所以女作家自己沏茶。總是會有一個女人。她在房裡的地位或許排第二，但她寫的小說在中國各地廣受推崇。她花了十五分鐘沏茶，一整個上午她會重複這麼做三、四次。沏完茶之後，她坐到一個不顯眼的位置，有時還會坐到塞在大椅子後面那張堅硬的小板凳上。[5]

迪勒直接走進場景，解釋她在中國各地的所見所聞，而她壓抑的憤慨悄悄進入她的觀察之中。這可不是（該死的！）個案。總是會有一個女人！身為作者，我被這種歧視所激怒！

一旦芬柯與迪勒將自己定位為敘述者，至少在該篇故事中，他們的位置往往會保持不動。但是芝加哥大學文學教授諾曼．麥克林（Norman Maclean）在其著作《大河戀》（*A River Runs through It*）中，證明了敘述者可以有多靈活，可以根據當下的目標進出情節。

麥克林只寫過一部長篇非虛構作品《年輕人與火》（*Young Men and Fire*），這是一部極具創新精神的作品，結構之精妙無人能模仿。身為敘述者，麥克林一開始遠遠站在後台，讓情節發展自行推動故事：

> C－四七運輸機在大火上方盤旋了幾圈才放下機員。觀測員厄爾．庫利（Earl Cooley）平躺在打開的機門左側地板上，戴著耳機，以便和飛行員通話；領隊威格．道奇（Wag Dodge）則趴在機門右側，這樣他和觀測員可以一起觀察這塊地區，交談也不太會被其他機員聽見。

但是麥克林時刻記得回歸主題：一九四九年的曼恩峽谷大火燒死蒙大拿州一隊空降森林消防員。每一次他重複基本敘事的時候，就會鋪墊更多分析與說明。隨著故事每一次重述，他做為敘述者的立場便會向前移動，直到完全轉變為第一人稱。在描述完終於解決兩起關鍵事件發生的謎團、耗時三年的事故調查，到了書的結尾，他已經完全身處在故事素材的正前方：

三年時間，兩個確定的地點；儘管這些年來我們追蹤到許多其他線索，都引領我們走向曼恩峽谷大火故事的一部分，但成果似乎少了點——這些線索有的來自死亡專家，尤其是調查火難致死的專家，還有很多來自厄爾．庫利，他和他的夥伴是第一批跳傘到森林火災現場的人，他輕拍即將葬身在曼恩峽谷每一個年輕人的左腿，鼓勵他們準備最後一跳。後來我追查到曾經雄偉的C－四七運輸機悲慘的蹤跡，這架運輸機在米蘇拉的飛機跑道上空盤旋，讓機員空降至曼恩峽谷後，從此消失在藍天裡，最後被賣給一間非洲公司。一個又一個故事——說書人掌握著各種同時正在進行的故事，他希望從中找到一個可以一次講完的故事。

❖ 聲音與風格

聲音在哪裡結束，風格從哪裡開始，誰說得清楚？有些評論家交替使用這兩個術語；有些人則只用其中一個。但我認為兩者還是有所區別，而且將它們區分開來是有幫助的。

我們每天早晨起床，跟前一晚上床睡覺時的個性基本上是同一個人。但是當我們走到衣櫃前挑選當天要穿的衣服時，就會依照要面對的場合選擇打扮風格。如果打算整理院子，我們或許會拿牛仔褲和T恤；如果要去辦公室，我們最好穿得正式一點。

寫作也是如此。如果聲音是作者呈現在作品中的個性，那麼風格就是這種個性的外在表現。

小說家達林・史特勞斯點出兩者的區別，提到任何一件作品都有包覆在外的「語言表層」（linguistic surface），「包括措辭、句法和隱喻語言」，這些語言特徵有助於虛構角色「用能夠反映其渴望與重要歷史的詞彙來交談和思考」。他引用珊卓・諾瓦克（Sandra Novack）的小說《珍愛》（*Precious*）中的一個例子，小說主角是一名記者，他發現一棟矮小的建築物「隱藏在高聳突出的辦公大樓之間，猶如一個被忽略的印刷錯誤」。

非虛構敘事作品也有語言表層。它會反映出「自我」，當一個強勢的敘述者掌控故事時，自我就會浮現，但它仍然要與任何時刻在舞台上的觀點角色保持一致。換句話說，語言表層會改變，但本質保持不變。在這方面，藝術也模仿生活。即使大多數朋友會因應場合改變穿著，但他們還是具備我們能夠辨認的整體風格。

風格有一部分是來自於口語表達的正式程度，口語就是達林・史特勞斯提到的「措辭」在真實世界中的同義詞。他們是說「你可以試試」，還是「爾等盡力而為」？他們是「花錢」還是「款項分配」？他們是否談論壞蛋、罪犯、行兇者，或是歹徒？

在敘事寫作的世界裡，措辭等級是作者風格的首要指標之一。強・克拉庫爾用令人驚訝的正式形式描寫粗俗的主題，誠如節錄自《阿拉斯加之死》（*Into the Wild*）的這段話：

倘若他據實回答這些問題，護林員想必不會輕易接受。麥肯迪尼斯可以努力解釋他服從的是更高的法規——身為亨利．大衛．梭羅（Henry David Thoreau）的後世信徒，他將〈論公民不服從的責任〉這篇文章視為真理，因此他認為違反州法律是他的道德責任。

相反，瑪麗．羅區時常用與閨蜜喝到第四杯酒的語氣寫道：

> 我不記得自己出生那天早上的心情，但我想我可能有點不爽。我看到的一切事物都是陌生的。人們盯著我，發出奇怪的聲音，穿戴著無法理解的東西。一切似乎都太吵了，而且毫無道理。

杭特．湯普森從不捨棄自己典型的聲音，但他向來能設法捕捉到適合角色的措辭等級，就像他在德比賽馬週期間去到路易斯維（Louisville），在機場遇到一個蠢貨，他在著名的《史坎倫月刊》（*Scanlan's Monthly*）發表的〈肯塔基德比墮落又腐敗〉（The Kentucky Derby Is Decadent and Depraved）中，寫到這段邂逅：

> 在有空調的貴賓室裡，我遇見一名來自休士頓的男子，他說他的名字叫什麼來著——「但你叫我金博就行了」，他是要來這兒騎馬的。「老天，我已經準備好了！萬事俱備。

沒錯，你喝啥？」我點了一杯瑪格麗特加冰塊，但他不認同：「不、不……在肯塔基德比賽馬週喝這什麼鬼東西？小子，你有毛病嗎？」他咧嘴笑，並向酒保眨眨眼。「該死的，我們得教教這小子。給他來杯好的威士忌。」

我聳聳肩。「好吧，一杯雙份老菲茨加冰塊。」金博點頭表示同意。

「聽著。」他拍拍我的手臂，確保我有在聽他說話。「我認識德比這些傢伙。我每年都來，告訴你我在這裡學到的一件事——在這個鎮上，千萬別讓人覺得你是個同性戀，至少在公共場合要注意。媽的！他們會在一分鐘內讓你滾蛋，敲你的頭，並拿走你的每一分錢。」

我向他道謝，然後把一根萬寶路香菸放進菸嘴裡。

金博聽起來就像他自己，確實是個蠢貨。杭特．湯普森也還是他自己，尤其是他把最陽剛的美國香菸放進最女性化的吸菸用具中，以此回應那番恐同言論。

誠如達林．史特勞斯指出，句法也形塑了語言表層。長長的介紹性片語與子句恢復成原本冗長又複雜的句子，會立刻產生我們稱為報章體（journalese）的制式化聲音。只要掃一眼任何一份《紐約時報》，就能找到一個典型的例子：「法案在奧巴尼仍面臨重重阻礙，佩特森先生表示會利用自己在州參議院二十多年來累積的人脈，全力支持議案進行投票表決——並得以通過。」

另一方面，具備語言節奏的敏銳度，標示著我們大多數人覺得文字好讀的風格特徵。文字韻律是如此重要，因此我在《文字技藝》一書中用一整章的篇幅談論這個主題。在那本書中，我強調比爾．布倫德爾在《華爾街日報》專欄文章所蘊含的抒情魅力，包括這段具有切分節奏的佳句：「向東九英里，聖海倫火山如同一道白牆高高聳立，坍塌的山頂霧氣繚繞。」

❖ 隱喻風格

史特勞斯將隱喻列為語言表層的最後一個元素，它可能也是聲音的風格特點中的主要元素。我以描述瑪麗．羅區獨特的聲音做為本章的開始，我舉的每一個例子都包含隱喻、明喻或暗喻。修辭手法具有錦上添花的效用。

有時候，修辭是純粹的隱喻，作者只是用一樣事物來描寫另一樣事物。艾瑞克．拉森在《白城魔鬼》中介紹芝加哥世博會的一名建築師，他描寫「杭特一臉兇狠，連西裝也在皺眉」。喬治．普林頓（George Plimpton）是位優雅的文體家，有時會把注意力轉移到職業橄欖球這種不太可能的主題上。但他對文學隱喻的感受仍舊敏銳，如《紙獅子》（*Paper Lion*）的這一幕：

> 有些防守球員已經跪在啟球線上，他們轉過頭，像這樣戴著臉部保護桿突出的銀色頭盔，使得他們看起來就像動物，不帶任何感情——一群在水坑前躁動不安的大型野生動物，看著我向他們走近。[6]

艾瑞克・拉森不僅是純粹隱喻大師，也精通明喻，這種明確的比較，通常是以介系詞「像、好比」來引出。他指出著名的景觀設計師費德列克・洛・奧姆斯德「不是文體家。在報導裡，他的句子已離題，就像牽牛花蜿蜒穿過柵欄尖樁一樣。」他還形容明尼亞波利斯（Minneapolis）「小而沉悶，全是像玉米稈一樣迷人的瑞典與挪威農民。」

然而，明喻並非總會帶有「像」這個字，關鍵在於比較。麥克菲描寫一隻巨大嚇人的紅尾鵟，提到「牠的爪子能夠釣起鮪魚」。他發現一隻蠑螈，牠身上的顏色「如此簡單，對比鮮明，根本就是從禮品店買來的小裝飾品」。[7]

隱喻和明喻難以窮盡修辭的可能形式。真正的文體家或許會轉而使用暗喻（「他那亞佛烈德・希區考克的體格」）或雙關語（許多熱狗品牌加入這場「煎熬」的競爭」）或擬人化。當約翰・麥克菲在〈喬治亞州旅行〉一文中描述一座偏遠山谷，他寫到周圍地勢「抵制遊客……北方被一座高五千五百英尺、名為『站立的印第安人』的高山阻隔。『站立的印第安人』矗立在北卡羅來納州，警告喬治亞州應該在哪裡止步。」[8]

寶拉・拉羅克（Paula LaRocque）曾把這類修辭手法比作定期撒落在樹林小徑上的寶石，引誘讀者徜徉在作品之中。這個隱喻很貼切——你會希望隱喻間隔開來，但間距又不會大到讓讀者看不見前方的隱喻。大概每三段插入一個修辭，這樣挺合理的。

剛開始寫作生涯時，我對隱喻的理解就像煤渣磚一樣無感。但我從海明威及費茲傑羅的軼事中得到啟發，他們倆開著敞篷車疾駛在西班牙鄉間，一邊玩著隱喻遊戲。一個人指出路邊的某樣東西，另一人就必須立刻想出一個明喻。答不出來的人要被罰灌一大口西班牙紅酒。培養運用隱喻的能力顯然是一件有趣的事。

在寫草稿時，我還不太會去煩惱要用什麼樣的隱喻，儘管在寫作過程中筆下偶爾會冒出一個。修改的時候我比較有可能找到適合的修辭方式，因為在這個時候絞盡腦汁思考貼切的隱喻，不會干擾初稿的完成。進行潤飾校訂之際，我會特別注意挑出陳腔濫調，這樣表示有機會將老哏連根拔起，改用新鮮的詞句取而代之。

❖ 培養聲音

喬恩．富蘭克林曾說：「人們只有在聲音還未改變時才會擔心聲音。」聲音與風格之類的東西，確實是還未找到自我的年輕作家會關注的事物。隨著人生經驗累積，無論是本人還是在作品中，我們的個性才會成形。

不過，有些作家的聲音飽滿有磁性，而有些作家的聲音淹沒於合唱之中，這也是事實。也許那不過是反映出個人的核心人格，但擔任寫作教練多年的經驗告訴我，有些技巧能幫助作家如何獨唱。

每個作家都能嘗試的最好方法，就是大聲朗讀每一篇文章。當我寫完這一章草稿的最後一行字，我會回到第一行，開始用堅定清晰的聲音念出來。我會聽出寫錯的地方，多次修改。一般而言，我會刪除冗詞贅句，簡化句法，但我也會加入一些隱喻。我還會簡化詞彙，這樣聽起來更像我自己。

不過，讓你的聲音在作品中表現出來的終極祕訣，就是放輕鬆、做自己，如此而已。寫作的壓力很大。只要坐在鍵盤前，無意識升起的緊張浪潮便會漫至四肢百骸。你咬緊牙關，繃緊雙肩，雙腳抖動，從你的指尖流瀉出來的文字越發死板形式化，就像參加尷尬的求職面試，拘泥於禮節形式，全身變得僵硬。

當我主持寫作坊時，我通常會讓參加成員在做第一篇文稿練習的中途停下來。「到了檢查緊張感的時候了，」我說，並解釋如果他們感覺到頸背與肩膀很緊繃，寫作就會受到影響。待他們放鬆下來，再回去寫稿，敲打筆電鍵盤發出的咔嗒聲，速度又加快了一、兩個等級。

節奏的變化很重要。身心放鬆的作者才寫得快，寫得快的作者聽起來更像他們自己。這樣做才有意義。為草稿苦思冥想、字斟句酌的作者，會將真實自我埋沒在毫無特色的形式之中。當我們用一種與朋友輕鬆交談的自然節奏說話時，才會顯露真實的自己。當然，寫作不是口語對話，但原則相通。寫作之美就在於你永遠可以回頭修改，調整細節。

放鬆、快速的寫作也比較容易。埋頭苦心思索草稿的過程中，被疑慮所困擾，因舉棋不定而苦惱，這些心理折磨會重創你的聲音。擁有最與眾不同聲音的作家採取不同做法，當他們談到寫作過程時，不時會蹦出「有趣」這個詞。瑪麗·羅區說，敘事的整個過程是「編織事實與樂趣」。她建議有心成為敘事作家的人，「順其自然，樂在其中。」[9]

老實說，一談到寫作，我想到往往不是「樂趣」。但我確實希望，當我將想法訴諸文字用電腦打出來時，能夠帶有一點真實的自己。所以我試著放鬆，進入一種輕鬆的節奏，迅速流暢地進行寫作。成果本身或許並不有趣，但痛苦通常會減少許多。

5 角色——Character

歸根結柢，作家的志業就是書寫人性，人的故事。

——理查・普雷斯頓

傑出敘事的三大支柱是角色、行動與場景，角色排在第一位，因為它驅動另外兩者。主角的人格、價值觀與慾望引發了動作。而觀點角色的想望會使其置身在一個特定的位置，營造出場景。「肯定有一股力量在統攝全局，」拉約什・埃格里說，「這股力量自然生發而出，就像四肢從軀幹生長出來。我們大概知道這股力量是什麼：人性，蘊含無限的可能與辯證的矛盾。」

近年來對於大腦的研究證實了埃格里近八十年前提出的論點。神經科學家掃描受試者在創作故事時的腦部活動。「兩千三百年前，亞里斯多德提出情節是敘事最重要的面向，角色次之，」研究的第一作者史蒂芬・布朗（Stephen Brown）說。「而我們大腦研究結果顯示，人們理解敘事，是堅定地以角色為中心，透過心理分析的方式，聚焦於故事主角的心理狀態。」

想想小說中偉大的角色：馬克・吐溫（Mark Twain）筆下勇往直前的哈克・芬（Huck Finn）；童妮・

摩里森（Toni Morrison）筆下堅毅果敢的柴特（Sethe）；賴瑞・麥可莫特瑞（Larry McMurtry）筆下精力充沛的葛斯・麥克雷（Gus McCrae）。小說的成敗取決於塑造角色的力度。一部影響深遠的小說，可以透過書中角色來改變我們的世界觀。

相對地，許多非虛構作品的角色如同幽靈一般，形象孱弱透明，在空氣中閃爍著微光。套用十九世紀古老的說法，他們只是幽影（shade），只是完整人形的模糊輪廓。

隨便從報章雜誌挑一篇報導來看，長度很有可能在六百字到一千兩百字之間，內容會提到一個或幾個人物，並包含六句左右的引述。這是固定格式。但是那幾句引述可能是你所能找到的所有人性，沒有具體形象的聲音，只有針對該文主題的幾句正式聲明。

我想到本地報紙上一則一千兩百字的短篇特寫文章，講述兩位滑冰運動員預計與波特蘭交響樂團合作演出。文章六度引述兩位溜冰運動員的話。「我靠做服務生來維持生計。」其中一人說。「他們說步調會有點不同。」另一位說。我們也得知女性運動員三十一歲，男性運動員二十五歲。就這樣。作者對兩位運動員的描述少到我們無法判斷作者是真的見過他們，還是只和他們通過電話。

想想你認識的人。如果你打電話給他們，只問六個問題——換得六個二十五字的回答，這能讓你實際了解對方多少？談到角色，雜誌作者通常描寫得比嚴肅新聞的記者好，尤其是在人物專訪方面。不過，絕大部分的雜誌內容也是大量的訊息。談論美食、美酒、旅遊寫作等特別報導，所涉及的角色想必也很豐富——它們所描述的世界當然也是如此。但它們呈現給讀者的，往往還是在典型新聞故事中飄盪的那種幽影。Podcast與非虛構著作也多半如此，尤其是像食譜、旅遊指南、歷史書籍等資訊大全。即使是專題時事書籍和最近流行的新聞速寫，也只能草草勾勒出人物線條。這實在太遺憾了，因為角色是引起讀者興趣的關鍵。說到底，我們是從他人的角度來定義自己。我們真正想知道的是人們做什麼、如何做，還有為什麼做。「故事是關於內在掙扎，而非外在鬥爭。」麗莎．克隆說。「故事是主角為了解決情節所提出的問題，所必須學習、克服、處理的內心歷程。」

❖ 現實世界角色的興起

現代敘事性非虛構作品的天才之處，在於它用角色、情節、場景、年代順序與動機，取代新聞記者筆下的人物、事件、地點、時間以及原因。最成功的故事會將角色放在主導位置，負責掌控全局。

不同於充斥在大多數新聞報導中的幽靈，葛瑞格．瑞夫—藍普曼（Greg Raver-Lampman）在《維吉尼亞領航報》發表的人物專題報導〈夏洛特的百萬獎金〉（Charlotte's Millions），創造了一個有血有肉的角色——兩千一百四十萬樂透獎金得主。這個故事向讀者介紹四十九歲的護理師夏洛特．瓊斯（Charlotte Jones），並透過特寫細節描寫，使她栩栩如生，創造了真正的角色。

透過連載文章的許多部分內容，我們得知夏洛特單身，喜歡尋找免費贈品與特價商品來打發時間。她和姊姊一家人同住在有兩間臥房的房子裡，屋裡擺滿了紀念馬克杯、遮陽帽和籃子等贈品。她開著一輛老舊的福斯小兔車。她習慣剪下優惠券，放進一個手風琴文件夾中，「熟練地編寫交叉索引」。

夏洛特的小兔車保險桿上貼著「幸福是大喊賓果」的貼紙，她在紅人協進會（Improved Order of Redmen）玩最喜歡的遊戲「湯尼坦克部落第一四九號」。她的藍色塑膠賓果遊戲袋裡裝著磁性賓果棒、賓果彩色筆與幸運符，還有一隻加菲貓絨毛娃娃。她記得小學第一次玩的賓果遊戲，還有贏得的獎品——「一個腳踩開蓋的金屬廢紙簍」。

夏洛特喜歡開車到德拉瓦州的卡車休息站買刮刮樂彩券，她老是會想，如果中獎了，就可以去阿拉斯加旅行。她在另一個卡車休息站打彈珠台，她和一名同伴經常開著車在那裡的停車場閒晃，這樣就能看見很多豪華的十八輪大卡車。在她姊姊家，一家人喜歡吃披薩、熱狗，還有姊姊的一道拿手料理，用吐司烤箱烤製、上頭撒了起司與培根碎的麵包。

大概了解了嗎？

人類是價值觀、信仰、行為、所有物的總和。每個人之所以與眾不同，是因為用各自的方式看事情、說話、走路。唯有當我們著手挖掘定義他們的環境時，我們才能認識他們。一旦我們了解夏洛特是什麼樣的人，就能理解為什麼突如其來的財富會使她不安，因為這破壞了形塑她世界長久以來的人際關係與日常生活。

角色不僅推動故事，有時也成為故事本身。崔西．季德的《愛無國界》對身為主角的人道醫師保羅・法默進行了長篇的角色研究。「是什麼驅使他做出這樣的決定？」季德問道，「為什麼在美國保證能過舒適日子的人，卻到海地這樣的人間地獄來為最貧困的窮人服務？」

季德這類長篇角色研究，就像俄羅斯娃娃一樣展開。敘事線先揭開角色性格的外層，接著深入探究，接連發現更深的層次。普立茲獎得主吉恩・韋嘉頓（Gene Weingarten）在〈躲貓貓悖論〉（The Peekaboo Paradox）中也運用這種技巧，描寫兒童魔術師「大師葫迪尼」（The Great Zucchini）。這篇發表在《華盛頓郵報雜誌》的人物專訪，從一個相對簡單的問題開始：為什麼孩子們，還有他們的父母，認為這個傢伙魅力無窮？

這個嘛，他的一些個人歷史能稍加說明：

大師葫迪尼的本名叫艾瑞克・柯諾斯（Eric Knaus）……艾瑞克機智聰明，但幾乎是極度強烈抗拒自我分析，甚至不願意談論他的手藝。他只知道自己能夠本能地理解學齡前兒童的想法，因為他有許多實踐經驗。他曾在華盛頓地區的幼兒園與托兒所工作了十幾年。

介紹他的一些個人特徵應該無妨：

雖然不可一世，但艾瑞克・柯諾斯第一眼就教人喜歡，魅力與生俱來。他的微笑帶著一絲狡黠，說明他不怎麼把自己當回事。他用慕斯將頭髮抓出凌亂有型的尖刺造型，就像霍布斯的夥伴卡文（譯註：《卡文與霍布斯》是美國報紙漫畫，主角是小男孩卡文和他的老虎玩偶霍布斯）。他說「我」這個字的時候，聲音輕柔和緩，往往能讓孩子們感到自在放鬆，而且對成人似乎也管用。他和孩子們的關係好得驚人……艾瑞克曾和一位在派對上認識的單親媽媽交往過，但他不完全確定自己會再這麼做。他們分手時，那位單親媽媽的孩子傷心欲絕。

不過在這傢伙天真無邪的形象背後，潛伏著陰暗的一面。帳單繳不出來，交通違規罰單累積了厚厚一疊。他不洗衣服，公寓裡也不添置家具，顯得怪異空蕩。

艾瑞克累積許多交通罰單的錯誤行為是更大問題的徵兆，他無法打理自己的生活，無法夠成熟、有節制有條理地稍微融入禮儀社會，成為其中一員。

請看看他的公寓……

就這樣，隨著敘事推進，愈來愈多關於大師葫迪尼的特質顯露出來，每一次揭露都驅使讀者更進一步探尋更多線索。最後，我們終於看見最裡面的俄羅斯娃娃，發現到這個偉大的兒童魔術師，實際上是個放縱散漫的孩子，他賭博成癮，正搖搖晃晃地徘徊在自我毀滅的邊緣。

❖ 慾望

對說書人來說，慾望是角色的關鍵元素，因為慾望會推動故事前進。夏洛特是賓果狂，沉迷於蒐集各種特價商品和免費贈品。大師葫迪尼想逃避成年人的責任。保羅．法默希望世界能把他看成人類的救世主。

慾望愈大，故事格局愈大。夏洛特對免費贈品的渴望，恰好適合報紙的系列報導；艾瑞克．柯諾斯的癮症適合寫成長篇雜誌文章；至於自認為是救世主的人，更值得寫成一本書。

真正強烈巨大的慾望帶有危險因子，能夠激發故事的戲劇性。「關鍵角色不僅僅要有所慾望，」拉約什．埃格里說。「他的慾望必須強烈到為達目的不惜出手破壞或是甘願被毀滅。」這令我想到亞哈追逐白鯨莫比．迪克的故事。

結論必然是慾望愈大，阻礙也愈大。只有當兩相對立的力量勢均力敵的時候，戲劇才顯得有趣。「主角有很大程度是由所面對的阻力（或對手）的強大程度來定義。」彼得．路比說。「在理想的情況下，不論試圖阻止主角達成目標的是什麼，這股力量是如此強大，以至於在整個閱讀過程中，我們都在擔心誰會贏得這場鬥爭。」

在優秀的故事中，讓力量的天平傾斜的還是角色。主角為滿足內心最主要的慾望，初期所做的嘗試往往會失敗，主角一次又一次面對敵手，一次又一次失敗。最後，故事來到轉折點，用埃格里的話來說，在這一刻，主角會出手破壞或是被毀滅。接著他會有所領悟，獲得洞察力，用一種新的方式來看待世界，使他最終能克服和慾望之間的重重阻礙。故事經歷高潮，收尾，結局，終至落幕。

故事愈多，角色需要的成長空間就愈大。換句話說，文章愈長，在角色、行動與場景的交織中，角色愈顯重要。虛構創作有這樣一條公理，角色推動小說前進，事件推動短篇故事前進。簡短的新聞報導幾乎沒有角色發展的空間。一篇一千字的專題文章只是少了點限制。像〈夏洛特的百萬獎金〉這樣的系列文章，以角色為關鍵要素，效果最好。長篇非虛構敘事可以全文都用來描寫角色，季德的《愛無國界》就是極有說服力的展現。

當然，在非虛構敘事中，你不是創造角色，而是報導角色。不同於小說家，你不能只是簡單地把首要角色放置於危機當中，改變角色，而後結束故事。令人遺憾的真相是，在真實世界中，成人的性格就算改變，過程也是很緩慢的。

這個規則當然也不是絕對的。酒鬼會戒酒，惡人會尋求救贖。痛苦的生活經歷——幾乎致命的疾病、棘手的離婚、野外生存，都能夠突破角色根深蒂固的性格特徵。根據定義，生命的自然進展意味著改變。湯姆．霍曼發現〈面具下的男孩〉正處於兒童期與青春期的分界線上，他意識到這是一個適合報導的對象，於是將其放置於故事中心。

關鍵是，儘管非虛構說書人無法控制人物的個性內涵，但是可以選擇誰當主角。若是找到一個歷經過掙扎，有所領悟洞察的人，表示你掌握了真正有價值的東西。如果你是那個幸運兒，想想夏洛特．瓊斯，還有她在星星連成一線時的反應。她會說：「賓果！」

❖ 圓形角色與扁平角色

小說理論家指出，塑造得最完整的角色是圓形的，不是扁平的。珍納．布蘿葳這樣描述兩者的區別：「扁平角色只有一個突出的特質，只為了展示這個特質而存在，而且不能與這個特質不同。圓形角色則是多面相的，有改變的能力。」

改變才是關鍵。山姆．賴特納就是圓形角色，因為他有能力從只想和同學看起來一樣的孩子，變成逐漸成熟的青少年，明白自己必須直接面對現實世界。喬恩．富蘭克林說：「在最好的故事中，從糾葛到危機解決的漫長過程，深深地改變了角色。」

只有敘事才能描寫出這種轉變。角色的深刻變化沿著敘事弧上的行動線展開。另一個原因是，如果題材有料，敘事比直截了當的報導更能成功引發讀者的興趣。我們無法抗拒一個全面的圓形角色。

並不需要對每一個出現在故事中的角色都進行全面的描寫。許多角色的存在，只是為了在某些時候推動情節前進，或是與較核心且完整的角色演對手戲。他們是扁平角色，E．M．福斯特說這類角色「一眼就能認出來，因為他們有慣用的表達方式，對任何情況都有慣常的反應。」[1] 尤其如果故事著重情節而非角色的時候，他們甚至可能占據舞台中心。尼洛．伍爾夫（Nero Wolfe）也許身材圓胖，但他是個扁平角色。查維斯．麥基（Travis McGee）也是，或者詹姆士．龐德（James Bond）也是如此。

扁平角色仍舊很有特色。雷克斯・史陶特（Rex Stout）筆下的伍爾夫，從未偏離聰明、超然隱士的角色形象。約翰・D・麥唐諾（John D. MacDonald）筆下的查維斯・麥基永遠是柔情鐵漢。伊恩・佛萊明筆下的詹姆士・龐德生活在一個一成不變、完整塑造的世界，包括與曼妮潘妮小姐調情、只抽某個品牌的特製香菸，而且常常做出自以為是的評論，時機總是恰到好處。

在獨具慧眼的觀察者筆下，就算是輔助角色也能大放異彩。約翰・麥克菲筆下的角色可能是扁平的，但從來不乏味——如同〈松林泥炭地〉（The Pine Barrens）的這段邂逅：

> 我走過泥土地面的前廳，邁進廚房，又進入另一個房間，裡頭擺了幾張有厚軟墊的椅子和一張陶瓷面的桌子，佛萊德・布朗（Fred Brown）正坐在桌前吃豬排。他穿著白色無袖汗衫、短靴與內褲。他愉快地和我打招呼，沒有問我所為何來或想要什麼，就拿起丟在一張厚軟墊椅子上的卡其長褲，請我坐下。他把長褲放到另一張椅子上，為自己還在吃早餐致歉，解釋說他很少貪杯，但前一天晚上喝了幾杯，導致今天的作息都延遲了。他說：「我不知道自己怎麼回事，但一定有哪裡不對勁，因為我都喝不了酒了。」他一手拿著一顆生洋蔥，一邊說話一邊將洋蔥切片，吃幾口豬排就配一片。

我們不需要知道太多關於佛萊德・布朗的事，畢竟他是這篇釋義性敘事中的小角色，我們無須洞悉他的內在衝突，或是他面對人生糾葛的成長歷程。他有限扁平的自我，恰好符合約翰・

麥克菲的目的。

然而一篇完整的故事敘事，需要以圓形角色為核心。人性缺陷、矛盾和改變的能力，讓主角能引發共鳴。唯有當角色反映出人性複雜的現實，才能引發讀者普遍的認同。普立茲獲獎記者、《他鄉暖陽》（*The Warmth of Other Suns*）與《種姓》（*Caste*）的作者伊莎貝爾．威爾克森（Isabel Wilkerson）這樣說道：「我們的責任是讓讀者看見我們創造出來的角色的全面性，從角色身上看見自己，並使得他們關心角色的遭遇。」[2]

這就是霍曼〈面具下的男孩〉通篇的概念。表面上，山姆．賴特納是個臉部畸形的孩子，但霍曼希望讀者看見在這之下完整、圓形的人物形象。我們選擇的文章題目表明，在畸形外表之下，湯姆是一個具有青春期普遍特徵的男孩，他的故事可以教導任何一位青少年不要太過在意同儕壓力，並接受自己。描述完山姆的畸形之後，霍曼繼續這樣描述道：

> 但是山姆，面具下的男孩，右眼凝視著前方。右眼是褐色，形狀完好，目光清澈、深邃且具有穿透力。
>
> 你發現自己立刻被那隻眼睛所吸引，越過畸形的外表，進入到一個完全正常的十四歲男孩的世界。這是通往山姆的世界的窗口。你可以想像自己正站在另一邊，你可以從那隻眼睛裡看見自己，那個曾經也是孩子的自己。

既然做出承諾就必須履行，而霍曼做到了，他透過文字、選材與動作，使山姆完整的性格鮮活起來。衡量作家是否成功，端看讀者隨後的回饋。山姆的同學寫信來說，他們以往一直無法看清那張面具底下的山姆，但他們想要有所改變。年長的讀者也回憶自己青少年時期的苦惱，還有成長過程中學到的痛苦教訓。有些人明確地指出，湯姆筆下的圓形角色，幫助他們明白了故事的普世意義。還記得第一章的評論嗎，闡明敘事做為人生啟示來源的價值？「我已經把這篇故事列印出來了，」那名讀者說，「我會一直保留到我八歲的女兒準備念高中、要面臨隨之而來的同儕壓力時，再拿出來給她看。」

賓果！湯姆贏了。

❖ 角色的直接與間接刻劃

珍納．布蘿葳在著作《長篇小說的技藝》（*Writing Fiction*）中，將角色刻劃技巧分為兩大類。第一類是間接刻劃，作者直接評論角色，亨利．詹姆斯（Henry James）或其他十九世紀作家都在小說中大量使用這種方式。布蘿葳引用詹姆斯《一位女士的畫像》（*Portrait of a Lady*）一書中對杜歇夫人的形容。「她自有一套做事的方法，」詹姆斯寫道，「鮮少能給人溫柔的印象。」

非虛構作者也運用同樣的間接刻劃方式來描述目標角色的害羞或無禮、堅強或消極。不過這種寫作風格在數十年前幾乎就已經從小說中消失了，尤其不適合現代非虛構作品實是求事的風格。

反之，最優秀的現代小說與非虛構作家，會讓角色顯眼的形象為自己說話，布蘿葳稱這種方法是「直接的角色刻劃」。作者可能偶爾會評論角色，但大多數時候他們選擇將細節列入其中，引導讀者對他們所描述的角色做出必然的結論。對非虛構作家而言，這就意味著要加上一層詳細的報導。他們在筆記本中寫滿一個角色的外貌、物質財產、行為與談吐等細節，並選用最能展現此人的內容。

❖外表

讀者隨著敘事弧前進之際，需要足夠的細節描述來想像角色的形象，好讓自己沉浸在故事中。報紙報導往往如此缺乏吸引力的原因之一，就是報導中的人物沒有個性，令人難以投入。諷刺的是，最好的新聞描寫通常都出現在關於逃犯的報導中：

強暴犯的年紀在二十五到三十歲之間，身高約五呎九吋，體重約一百六十五磅，褐髮。身穿褐色皮夾克，戴著黑色全罩式機車安全帽。上排門牙整齊，但旁邊牙齒擁擠，且向後位移。

好了，我可以閉上眼睛想像出那個傢伙的樣子。描述人物形象通常三、四個細節就夠了。正如湯姆．沃爾夫很早就指出，我們腦海中有一個巨大的人類圖庫。描寫所要做的就是去觸發其中一個形象。事實上，太多細節反而會破壞這個過程。「過於詳細的描述往往會失敗，」沃爾夫說，「因為細節會使得角色的臉支離破碎，而非創造形象。作家提供給讀者的很有可能只是角色的漫畫圖樣。」以下是吉恩．韋嘉頓對凱倫．厄莫爾特（Karen Ermert）的描述，這個女子的謀殺案促使他選擇心臟移植這個開創性的主題，做為著作《有一天》（*One Day*）的第一個故事：

凱倫充滿活力，飄揚的金髮底下是一張伶俐聰明的寬臉。（她的髮型設計師發現凱倫魅力四射、層次分明的金髮得來全不費功夫，諷刺的是，她的其他客戶卻必須為此花一大筆錢）她是傳統意義上的美女，花栗鼠般的小暴牙讓她更顯得可愛。

如果讀者對背景脈絡已經有所了解，而你又正好需要在故事進程中敘述一個扁平角色，你只要觸發存放在讀者腦海中人類圖庫的其中一個，就能創造出很好的形象。讓讀者從一個有趣的情況中立刻聯想到一個有趣的角色，接著啟動充滿各種可能性的動作。在這裡，我再次引用阿圖．葛文德發表在《紐約客》那篇關於生產的文章的開頭：

凌晨五點，波士頓涼爽的這一天破曉前不久，有著濃密黑褐色頭髮，愛爾蘭人淺白膚色，懷孕四十一週的伊莉莎白．魯爾克，伸手搖醒了丈夫克里斯。

「我開始陣痛了。」她說。

葛文德快速切入主題有另一個好處——那就是進程很快，幾乎沒有拖累到行動線。長篇大論的描述會將讀者從展開的故事中抽離。因此對第一個人物的描寫務必精練，你可以在之後的故事線中加入更多細節。

❖ 身體動作、表達與作態

我們大部分人都有點概念，一個完整的敘事應該展現的是行動中的角色。羅比．麥考利（Robie Macauley）與喬治．蘭寧（George Lanning）指出，新手作家常犯的錯是加入無關緊要的動作，結果打亂了背景和對話，他們寫道：「許多人點燃了香菸，許多人摸了摸鼻子，許多人試著清了清喉嚨。」

重點不變，每一個詞都必須有其用意，每一個細節都必須推動行動線和發展角色。細節絕不能是為了寫而寫。

不同於揉鼻子和清喉嚨，有些手勢與作態可以顯示出角色隱藏在言語之下的性格層面。以下的例子來自我的前同事、《終將再起》（*We Will Rise*）一書的作者史帝夫．畢文（Steve Beaven），他這樣描述一位上了年紀的家具銷售員如何討好一個年輕顧客：

「我只是隨便看看，」她告訴盧，「我得和我男朋友商量一下。」

盧的表情很受傷。這是他的老招數，也是他銷售策略的關鍵要素。「妳有男朋友了啊，艾美？那我只好閃邊出局了。」

「盧的表情看起來很受傷」這類細節占不了多少篇幅，所以即使是短篇新聞特寫也適用。我擔任寫作教練的這些年，每當看見這類細節，我都會特別稱讚一下，像是記者寫到肥胖的電視節目主持人坦承自己在節食卻控制不住口腹之欲時，「微笑並挑起眉毛」；被放逐到普通平凡生活的哥倫比亞河峽谷前風帆衝浪好手，看到有人操作風帆衝浪板快速滑過水面時，語氣變得「溫柔夢幻」；一個吸毒犯在接受勒戒時再也忍不住發火，作者很有智慧地在描述她身體姿勢的情況下引述她的話：「『我已經受夠了老是被當成犯錯的人。』她雙手抱胸說。」

❖ 地位指標

在物質文化中，我們透過所消費的物品來展現自己，偉大流行小說家寫的書富含品牌細節。角色開的車是豐田還是悍馬，穿的是牛仔褲還是亞曼尼西裝，並透過他們擁有的房子、家具與珠寶顯示出他們的社會地位。史蒂芬・馬圖林（Stephen Maturin，譯註：派屈克・奧布萊恩〔Patrick O'Brian〕系列小說中的醫師，系列第一部作品《怒海爭鋒》〔*Master and Commander*〕曾拍成電影）的衣服總是皺巴巴的。阿奇・古德溫（Archie Goodwin，譯註：雷克斯・史陶特的系列推理小說中，偵探伍爾夫的助手）喜歡偶爾喝一杯牛奶。詹姆士・龐德開的車是奧斯頓・馬丁。

在所有非虛構作家中，湯姆・沃爾夫描在這方面最為講究，認為個人所有物是描寫角色的關鍵，他和瑪丹娜一樣，堅稱我們生活在一個物質世界裡。下文是他在職業生涯初期，描寫一九六四年參加滾石合唱團演唱會的青少年粉絲：

> 長瀏海蓬鬆蜂巢式髮型披頭四帽身材好臉蛋醜刷睫毛膏眼妝貼紙寬大毛衣法式魔術胸罩糟糕的皮衣藍色牛仔褲緊身褲彈性牛仔褲蜜桃臀長靴精靈靴芭蕾舞鞋騎士便鞋，數以百計，這些熱情燃燒的年輕人跳躍、尖叫，在音樂戲劇學院裡快速地衝來衝去。

我想，你必須到現場才能體會此情此景。但是去除多餘的細節，你可以看出沃爾夫自有其道理。我們是社會性動物，是否進化，取決於我們有多清楚自身在孤立、不斷遭受威脅的採獵族群中啄序的地位。我們仍會可恥地花大量時間將身邊的人分類。他們和我們是同類人嗎？他們的地位比我們高，還是我們比較高？我們能從他們的衣著、車子或臉上的妝，了解他們的想法與行為嗎？

沃爾夫畢竟擁有耶魯大學美國研究博士學位，他力主地位象徵是了解當代文化的關鍵。他在《新新聞學》一書著名的序言中，主張現代敘事性非虛構寫作的力量，有一部分立基於「行為與所有物整個模式……的紀錄，人們透過這些模式表現出他們在世界中的位置，或他們自認或希望在什麼位置。」

他接著寫道：「在散文中，這類細節的紀錄不僅僅是文章的潤色，它和其他文學手法一樣，非常接近寫實主義的力量核心。」

只需要一到三個細節，你往往便能體會沃爾夫所描述的那股力量。《奧勒岡人報》一名記者就完美地捕捉到一位單身農夫的空虛生活，指出「他已經兩年沒約會了。他每天的晚餐都是一塊漢堡排、即食馬鈴薯泥和四季豆。他最好的朋友是他的黑色拉布拉多犬寇爾。」[3]

❖ 談吐

我們說的話和我們的個性有很大的關係，而對話是至關重要的敘事工具，值得專章討論。說話的方式也會透露我們的個性，甚至可能比實際的說話內容更加深入。我們是堅持不懈的、愛發牢騷的、傲慢自大的、溫和柔順的，還是粗魯冷淡的？我們說的是正統語言，還是邊遠地區支離破碎的語法？我們是否會因為說話帶有北邊威斯康辛州的鼻音，或是路易斯安那州含糊不清又慢吞吞拉長語調的語氣，而暴露我們的出身？談吐本身是一種地位指標。我們一張開嘴巴，馬上就會將自己置入特定的社會定位中。我們說話的方式可能最能揭露細節。

方言不成文的使用禁令，長期以來嚴重削弱了標準新聞故事中角色刻劃的力度。單調乏味的引用在典型報導中不斷出現，只傳達了少量的訊息。沒有聲音，沒有情感，沒有人性。

我想，記者不願意呈現人們真實的說話方式是可以理解的。如果你一字不差地引述沒受過什麼教育的鄉下人所說的話，你看起來就會像個自大的城市人。但是你用自己的說話方式代替別人發言，彷彿只有你說的話才能被上流社會所接受，這不也是一種傲慢自大嗎？美國各地在地人實際生活中所用的豐富方言，不是更能表現日常生活的色彩、傳達文化的多樣性或真實的情感嗎？想想以下這個囚犯痛下決心的話：

> 「我這輩子不得不做的最艱難的事，就是和我的家人分開，」克里夫・里克爾（Cliff Rickerd）在奧勒岡州立監獄接受採訪時說。「一旦我出獄了，我再也不做會被帶離開家的壞事。」[4]

感謝上帝，我們報紙的編輯部沒有人「修改」引用自底特律偉大藍調歌手約翰・李・胡克（John Lee Hooker）這句精彩的話：

> 藍調從我十二歲開始就纏上了我，這輩子再也擺脫不了。[5]

❖ 奇聞軼事

頂尖的非虛構作家是奇聞軼事大師，理由很充分。這些故事中的故事用一些小敘事弧替文章增色，以維持讀者的興趣，每一個小敘事弧都不可阻擋地拉著觀眾前進。奇聞軼事描繪重點，是作者表現角色特別具有說服力的證明。我不想把它說得太存在主義，但最終我們的作為體現了我們自己。

約翰．麥克菲在他的釋義性敘事中加入一些奇聞軼事，其中大多是用來描寫角色。在文章〈喬治亞州旅行〉（Travels in Georgia）中，他和兩位野生生物學家漫步鄉間，他致力描寫其中一位明明身處自然世界，卻像普通女人回到家那般自在愜意。他用這個故事來捕捉主角：

有一次我看見她將手伸進半淹沒在人工湖中的空心樹椿裡，她知道裡頭有一條水蛇，她在水中摸索，雙手撫上蜷縮的蛇身，試圖找到蛇的頭。她穿著兩截式泳衣，站在深及大腿的水中。她的樣子與做實地考察的老羅傑．科南特（Roger Conant）截然不同，她身材苗條，身段柔軟，因為在戶外生活，肌膚被曬成棕褐色。當她將雙手往下伸進樹椿，輕柔地沿著蛇身持續緩慢移動時，綁成馬尾的頭髮垂落在一邊肩膀。她說，這條蛇是她的朋友，她希望我和山姆見見牠。「小傢伙，放輕鬆，只有我卡蘿。我真希望能找到你的頭。來吧。我們快摸到頭了。噢，該死，這是牠的尾巴。」沒辦法，她只好轉向，她足足摸了四英尺到了另一頭。「你好嗎，老朋友？」她將手臂抬到水面上，一條像電視纜線的東西在扭動，精力旺盛。她牢牢抓緊，將她的朋友從湖中抱出來到岸上。

崔西・季德的《愛無國界》透過建構人道醫師保羅・法默的人格，深入發掘其根源，藉以推進故事。季德將這位好醫師描繪成具有反權威的自由靈魂，對傳統不屑一顧，無怨無悔走向自己的道路。他用下文這段奇聞軼事充分表達想法，故事發生在法默設立在海地偏遠地區的醫療診所：

法默的海地人同事堅持病人應該要支付使用費，相當於約八十美分的出診費。法默是診所主任，但他沒有多說什麼，只是推翻了這項政策，每個病人都必須支付八十美分，但女人、小孩、窮人和重病者除外。我後來發現這是他一貫的作風。

❖ 角色刻劃的目的

人類極其複雜，就算描寫對象只有一個人，明智的寫作計畫也不會試圖解釋這個人的一切。《愛無國界》長達三百多頁，對角色描寫之深入透澈，不亞於任何一部現代非虛構作品。但崔西・季德仍然不能指望揭開保羅・法默這個神祕人物的每一個面向，他也無意這麼做。法默或許是波士頓紅襪隊的粉絲，可能有懼高症，但無法說明他的人道主義工作，除非這些訊息能夠顯現他對弱勢族群的信任，以及走在前往診所險峻山路上所需要的勇氣。角色的目的在於推動故事前進。任何一個關於外表的細節，任何奇聞軼事或是個人財產，無論本質上多麼有趣，但若是無法推動故事發展，都會分散讀者的注意力。

歸根結柢，每一位成功探索人性的非虛構作家，都必須發展出一套性格理論，並用這個理論指導寫作。當湯姆．霍曼報導他的故事時，我們討論了一番，內容大多是在探討透過角色來解釋動作的可能性：

- 一個懶惰的咖啡師決定把頭髮剪短，買套西裝，加入主流職場。有意思。懶惰的人和西裝革履的人在性格上有什麼不同？這個咖啡師必須妥協於哪些變化？這些性格變化會怎樣影響他的行為、外表與所有物？
- 一個腦部受傷的人，不得不放棄原有的身分，轉而尋找一個新身分。有意思。但究竟身分是什麼？我們如何形塑自己的身分認同，找到自己在這世界的定位？
- 一個被毀容的男孩必須結束童年生活，漸漸接受自己成為青少年。有意思。人類如何發展自己的性格，使他們能夠接受自我，並超越無法實現的理想？

畢竟，創作故事的目的之一就是傳授成功生活的祕訣。有些價值觀註定失敗，有些習慣與觀點則是能增加成功機率。我們需要嶄新的方法來迎接困難的挑戰，觀念的轉變，有時會重新定義成敗的意義。的確，命運會造成超乎我們掌控的後果，閃電雷擊，隕石從天而降，酒醉的司機不知道從哪裡突然撞過來。但卓越的說故事技巧處理的是我們能掌控的世界，只要我們集中意志破解密碼。而那個密碼就寫在角色中。

6

場景——Sence

大綱是敘事的結構骨架，但是化骨架為血肉之軀的不是章節……而是場景。

——彼得・路比

你走進劇院，找到自己的位子坐下。觀眾安靜下來。一名演員走上舞台，說出第一句台詞。這種經驗可追溯至古希臘，可能是在山洞裡或是篝火旁的表演。我們本能地透過場景來理解故事——就連我們的夢境，也是由角色在心理舞台上活動演繹而成。故事的講述並非連續性的，從來都不是。我們將敘事分成一連串的片段，隨著劇情，布幕打開，拉上，再打開。

進入現代，我們在新穎的媒體中也使用場景。就像之前的戲劇，小說也是由一系列的場景構成；廣播劇創造了一連串的想像場景；電影幾乎全是場景。當新新聞學者用現代小說的技巧來講述真實故事時，他們的故事也是由場景所組成。一九七〇年代，湯姆・沃爾夫將「逐景建構」（scene-by-scene construction）列為敘事形式的特徵。

現今依然如此。艾瑞克・拉森利用簡潔有力的場景設計，將原本枯燥乏味的歷史轉變為生動的故事，賦予《白城魔鬼》力量。一八九一年二月二十四日星期二下午兩點是個重要時刻，負責評選芝加哥世博會設計圖的委員們，在這個時間走進該市建築公司龍頭——伯恩罕與魯特建築師事務所的圖書室：

> 室內光線昏暗，太陽已經西下，風拍打著窗戶。北牆壁爐中的火劈啪燃燒，嘶嘶作響，乾燥的熱風讓房間暖和起來，也使得凍僵的皮膚陣陣刺痛。

三個細節（光線、風、劈啪作響的火）將我們快速帶回到數十年前。感官文字把我們帶入房間，感受那個地方的氛圍，等待接下來要發生的事。

當你著手創作一篇非虛構故事，不妨將自己想像成劇作家，畢竟你必須創造一個呈現故事的舞台。一旦有了故事空間，就能置入角色，接著一個彈指，角色就開始呼吸、活動、演出。你啟動情節，結合角色、行動、場景，完成講述故事的三大支柱。

但是請記得：場景本身絕非目的。在故事中，透過行動揭示角色才是終極重點。角色的渴望與需求透過一連串場景推動情節前進，每個場景會提出更大量的重點，之於故事的整體中心思想至關重要。你運用每個場景來設計行動，用戲劇發展吸引觀眾的注意力。誠如長期擔任《達拉斯晨報》（*Dallas Morning News*）寫作教練的寶拉．拉羅克所言：「布景是包裝紙；故事才是禮物。」或是像以百老匯音樂劇聞名的喬治．S．考夫曼（George S. Kaufman）所說：「舞台布景是哼唱不來的。」1

艾瑞克・拉森全面詳盡地蒐羅日記、報紙與法庭紀錄，不是因為他想帶我們遊覽舊日時光，而是因為他想要說一個故事。他將丹尼爾・伯恩罕辦公室的場景納入其中，因為它為芝加哥世博會的誕生提供了一個背景。隨著場景建立起來，行動必然因應而生。在伯恩罕與魯特建築師事務所的圖書室裡，委員們和幾位美國知名建築師一起看設計圖。這些剛從芝加哥寒冷街頭走進來的人，讓房裡充斥著「雪茄與溼羊毛的氣味」。建築師們開始做簡報：

他們依次走到房間前方，打開草圖在牆上展示。建築師們開始騷動，瞬間傳開，彷彿有一股新的力量進入房間。伯恩罕說，他們在交談，「幾乎是竊竊私語」。建築物一座比一座更精緻、更美侖美奐，而且每一棟都很巨大——規模之驚人，前所未見。

白城是那個時代的奇蹟之一，在人們的腦海中已經有了完整的形象，如今接下來的工作就是將它真實打造出來，工人們不到兩年時間就完成了這項建築傑作。對艾瑞克・拉森來說，世博會場因而變成場景中的場景，他利用這個空間來述說一個兇殘連環殺手的故事。白城有它的魔鬼，而拉森有敘事弧，將他的書推上《紐約時報》暢銷榜首。

❖ 挖掘內在場景

場景設置的力量來自於它帶領我們進入故事的能力，讓我們自己駕馭敘事弧。我們透過自身經驗過濾作者提供的細節，這就是為什麼優秀的故事講述能夠誘發我們產生強烈情感。事實屬於作者，但情感是屬於我們自己的，就跟我們與現實糾纏，襲捲而來的那些愛、氣憤、恐懼與暴怒一樣強烈。史迪芬．平克說：「影像驅動著情緒和智力，」接著又說影像「具體得驚人」。[2]

如同湯姆．沃爾夫指出，這與我們對大腦生理機能與記憶過程的了解是一致的：

如果到目前為止研究大腦的學者的說法是正確的，那麼人類的記憶是由多組有意義的數據所構成……這些回憶組合往往結合了一個完整的圖像與一種情緒。眾所周知，故事或歌曲中的一個畫面，就能激發複雜的情感……最有天賦的作家能夠運用豐富的方式巧妙地操縱讀者的記憶組合，在讀者心中創造出一整個世界，與讀者的真實情感產生共鳴。這些事件雖然只發生在印刷品的頁面上，但情感是真實的。因此才會有讀者「沉浸」於某本書中，甚至「迷失」其中的獨特感受。

「迷失」在這裡是個關鍵詞。執導《阿拉伯的勞倫斯》與《齊瓦哥醫生》等經典電影的大衛．

連（David Lean）說，當他意識到他的任務不是重現現實，而是讓觀眾沉浸在某種夢境之中，他身為導演的真正突破才出現。小說家兼評論家約翰．加德納（John Gardner）也有同感，他提到說書人有創造「虛構夢境」的能力。

敘事就是夢境的概念，改變了我對講述故事的整體看法，尤其是場景設定方面。我了解到作家的使命不是描述世界上所有的複雜細節，而是精挑細選一些能刺激現有記憶的細節，來挖掘在讀者腦海中已經存在的東西。在《紅色收穫》（*Red Harvest*）這本書中，達許．漢密特（Dashiell Hammett）描述「一間有很多書的紅棕色房間」。要想像那個房間的情景，以及漢密特在裡面所描述的行動，細節只需要這麼多。換句話說，它們足以激發虛構夢境。

同樣簡要的場景設定也適用於敘事性非虛構作品。當然，細節必須絕對精準，但不必到詳盡無疑的地步。細節要做的就是刺激讀者去填補空白。我的前同事馬提．修利（Marty Hughly）曾被派去報導馬戲團遊行，他只從實際體驗到的嘈雜、繁忙且複雜的情況中，抽取最少的一部分來設定場景：

> 微風中飄散著新馬戲團的氣味。車流停下，店鋪老闆、路人與帶著孩子的父母湧上街頭。大型野獸列隊前進。

約翰．麥克菲只提及我們大多數人都知道的家鄉那種無序的擴張景象，喚醒我們對缺乏規劃、雜亂無章的安克拉治（Anchorage）景觀的想像，從而挖掘隱喻的力量：

幾乎所有美國人都能認出安克拉治，因為在任何城市中都有類似安克拉治的地方，在那裡，城市向外擴張，且隨處可見肯德基爺爺。

❖ 選擇場景

即使是五千字的雜誌文章報導，通常會產生足以製造十幾個場景的素材，但是五千字的敘事只需要三到四個場景。你要如何選擇？

正如人生中大部分的事情，得視情況而定。在上述情況中，取決於你寫的是哪一種敘事。在釋義性敘事中，每個場景都蘊含著作者針對主題想提出的更大、更抽象的觀點。約翰．麥克菲撰寫〈喬治亞州旅行〉的其中一個目的，就是揭露城市開發是如何破壞野生動物的棲息地。描述挖土機操作人員破壞一片原始溼地的場景，是討論政府政策與開發壓力如何造成青蛙生存困境的一個合理出發點。

在故事的敘述過程中，場景的選擇會變得更加複雜。每個場景都應該沿著敘事弧展開，推動行動線通過故事的各個階段。你會希望用一個適合說明的場景開啟故事敘述，這意味著在開場就要介紹主角，並提供了解糾葛所需的背景資訊。如果第一個場景並未包含引發事件，那麼下一個場景就應該要有。接著一連串場景會從一個情節點前進到下一個情節點，向上延伸至故事的劇情鋪陳階段。危機和高潮會在故事的某個關鍵場景展開。到了故事收尾與結局的階段，一個場景或許就夠了。

撰寫《說故事》（*Telling the Story*）這本書的著作出版經紀人彼得．路比，提醒作家在挑選場景時要聚焦在主角身上，以及他們為了排除萬難，克服障礙，解除糾葛所做的爭鬥。他說，好的場景會：

- 導致下一個場景發生，創造因果關係。
- 受主角的需求及渴望所驅動。
- 探索人物為了達到目的所實施的各種計畫。
- 包含改變人物定位的行為，並與故事結尾息息相關。

羅伯特．麥基在他給電影編劇的建議中強調最後一點，指出每個電影場景都必須改變他所謂的主角的「價值感」。「價值感」指的是相對於解決糾葛的終極目標，是角色起伏的程度。在生存故事中，主角可能會落入冰冷的水中，這個不幸的事故使他的價值感急速下降。這值得安排一個場景。當他用陷阱抓到一隻兔子並吃下肚，價值感會上升，也值得安排一個場景。

而且不要忘了梅爾．麥基「故事就是一場戰爭」的概念。衝突是所有好的故事敘述的核心，因此衝突也是選擇好場景的核心。「場景中有沒有阻力？」彼得．路比問。「克服阻力就是前進的動能。」他補充說，如果你正在考慮要寫的場景缺乏衝突與情感，那就別再為它費心了。

❖ 場景的描述

有時候，新手敘事家雖然理解場景設定對故事形式的重要性，卻不明白細節的描述必須具有更大的目的。一個年輕記者無意中模仿「一個月黑風高的夜晚」，寫出的句子卻成為笑柄，以下就是很好的例子：

雲淡風輕的七月十三日週五凌晨，明月穿透黑暗，投下長長的影子。
那天清晨，北波特蘭一名二十六歲女子的人生遭逢打擊。
她被強暴了。

雖然作者從頭到尾都沒有解釋，但我們可以推測明月或許和強暴事件有關，卻很難想像微風與故事有什麼關聯。這個故事是關於強暴，不是放風箏。比爾．布倫德爾也指出，描寫的重點是要能推動故事發展，意味著細節必須要有意義。如何選擇有意義的細節，文字與聲音說書人和電影與攝影說書人相比，具有更大的優勢。照片顯現一切，但是也會分散觀者的注意力，令人困惑。不過這並非是說視覺說書人沒有自己的技巧。優秀的攝影師會透過構圖與對焦，努力將我們的目光導向重要細節；大師級的電影導演透過諸多技巧打破這種困惑，像是水平運鏡，將鏡頭停留在某個重要細節上，將其挑出來做為「不祥之物」，希區考克善用此種技巧，達到非常好的效果。當鏡頭掃過房間，停在一個紙鎮上，你就知道這個紙鎮會在故事中發揮重要的作用。

但文字作家不需要訴諸這些花哨的技巧，只要提到紙鎮，言外之意就是它在接下來的行動中會發揮作用。讀者期待作家能遵循契訶夫法則（Chekhov's Rule）：「如果沒有人想要開槍，就千萬不要把上膛的步槍放在舞台上。」[3]

❖ 透露內情的細節

每一篇好的故事都有一個大觀點，每一個優秀的敘事作家都在不斷發現人生的「小真相」。不是每一個細節都有助於建構場景，但最好的細節不僅能創造呈現行動的舞台，還有助於擴展觀點。

麗莎・克隆檢閱最新的大腦研究資料，加以應用撰寫《大腦抗拒不了的情節》（*Wired for Story*）一書，她指出任何感官細節會出現在故事中，有三個主要理由：

1 它是與情節有關的因果軌跡的一部分。

2 它能讓讀者深入了解角色。

3 它是隱喻。

當大衛・葛蘭一走進史蒂夫・奧謝的個人空間便捕捉到證據，發現他所面對的人一心一意執著於自己的追尋，他就通過了上述三個考驗：

接著我們去了他在大學裡頭的辦公室，為了探險征途，他在這裡收集了各式各樣的東西。這是個像閣樓的空間，看起來完全是為了他口中「瘋狂癡迷」的東西而存在。牆上貼的桌上堆的都是圖片，其中有許多是他自己畫的，有大王魷魚、大王酸漿魷、大魷魚、疣狀魷魚、豹紋魷魚。此外還有魷魚玩具、魷魚鑰匙圈、魷魚期刊、魷魚電影，還有魷魚的相關剪報（「警告！巨型飛行魷魚在澳洲海域攻擊船隻」）。地板上放著許多玻璃瓶，裝著用酒精保存死掉的魷魚，眼睛與觸手都緊貼著玻璃罐壁。

崔西・季德筆下的〈小鎮警察〉全心投入工作，這是他一直想做的事，季德的觀察將這個事實表達得很清楚：

位於福布斯大道的家中，湯米用蠟筆在臥室衣櫥內壁寫著：

湯姆．歐康納，一九七二年九月二十九日。

我想當警察。

我現在六年級。

❖ 集體細節

抽象階梯底層的意象具有清晰的焦點，使讀者相信自己讀到的是真實的。但是作者再往上爬幾個梯階，描寫人物群體、鄰居，甚至整座城市，也與我們看待和理解周遭環境的方式是一致的。蓋．塔雷斯曾經將紐約描寫成「被忽視的『城事』。這座城市的貓在停放的汽車下面睡覺，兩隻石犰狳爬上聖派翠克教堂，成千上萬隻螞蟻在帝國大廈的屋頂爬行。」

就像大多數技巧嫻熟的非虛構作家，崔西．季德也會穩穩地拉近敘述鏡頭，接著再拉遠。他用集體細節來描述集體特徵，那是將人類放進其社會背景的地位指標。這裡再次以〈小鎮警察〉的故事為例，他用精明的眼光環視他的轄區：

湯米不時朝著一小群在普拉斯基公園裡和服務台附近閒晃、奇裝異服的年輕人們瞥去一眼——滑板青年反戴棒球帽；幫派兄弟穿垮褲戴金鍊；哥德族穿著有鉚釘珠寶裝飾的破爛黑衣服。

❖ 空間

舞台是三度空間的。如果你想讓讀者沉浸在故事中，與角色並肩站在舞台上，就必須讓他們意識到自己存在於這三度空間的每一個維度中。「你必須架設場景，這樣讀者才能感受到體積、空間與維度，」馬克．克雷默說，「並在那裡產生感官的體驗。」

這裡再次以黛博拉．巴菲爾德．貝瑞與凱莉．班罕．弗蘭奇的故事為例，描寫汪達．塔克進入安哥拉首都盧安達：

被水泥塊壓著屋頂的低矮土坯屋飛掠而過，模糊看不清。接著映入眼簾的是外牆剝落、空調生鏽的高樓大廈。懸掛在陽臺的曬衣繩上晾著五顏六色的衣服。城市裡到處都是人，但似乎少有行色匆匆者。孩子們穿著白色制服去上學。人行道上，有人在祈禱、哄抱顛動嬰兒、烤番薯、擠在公車站、在牆邊撒尿、綁頭髮、帶著幾串魚。

請注意這段文字是如何營造空間感的——遠景的高樓大廈，中景是陽臺上掛著衣服，近景則是土坯屋。許多透視性強的畫面也能達到同樣的效果——一條小路蜿蜒深入被冰雪覆蓋的森林，一段長長向上的階梯，向前延伸沒有盡頭的火車鐵軌。利用這些技巧可以幫助充實你所創造的舞台。而動感更加深了沉浸在空間中的幻覺——從主角的觀點來看，建築物飛掠而過，街上都是人，有人哄抱顛動嬰兒，有人在牆邊撒尿，還有人帶著成串的魚。

描寫場景時，你也可以從遠景拉回到場景本身，營造出敘事的動感。正如崔西．季德第一次描述保羅．法默位在海地的醫療診所時如此寫道：

日光下，在一棵樹都沒有、地面被曬成焦褐色的景致中，「健康夥伴」（Zanmi Lasante）的存在格外引人注目，如同山坡上的一座堡壘，這是一個大型水泥建築群，有一半都覆蓋在熱帶綠色植物之下。牆內側的世界鬱鬱蔥蔥，大樹矗立在中庭周圍、走道與牆邊，精巧的水泥與石頭建築豎立在樹木叢生的山坡上。

一開始是從遠處觀看，醫院孤零零地坐落在焦褐色景致中。但是接著季德將鏡頭拉近，進入診所內部綠意盎然的世界，你如果親自造訪「健康夥伴」會得到相同的體驗。

❖ 定場鏡頭

創造周圍空間感的需求超越了印刷品。Podcast 敘述者可以跟隨著敘事線來描述他們進入的空間。電視與電影說書人經常使用「定場鏡頭」，也就是廣角鏡頭，可以容納整個場景，包括一連串的行動。季德對「健康夥伴」的描述，為接下來在診所裡面發生的行動建立了空間背景。他用更寬廣的定場鏡頭做為〈小鎮警察〉的開場，包含主角警察活動的整個舞台：

> 從麻州西部的霍利奧克山山頂，你可以看到康乃狄克河谷，這是一片廣闊的耕地，森林向地平線延伸，位在中心的則是老城北安普敦，安居在天然屏障之中。東邊一條寬闊河流沿著大多種植玉米的田地蜿蜒流淌。北邊與西邊，遠處伯克夏郡的山麓丘陵向上隆起，比北安普敦的許多尖塔還要高……從山頂望去，北安普敦就如同比鄰的玉米田，是一個展現完美秩序的夢境，全然井井有條，自足自立，在這個地方，一個人可以度過一生，自成一個微小卻完整的文明。忘卻歲月的紛擾——人類工藝的每一件作品都有適宜觀賞的距離。下方整個城鎮盡收掌心，如玻璃雪球，搖一搖就雪花紛飛。

故事的其餘部分就發生在這個城鎮裡。但因為季德是以山頂俯瞰的景象做為背景開始寫起（這是完美的定場鏡頭），讀者可以繼續體驗這個存在於周遭景致之中的城鎮。周遭景致與人們對於此座小鎮的感受息息相關，這對於理解身為故事核心的小鎮警察至關重要。

❖ 質感

我曾在波因特學院（Poynter Institute）寫作坊擔任教員，與來自《普羅維敦斯紀事報》（*Providence Journal*）的普立茲獎得主傑拉德・卡爾本（Gerard Carbone）共事。在卡爾本的課程中，他帶我們到外面，叫我們依照質感來描寫場景。他說，請尋找具有鮮明對比的元素。如果你的讀者能看到千篇一律以外的東西，你便能提供他們更豐富的經驗。於是我轉身背對坦帕灣，回頭望向學院的華麗建築。交叉線樣式的紅瓦屋頂在藍天下閃閃發光；棕櫚樹葉順著建築物的幾何線條起伏。我完全明白了卡爾本的意思。

我親身經歷最好的例子可以回溯到多年前的一次紐約行。那時時局不佳，是在一九九〇年代紐約市重生之前，巨富與犯罪、貧窮、墮落形成強烈對比。我走在第五大道上，在蒂芬尼的門市前停下腳步，透過小櫥窗盯著一個要價二十萬美元的鑽石頭飾。窗戶很髒，為了看得更清楚，我必須傾身靠近睡在人行道上的遊民。這個反差真完美！

❖ 氛圍

聰慧的作家不僅會用有質感的空間圍繞著讀者，還會提供他們一種氛圍感，如此觸手可及，讓他們能夠自由呼吸。史迪芬・平克指出「心情取決於周圍的環境」，並建議你「想想在公車終點站候車室或湖邊小屋」的感覺。

在小說中，托瑪斯・曼（Thomas Mann）是營造氛圍老手；在非虛構文學中，《紐約時報》記者安東尼・夏迪德（Anthony Shadid）的作品也同樣令人印象深刻。以下是他描述沙塵暴期間的巴格達：

沙塵暴來襲的第二天，這座五百多萬居民的城市，覆蓋在一層從伊拉克沙漠吹來的沙塵底下。天空從清晨耀眼的黃色轉變成下午的猩紅色。暮靄般的褐色之後是夜幕降臨時陰森的橘色。一個臨時蔬菜攤上的洋蔥、番茄、茄子與橘子，為這個城市提供幾道色彩。一整天都在下雨，使得巴格達沐浴在一片泥濘之中。

請注意蔬菜攤提供的質感。夏迪德告訴當年《最佳報紙寫作》一書的編輯奇斯・伍茲（Keith Woods）：「我只是想起蔬菜攤是那座被沙塵掩埋的城市中唯一的色彩。」他自己也有點訝異，「像蔬菜攤這麼無關緊要的細節，卻能有助於描寫當時那座城市的模樣。」

像蔬菜攤這類精挑細選的細節更增添了氛圍。艾瑞克・拉森為了喚起讀者對於一八九〇年代在芝加哥生活的感覺，採用文字敘述的方式來營造氣氛，描述在城市「煤煙長期籠罩的昏暗中」，嘶嘶作響的煤氣燈散發著黃色光芒。

這一點，結合其他類似的細節，增添了芝加哥早期的整體氛圍，就像一座含有砂礫的工業用汙水池，使得白城計畫相較之下更加令人嘆為觀止。在故事敘述中，氛圍是一個關鍵元素，是核心訊息的重要元素。拉森很明智，不僅會問「發生什麼事？」也會問「感覺如何？」

❖ 背景設定

有時場景細節還有一個附加功能，那就是替敘事增加一個維度。透過喚起某個特定的時間與地點，場景細節將讀者帶上旅途或者進入時光機……或兩者皆有。艾瑞克．拉森對於一八九三年芝加哥世博會的描寫就是一個例子，約翰．麥克菲在《走進國境》中描寫的阿拉斯加也是。我隨意翻開這本書的其中一頁，就被描寫角色造訪遠方鷹村的這段情節給吸引住：

庫克急切地想要回到唐娜身邊。所以，破冰後不到一個禮拜，河冰還很厚，他就借來一艘獨木舟，帶著他的狗前往河邊。他本來打算從鷹村距離上游不遠的小碼頭安靜下水，但那意味著他必須帶著狗經過村子，庫克不希望引起騷動。在整個鷹村，幾十隻狗都被拴在各自小屋旁的木樁上，庫克的狗沒有拴繩，到處亂跑，可能會被以為要挑釁打架，惹怒村子裡那些被拴著的狗。庫克在鷹村的落腳處是一間棚屋，建在他自己的土地上，所以他帶著狗穿越樹林，到鷹村下方渡河。

這段描述散發出濃濃的阿拉斯加內陸的氣息。「破冰」是阿拉斯加人用來描述每年該州大河冰雪融化的術語，這件事如此重要，他們每年都會開設大賭局預測破冰日期。拴在小屋外頭的狗、棚屋、獨木舟——每個細節都更讓人感覺到阿拉斯加是個獨一無二又特別的地方。累積起來就成了文學評論家所謂的「背景設定」。

背景設定在區域性敘事中具有特殊的重要性，這類型文字的特徵多半來自其故事展開的地點。在最鮮明的區域性作品中，背景設定持續存在，地點堅定地處在一個引人注目的位置上，幾乎成為一個角色。

和其他人一樣，羅賓．科迪（Robin Cody）大多透過景象、聲音與氣味來描述我生活的太平洋西北地區，此舉賦予強烈的背景設定之感。他在《西北雜誌》發表關於流動伐木工人的故事，描寫這些獨立工人在該地區的樹林裡自行作業，他將背景設定編織成強烈的行動線，如同這段對流動工人伐木「表演」的描述：

尖銳的嗶一聲——捆木工向吊車塔台發送信號，打斷了集材區柴油集材機的嗡嗡聲。架空索鬆弛下來，索具掉進峽谷谷地。三名捆木工像下方遠處的玩具兵，急忙將另一批原木勾掛起來。捆木工的作業很危險，在陡峭的山坡作業更危險。想像這是巨大版的撒棒遊戲（譯註：遊戲玩家輪流從散落的木棒堆的頂部開始拿起木棒，不能碰觸到其他木棒，也不能先拿掉被壓住的木棒。），原木交叉縱橫躺在四十度的斜坡上，吊掛纜線要穿過正確的原木下方並將其捆起來。對捆木工來說，毒橡木、蕁麻與黃蜂還算小事，最大的夢魘是纜線突然斷了，或其中一根原木移動的方向不對。

捆好原木後，捆木工快速退到安全距離，用無線電向塔台發送兩聲尖銳的嗶嗶聲。架空索拉直繃緊，在乾樹枝的碎裂聲中抬起原木，外控纜線將原木拖拉向集材場，灰塵與樹皮從木頭上紛紛掉落。

搬運原木的卡車進進出出。集材機搖搖晃晃不斷地從原木堆中將原木運往卡車那裡。頭頂上方的纜線在清晨灰濛濛的天空下持續忙碌地舞動。新鮮原木、刺鼻的冷杉與未加工鐵杉的氣味，與起重機運作的廢氣混合在一起。下方傳來捆木工短促的嗶嗶信號聲，緊鄰的山脊傳來伐木工使用鏈鋸的嘎嘎聲。

羅賓是這些地區的暢銷作家，他廣受歡迎的一個原因是善於背景設定。他向來能從景致中精準地挑選出具有地理意義的細節，這是我這個西北人能夠拍胸脯保證的。我見過流動工人的伐木秀，可以證明羅賓完美掌握了那種獨一無二的背景設定。

❖ 場景鮮活

歸根結柢，描寫的重點是為了創造栩栩如生的場景，而生動的細節是生活場景中最重要的元素。空間感有助於建立這種真實感，質感與氛圍也是。但是，當特定角色在他們的世界中活動時，我們彷彿能透過他們的雙眼看見場景，這樣的錯覺無疑是錦上添花。湯姆．沃爾夫清楚表示現代非虛構作品應該透過觀點角色述說故事的概念，這不僅適用於場景設定，也適用於故事的其他元素。崔西．季德是透過主角警察湯姆．歐康納的雙眼來描述滑板客、幫派兄弟與哥德族。黛博拉．巴菲爾德．貝瑞與凱莉．班罕．弗蘭奇也用相同的手法來描述「一六一九計畫」的主角終於抵達位在非洲的目的地：

> 汪達．塔克步出飛機，天空灰濛濛的，與停機坪的柏油地面融為一體。她吸一口氣，把有草編手把的新袋子扶正，然後一步一步又一步地走下金屬登機梯。她離開維吉尼亞州已經四十個小時，她恰好趕上六十一歲。飛越寬廣深沉的海域，望著眼前迎接她的低矮鐵皮屋頂，讓她更清楚明白自己所為何來。
>
> 飛機發出嘶嘶聲響。四周都是和她一樣的褐色臉孔，但他們說出口的話卻是一片嘈雜亂哄哄的聲音。

這樣的描述天衣無縫地融入行動線，因而增添了真實性。我們隨著觀點角色的移動看見他們置身的世界，一幕幕引人入勝的場景從身邊經過，就好像我們和那些角色一同走路或開車穿越而過，而不是像我們坐在劇院的座位上盯著場景。崔西．季德用蹣跚、顛簸的動作，以及觀點角色沿途所見，來描寫通往保羅．法默那間偏遠醫療診所的路：

不過，在庫狄薩克平原的另一邊山腳下，道路變得像是乾涸的河床，卡車開始顛簸搖晃，爬上了懸崖——從懸崖邊往下看，你會看見成堆的卡車殘骸。從那一刻開始，沒有人再開口，就連坐在前座健談的海地人也噤聲不語。

❖ 場景建構

湯姆．沃爾夫將「逐一場景的建構」列為新新聞學最基本的技巧，這也是最能分辨敘事性非虛構作品與釋義性非虛構作品的技巧。換句話說，這是一個區分報導與故事的特徵。

我們以主題來統整報導，如果想寫得正式一些，可以依照小學老師教我們的大綱編號。幾乎所有新聞報導或新聞特寫都適用這種模式。我任職的《奧勒岡人報》曾報導過是一個西部典型「只有帽子，沒有牛（虛有其表）」的騙子，就以其結論故事為例吧。他誘騙無辜的投資者加入據說是大型牧場經營企業的有限合夥，藉以避稅。事實上，他只有幾頭母牛，他把這些牛趕到許多個畜欄裡，營造出牛群眾多的假象。我們對此案審判報導的最後故事依照以下的主題大綱進行：

一、法庭軼事
1. 騙子的歷史
2. 判決
二、騙局的發展
1. 老實牧場主人的歷史
2. 有限合夥
三、幽靈牛隻
1. 輪換畜欄
2. 做假帳
四、受害者
1. 安德森家庭
2. 麥考伊家庭

五、後果

1. 和解

相比之下，敘事是透過一連串精挑細選的場景來述說故事。我一直以來最喜歡的一篇作品是巴瑞・紐曼（Barry Newman）在《華爾街日報》的專題報導〈釣魚人〉（Fisherman），描寫英國古怪的「雜釣」活動。這顯然是藍領階級的活動，在酒吧裡組織起來，目標是在舊運河、死水水塘和其他會讓高貴鱒魚立即斃命的水域釣雜魚。

巴瑞的場景結構從敘述者把車停在凱文・阿舒爾斯特（Kevin Ashurst）的住家前面開始。當巴瑞提到幾隻死掉的羊躺在院子裡、正在腐爛時，你就該領悟到作者給你的第一個暗示——雜魚釣者不是那種拿著竹製飛蠅竿、穿著花呢服的紳士。阿舒爾斯特正在養蛆，那是他偏愛使用的魚餌。

從這裡開始，巴瑞的敘事線追隨著典型的雜釣經驗。由於〈釣魚人〉是釋義性敘事文章，每個場景都會留給作者一點空間論述主題。當巴瑞提到羊的時候，解釋了雜釣是什麼，又是如何進行；當他帶我們進入阿舒爾斯特的農舍喝茶時，告訴我們一些這位養蛆農夫的背景，以及解釋他身為冠軍雜釣者的競爭動力；酒吧之行中我們看見一張圖表分配釣者到不同的死水區域；下一個場景我們與阿舒爾斯特一起站在他被分派到的運河地點，在那裡我們得知他的一些釣魚策略；接著回到酒吧，我們得知阿舒爾斯特再次拔得頭籌。在小故事的結尾，阿舒爾斯特躺在農舍的床上，盤算著如何為下一次比賽精進技術。

巴瑞簡單的場景大綱如下：

第一場：養蛆農場

a. 院子裡死掉的綿羊

b. 在農舍喝茶

第二場：酒吧

第三場：運河

第四場：酒吧

第五場：阿舒爾斯特的臥房

新手敘事作者有時會難以適應場景建構的情節鬆散的本質。但是巴瑞・紐曼的每一個場景，在時空上和其他場景都有很大程度的區隔。一個場景結束，另一個場景便在敘事弧的另一處展開。在大多數印刷出版的敘事作品中，會用星形換行符號、項目符號或首字放大等典型的排版手法，將整體架構中的主要單元分開。這沒什麼，因為讀者已經習慣戲劇舞台上布幕的開合，也被電影中戲劇場景變化訓練得很好。Podcast 通常會在各集轉換時製造最戲劇化的場景變化，但也會透過「同時，回到牧場上……」這類歷久不衰的旁白音訊提示，在各集中表示時間或地點的改變。

一旦你習慣於把故事想成一連串的場景片段，場景結構自然就成為安排敘事的第一步。沒有什麼比場景結構更能釐清你腦海裡的故事，因此，也沒有什麼比場景結構更能簡化報導與寫作。

我與報刊記者合寫大型敘事時，經常要面臨充滿挑戰的報導環境與緊迫的截稿壓力，我發現在這種時候場景建構十分有用。想想塔奇圖號的案例，這艘奧勒岡漁船在二〇〇〇年代初期的某個父親節當天沉船。這篇報導具有優秀敘事的所有元素，既可以刊登在全國性雜誌上，可以網路互動演示，錄製成Podcast節目，或是拍成電視紀錄片。最終我們決定刊登於《奧勒岡人報》。

塔奇圖號的船主在奧勒岡州提拉慕克灣岸的小漁村加里波第（Garibaldi）外海經營船隻出租。十七名漁夫到來，為了在早春時節到太平洋進行海底捕撈探險。但由於潮低浪高，海岸防衛隊人員警告租用船的船長們，海灣口沙洲的海況兇險。

幾位租用船的船長取消了捕魚活動，但包括塔奇圖號在內的四艘船卻在沙洲內伺機而動。有三艘船成功通過巨大碎波，塔奇圖號的船長發動引擎，卻駛入大漩渦，船掉進海溝裡，船身傾斜陷入，這時一道二十五英尺高的大浪猛地打向舷側。

塔奇圖號不停地劇烈搖晃，把甲板水手、船長和幾名漁夫拋進水中，其他人則被困在船艙裡，拚命想從堵住的窗戶和艙口逃出去。甲板水手和幾名漁夫游向海灘，船長葬身水底，有一人未能從船艙逃出，其他人則溺斃在大海中。最終碎浪將毀壞的船身打上岸，在那裡，救援人員照顧著倖存者，並找到另外八具屍體。

《奧勒岡人報》以重大新聞的方式報導這起悲劇，首先刊登於六月十五星期日的頭版，之後一整個星期都在進行後續報導。但到了週二，我們考慮使用業界稱為「事件回顧」（tick-tock）的寫作方式，即是對整起事件的敘事重建。只有敘事能讓讀者身歷其境，感受從租船辦公室到碼頭，再到沙洲、海邊的過程。重新體驗整起悲劇事件，有助讀者更了解事發經過，這是單調的事實陳述永遠無法做到的。事件回顧的戲劇性力量，也能迫使讀者重新評估導致悲劇發生的政策——聯邦政府沒能疏濬危險的沙洲，沒有越過沙洲一定要穿救生衣的規定，而且海岸防衛隊人員警告沙洲狀況險惡，也沒有政策強制規定船長必須聽從指示。

週三，我召集六名記者到會議室，其中三位來自採訪這起沉船事件的焦點新聞小組，他們熟悉可能對於撰寫事件回顧有所幫助的消息來源。我站在掛圖前，在記者提出二十三條建議時寫下名字，接著每一個記者被分派負責一則消息來源。我將那幾張大紙撕下來，貼在牆上，再轉身回到掛圖前，用萬能筆畫出一個大敘事弧。我們依據所知將事件順序過了一遍，我把每一個事件都標在弧線上：六點在碼頭集合，準備出發；另外三艘船離港時等在岸邊；七點試著越過沙洲，船身翻覆，掙扎求生，直到九點二十分整起悲劇在海灘上結束。我們一討論完，就把敘事弧貼到消息來源表旁邊的牆上。

接下來我們討論關鍵場景，選出最能幫助我們觀看場景的角色視野來說故事。我們列出九個場景，我在掛圖的另一頁上把它們畫成一連串的方框。勾勒整個故事的結構所需的一切素材，至此統統齊備。結合敘事弧與場景列表，產生了看起來像圖6的藍圖。

故事會從碼頭開始，這樣我們才有機會進行必要的闡述。我們會介紹船長、甲板水手，還有漁夫中幾位關鍵角色。我們會描述船、海灣和沙洲，以及所有的危險因素。下一個場景我們會在漁船的駕駛台上繼續闡述，因為船長在沙洲內的集結等待區域等著出海，那是他做出致命決定的地方。接著我們會依序詳述出海和翻船的過程，傾覆的船中船艙淹水的恐怖場景，然後是唯一一艘救生艇上的場景，再詳細描寫人們被拋入大海裡掙扎求生的景象。從海灘的場景開始，我們進入故事收尾階段，旁觀者衝入浪裡

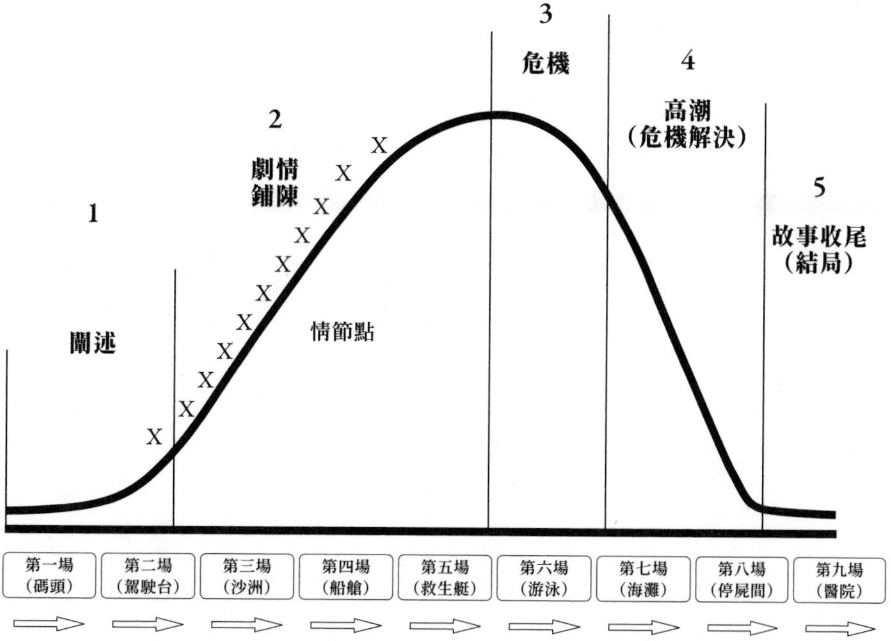

圖6｜塔奇圖號沉船事件：敘事弧與其場景建構

把屍體和倖存者拉上岸，另外一個場景是從海岸防衛隊救援人員的觀點來描述，他們坐直升機抵達現場，從海中拉救出幾名倖存者。場景會在醫院結束，由倖存者談論他們的經驗。

我在方框下方標示場景，用幾個字描述以懸念結束場景的動作，也預示下一個階段的高潮。甲板水手從碼頭出海。船長踩下油門，航向沙洲。大浪逼近船身時，甲板水手大聲喊叫。

但是她究竟喊了什麼？當下沒有人知道；因此我做了一個猜測，在掛圖紙上寫下「浪來了！」，我把這張紙保留下來，寫這段內容時，那張紙就放在一旁。但是在真實生活的敘事中你不能妄加揣測。顯然，負責採訪甲板水手的記者必須問明白。她問了，原來就在那波巨浪要打過來時，那位甲板水手實際上說的是：「噢，該死！」因為太適合這個場景了，我覺得故事結局有這句粗話並無不妥。也沒有任何讀者抱怨。

這個小插曲顯示，安排每個場景，並畫出整個敘事的場景藍圖是很有價值的。這段過程引導著接下來的報導，聚焦於問題，並集中注意力在故事的關鍵時刻。

小組決定由蜜雪兒・科爾（Michelle Cole）與凱蒂・穆爾杜恩（Katy Muldoon）這兩位記者主筆。我們將圖表從頭到尾看了一遍，兩人各分配到一半的場景。其他記者只要發現新的資訊，可以投供給主筆記者。計畫所顯露的可能性激勵了六名記者，他們將貼在牆上掛圖紙上的內容抄寫下來，而後離開會議室，他們腦海中都在想著為了完成報導所要進行的採訪計畫。他們只有兩天時間——因為我需要足夠的編輯時間，第一個週末版的截稿日是週五午夜。

他們一繼續採訪，就找到了設定戲劇性場景的絕佳機會。一位加里波第的牧師與妻子從住家目睹了大部分的事發經過，他們家位在能夠俯瞰海灣的山丘上。船主在碼頭上看見船翻覆。一位自由攝影師在海灘上錄下了救援行動，果不其然，他願意將影片賣給我們，而我們接觸的每一位目擊者都願意談談他們的所見所聞，其中有些人還躺在醫院的病床上。

新得到的資訊稍微改變了敘事結構。我們從租船船主那裡收集到好素材，事情始於那天清晨五點的租船公司辦公室，所以我們將那裡設為第一個場景，把碼頭移到第二個場景。牧師夫婦提供的故事如此引人入勝，所以我們決定讓兩人成為他們自己場景中的觀點角色。事情就是這樣。不過，總的來說，原始架構對我們還是有所幫助。我們趕上了第一篇故事的截稿日，那篇令人震驚的敘事從報紙的第一頁頭條開始，再轉到內頁的兩頁報導，並附上解釋整起事件經過的絕佳照片和彩色圖表。六位記者、攝影師、圖像編輯、美術設計及新聞編輯通力合作，在兩天內完成了一篇洗練的七千字敘事。

然而能有這樣的成果不只是運氣好。我們按部就班，仔細建構場景，一如既往，好運是留給準備好的人。

7

行動——Action

敘事不是靜物畫，它是一部電影。

——泰德．錢尼（Ted Cheney）

想像自己正坐在電影院裡。你花大錢去看的動作片已經到了故事理論家所說的「危機」階段。我們的英雄駕駛著亮紅色跑車，呼嘯著開上山坡，飛越過山頂的十字路口。窮追不捨的壞人開著一輛黑色的運動型多用途車，緊跟追到山頂。輪胎發出尖銳的摩擦聲，刺耳的喇叭聲大響。壞人攔腰撞上垃圾車，玻璃粉碎，車身發出尖刺聲響。第二個壞人飛車經過正在燃燒的殘骸，衝過煙霧，瞥見他的獵物正轉過遠方的轉角。他將油門一踩到底。

好了，你大概明白了。現在回到安靜的家中，啟動印表機，將你今天寫好的五頁稿子列印出來。把它們拿起來。是不是軟綿綿又輕飄飄的，無力地掛在你的指尖？把它們鋪放在桌面上。它們就躺在那兒，沒有色彩，沒有聲響，什麼都沒有。

印刷品是所有媒體中最缺乏感官刺激的。廣播讓我們耳裡充滿聲音與音樂；電視與電影將我們帶入充滿行動的場景之中；網路圖片則迅速蔓延，數量激增，可以放大縮小，五彩繽紛。Podcast 以寓居故事中的角色聲音來賦予故事血肉。但印刷品是不能動的、無聲的。如果你想將寫在紙上或用電腦打字的潦草幾句話，變得能夠與電影大螢幕的飛車追逐相媲美，你就必須適度剪裁作品。對人類存在豐富、可感知的片段進行再創造，是對作家技能的終極挑戰。

但是你必須迎接挑戰。畢竟行動正是故事本身。

幸運的是，數百年來文字說書人不斷發展寫作技巧，賦予這個弱勢媒介遠超過你所期望的強大力量。學習他們的技能，你就能在輕軟的紙上創造出強而有力的生命。

❖ 敘事導語

行動的重要性，暗示著應該一開始就要動起來。在敘事的第一行就應該有事發生。泰德・錢尼是最早認真看待敘事性非虛構寫作的學者之一，他的結論是：「出色的、戲劇化的非虛構作品的開場……蘊含著會活動、有去處的生命。」

但是要去哪裡？漫無目標的行動會讓你一事無成，讀者所期待的開場是，能夠帶領他們從一段吸引人的發展進入到下一個。

根據故事理論，我們知道敘事弧是在主角陷入糾葛時首次上升。因此，故事起頭的第一行應該是在意外事件打破原本平靜生活軌跡之前，就要先讓故事的關鍵角色脫離原本安穩的步調，畢竟失控的力量會造成無可挽回的改變。這就是為什麼麗莎・克隆會強烈建議那些習慣以平穩步調做為主角開場介紹的作家們，要盡快「把主角從安樂窩上推上衝突之中；故事是一場不斷升級的挑戰，而你的目的是確保這是一位夠資格能達成目標的主角。」

劇作大師拉約什・埃格里說：「戲劇應該始於第一句台詞。」接著補充說理想的「衝突攻擊點」（point of attack），就是在命懸一線的危急關頭。可能有以下情況：

- 「衝突導致危機發生的那一點。」
- 「至少有一個角色走到人生轉捩點的那一點。」
- 「一個會引發衝突的決定。」

劇院的大門一旦關上，布幕拉起，觀眾就被困住了，至少在第一次中場休息前都無法動彈，所以劇作家還有點時間能引起他們的興趣。另一方面，新聞來源、書籍或雜誌等敘事作品的讀者則自由得多，只要感到厭倦，他們就會換個選擇。因此，大眾印刷媒體必須在第一行就抓住讀者的注意力，迸發出足夠的能量，吸引讀者的目光。換句話說，這些句子應該當成「敘事鉤」。

還記得史都華・湯林森為《奧勒岡人報》寫的那篇報導的開頭嗎？一名警察從燃燒的汽車中救出一名女子。開頭是這麼寫的：

一輛皮卡車呼嘯而過，車速逼近八十英里。

波特蘭後備警官傑森．麥高溫將巡邏車停在東南分區路與第一四二東南大道交叉口，他看見皮卡車急轉彎進出車陣，差點撞上他。

這輛卡車是由一名有多次吸毒與行車肇事前科的男子所駕駛，他突然將車子轉向迎面而來的車流中，撞向一輛小客車。衝擊力道將年輕的女駕駛困在車裡，車身突然起火。麥高溫逮住卡車車主，奮力滅火，歷經重重危機，保住女人的性命，直到消防隊趕到，把車體撬開將她救出來為止。整篇文章是個完美的小敘事作品，有英雄與圓滿結局。讀者來信說他們非常欣賞這篇新聞報導，因為它一改常態，表彰了一名無私盡職的公僕。

你很難超越「一輛皮卡車呼嘯而過，車速逼近八十英里」所產生的能量。但在大多數的情況下，沒有必要這麼做。擄獲讀者興趣的手法五花八門。就像之前無數的成功說書人，你可以，好比說，吊吊讀者的胃口，讓他們猜想後續發展。當地一名醫生玩滑翔傘，撞上奧勒岡州海岸懸崖的一棵高大雪杉，卡在樹枝上搖搖欲墜，非常危險，只要亂動一下就會摔落身亡。救援人員趕到，但設備卻搆不著他。這時有人想起一個人，他以前是出名的伐木工人，現在是攀樹師，善於攀爬最高的常綠樹木。電話撥打出去，對方接聽了。賴瑞．賓漢（Larry Bingham）寫下這段導語：

貝姬．薩里（Becky Saari）聽丈夫講電話，對通話內容愈來愈好奇。

「什麼東西卡在樹上？」

「誰？」

「要做什麼？」

嗯，我猜我會再多看幾行，尋找這些問題的答案。看到伐木工人來到意外現場，輕輕鬆鬆地爬上樹，用繩子將嚇壞的醫師綁好救下來，讓故事圓滿落幕。

史都華與賴瑞的導語是絕佳的敘事鉤，考量到這兩位作者的工作期限很緊，這個成就更顯得非比尋常。但是現在回想起來，我當時的編輯工作應該包括建議作者從主角的觀點開始每個故事。從關鍵角色的視角說故事，有助於讀者身歷其境，讓他們能夠意識到即將到來的挑戰，彷彿自己也身臨其中。

請記得行動與觀點的重要性，任何敘事的開場都是預設以主角的名字開始，再立即續接一個強化動詞。史都華可以寫「傑森．麥高溫看見一輛皮卡車呼嘯而過，時速逼近八十英里」。賴瑞可能是從伐木工人抵達現場，盯著醫師在高處搖搖欲墜寫起。

當然，故事開場有千百種方式，主角加動詞的開場句子或許未必總是最好的形式，但在多數情況下，它的效果都非常好。《奧勒岡人報》記者喬．羅斯（Joe Rose）最成功的一篇警察巡邏故事，開場就用了吸睛的行動與關鍵角色的觀點。故事在一間大學生和不從主流青年時常光顧的二十四小時古怪甜甜圈店展開。動作開始時，一名小偷試圖偷走巫毒甜甜圈店裡掛在牆上的「神聖甜甜圈」，那是一個巨型海綿甜甜圈模型。夜晚店裡的顧客如同電影《科學怪人》裡的農夫們，一起追著小偷跑到鬧區街上，最後救回神聖甜甜圈，把小偷繩之以法。根據羅斯寫的故事，一切開始於「弗萊爾・傑伊（Fryer Jay）聽見巫毒甜甜圈店的廚房裡有碰撞聲，轉身離開週一夜晚湧來的大學生人潮，走進廚房」。

不是每個敘事的開場都需要喧鬧的行動，平靜的故事就需要安靜的開場。但仍必須要有事發生。《費城詢問報》偉大的醫學與科學作家唐・杜列克（Don Drake）重建首次科學認定令人恐懼的新疾病愛滋病的情景時，他平靜地描述主要研究員前來參加一場突破性會議的場景：「這位免疫研究學家走進旅館昏暗的酒吧，點了一杯馬丁尼。這間小旅館位在疾病管制中心對面。」戴夫・霍根（Dave Hogan）發表過一篇令人心酸的故事，關於一個小男孩目睹父親注射過量海洛因暴斃，他從一個遇見孩子的旁觀者角度來描寫：「週一晚上，人們從密申劇院 & 酒吧魚貫而出，一個八歲男孩獨自站在波特蘭西北區的人行道上，臉上帶著乾涸的淚痕。」湯姆・霍曼在獲得普立茲特寫獎的三部曲系列文章中，他把重點放在介紹主角的一個安靜場景之中：「男孩坐在客廳的沙發上，沉浸在自己的思緒裡，細瘦的雙手撫摸著家裡養的貓。」

❖ 連續動態

行動是故事跳動的心臟。敘事透過時間將事件串聯起來。但是解釋事情有的時候必須暫停一下，而且偶爾，非常偶爾，你可能會想要思考一下剛發生的事件的哲學涵義。老練的新聞記者自嘲地稱之為「紙上談兵」，不過讀者不會給予太多轉圜空間，所以故事一旦開始，就要保持行動繼續下去。

當然，不是每一個敘事都要模仿動作片。不停的追逐場景只會吸引睪固酮分泌旺盛的青少年，然而題材比較嚴肅的電影依賴的就不是咄咄逼人的行動。即使像我這種傢伙會抱怨「根本不知道發生什麼事」的愛情電影，也有持續建構行動的安靜風格，只是它可能更側重於人際關係的轉變，而不是騰空飛越的皮卡車。另外，儘管叫做概念書，但探討鱈魚、鹽或紅色等主題的長篇敘事文章，也必須維持動態才算成功。

瑪麗．羅區是最成功的概念書作家之一，她非常喜歡死亡這個主題。她以《不過是具屍體》打入暢銷排行榜，這本書是用第一人稱來探討屍體的長篇概念書，另一部作品《活見鬼》也用類似的手法討論來世。兩個主題都不適合採用熱鬧的行動。但瑪麗之所以能吸引廣大讀者，是因為她不是讓主題像描述的死屍那樣動也不動，行動幾乎讓書中的每一個段落都生動起來。《活見鬼》中有一段，她跟一名印度醫師去拜訪一位村民，據說此人是當地一個男人的靈魂轉世。瑪麗發現醫師跋扈的個性具有喜劇效果，並在和他一起坐上開往村子的汽車時加以利用。與此同時，請注意她是如何保持敘事持續前進：

他最喜歡的是這輛車的司機。「他很順從，」當我們駛離路邊的時候，羅瓦特醫師告訴我。「一般來說，我喜歡聽話的人。」

車子駛離路邊不是什麼爆炸性的大行動，但它讓故事持續向前推進，告訴你後續發展。

❖ 行動語言

吉米．布雷斯林（Jimmy Breslin）說：「新聞是一個動詞。」這位冷硬派紐約專欄作家認為新聞和故事一樣，關鍵在於行動。如果貓還卡在昨天牠爬的那棵樹上，那新聞何在？如果消防員開雲梯車過來，把小貓從很高的樹枝上救下來，你就擁有了故事的素材。

布雷斯林也提出一個語言的觀點，動詞表示行動。如果要讓故事繼續下去，你需要很多合適的動詞。這條法則看似簡單得很，但是很多想要成為敘事作家的人，卻用無力的動詞與薄弱的句法削弱了敘事的效果。一個不懂得運用動詞的作家，可能會把最富有戲劇性的事件變得令人昏昏欲睡。一位記者在記錄一名傷兵的漫長奮戰時，如此描述摧殘其身體的那場攻擊：

然後是一道閃光和一聲巨響，接著是一朵灰塵與瓦礫組成的蕈狀雲。一顆路邊炸彈炸毀了帶頭的悍馬車。

作者擁有所有的故事要素，卻用了無力的動詞、虛詞與不必要的完成時態，掩蓋了敘事的力道。如果他依循重現行動的幾個基本準則，可能會這樣寫：

一顆路邊炸彈火光一閃，炸毀了帶頭的悍馬車，煙塵噴爆，滿地狼藉。

多年前，我在奧勒岡州海岸一個迷人的小鎮，替海斯戴克藝術計畫（Haystack Program in the Arts）教授過幾次為期一週敘事寫作坊的課。在其中一年夏天的課程中，寫作坊的成人學員描寫了幾十年前重創小鎮的海嘯；在其他夏天的課程中，不同小組的學員報導了一起戲劇之毀的租船沉沒事件，海岸防衛隊人員在哥倫比亞河的危險沙洲試圖救人卻失敗。在撰寫真實故事時，他們學到故事理論、觀點、角色描寫與場景建構，也學到寫出有力度敘事的其他關鍵技巧，我在和本書互相參照的《文字技藝》一書中談論過。[1] 其中一個技巧涉及到選擇正確的動詞。

一名海斯戴克的學生簡·沃爾茲（Jan Volz）完成課程後，在奧勒岡州中部一家小報社找到工作，在那裡她很快就證明只要用對工具，即使是新手敘事作者也可以寫出扣人心弦的故事。簡遇到一個故事，如果寫成標準新聞報導的導言，也許會搞砸：「昨天下午，一輛載著四名雷德蒙德居民的汽車打滑摔入克魯克德河中，其中一名十二歲女童目前傷勢嚴重。」

相反地，簡堅持她的寫法，一個月後，她寫出這樣開場的故事：

薇諾娜．狄米崔－葛萊漢（Winona Dmytryk-Graham）的福特LTD發出嗚嗚聲，平穩地開往寶林那，及肩長髮拍打著她的臉頰。

「嘿，放〈搖擺〉來聽好嗎？」塔席娜．希克曼（Tashina Hickman）在後座喊道。

薇諾娜笑了笑。她十二歲的女兒非常喜歡尼爾．麥考伊（Neal McCoy）的新專輯。但當她瞄向儀表板的時鐘時，笑容消失了。[2]

太好了！簡抓住了我們的注意力，把我們帶入充滿「拍打」、「發出嗚嗚聲」、「瞄」等動詞的生動、充滿活力的場景。但按照通常情況，她需要短暫地放慢速度好說明一些情況——解釋角色為什麼在那條高速公路上，從雷德蒙德趕往寶林那。因此她寫道：

現在是中午十二時二十分，她十四歲的兒子提傑和十八歲的家族友人泰森．里第（Tyson Reedy），被安排在寶林那年度牛仔競技會中騎公牛。

他們快遲到了。

這樣夠清楚了。為了說明，通常你需要「是」（is、are）這類型的連綴動詞，這種不定詞（to be）的形式是最常見的連綴動詞。但是簡從來沒有脫離行動超過兩段。她一解釋完薇諾娜和車上的乘客，他們在高速公路上的原因，周遭的鄉村景致看起來又是什麼樣子之後，立刻將我們帶回事件核心。她描述薇諾娜轉彎，發現一輛皮卡車停在高速公路正中央，於是猛踩煞車。她用一系列生動的動詞來推展接下來發生的事。

> 車子猛然向左晃動，空氣中充斥著咒罵聲與尖叫聲。撞到路邊鬆動的礫石之後，車身猛烈撞回右側。礫石與灰塵飛進開著的車窗。

像「晃動」、「充斥」、「撞」、「飛」是生動有力的動作詞彙，適合描寫突如其來的猛烈動作。和連綴動詞不同，它們描述行動，讓我們擺脫闡述，回到敘事。

車子掉進河裡，薇諾娜與男孩們逃出來游到岸邊，塔席娜昏了過去，被困在水中，約十分鐘後救援人員將她拉上岸時，她躺著一動也不動，嘴唇發青，皮膚呈現半透明，似乎死了。一個麋鹿獵人在一連串強化動詞中來到現場。（他「猛踩」煞車，「拋下」車子，並「固定」塔席娜的脖子。）女孩超過了黃金急救時機，通常會發生腦損傷，但是心肺復甦術讓她斷斷續續呼吸了幾次，急救護理人員趕緊將她載往醫院。或許是因為冷水延緩了新陳代謝，她逐漸康復，證明了施以心肺復甦術並迅速營救了她的熱心公益民眾們的價值。簡的敘事線結束在事故發生一個月後。塔席娜康復出院後，與薇諾娜回到事發現場，想到那天塔席娜差點死掉，兩人的情緒相當激動。

❖時間標記

敘事是一連串的動作，讀者必須清楚了解什麼時候發生了什麼事。但我們在故事寫作中會使用倒敘、預敘、多條敘事線並存，以及其他偏離事件發生時間順序的手法，讀者容易混淆。很久以前，困惑的讀者的回饋教導我一件事，必須確保完稿的故事時間順序是清楚明白的。

時間標記通常可以安排得相當巧妙。你可以在開啟夏秋之交的新場景時，只提到樹葉轉黃。或是在角色走出建築物時，帶一下太陽在天空中的高度。

但有些敘事的要求更多。《奧勒岡人報》的記者要重建在該州洶湧的伊利諾河發生的泛舟悲劇，不僅需要十分明確的時間標記，也必須使用其他展開動作的手法。敘事在不同的泛舟隊伍之間切換，所有人都在順峽谷而下。隨著以每秒立方英尺為單位計算的河水流量愈來愈失控，情況也變得愈來愈危急。我們討論過這個問題，決定在每個新場景加入基本資訊做為標題——時間、地點與流量數據。場景標題如下：

邁阿密沙洲，三月二十一日週六早上九點，流量二〇〇二立方英尺／秒。

克朗代克溪，三月二十二日週日早上六點，流量六〇二〇立方英尺／秒。

綠牆，三月二十二日正午，流量一〇一七七立方英尺／秒。

亡者沙洲，位於邁阿密沙洲下游十二點五英里處，三月二十三日週一中午十二點四十五分，流量一五六八四立方英尺／秒。

❖ 步調

請想像自己正在聽荷馬本人講述特洛伊戰爭的故事。他平靜地描述希臘人離開家鄉城邦，很快講到他們抵達特洛伊的城牆下，跳過穿越愛琴海那段旅途的細節。他想把你帶到戰場上，展開真正的行動。

一篇故事就是一段旅程，旅程可以冗長乏味，也可以令人流連忘返。用時速七十英里平穩地開在高速公路上，沿途只有毫無特徵的平原，一天下來你可能會抓狂。但是開車經過連綿起伏的鄉村，沿路不時停下來探索古樸小鎮，卻可以讓一個週日過得非常充實。身為作家，你會希望創造出許多精彩場面，並帶領讀者快速穿梭其間。「每個場景都要有高潮，」敘事著作出版經紀人彼得・路比說，「步調的定義之一就是敘事如何從一個高潮點迅速移動到下一個高潮點。」誠如內森・布蘭斯弗德（Nathan Bransford）所言：「步調是調整各衝突時刻之間的時間長度。」[3]

艾爾默·雷納德（Elmore Leonard）說出以下這句名言時，一如既往聚焦於善加調整步調的結果：「人們跳過不讀的部分我都試著略去不寫。」一旦寫到敘事的高潮點，也就是沒有人會跳過不讀的部分，步調就要慢下來。因此，當荷馬把希臘人帶到特洛伊時，他給你時間欣賞這場大戲。阿基里斯衝上前接受致命一擊，你就身在那一刻。荷馬慢下腳步，聲音充滿張力，告訴你每一個細節。富蘭克林說：「張力可用來測量說書人的敘事鏡頭，距離故事的人物及場景有多近。」

老實說，這位盲眼詩人只是從扼要敘事轉變為場景敘事，但他也透過操控故事的節奏，來引起讀者更濃厚的興趣。掌控步調是說書人最有力的敘述技巧之一。

從某種意義上來說，成功的說書人顛覆了生活的步調。枯燥乏味的生活過得極為緩慢，但就像老話說的，快樂的時光總是過得特別快。湯姆·法蘭奇任職於《聖彼得堡時報》時獲得普立茲獎，他說他的寫作方式剛好反其道而行。「矛盾的是，寫到枯燥的地方時，你必須加速；寫到最精彩的地方、事情進行得飛快時，你卻必須慢慢來。你放慢速度是為了讓讀者能夠真正感受、消化處理，並且真的融入場景之中。」

法蘭奇鑽研電影極深，經常將電影術語應用到寫作敘述技巧中，因此他將場景敘事和隨之放慢的步調稱之為「拉近鏡頭」（zooming in），並不令人意外。

「該如何放慢步調呢？」湯姆問道。「書頁多留空間。寫更多句子。實際上，句子要短一點，分段多一點。充分利用空間。在場景中尋找自然發生、平常你會忽略的停頓之處。」[4]

場景敘事的力量有部分來自於在重要事件逼近時，作者可以稍微遲疑停頓，營造出湯姆所說的「被迫等待的美妙感受」。一如既往，這種敘事技巧與新聞記者的直覺相違背，後者會要求快速切入主題。

湯姆自己的作品很好地展現了這種技巧。他所寫的故事〈琳賽・羅絲的袍子〉（*A Gown for Lindsay Rose*），講述一位護理師為死產嬰兒縫製衣服，當露薏絲・拜涅胥塔利夫（Lois Beneshtarigh）為死去的嬰兒做下葬準備的時候，達到了情感高潮：[5]

> 週二下午，露薏絲帶著施皮特卡的寶寶進入育嬰室後面的房間，她知道該怎麼做。
>
> 首先，她拉上窗前的布簾，這樣醫院裡的其他母親就不會看到。接著她替寶寶量了體重和身長。寶寶重四磅四盎司，身長十七英寸。露薏絲抬起小女嬰小小的腳，按壓印泥，印了兩組腳印，一組留在醫院歸檔，一組讓父母帶回家。露薏絲把粉紅色水盆放進洗臉台，裝滿溫水，然後走出去詢問另一名護理師是否願意見證洗禮儀式。
>
> 這名女護理師較為年長，孩子都已成年，她看著露薏絲將寶寶放入溫水中，身體完全浸入，只露出小臉。
>
> 「我奉聖父、聖子和聖靈的名為妳施洗。」露薏絲輕拍小女嬰的額頭說。
>
> 另一名護理師彷彿被迷住了。她一遍又一遍地強調這個孩子多麼完美無瑕。「她真是個漂亮的寶寶。」她說。

這一幕繼續進行，在一連串觀察入微的細節中緩緩展開。露薏絲仔細清洗寶寶的身體。她想起自己的孩子，又想到這個死產寶寶無法體會的成長過程。她祈禱。接著：

露薏絲用嬌生嬰兒洗髮精替寶寶洗了頭髮和身體其他部位，然後用毛巾替寶寶擦乾，用嬌生嬰兒油塗抹她的雙腳和背部。她希望等一下家人來抱寶寶時，洗髮精和嬰兒油的兩種味道，以及所有隨之產生的聯想，都能傳達給他們。

她抱著寶寶走到置物架邊前，拿起那件粉紅色滾邊的袍子。

❖ 闡述

闡述是讀者需要用來理解發生什麼事的背景故事，但卻是敘事的敵人。它會拖慢行動，將讀者從場景中拉出來，當讀者沉浸故事中時，還會破壞那種夢幻般的狀態。

然而闡述總是必要的。一方面，故事是圍繞動機展開，讀者需要知道角色為什麼做出那些舉動，因此必須把訊息帶進故事中，這些訊息遠遠超出在敘事線中當下所發生的行動。《華爾街日報》記者比爾．布倫德爾前往一座役牛畜牧場，向他的讀者介紹牛仔的真正工作時，他必須解釋為什麼有人會為了這麼微薄的薪水，忍受如此嚴酷又令人沮喪的工作，因為他的讀者大部分都是城市裡的企業人士。所以他這樣寫道：

但這名牛仔知道他只是廣大草原中的一個小點，他的工作微不足道，他真正能掌控土地的力量微乎其微；大自然本身才是所有牧場、包括「十一屋頂」或任何其他牧場唯一的主宰。因此，這名牛仔學會在大自然的危險與挫折前卑躬屈膝，對自然的饋贈心懷感恩。

一隻公的大羚羊從籬笆下方鑽出來，在平原上衝刺，四蹄有力踢踏。「景色還不錯嘛。」一個牛仔喃喃道。

也許你需要解釋某件事是如何完成的，讀者才能體會個中難處。請注意瑪麗・羅區如何將背景融入這段有關飛刀投擲的敘述：

我舉起第一把刀。「慢著，」阿達莫維奇說。「我們忘了一個最重要的東西。」原來投擲飛刀最重要的東西是捲尺。用半旋轉方式投擲，也就是讓飛刀在空中旋轉一百八十度，你必須距離目標八英尺；轉一整圈三百六十度，要距離十二英尺。如果你的位置偏離了幾英寸，刀子會在旋轉過程中擊中錯誤的地方，變成刀身擊中目標，掉到地上。由於這種精確的幾何學，在奔跑時或衝動之下投擲飛刀絕非易事……

阿達莫維奇說：「有樣學樣。」接著依次猛力擲出五把刀，全都正中靶心。接著他遞刀給我，但我一把也沒射中。

只有在電影中才有人能夠一出手就命中目標。可見適當的闡述是必要的，你要怎麼做才能減少闡述對故事造成的傷害？

首先，只寫出必要的訊息。「要盡量減少解釋，」布倫德爾說。「如果有人問你現在幾點，你不會從手錶的製作開始講起。解釋事件的內在原因往往很乏味，或許有解釋的必要，但你會希望速戰速決，盡快回到動作。關鍵是保持故事繼續進行。」

撰寫闡述時，先退後一步，釐清頭緒，並自問：「讀者真的需要這些訊息來了解發生什麼事嗎？」如果答案是否定的，請停止吧。唯一必要的闡述是為了能產生戲劇化的效果，讓讀者理解為何主角必須克服糾葛，或者透過解釋挑戰的艱巨程度，進而增強戲劇性。

如果你真的偏離了行動線，不要偏離太久。布倫德爾說他的經驗法則是，偏離主要敘事絕對不超過兩段。

我擔任《西北雜誌》編輯時，史派克・沃克（Spike Walker）給了我一篇故事，正是這篇故事引起全國對於白令海刺激驚險捕蟹的著迷。後來史派克將雜誌文章集結成書，這本書又啟發探索頻道拍攝熱門真人秀系列節目《漁人的搏鬥》。

史派克的原始故事聚焦於年輕漁夫華勒斯・湯瑪斯（Wallace Thomas），他在阿拉斯加海灣棄船後不知怎的倖存下來。素材包括高聳巨浪、四處覓食的北極熊、直升機勇敢搶救等，幾乎不間斷的行動推動著故事前進。但當時鮮少讀者知道捕蟹船如何在地球上最危險的幾座海域活動，所以史派克偶爾需要短暫偏離主要行動線加以解釋。以下是他描述救生衣極其重要：

其他幾名船員躲進廚房，瞥了一眼船體破損的地方，旋即爭相跑出船艙。醫師臉色發白地對華勒斯說：「我們得穿上救生衣，這場暴風雨失去控制了。」

一股令人作嘔的恐懼快速傳遍華勒斯全身。他沒有救生衣。沒有救生衣，他知道自己在冰冷的海中根本沒有生還的機會。他在海上工作的時間並不長，從未穿過救生衣，但他完全了解關於救生衣的知識，及其救生與浮力的特性。他在佛州時曾擔任野外生存教練，他知道被迫在冰冷海水中棄船的船員，很有可能死於體溫過低，也就是失溫，而非溺水喪命。救生衣看起來就像潛水夫的保溫潛水服，不同在於救生衣較為寬鬆，讓船員能夠在還穿著靴子和衣服的情況下迅速套上。拉鍊在前面，附有頭罩，能緊緊包裹住臉的四周，以免冰冷刺骨的海水滲入。若是穿到會漏水的救生衣，通常也會導致致命失溫。

華勒斯想到還有救生艇。如果船沉了，救生艇將是他唯一的希望。他抓起手電筒，跑出船艙到後甲板。

有時候，你根本不必離開行動線，只要透過附屬子句、修飾語、同位語和其他附帶成分，將闡述融入描述行動的句子中，把主句只留給行動。

請注意以下這個例子，取自在伊拉克受重傷士兵的故事，描述時捨棄了主要行動線，插入闡述成分，使用「這就是為什麼」（that's how）和「在」（to be）等弱化動詞結構。

這就是為什麼二〇〇五年十一月二十八日，桑多瓦爾下士會來到伊拉克北部這片被正午烈日曝曬、荒涼的丘陵地域。他負責操作悍馬車上的點五零機槍。

但是這個場景本身不是靜止不動的。想像一下：下士握著機槍，掃視丘陵，悍馬車往前行駛。

當然，你不能憑空捏造，但悍馬車必須到達地圖上的那個點，所以描寫車子在行進起碼是安全的。那麼改寫成這個版本如何：

二〇〇五年十一月二十八日，一輛悍馬車開進伊拉克北部一片荒涼的多丘陵地區，桑多瓦爾下士在車上操控點五零機槍。

技巧純熟的作家會巧妙地養成把背景故事插入主句中的能力，甚至不必提醒讀者他們在做什麼。請看看偉大的南方記者麗塔・葛林姆斯利・強生（Rheta Grimsley Johnson）為《曼菲斯商業呼聲報》撰寫的故事，她在一句話中融入了多少背景故事。

婦女們牽強一笑，穿著達克綸材質的華服，挎著漆皮包包的手臂被密西西比的太陽曬出斑點。

請思考這句話透露了多少事。牽強的微笑說明這些婦女感到不自在。有曬斑的手臂透露她們年紀不小了。華服顯示她們人正在出席一個正式場合，但達克綸的材質與漆皮告訴我們她們屬於工人階級。密西西比的太陽則指出她們住在哪裡。

但無論你將闡述插入行動子句的技巧有多麼高超，有時你還是必須像比爾．布倫德爾說的那樣，先中斷敘述，增加兩段進行解釋。你可以將傷害降至最低，向讀者保證離題只是行動暫時中止。讓我們回到瑪麗．羅區的例子，注意她是如何將解釋加人充滿行動的場景中。她舉起刀子準備投擲，在這耐人尋味的時刻，她的教練阻止了她，營造出一個小小的懸念。接著羅區用一段簡短的旁白，直接對讀者說話，並透露成功投擲飛刀的祕訣。接著教練重拾行動，抓起飛刀正中目標。布倫德爾稱呼這種寫作技巧為三明治技法。行動是麵包，闡述是餡料，它們合力構成一篇魅力四射的作品。

反覆運用這種技巧，能訓練讀者在你離題時，依舊堅持跟隨故事前進。他們很快就會得知，儘管你捨棄行動，但不久後你就會回到故事的中心。比爾為了強化這樣的體驗，會在每一次闡述離題之後置入極其難忘的行動，製造一點甜頭誘使讀者持續地看下去。還記得那隻公的大羚羊如何從籬笆下方鑽出來，在平原上衝刺，四蹄有力踢踏嗎？

❖第一手行動

阻礙傳統平面記者（但非其他敘事作者）的一個心照不宣的潛規則是，永遠不能用自己的權威進行報導。當巡邏女警將偷車賊拖進警局做筆錄時，警務線記者剛好人就在警局裡頭閒逛，但她的報導仍會謹守本分地寫成：「警方表示，一名二十二歲男子在本週二被逮捕，被指控犯有重大竊盜汽車罪。」如果記者在隔天早上看到龍捲風襲捲城鎮，她也不能相信自己的眼睛，必須找到一位目擊者。「風旋轉盤繞，」住在柏樹街西南二三七六號的伊蓮・鮑瑟（Elaine Bowser）說。「我看見龍捲風逼近，就跑進地下室了。」

不願意提供第一手資訊，也許會讓記者在報導時聽起來比較客觀。通過置身事外，記者讓自己披上一層科學公正的外衣。只要告訴我事實就好，女士。我是中立的觀察者，我怎麼想無關緊要。我來告訴你其他人的說法。

這種緘默促使一些記者採用被動語態，這是規避個人責任的終極避難所。當前美國總統尼克森徒勞地試圖撇清和水門闖入事件任何關聯時說：「錯誤已經造成。」而且記者也用同樣的方式讓自己從報導中隱去，他們不承認自己目睹任何事情。不過，提到那些能被看到的事情倒是可以的。

在相機的閃光中，可以看見麻醉護理師坐在史蒂文生的頭旁邊，仔細監測他的生命跡象與呼吸。

二手行動適用於市議會會議的報導，或是用於幾乎所有報導都可以。但在非虛構敘事中，你最不需要的就是透過第三者的觀點來過濾所有內容，以做到超然公正的態度。對於大多數的敘事而言，身為說書人，你的目標就是把讀者帶入場景，讓他們體驗行動，彷彿他們身歷其境。

艾瑞克·拉森《白城魔鬼》的一個關鍵點，是芝加哥市民得知他們贏得世博會主辦權的那一刻。《芝加哥論壇報》辦公室收到的電報，對芝加哥這座城市來說意義重大，因為這肯定了芝加哥是世界一級城市的地位。拉森透過描述聚集起來等待消息的市民來表達這個觀點，這是他從當時一篇報紙報導發現的場景。他大可引述原始報導，卻直接帶著讀者到現場，為那個很久以前的場景進行第一手描述：

論壇報大樓外一片寂靜。人群需要一點時間來消化這個消息。一名長鬍男子是第一個反應過來的人。他曾發誓要等到芝加哥拿到世博會主辦權才刮鬍子。現在他爬上隔壁聯信公司銀行大樓的階梯，站在最高那一階，仰天長嘯，一位目擊者把他的聲音比作火箭尖銳刺耳的響聲。人群裡其他人呼應他的叫喊，很快地兩千名男女和幾個孩童（大多是電報派送生和通訊雇員），如同洪水一般狂喜地湧上兩旁林立著磚石玻璃建築的街道。信使快速將這個消息傳遞出去，整個城市的電報派送生從郵政電報公司與西聯電報公司辦公室衝出來，或跳上他們的波普「低座」腳踏車。

8 對白——Dialogue

請記住，對白不是談話而是動作；它是人們對彼此的行為。

——唐・莫瑞

一九六〇年代新新聞學在美國崛起，敘事性非虛構寫作有了大幅度的進展。瓊・蒂蒂安、蓋・塔雷斯、楚門・卡波提與諾曼・梅勒等作家借用小說複雜細膩的文體技巧，其中就包括了對白，對白一直是小說中情節與角色發展必不可少的手法。但是新新聞學記者不是在想像的場景中編造虛構角色之間的對話，而是走出去融入世界並進行報導，記錄真實的人們在日常生活過程中的真實對話。湯姆・沃爾夫在《新新聞學》的前言〈專題遊戲〉中，將對白列入周遭蓬勃興起的新興非虛構作品的幾個基本要素之一。他寫道：「對白比其他任何一個手法更能讓讀者完全沉浸在故事中。」

當然，幾個世紀以來記者們用的都是真人真話，但他們大多依賴直接引用採訪中的個人評論，再置入闡述性的新聞報導中。記者在日本偷襲珍珠港的報導中加入查爾斯・林白（Charles

Lindbergh，譯註：美國飛行員，一九二七年駕機從紐約飛到巴黎，為單人不著陸飛越大西洋的第一人）的話：「數個月以來，我們逐步接近戰爭。如今戰爭真的爆發，我們美國人必須團結起來應戰。」這就是直接引用。蓋・塔雷斯在報導百老匯導演約書亞・羅根（Joshua Logan）與情緒化的女演員克勞迪亞・麥克尼爾（Claudia McNeil）之間的爭執時，使用的就是真實對白。

「克勞迪亞！」羅根吼道，「別給我來演員的復仇那一套，克勞迪亞！」

「是的，羅根先生。」她略帶諷刺說道。

「我今天真是受夠了，克勞迪亞。」

「是的，羅根先生。」

「還有，別再一直說『是的，羅根先生』。」

「是的，羅根先生。」

「妳真是個無禮至極的女人。」

「是的，羅根先生。」

對新聞報導老手或其他習慣單刀直入的闡述性報導作者來說，從直接引用轉變成對白尤其具有挑戰性。新聞記者特別熱衷於直接引用，形式上的專題新聞報導通常只是由一串直接引用組成，中間再穿插轉折語。傳統記者從收集資訊到組織報導，在整個寫作過程中，直接引述的習慣根深柢固。比賽結束後，體育記者前往更衣室對參賽者進行採訪，以獲取引語；專題作者經常四處尋找好的「引題引文」，即正好能做為結語的一個簡練評論。

我正好想到早報的都會版，在六篇主要報導中，每一篇都在前五段包含一則直接引用。酒吧老闆說將對於他經營妨害治安聲色場所的指控進行申辯。（「我們會針對每一項被指控的違規行為進行自我辯護。」）某個組織宣布要進行淨灘活動。（「總長三百六十二英里的海岸線，每一吋可及之處都會被清理乾淨。」）一名降落傘裝配員說他能夠辨認在樹林裡發現的降落傘是否屬於惡名昭彰的劫機犯。（「是我整理好放在一起的，所以我可以認出來。」）

以上每一條引述都有實用目的，不可否認直接引述有其地位。好的引用賦予報導權威性，告訴我們其他人的想法，並增添豐富多元的聲音。事實上，本書也充斥著直接引述，其中不少例子來自於已經出版的作品，或是將專業技巧帶入主題的寫作專家的評論。

雜誌與書籍作家通常比較願意用強烈的個人聲音與權威的敘述風格站出來表現自我，這麼做往往會讓他們遠離直接引述，但並不代表他們會使用對白代替。許多雜誌與書籍的內容是純粹的闡述、扼要敘事，告訴你如何找到釣魚洞或修剪梨樹，除了作者的聲音，通常不包含其他人的聲音。這樣也不錯。如果我的梨樹長了樹瘤，而有一名園藝專家想告訴我怎麼修剪，我會非常專心只聽他一個人的聲音。但是，如果你想講述一個真實故事，你的讀者應該聽見角色們彼此對話。

現代Podcast之所以成功，其中一個祕訣當然在於聽眾成員能夠聽見角色彼此對話，至少如果記者夠敏銳的話，就能掌握她採訪的角色之間展開的真實對話。平面記者較難掌握真實對話的感觸，但頂尖記者仍能處理得很完美。

以下的例子取自麥克菲的〈喬治亞州旅行〉，就是我在結構那一章提到的，他在螺旋結構圖上標示出來河流渠道化計畫的那一站。兩名野生生物學家與一名巨型挖土機司機攀談，這個男人正在破壞野生動物的主要棲息地，但兩位生物學家還是施展魅力，討他喜歡，她們通常都用這種方式從當地人口中撬出資訊。

「你好。」卡蘿說。

「妳在拍照。」他說。

「我是在拍照，就拍幾張。我對河蛙的分布區域和活動範圍很有興趣。我敢打賭你肯定發現過一些有趣的東西。」

「我有看見一些青蛙，」男人說。「我看見很多青蛙。」

「你一定知道你在用那台機器做什麼，」卡蘿說。男人挪了挪身子。「這是台大傢伙，」她接著說。「它多重啊？」

「八十二噸。」

「八十二噸？」

「八十二噸。」

「哇喔。你一天可以挖多遠？」

「五百英尺。」

「十天挖一英里。」山姆不敢置信地搖頭說。

「有時候可以挖得更遠。」

「你住在這附近嗎？」

「不是，我家靠近巴克斯利。公司派我去哪兒我就去哪兒。全州跑透透。」

「這樣啊，抱歉。我們無意打擾你工作。」

「不要緊，要拍多少照片請自便。」

「謝謝。請問您的大名是？」

「雀普，」他說。「雀普．寇希（Chap Causey）。」

請注意麥克菲是如何將肢體動作（男人挪了挪身子）與對白結合起來，加強讀者看著場景展開、直接聽見老雀普說話的臨場感。他離題闡述河流渠道化、美國土壤保育中心、這類計畫的傳統原理、它們對生態造成的破壞，以及日益高漲的反對聲浪之後，很快又回到實際行動：

在挖了六鏟斗的泥漿之後，寇希將挖土機向後移動了幾英尺。

當然，對白不是目的；它必須有實際功用。當角色遭遇障礙並設法克服的時候，例如對手阻礙角色解決糾葛的過程時，對白可以推展行動；當角色評論其身處環境中的物品，例如其中一人身上穿的衣服時，對白也有助於塑造場景。

儘管有這些長處，將對白用於闡述卻相當糟糕。經驗豐富的小說作者早就知道絕不能讓角色交談他們早就知道的事，例如這段假設的片段：

「嘿，齊克，你是不是打算在老奈莉病倒之前，將這些小馬關進你去年冬天蓋好的畜欄裡？」

「這個嘛，漢克，我想我應該會在下山去見維琪小姐的路上，將那些母馬卸下車，你可能還記得，維琪小姐就是那個高高的金髮女人，我們上禮拜才在你家鄉威奇托外的酒吧見過。」

當然，你不可能在真實世界中遇見這麼明顯經過刻意設計的對白。現實中很少人會解釋進行對話之人早已知道的事。有時候他們確實會說出有用的背景資訊，但建議你最好還是不要管它。請用你自己身為敘述者的角色來提供背景資訊，將對白留到它最能發揮功用的地方。

改述對白又是另外一回事。身為敘述者，你可以大致描述眾人在談話中說什麼，同時插入背景資訊，做為說給觀眾聽的舞台旁白。理查・普雷斯頓在《伊波拉浩劫》中反覆運用這個技巧：

喬・麥考密克（Joe McCormick）緊接著起身發言，但他說了什麼仍存有爭議。有一個陸軍版本，還有另一個版本。據陸軍的人說，他轉向彼得・賈爾林（Peter Jahrling）說了這樣一番話：非常謝謝你，彼得。謝謝你提醒我們要注意。小夥子們現在都來了，趁你還沒有傷到自己，把這東西交給我們吧。我們在亞特蘭大有一流的防護設備。我們會帶走你所有的資料和病毒樣本。從現在開始這件事由我們接管。

換句話說，陸軍的人認為麥考密克試圖展現出自己是伊波拉病毒唯一真正專家的樣子。他們認為他想接管疫情爆發的所有管理事宜，並奪取陸軍的病毒樣本。

麥考密克的話激怒了C・J・彼得斯，他愈聽愈火冒三丈。

由於說話方式會大大地彰顯我們的性情，所以對白最擅長的地方就是發展角色。崔西・季德透過主角與朋友及熟人這段連續的對話，很好地捕捉到小鎮警察這個角色，以及警察在關係緊密的社區中日常工作實況：

每次晚班的大部分時間，他都在友好地向大家打招呼，向路過車輛中的老友及其雙親鳴按喇叭致意，向現在是當地報紙記者的昔日同窗招手……在市長走出市政廳時對她說：「晚安，閣下。」他看見喜歡的那名律師站在人行道上，用巡邏車上的擴音系統喚他，放大的聲音在建築物之間迴盪，「查理！真高興又看見你穿得人模人樣！」他轉進一條小巷，朝一個踉踉蹌蹌的醉漢喊道：「嘿，坎貝爾！你說過不會再幹蠢事了。回家睡覺去！」

賦予對白力量的不只是角色說的話。別忘了，對白是以場景為背景發生的，場景中其他正在展開的動作也有意義。因此，觀察一個正在展開的場景時，要記錄下來的不是只有對話。還記得麥克菲筆下的挖土機司機在座位上挪動了一下身子嗎？也請注意季德在《愛無國界》中如何用突然的臉紅來揭示身為書中主角的人道醫師法默的一些重要特質。溫暖熱情、富有同情心的漢默，在和一位海地朋友聊天時，被讚美或個人認可弄得很不好意思：

「他們得把村子裡的狗拴起來，因為那麼晚了你還要到處去看診，」提．歐法（Ti Ofa）表示。「我想給你一隻雞或是一頭豬。」

法默的皮膚素來顯得蒼白，隱約有些雀斑，但現在突然漲紅，從頸根一路紅到額頭。「你已經給我很多東西了，別再給了！」

提．歐法勾起微笑。「這樣我今晚才睡得好。」

「那好吧，兄弟。」法默說。

如果你選擇用第一人稱撰寫非虛構敘事，你也會成為故事中的一個角色，因此你與其他角色的對話也就有了一席之地。這些對話不再是傳統採訪中的直接引用，更像真實生活中的隨意交談，透過驅使行動線前進或發展角色來幫助推展故事。有別於採訪，你所報導的對白也包含你自己說的話和說話時的動作，其他角色在這個背景之下做出的反應因而更有意義。吉恩．韋嘉頓在〈躲貓貓悖論〉中運用了這種技巧，《華盛頓郵報雜誌》介紹一位兒童魔術師私下是個賭博成癮的賭徒。以下這段對話不僅窺探了這位魔術師的個性，也揭示韋嘉頓如何培養與描寫對象的關係：

在前往大西洋城的收費高速公路上，我從一名州警的警車旁經過時，時速已經直達八十英里。他跟著我進入下一個休息站，閃燈示意停車。

在我們等待州警檢查我的證件時，艾瑞克悄聲說：「你知道嗎？如果是我開車，麻煩可就大了。」

我笑了，放鬆下來。「我知道，你的開庭日是十一月二十一日。」

「你怎麼知道？」

「我看過你的警方紀錄。」我說。

有那麼一會兒，氣氛陷入死一般的寂靜。接著他說：「所以你並不相信我真的只是喜歡找計程車司機聊天，嗯？」

警察大概在我們身後二十英尺的地方，但我猜他想知道為什麼這兩個超速被攔停的傢伙在捧腹大笑。

❖ 內心獨白

電影能用生動逼真的細節表現喧譁的動作，但電影導演並未占盡便宜，在某些方面，印刷作品更占優勢。電影鏡頭只能顯示外在現實，即旁觀者可見的事物。然而印刷作品卻能探索人心不為人知的領域。

請記住，單純的一連串行動和真實故事之間是有區別的。約瑟夫・康拉德（Joseph Conrad）、珍納・布蘿葳與其他許多作家紛紛指出，敘事本身不會構成故事，唯有敘事與動機結合起來，才會生成情節。所以，角色的內心活動能夠推動情節發展，這是解釋行動的一個必要背景。

與崔西・季德一起旅行，他不僅帶著你和小鎮警察一同巡邏，也能帶你進入這位警察的腦海，了解眼前所見激發他的昔日回憶：

> 他開車穿過名叫灣州的舊工業社區，經過以往是鑽孔公司的工廠，在他的記憶中，那個夏天傍晚下起了雪。他記得他隨著雪地上的腳印，從工廠前門出發，沿著米爾河岸走。當時他差不多還是菜鳥警察。天色愈來愈暗，這時他看見前方的竊賊。

雖然這個技巧很管用，但傳統記者經常對此存有疑慮，並鄙夷地稱之為「讀心術」。他們在職業生涯中都在學習如何避免假設，同時追求實事求是，也難怪他們認為內心獨白很麻煩。蓋・塔雷斯對此有話要說。在關於組織犯罪家族柏納諾的著作《敬仰父親》（*Honor Thy Father*）出版後，他開始脫口秀巡迴書展。這本書充斥大量的內心獨白，家族大老喬・柏納諾（Joe Bonanno）在一個特定的早晨開車經過布魯克林橋、到曼哈頓法庭出席訴訟，這個場景揭示了他途中所想。主持人問塔雷斯怎麼可能知道柏納諾那一刻在想什麼，他平靜地回答說：「我問他的。」

這就對了！

前《華盛頓郵報雜誌》記者華特・哈林頓（Walt Harrington）是業界最嚴格的道德家，他說他的原則很簡單，他不會告訴你某人在想什麼，「除非他們告訴你他們在想什麼。」[1]

我們大多數人很難回想起十分鐘前自己在想什麼，更別說多年以前。我們也多少會美化一下回憶，讓自己顯得更好。心理學家更肯定地證明我們有所謂的選擇性回憶。所以內心獨白本質上是不可盡信的。

你還是可以做一些事情來增加回憶的正確性。首先，事件一結束，在記憶退去之前，就要盡快進行採訪。湯姆．霍曼在一系列關於新生兒護理師的報導中大量使用內心獨白，在三級新生兒病房工作，看到許多新生兒死亡，他們要面對很大的心理壓力。但是他限制自己只寫事件展開當下他所察覺到的想法。當一對年輕夫妻抱著他們奄奄一息的寶寶時，一名護理師就站在圍欄外，而湯姆站在她身邊。當時他問她這一刻心裡在想什麼，她的回答多半是準確的。

你也可以評估訪問對象回憶的內在一致性與邏輯可能性，也就是科學家所謂的「表面效度」。你可以採訪一個事件的多位證人或對話的多名參與者，來進行三方驗證。你可以利用檔案資料交叉查證（如果你的消息來源者說那一天她因為下雨心情憂鬱，你可以查詢氣象局的資料，確定當天有下雨）。如果你無法完全確定所說的內容，那就加以改述，而不是用引號假裝句句屬實。只重建最戲劇化、最精彩那一刻的對白，那些時刻在人生中相對罕見，且體驗如此強烈，能夠使記憶高速運轉。

對於應該使用多少內心獨白，理智的作家們似乎意見分歧，但大多數人都會同意應該要告訴讀者你是如何得知某些消息來源。在關於新生兒護理師的故事中，湯姆．霍曼將內心獨白全歸於護理師的回憶。當你根據更久遠的記憶來報導思緒或對話時，你可以用「他記得自己那時候想著」、「就他記憶所及」或是「後來他想起來」等短語來表明。

❖ 重建對白

重建的對白尤其值得懷疑，具有道德感的非虛構作者對於將久遠記憶中的對話放進引號內異常謹慎小心。

但儘管有明顯的風險，我仍舊樂意接受某些重建的獨白，因為它們能反映某個人在一生難忘的某個關鍵片刻時心裡的想法。還記得〈地獄行〉嗎？這是關於奧勒岡州一對夫妻遭到兩名亡命之徒綁架的故事，後來改編成電視電影《俘虜》。作者巴恩斯．艾利斯在整篇故事中加入大量的重建對白及一些內心獨白，但我認為很合理。這段經歷已經深深烙印在這對夫妻的腦海裡，所以跟你我回憶上星期去超市買了什麼相比，他們更有可能記得某些關鍵時刻的所言所想。好比說，我毫不懷疑這對夫妻，也就是保羅與凱西．普朗克（Kathy Plunk），對兩名逃犯出現在他們的奧勒岡海岸汽車旅館時，心裡非常警戒。亡命之徒拔出手槍，要他們拿錢出來，普朗克夫婦從辦公室現金抽屜裡拿出不到一百美元，他們暴跳如雷。凱西．普朗克還記得接下來發生的事：

「樓上可能有更多錢。」她說，想到兩人的住處那些未封裝的箱子。她想，如果她能給他們足夠的錢，他們也許就會離開了。

這句話很簡單，凱西・普朗克應該會記得很清楚，所以加上引號是合理的。她對自己當時想法的記憶也是合理的。

出於同樣的理由，我們可以合理認為普朗克太太在回憶自己第一次被其中一名歹徒強暴時的想法是準確的，這名歹徒多次強暴她：

「到底是什麼激起他的性慾？」她想著，一邊試圖透過有意識的客觀性思維來避免恐慌。她看到的是一個充滿火氣與暴怒的男人。

她為了逃離魔掌而採取的策略也極為合理。另一個逃犯是名叫弗洛斯特的年輕人，他似乎比較脆弱，欠缺關懷，比較可能建立情感連結，產生同理心，避免訴諸暴力：

「如果我能用某種方式接近弗洛斯特，」她心想，「培養某種連結或什麼的，也許能幫助我們逃命。」

嚴格的新聞建構主義者可能會質疑緊張時刻的簡短對話或內心獨白，但我很少浪費時間這麼做。還記得塔奇圖號的甲板水手嗎？那個女人在巨浪即將打向船身舷側，使其沉沒並奪走一半乘客性命時，大聲喊道：「噢，該死！」我毫無疑問地接受那是她的原話。畢竟在同樣的情況下，那也正是我要說的。

9

主題——Theme

敘事是通往我們內心深處的祕密途徑。

——艾拉．格拉斯

出事之前，蓋瑞．沃爾是健康保險龍頭藍十字公司的理賠分析師。在海軍服役期間，他到過世界各地，與漂亮的女人約會，也玩過河流泛舟。後來一場車禍導致他的大腦嚴重損傷，昏迷了一個星期，醒來後兩個月無法說話。他不記得如何吞嚥與控制膀胱，還會從椅子摔下來。他無法辨認日常用品，例如叉子、牙刷和鞋子。

湯姆．霍曼最後總計斷斷續續花了十八個月的時間，追蹤報導蓋瑞．沃爾為了重建人生所做的努力。蓋瑞失去藍十字公司的工作、以及聯絡腦損傷復健計畫時，他都在場。他密切注意蓋瑞的進展，發現他不再依賴便利貼來記住最簡單的家務工作，看著他在塔吉特公司找到倉管的工作，重新開始約會，並認識新朋友。在這一年半的時間裡，我和湯姆經常討論敘事性非虛構寫作最基本的議題：**這一切的意義何在？**

這些年來，我和許多敘事作家討論過相同問題，這一直是我工作中最有趣的部分。還有什麼比從他人的努力奮鬥中領悟出人生真諦更有意義的呢？誠如泰德・錢尼在《創意非虛構寫作》（*Writing Creative Nonfiction*）一書中提出，這類敘事「不僅報導真相，並且用促使讀者更深入了解主題的方式來傳達事實」。

那麼，蓋瑞・沃爾的奮鬥過程揭示了什麼？我和湯姆持續回頭討論他開始進行報導不久後提出的電腦比喻。他說，蓋瑞・沃爾的腦損傷將他的硬碟格式化。以前的蓋瑞不復存在。如果他希望餘生過得有意義，就必須建立一個全新的生活方式。但是要如何做到？個人身分認同究竟是什麼？這個問題對幾乎所有讀者都有影響。答案能協助我和湯姆找到我們慣常所說的「普世」是什麼——對幾乎所有潛在讀者都有用的人生真諦。

才華洋溢的說書人知道他們必須找出普世通則，才能創作出從常規報導中脫穎而出的作品。這就是黛博拉・巴菲爾德・貝瑞與凱莉・班罕・弗蘭奇為「返家路漫長」設計主題時所追求的，並用她們稱為「核心部分」（nut section）來表達，向過去《華爾街日報》的「核心段落」（nut graf）致敬。齊普・斯坎蘭詢問那個部分有何作用，弗蘭奇說，它能將她與貝瑞所說關於汪達・塔克非洲之行的具體故事，和一個真正的普世通則聯繫起來。弗蘭奇解釋，在核心部分，「我們必須將汪達與安哥拉的淵源交代清楚，並說明她的故事為何重要。我們必須清楚表明這不僅僅是她的故事，更是廣大的美國故事的一部分。在這個部分，我們必須真正敲響抽象階梯最頂端的那座鐘。」

所以我和湯姆需要在抽象階梯頂端敲響的鐘是什麼？湯姆的電腦硬碟比喻是為蓋瑞・沃爾的人生找出普世意義的關鍵，幾乎能觸動每個讀者。

姑且不論遺傳學的因素，我們推論人的生命開始都有如一個空白的電腦硬碟，在生活中，我們建立了獨一無二的自我，界定了我們的身分、居所和行為舉止。我們該怎麼做才能滿足需求，得到快樂與成就感呢？

我和湯姆討論時，想起念研究所時讀過哲學家喬治・赫伯特・米德（George Herbert Mead）的「鏡中自我」（looking-glass self）理論，即我們是透過感知他人對我們的反應，來建構自我認同。如果認識的人是用同情的態度對待我們，我們就會認為自己可憐。在某種程度上，蓋瑞似乎了解這一點。他在應徵倉管這份工作時，他的治療師提議要陪他去面試。但是他拒絕了，他要自己去。他希望面試官錄用他不是因為他的殘疾，而是別的原因。

我和湯姆更深入地探究。我們的結論是，蓋瑞似乎在刻意界定一個新的自我。他一次次克服恐懼與焦慮，設法在世界中贏得新的一席之地。他康復後第一次請女人喝咖啡時感到恐懼萬分，但他做到了。他把閒暇時間都用來研究塔吉特公司的產品型錄，這樣他才能與顧客互動，這又是另一個令人心慌的接觸行為。他培養新的友誼。他逐日調整鏡子，映照出新的鏡中自我。

我和湯姆的對話創造了一個框架，提升了蓋瑞的故事層級，不再只是一連串的事實，它提供了多數新聞報導中所缺少的成分，空白缺漏會讓事實失去意義、情感與啟發。而正是意義、情感和啟發構成了**主題**。史迪芬・平克說，主題「是故事對人性的揭示」。[1]

❖主題陳述

在完整充實的故事中，行動線（在小說中稱為「情節」）是為了服務主題而存在。主題讓讀者有種投入時間是值得的感覺（如果閱讀沒有意義，那何必閱讀？）。故事科學家主張故事會這麼吸引我們的原因之一是，故事的人生真諦具有生存價值——這也是為什麼大腦會進化出內建故事線路。

但明確的主題也是報導及寫作的焦點。所以當我和湯姆開始討論蓋瑞的故事時，我們立刻著手尋找主題，最後選定是「行動創造身分」。

主題陳述為湯姆的報導提供指導方針，他將重點放在蓋瑞如何逐步增加自信，在康復的過程中如何把自己推向外界。當蓋瑞為了克服孤獨感，強迫自己參加教堂的單身舞會時，湯姆明白這就是主題的核心。他特地親自到現場，我也特地安排攝影師到現場拍照。

故事成形後，內文一有機會就會反映出主題。導語強調了蓋瑞．沃爾在事故發生後沉悶無趣的生活：

一張床、一個衣櫃、一盞吊燈。這間臥室就像三十美元一晚的汽車旅館房間一樣空蕩。

它表明房間的主人已經失去了以前的生活。

唯一有個人風格的東西，是一張在克拉克默斯河泛舟時所拍攝的照片。照片中的他手握船槳，站在三個男人和兩個女人之間，面帶微笑。他留著這張相片，因為這是他與失去的人生最後的聯繫。

所有報紙或雜誌故事最重要的位置，就是跳轉到內頁前的最後一個詞，湯姆在此處再次強化丟失身分這個主題，他描述蓋瑞醒來後躺在床上，試圖回想自己前一晚是否有作夢。他沒有。

六年來沒有再作過夢，自從他死去。

砰！開篇跨頁以「死去」作結。轉到內頁故事繼續，蓋瑞起床後，努力做完公寓裡六十張黃色便利貼上頭列舉出來的家事，接著準備搭公車到藍十字公司上班。凱薩琳·史考特·奧斯勒（Kathryn Scott Osler）拍攝的開篇照片中，他看著浴室鏡中的自己，鏡面貼著一張便利貼，他彎腰駝背坐在早餐桌前，周圍也有許多類似的提醒便利貼。喪失身分的主題繼續展開：

不過讓他害怕的是他失去了自己的本質。他的幽默感消失了。對話與手勢的細微暗示對他已經起不了作用。他意識到他正在失去讓他成為蓋瑞·沃爾的東西。漸漸地，他的朋友一個接一個失聯，他們所認識的那個人已經不復存在。

然後蓋瑞的重生開始了，湯姆開始點明核心主題，即身分是由一個接一個行為來界定的。蓋瑞的治療師告訴他：

你的腦部雖然受到損傷，但你還是可以擁有自己的生活。和我們大多數人的生活不一樣，但依然是一種生活。要過什麼樣的生活，由你自己決定。

蓋瑞與母親一起吃晚餐，她回憶自己二十九歲時與家暴丈夫離婚，負責撫養四個小孩。她剛開始的工作只是醫院職員。

十一年後她成為管理四十名員工的副主管。「我知道重新開始意味著什麼，」她告訴兒子。「別讓自己被擊倒，蓋瑞。試試看，你也許會失敗，但再試一次。你會成功的。你是我兒子，我相信你。」

蓋瑞和另一名腦損傷男子建立起友誼，主動尋找兩人能一起做的事。在他參加的體育俱樂部，有位女子和他聊天，他請她喝咖啡（「名叫戴安・佛斯特（Diane Foster）的女子喚醒了蓋瑞・

沃爾心裡的某種情感，他以為那種情感早就死了」）。他為了找工作接受職業訓練，參加塔吉特公司的面談，並得到工作（「於是他的新生活開始了」）。他參加單身舞會，遇見名叫蘇珊的女子。她喜歡他，其他的先不提，最主要的是因為他沒有過去的負擔（「她說，蓋瑞沒有過去。他承認，是的，他正重新開始生活」）。蓋瑞在塔吉特公司的工作做得更好，並獲得加薪，四十歲時又再次加薪。母親為他舉辦生日派對，蘇珊和他幾位新朋友都來參加。接著卻發生一件令人失望的事：蘇珊找到新男友，邁向自己的新人生。蓋瑞於是走到了洞見點：

他獨自坐在公寓裡，尋思自己做錯了什麼，要是他能夠改正就好了。他意識到自己並沒有錯。他尋覓並找到了新生活。他重新發現的生活充滿了希望與沮喪、夢想與現實、喜悅與痛苦。

這就是生活。現在他得親身體驗。

湯姆以蓋瑞精心打扮參加另一場單身舞會作結。他噴了一點古龍水——你永遠不知道會在舞會上遇見什麼人。他走向大門時關了燈。所有便利貼都拿掉了，只剩下門上這一張：

「相信，別懷疑。」

❖ 全心投入

文學主題必然來自作家的個人價值觀，即他或她對人生因果高度個人化的理解。劇作大師拉約什．埃格里將戲劇的主題稱為戲劇的「前提」，是整齣戲劇的基礎。在他看來，你要在自己的內心找到前提，而不是在外界尋尋覓覓。「向外尋找前提是愚蠢的，」他寫道，「因為……它應該是你的信念。」

或者正如諾拉．艾芙隆所說：「所有故事講述都是羅夏克墨跡測驗。」[2]

我與湯姆討論蓋瑞故事和多年來承接的所有其他計畫的主題時，每一次的對話其實都是在探索我們對這個世界及其運作方式的信念。我們能夠組隊成功，其中一個原因是兩人對現實的基本理解是一致的。我們相信自由意志，相信人能做自己命運的主宰。我們認為桂冠理當屬於起而力行的人，而人類必須正視自己，摒棄貪婪與嫉妒，向他人敞開心胸，並敢於冒險。我們認為，只要勇於嘗試，往往會成功，儘管期間對於成功的標準會有所改變。

這些道理說來傻氣又老掉牙，確實是陳腔濫調。但沒關係。數千年來的人類經驗只提供我們幾個將生活過好的基本原則，本就註定會變得有些不合時宜，甚至可以說是墨守成規且平淡無奇。真正的簡化論者薇拉．凱瑟（Willa Cather）對此說了一句名言，「人類只有兩、三個故事，反覆述說，卻像從未發生過一般令人震撼。」[3]

學術專家亦表示贊同。康乃狄克大學英語與比較文學系教授派屈克．科爾姆．霍根（Patrick

Colm Hogan）主張，占故事敘事篇幅三分之二的三大原型，涉及三個基本主題：爭取權力、爭取愛情、爭取食物。其他專家列出更多主題，但仍然局限於相對的幾個。喬納森・哥德夏在《故事如何改變你的大腦？》（*The Storytelling Animal*）一書中提到：「正如許多世界文學學者指出，故事是圍繞少數幾個主要的主題展開。」他舉出性、愛、對死亡的恐懼、生活挑戰以及權力等主題。其他故事理論專家則提出更多主題。《達拉斯時代前鋒報》（*Dallas Times-Herald*）前寫作教練寶拉・拉羅克在《論寫作》（*The Book on Writing*）一書中，一口氣列舉出將近五倍之多，她寫道：「一些明顯的主題或情節原型，包括探索、尋找、旅程、追求、捕捉、拯救、逃脫、愛情、禁斷之愛、單相思、冒險、謎題、神祕、犧牲、發現、誘惑、失去或獲得身分、蛻變、轉變、屠龍、下至冥界、重生、救贖。」

「失去或獲得身分，嗯？」我猜我們對蓋瑞・沃爾故事的討論並非原創，但就像我一直說的，主題上的創新並不必要。正如喬恩・富蘭克林指出，老哏用在句子中或許會令人尷尬，但卻是主題的核心。「在概念層面中，」富蘭克林寫道，「老哏會歷經奇異的蛻變：變成一個永恆的真理。」

與讀者交流意味著找出背景，讓主角的生活與讀者的生活聯繫起來。

我的同事道格・賓德（Doug Binder）描述一名男子在喪妻後找到新戀情的故事，許多讀者寫信來向他致謝。很多人都附和這位讀者的想法，他寫道：「我如此深受感動，可能是因為這個故事觸及發生在我自己生活中的許多事，但我想只有優秀的作家才能做到這一點——找到與讀者的共通性。」

假如主角的生活對你的讀者來說似乎極為陌生，你就必須特別費力展現出兩者的關聯。任職於《夏洛特觀察家報》（*Charlotte Observer*）的湯米．湯姆林森（Tommy Tomlinson）曾寫過一位數學家解題的故事，我們大多數人會覺得這個數學問題晦澀難懂，但湯米還是設法從尋求解答的過程中找出更大的教誨意義：「他現在知道，解決龐大數字領域的奧祕和解決日常生活的問題相差不大。你將問題拆解成小步驟，暫時不予理會，而後便能回過頭來用不同角度審視。重點是，你要相信自己的直覺。」

仔細想想，每個主題都蘊含教益，這就是一開始吸引讀者看故事的附加價值。教益愈重要，附加價值就愈高。最重要的教益歷久不衰，令我們聯想到偉大的文學亦然。

寶拉．拉羅克寫的這段話談到故事主題的教育性質：「從童話、伊索寓言到《包法利夫人》和《成功的滋味》（*The Sweet Smell of Success*），原型故事的本質都是道德故事或警世故事。在當代藝術中，它們是對普世模式複雜而微妙的推斷。它們尋求原因、結果、理性與秩序。」

她又補充道：「人類也是如此。」

如果將所有人性做為討論主體，那麼所有人（不只是名人）都有可能成為故事講述的對象。實際上，一個區分敘事非虛構作品與常規新聞報導的主要特徵是，敘事非虛構作品所講述的多半不是當權者和公認的英雄，而是面對日常生活挑戰的普通老百姓。史蒂文．溫伯格（Steve Weinberg）在《哥倫比亞新聞評論》中寫到非虛構敘事的崛起時，指出「這種新聞趨勢的基礎之一是著重描寫非知名人士，可以稱之為『普通人』，只是選擇他們的記者相信，自己工作的一部分就是要從平凡中找出不平凡。」

溫伯格接著引述歷史學家威爾・杜蘭（Will Durant）的話，敘事非虛構作者的聚會經常引用他所言。杜蘭寫道：

文明是一條河岸綿長的河流。有時河裡充斥著鮮血，因為人們互相殘殺、偷竊、叫喊，以及做出歷史學家通常會記錄的事；然而他們並未注意到，在河岸上，人們建造家園、做愛、育兒、歌唱、寫詩，甚至削木雕刻。文明的故事是發生在河岸上的故事。歷史學家是悲觀主義者，因為他們忽略了河岸上發生的一切。

❖ 找出主題

我想即使是小說家，也會發現他們的作品主題來自於寫作素材。小說家從有趣的角色著手，用精彩的糾葛擾亂角色們平穩的生活，再讓情節繼續發展。那些角色解決糾葛的方法，源自於作者對世界運作方式的信念。

非虛構作家必須從寫作素材中找到主題。世界產生事實，非虛構專家則必須釐清這些事實的意義。喬恩・富蘭克林曾說：「我所謂的意義，實際上是指故事的形式，以及形式所表達的內容。意義不是由你帶進故事，而是你從故事中發現並萃取出來。」[4]

有幾個此行業的訣竅能幫助你找到主題。湯姆・法蘭奇說他尋思標題時，經常會將注意力集中在一個主題上。他說：「我總是在尋找文章的主標題，以及各部分與各章節的標題。這是一種讓大腦導向故事本質、結構與動力的方式。」

在《奧勒岡人報》，我通常與作家及編輯部合作構思標題與副標題，這些標題有助於我們更直接地鎖定主題。我們圍繞「行動創造身分」的構想組織了蓋瑞・沃爾的故事，蓋瑞・沃爾也體現出這一點，因為他失去過去的生活，並採取積極的行動來建立新的生活。我們想出的主標題是〈失而復得的人生〉，副標題則是〈要建立新自我，首先必須建立一個新世界〉。

湯姆・法蘭奇可能會獨自一人直接尋找標題，但我喜歡我和霍曼一路追蹤報導蓋瑞・沃爾的過程。首先，我們提出主題陳述，再依此尋找故事標題及形式。

吾道不孤。喬恩・富蘭克林、拉約什・埃格里、比爾・布倫德爾、羅伯特・麥基等敘事大師也為主題陳述的概念背書，而且他們對於主題陳述的形式也有很大的共識。「真正的主題不是一個詞，而是一個句子，」麥基說，「一個清晰連貫的句子，能夠表達故事不可簡化的意義。」

當然，一個句子必須包含一個動詞，這是寫出一個有力的主題陳述的關鍵。富蘭克林致力尋找主動動詞，但我更吹毛求疵，我要的是帶有直接受詞的及物動詞，因為它們能回答針對「什麼？」的問題，圍繞著及物動詞建構的句子可以展現因果關係，而因果關係正是主題的本質，它告訴讀者世界如何運作，以及人們是怎樣影響世界。因此，我們得出這個標題：「行動創造（什麼？）身分」。

你或許還記得拉約什·埃格里將主題稱為「前提」。而他陳述前提的準則表明，好的主題陳述能幫助你發現敘事的形式。他說：「每一個好的前提都是由三個部分組成，每個部分都是優秀劇作的關鍵。讓我們來探討『節儉導致浪費』這個例子，此前提的第一部分顯示角色——生性節儉；第二部分『導致』顯示衝突；第三部分『浪費』顯示戲劇結尾。」

因此，主題陳述可以顯示結構，指導報導，並幫助你找到標題。如果你必須進行刪減，它會告訴你何者該刪、何者該留，它會透過某種方式影響寫作與報導的每個階段。

由於主題陳述如此重要，我在任何作品寫下的第一個詞永遠都是一樣的。我會開一個新視窗，輸入「主題」兩個字，接著輸入冒號，然後坐一會兒，仔細思考陳述適用的「名詞─動詞─名詞」結構。我在寫這本書時，在電腦文件輸入的第一行句子是：「主題：故事提煉生活意義」。

一旦主題確立，我會簡單列出大綱（標題式或場景式大綱，依素材而定）來引導主題發展。接著我會踏上創作之旅，知曉目的地何在的這個認知讓我感到安心。當我到達時，我會刪除主題陳述及大綱。

主題陳述是一種萬靈丹，甚至能夠幫助作者與編輯合作。眾人一起討論出來的主題陳述能提供共識，一個建立關於故事內容決策的共同標準。指導故事寫作時，我經常建議作者在創作過程中及早提出主題陳述，而後我們合作修改，最終綜合兩人價值觀，達成共識。

我和霍曼就是這樣撰寫蓋瑞・沃爾的故事。當然，大部分的工作都是湯姆完成的。但我認為這種作家與編輯的合作方式，與故事的最後成果脫不了關係。我們肯定做對了。〈失而復得的人生〉橫掃奧勒岡州特稿寫作獎與地區寫作獎。帕齊・西姆斯（Patsy Sims）將這篇文章收入《文學非虛構作品選集》（*Literary Nonfiction*），此為收錄美國頂尖報紙、雜誌與書籍敘事的選集，其中包括崔西・季德、約翰・麥克菲、湯姆・沃爾夫等人的作品。〈失而復得的人生〉更是當年普立茲特稿寫作獎的三件入圍作品之一。

10 報導——Reporting

無論是小說、電影或非虛構作品，報導在所有故事敘述中都發揮至關重要的角色，與其說是被忽略，不如說根本沒有人理解。

——湯姆．沃爾夫

數十年前，我曾在一間中型日報社擔任警務線記者。每天早上我會到新聞編輯室，向本市新聞主編打招呼，然後溜達到幾個街區外的警長辦公室。「有什麼新聞嗎？」我問值班警官。「就那些。」他對一箱新聞稿擺了擺手說。我會仔細篩查這些新聞稿，瀏覽前一晚的警務日誌，迅速記下幾筆。再從那裡前往郡監獄，重複上述流程，接著再前往另外三到四個警局或消防部門。然後我回到新聞編輯室，果斷地埋首打字。有時候，我能從單一訊息來源磨出五篇報導奇蹟，內容簡短又膚淺，這是那個時代報業的典型做法。

十年後，湯姆．法蘭奇在今日的《坦帕灣時報》（*Tampa Bay Times*）發表第一篇敘事力作〈天堂以南〉，促進改變了報導規則。為了更深入了解現代公共教育所面臨的挑戰，湯姆追蹤報導六名高中生，從學霸到潛在中輟生都有。他耗費一年時間進行採訪和寫作。

那些和我接受相同培訓方式的記者，即採用形式上的獨家報導並檢核官方消息來源，會對敘事方法存疑。〈天堂以南〉發表後，湯姆．法蘭奇的編輯相當清楚新聞編輯部的眾人會心生質疑，於是為他安排了內部發表會。湯姆拜訪該報各部會局處，說明他如何設法擠出大量時間寫一篇故事。我在自己的報社裡也看到同樣質疑的態度。當敘事文章開始出現在《奧勒岡人報》時，世故資深的獨家報導記者們互相竊竊私語，他們會問：「這種軟趴趴、文謅謅的東西是什麼東西？報導怎麼不見了？」

事實上，他們看見的就是報導，只不過超越了只是蒐集膚淺事實的傳統新聞報導。閱讀新聞稿、查核統計數據、諮詢專家、參加會議——這些不過是撰寫敘事故事的初步考察階段，畢竟敘事故事探索的是現實世界中的真實生活。

可以肯定的是，敘事新聞報導與標準的警區報導大相逕庭，單是閒逛、觀察與思考，就要花費大量時間，它往往不太重視傳統蒐集資訊的方法，例如面對面訪談。敘事新聞報導的內容不局限於公開言論，還會深入探討能夠解釋行為背後的心理因素。它探討的是社會背景、文化價值與身分。當我們在《奧勒岡人報》開始嘗試敘事報導時，甚至連一些資深記者都無法認出這種迥異於傳統方式的報導形式。

但是敘事報導是實事求是的報導，從過去到現在都是。

而且，正如《紐約時報》記者史蒂文・霍姆斯（Steven Holmes）在完成普立茲獲獎作品「種族在美國」的系列報導後所說：「不論你談論的是哪一種新聞，報導都是優秀新聞的關鍵。」1

❖ 沉浸式報導

身歷其境地觀察、聆聽、嗅聞並感覺，這就是沉浸式報導。雖然不是所有敘事性非虛構作品都會涉及沉浸式報導，但這種技巧是此種報導形式的標誌。諾曼・西姆斯發現，約翰・麥克菲為了寫〈喬治亞州旅行〉，和野生生物學家在公路上行駛了一千一百英里。麥克菲說：「你必須了解很多，才能寫出哪怕只有一點點。」

泰德・柯諾瓦可能是敘事沉浸式報導的終極實踐者，他甚至寫過一本指導手冊《沉浸式寫作》（*Immersion*）來概述他的技巧。這位《新來的》、《雪盲》（*Whiteout*）、《邊境之狼》、《漫無目的地前進》與《人類的路線》（*The Routes of Man*）等著作的作者，完全融入他所描寫的世界，實際上他是採用新身分。在《新來的》一書中，他花了將近一年的時間擔任新新監獄的獄警，巡查各區監牢，與其他獄警混在一起，領取固定工資。就囚犯與其他職員所知，他就是一名獄警。身為監獄文化的一分子，讓他得以進入快報特稿作者無法接觸的世界。柯諾瓦說：「這個方法耐心占了很大一部分，關鍵在能否在『不為人知』的情況下生活。」

這種方法與民族誌學相呼應，民族誌學是人類學的分科，致力於比較介紹世界上各種不同的文化。不出所料，柯諾瓦曾在安默斯特學院攻讀民族誌學，本科畢業論文寫的就是他坐火車當流動勞工的生活，這段經歷後來被他寫成《漫無目的的前進》這本書。不過，敘事記者不是描述密克羅尼西亞人或毛利人，而是深入探索社會的次文化，將報導傳送回來給我們這些缺乏時間與報導技巧，無法自行發現這個平行宇宙的人。

然而，民族誌學者與沉浸式報導記者之間有一個顯著的差異。在《文學記者》（*The Literary Journalists*）一書中，諾曼．西姆斯指出：「如同人類學家與社會學家，文學記者也將『理解文化』視為目的。但是和這些學者不同的是，他們可以自由地讓戲劇化的動作自行發聲。」當湯姆．霍曼講述蓋瑞．沃爾的故事時，他從未後退一步，直接闡明「行動創造身分」這個主題。故事自然而然展開，展現而非述說。主題隨著生活潮流的湧動浮現出來，比站在肥皂箱上大聲疾呼更強而有力。

從《華盛頓郵報》起步的資深敘事記者辛西亞．戈尼（Cynthia Gorney）已經發展出一套沉浸式報導的技巧。戈尼在全國性雜誌發表過許多令人印象深刻的文章，目前任教於加州大學柏克萊分校新聞系，她說她是透過自我提問的方式進行報導，例如成為她的採訪對象是什麼感覺，以及去尋找採訪對象的世界中最有趣或令人驚奇的一面。她說她是透過以下途徑回答那些問題：

1. 「呼吸他們的空氣。」
2. 「在附近閒逛，靜靜觀察。」

3.「理解他們特有的工作節奏。」
4.「學習他們的語彙。」
5.「閱讀他們的文學」——文本、指導手冊、專業刊物。
6.「找到他們的權威。」

戈尼為《紐約客》撰寫的文章〈雞湯國度〉，探索《心靈雞湯》（*Chicken Soup for the Soul*）的非凡成就所掀起的出版現象。從原作衍生出來的著作至今已超過兩百五十種，總銷量驚人，超過一・一億本。戈尼採訪該出版社主管，還待在出版商位在聖塔芭芭拉的辦公室，看著櫃台人員打開新版「雞湯」的讀者投書。她將這類報導比作新手記者要撰寫第一篇專題報導時，通常都會跟隨警察一起巡邏。遺憾的是，警察巡邏的故事幾乎大同小異，在巡邏車上待一晚採訪就算結束了。戈尼想要的更多。她說：「隨車巡邏應該在更多不同領域中進行。」[2]

成為次文化的一員所付出的時間能帶來豐厚回報，因為這讓作者跨越了常用來阻擋外來者進入的路障。我們都會對陌生人保持警惕，但是熟悉之後會產生信任，至少會變得不那麼在乎。「壁上觀」（fly-on-the-wall）的技巧正是據此原則運作。一旦事物變得足夠熟悉，就會融於背景之中。從理論上來說，只有那個時候，沉浸式報導所關注的對象才會放鬆下來，本色演出。

當然，如果拖著攝影團隊或拿著麥克風到處走，暗中觀察者勢必會引起注意。紀錄片以及Podcast缺乏平面報導的細膩性，他們會在後口袋裡塞一本不顯眼的筆記本。儘管如此，只要停留夠久，連笨重的電視攝影機都能沉入背景之中。一九七一年美國公共電視網播出《一個美國家庭》（*An American Family*），這個扣人心弦的沉浸式報導節目記錄勞德（Loud）一家的分崩離析。無所不在的工作人員拍攝了三百個小時的影片，製作成每集一小時、共十二集的節目，由於工作人員時常出現在生活中，使得這個家族的成員基本上忘了攝影機的存在。佩特·勞德（Pat Loud）有一次就在鏡頭前要求和丈夫比爾分居。

有些批評家認為攝影機的介入會鼓勵勞德一家製造出表演效果，做出原本可能不會做的事。當然，對平面記者也提出相同的批評。說到底，唯有記者的真誠才能將他們人在現場帶來的效應降至最低。最終《一個美國家庭》被《電視指南》（*TV Guide*）雜誌列入「歷來最偉大的五十個電視節目」名單中。不論好壞，它還是贏得了廣泛的讚譽，成為第一個真人秀節目。

儘管偶有爭議，但沉浸式報導無疑能深入真相，揭露傳統記者無法發現的多層面意義，有時候這是了解報導對象的唯一方式。當《紐約客》請泰德·柯諾瓦撰寫獄警的報導時，他也曾試過標準方法，但當局拒絕提供他需要的許可權限。一年的實戰經驗孕育出《新來的》這本著作，用圈內觀點呈現出標準報導永遠無法揭露的監獄生活及其問題。同樣地，湯姆·法蘭奇在高中待了一年，寫出他對現代教育問題的理解，這是永遠無法從參加學校董事會議、家長會，或是對教師、行政人員與學生進行傳統採訪中獲得。

有時採訪根本無用武之地。一九六五年蓋·塔雷斯前往加州為《君子》雜誌進行法蘭克·辛納屈（Frank Sinatra）的人物專訪。這位歌手因為鼻塞拒絕受訪。塔雷斯便四處閒晃，與辛納屈的熟人及隨行人員交談，蒐集趣聞，等待時機。他每分每秒都跟著這位碧眼老兄，暗中觀察這位情緒化的流行音樂明星自成一門企業的現象，他是太陽系的核心，音樂家、音樂界大亨、鼠黨崇拜者和各色逢迎者圍著他打轉。他的故事從一個引人入勝的場景開始：

法蘭克．辛納屈一手端著一杯波本威士忌，一手拿菸，站在酒吧的黑暗角落，兩旁各坐著一位迷人但姿色漸衰的金髮美女，她們正等著他開口。但他一語不發，整晚多數時候他都沉默不語，只是如今身處比佛利山莊的這間私人俱樂部，他似乎更加冷漠，他的視線穿過煙霧與昏暗的光線，盯著酒吧外的一個大房間，許多年輕夫妻圍坐在小桌旁，或是隨著立體音響播放的震耳欲聾的民謠搖滾在舞池中央扭腰擺臀。兩位金髮美女和站在辛納屈身邊的四名男性友人知道，當他悶悶不樂、沉默不語時，最好不要強行和他交談，在十一月的第一個星期心情不好是常有的事，下個月就是他的五十歲生日。

〈法蘭克．辛納屈感冒了〉是新新聞學的早期傑作，《君子》雜誌仍將這篇報導傑作奉為「歷來最著名的雜誌故事之一」。辛納屈是美國流行文化中最遙不可及、警戒心最高的一個名人。塔雷斯揭開了他的面紗，讓《君子》雜誌的讀者近觀其人，不設防的他舉止自然，就像在塞倫蓋提草原上自由奔跑的獅子。而這一切都多虧了這位偉大的歌手拒絕受訪。

❖ 接近對象

你不能敲敲門就走進一個陌生人的家，逕自進行「壁上觀」。不管怎樣，你必須先說服對方讓你進門。成功的敘事記者克服採訪對象不願提供消息的技巧，他們具有共同的人格特徵，能夠解除阻力。

敘事報導推翻了記者無禮、咄咄逼人、態度挑釁的刻板形象。我所認識的頂尖敘事作者全都溫文有禮，不具有任何威脅性。湯姆．霍曼孩子氣，有雙大眼睛，總是興趣盎然的樣子。李奇．里德無比真誠。安．薩克（Anne Saker）熱情洋溢，富有感染力。

此外，他們對採訪對象所說的消息是真的感興趣。他們確確實實給予讚美，像關注名人一樣真誠地關注一般人，讓對方覺得自己是特別的。當你說話時，他們會看著你的眼睛，認真聆聽每一個字，不時點點頭，身體前傾，做出適當表情附和你的情緒。

請注意這些明星敘事記者在談論自己接觸採訪對象時，那種驚人的一致性：

楚門．卡波提說：「不過最重要的是，記者必須同理有些人的個性是超乎自己平常的想像範圍，他們的心性與自己不同，如果不是因為在新聞工作的環境下遇到他們，他永遠不會寫到這類人。」[3]

蘭恩．迪葛萊格里（Lane DeGregory）說：「當我們打開耳目，不再自以為是，意識到自己以往並非全知，讓自己以真誠的好奇心見證其他世界時，故事就出現了。」[4]

里昂．戴許（Leon Dash）說：「如果採訪時你的眼神出現審視的反應，或是提問時帶有評判意味，人們便會拒絕交流。」[5]

泰德．柯諾瓦說：「我是興致勃勃的聆聽者，很少爭辯……我經常試著把自己定位為學生，而採訪對象是老師。我知之不多：你能幫助我嗎？」[6]

理查．班．克雷默（Richard Ben Cramer）說：「重要的是，人們想要述說他們的故事，但是只有當你對他們感興趣的時候，而我正是這樣的人……他們的妻子與女友早已聽膩他的事，現在來了一個糊里糊塗的傢伙是真的想知道。他們一直苦無機會將自己對這個奇人的所知娓娓道來，現在終於有聽眾了。他們感覺飄飄然。」[7]

瑪麗．羅區說：「當你明顯對一個話題著迷時，神奇的事情就會發生。」[8]

這不是指好的敘事記者容易輕信於人或受到影響。闖進別人的生活需要相當的信心與不懈的決心。如果你失敗了就再試一次，鍥而不捨。「執拗的個性真的有幫助，」湯姆．法蘭奇說，「你要非常、非常不屈不撓。」[9]

使用說服策略也是如此。我們在《奧勒岡人報》做過大量事件回顧報導，為重大新聞事件進行敘事重建，通常這些事件都是造成數人喪命的悲劇、意外與災難。驚懼且疑心重重的倖存者已經領教過電視新聞人員與通訊社記者的連番轟炸，這種時候我會建議記者採用「這是你糾正歷史的唯一機會」的論點。任何一個捲入重大新聞的人都知道，事件的初步報導通常是膚淺的、誤導性的。所以如果有機會澄清事實，倖存者往往很歡迎。做為著手重建整起事件的敘事記者，你應該相當坦誠地告訴倖存者們，你會給予他們的故事應有的時間與關注。世人最終會明白事件何以發生，倖存者為什麼會這樣做。你會力求百分之百精確，事事到位。而他們也將有完整的紀錄傳給子孫後代。

這一招幾乎總能奏效，尤其當記者用敘事作者謙卑與真誠的態度來接近受訪者時，更是有用。湯姆．沃爾夫的生活一如既往的優越，但是在進行這類報導的時候，他會拙劣地「保持謙卑的姿態」：

> 記者一開始就擅自打聽別人的隱私，問一些無權知道答案的問題——一旦放低身段到這種程度，他就成了一個拿著杯子的乞討者，等待消息或事件發生，希望別人能夠容忍他久一點，讓他得到所需素材，他會調整個性適應情況，變得討人喜歡、親切體貼、迷人、有求必應，忍受奚落、汙衊，偶爾甚至被毆打，因為一心渴望「故事」——種種行為近似於奴僕，甚至是乞丐。

是的，這些我都經歷過。你戴上記者的帽子，悄悄化身成另一種人格，這個新身分允許你去嘗試或是詢問在非記者生活中不曾想過的事。但是這絕對不是表演。我們這些投入這種方式的人，會自然而然扮演安靜的旁觀者的角色。我們通常來自中產階級或下層中產階級，一向設法接受良好的教育，學習到從平凡中發掘意義所需要的分析技巧與文化背景。我們在成長過程中跨越了常見的文化藩籬，學習如何與碼頭工人、鐵鐵工人、官僚與大學校長交談。

諾拉·艾芙隆是最具有反思精神的敘事技巧實踐者之一，她在散文集《派對壁花》（*Wallflower at the Orgy*）的前言揭露這種人格類型。她說，記者這類人似乎對置身事外感到最自在，畏縮不前，態度疏離，冷眼旁觀他人遊戲人間。「我發現自己似乎總能置身在精采絕倫的事件中，」她寫道，「別人都在盡情享受，開心地笑著，吃吃喝喝，在裡面的房間做愛，而我卻站在一旁記錄一切。」

❖ 觀察與重建敘事

沒有什麼比親眼目睹行動更重要。如果你能告訴讀者你是親眼所見，便擁有連法庭也認可的可信度。全身心沉浸其中而寫出的觀察性敘事，彰顯了權威性。你那身為作者的聲音，因為不受歸因與揣測所影響，自然聽起來更有自信。你似乎在說：「請聽我說，夥伴，我也在那裡，事情就是如此。」

但是，沉浸式報導有很大的風險。有可能花了一年多的時間寫書，銷量卻奇差；也可能花一個月的時間寫雜誌文章，卻只拿到法定最低工資的稿費。編輯請記者追蹤報導一個長篇敘事故事，相當於要一位有價值的員工從日常勤務中抽出幾個星期來寫稿，還無法保證成果能吸引讀者。正如諾曼．西姆斯所說：「文學記者賭的是時間。」

敘事需要具備所有的故事要素（能令人產生共鳴的主角、普世存在的糾葛、劇情鋪陳、高潮與危機解決）才能發揮作用，所以風險尤其高。但真實世界未必能像完美形塑的故事那般運作。你可能會追蹤報導一名運動員好幾個月，但她卻在冠軍賽開打前退賽。或者一篇愛會戰勝一切的故事，可能以拒絕及失望告終。如同汽車保險桿貼紙寫的：「世事難料。」

饒是如此，還是有方法應對。是的，我偶爾也會安慰那些失望沮喪的記者，他們因為花費好幾個星期製作的報導被喊卡，垂頭喪氣地坐在我的辦公室裡。但每一個故事發展都會闡明一些生活的啟示，儘管不在原先的主題陳述中，你通常還是能創造出一篇故事來，即便不是你原本預想的那一個。我和湯姆．霍曼原本以為山姆．賴特納的故事、也就是贏得普立茲獎的那篇會長篇大論地談到美國人想要看起來和別人一樣的問題。山姆進行的手術幾乎讓他喪命，卻沒有改變他的外貌多少，所以我和霍曼從山姆的經驗中尋找其他教益。他逐漸接受逆境的方式，比我們原先預期的主題更有力，也更具有普遍性。

觀察性報導中的這種風險因素顯示出採取相反策略的優勢——透過採訪目擊者、尋找文件並追溯行動線來重建過去事件。由於你是從一個已知的結局逆向回推，所以能夠保證結果令人滿意。你只需要在一開始選對故事。

當我們決定追蹤報導〈綠牆〉的故事，就是我在觀點那一章提過的重建敘事，整起事件已經落幕。經過幾天的現場新聞報導，我們得知被突如其來的暴風雨困在伊利諾河的泛舟者中，有些人倖存下來，有些人死了。我們有很好的機會能夠採訪倖存者，因此投入寫作時，我們知曉這篇故事具備講述戲劇故事所需要的一切元素。

一個努力不懈的研究者，能夠對數十年前的事件進行令人驚奇又栩栩如生的重建敘事。G．韋恩．米勒（G. Wayne Miller）的著作《暫時停止心跳：開心英雄的故事》（*King of Hearts*），驚人地重建半個世紀以前華爾頓．里拉海（Walt Lillehei）首開先河進行開心手術的故事，劇情隨著生動、詳盡的動作描寫而跳動。

陷入沉睡的葛雷戈里被脫去了病人服，赤裸裸地躺在刺眼的無影燈之下。他是那麼地瘦小——比枕頭還小，比大多數實驗室的狗還小。他的心臟小得可憐，血管細如麻線。

都準備好了嗎？里拉海問道。

隨行醫護人員準備就緒。

里拉海用藥皂清洗葛雷戈里的胸部，用手術刀在乳頭下方從左到右劃出一條線。

在第二手術房陽台的觀察者為了看得更清楚，將身子前傾。在手術房那層樓，一群實習醫師與住院醫師也爬到凳子上看。

里拉海切開連接肋骨的胸骨，用牽引器將葛雷戈里的胸部打開一扇窗口。

在葛雷戈里的肺臟之間，他那紫紅色的小心臟映入眼簾。心臟有雜音；里拉海的手感覺到異常的顫動。

韋恩・米勒在追求這類細節的精神可謂鍥而不捨，長達四十一頁的出處註釋與參考書目，反映出他敏銳而持久的研究心血。例如，為了描述小葛雷戈里・格利登（Gregory Glidden）的病例，他找到照顧這個小男孩的兩名護理師，發現他們在他整個住院期間做了詳細的日誌記錄。

米勒的優勢在於有幾個倖存的目擊者，但艾瑞克・拉森所處理的主題，已非世人的記憶所能及。儘管如此，他還是用信件、報紙報導、法庭紀錄、日記、回憶錄與蒐集到的私人文件，精心撰寫《白城魔鬼》，彷彿一八九三年的芝加哥世博會他真的在場一般地生動逼真。他說：「任何文件都不能忽視。」

為了撰寫《艾薩克的風暴》（*Isaac's Storm*）這本書，描述一九〇〇年橫掃加爾維斯頓（Galveston）的致命颶風，拉森翻找出一張加爾維斯頓的保險地圖，繪有每間房子的簡圖——建材、火爐位置等等。他指出現存可供檢索的資料庫，是依據目擊者對幾個城市特定地點的描述建立起來的，例如有一個資料庫是一八九〇至一九〇〇年間的倫敦。我也看過類似的資料庫，由多所大學及Google 地球聯合製作，以重建君士坦丁大帝時統治時期，西元三二〇年六月二十一日這一天的羅馬。

令人驚訝的是，現代科技頻繁產生紀錄，優秀的報導可以將這些紀錄編織成身歷其境的敘事線。手機與監視錄影機捕捉到的景象，在幾年前可能已經消失。由於高畫質攝影機的普通使用，意味著旁觀者往往能提供戲劇性事件的詳盡視覺紀錄。當漁船塔奇圖號在提拉慕克灣沙洲沉沒的時候，我的報導團隊能夠向一名自由電視工作者取得他拍攝救援與恢復工作的影片。我讓敘事課的學生描寫漁船海王號在哥倫比亞河沙洲沉沒的報導時，我們發現了大量的當代文獻資料。海岸防衛隊的報告包含漁船、海岸防衛站與現場救援船隻之間無線電通訊的逐字紀錄。國家運輸安全委員會的調查包括二十份目擊者的描述，然而真正的瑰寶甚至比目擊者的描述更加珍貴。海王號遇難那一天，海岸防衛隊正在沙洲測試新的馬達救生艇。碰巧其中一名隊員拍攝到漁船在大浪中艱難前進的影像，當海岸防衛隊的船拖住海王號之後，這名隊員記錄下整個場景：巡邏艇試圖保護浸水的船隻不被怒濤吞沒，直升機將海岸防衛隊的救援泳將空投到漁船甲板上。海王號上下顛簸，接著突然被海浪吞沒，這令人驚駭的場景奪走了一名漁夫和一位勇敢的年輕海岸防衛隊員的性命。

❖ 採訪（INTERVIEWING）

就算你採用完全沉浸的方式來撰寫故事性敘事，觀察行動線的每個步驟，你仍然要做一些採訪。湯姆．霍曼寫〈面具下的男孩〉時幾乎接近沉浸式報導的理想典範，但他還是採訪了山姆的朋友、父母、師長、護理師與醫師。當醫生在做文書工作或巡視病房時，跟著她、觀察她的一舉一動，這樣有什麼意義？你要在醫生治療你的報導對象時觀察她。你想了解某種疾病或治療方法的普遍資訊時，你要採訪她。

為了敘事報導所進行的資訊式採訪，與為傳統新聞報導做的採訪還是有些許不同。在報導一開始，湯姆或許會問一些相當抽象的問題，像是山姆．賴特納的病況、病歷與預後推估。但是，透過採訪來重建你並未親眼目睹的敘事線，情況又完全不同。

在我職業生涯早期，當我研究《資訊帝國》（*The Information Empire*）一書中《洛杉磯時報》（*Los Angeles Times*）的歷史時，我了解到採訪極富挑戰性。我故事中的許多關鍵人物都還健在，我對他們進行詳細的採訪。身為一個年輕記者，我對於人類記憶的缺陷感到震驚。我採訪的對象不是記不得重大事件，就是只殘留模糊的記憶。還有更糟的，他們對同一件事有完全不同的記憶版本。那些記憶通常有私心作祟，誇大自己的付出，忽略他人的貢獻。成王敗寇。

發生這樣的問題我也有責任。創作引人入勝的敘事作品，我需要生動的細節與可信的證據，但那時候我經驗不足，我的提問沒能發揮作用。從那時候起，我略有成長。

首先，讓你的採訪對象明確知道你想達成什麼目標是有幫助的。如果他們是習慣傳統媒體採訪方式的公眾人物，更是如此，否則他們只會說可供引述但缺乏生動細節的媒體金句。要告訴他們你寫的不是標準報導，而是試圖重建故事，讓它看起來、聽起來和感覺起來就好像他們生活在其中。你或許可以請他們將他們的經歷想像成像電影中一系列的場景，並描述每個場景的細節。

馬克．克雷默說：「當我要納入文中的場景並非我親眼所見，必須從採訪中蒐集素材時，我會告訴受訪者：『請注意，接下來十五分鐘的談話並不輕鬆，那不是普通的交談。我想請你和我合作，就好像兩個木匠，你給我零件，我來組裝。』當我記錄的時候，他們不再不悅抱怨，而是成為我建造場景的合作幫手。他們與我一起創造故事。」

待回想細節時，一個回憶會觸發另一個回憶，所以提醒採訪對象關鍵事件發生時他們人在何處、發生了什麼事，通常是有幫助的。「辦公室紀錄寫著那天早上你去州議會大廈開會。當天下午大學校長請辭，那時你可能正在開車要回學校。你還記得你第一次聽見這個消息是什麼時候嗎？是從車上的廣播聽到的嗎？當時你人在哪裡？你開的是什麼車？什麼顏色？」

無論是採訪還是默默觀察，你都應該要與採訪對象開誠布公地討論，並解釋採訪規則。不論你是寫書、拍攝紀錄片、錄製 Podcast 節目，或是為部落格做採訪，傳統的新聞基本規則都很有用。請把每一條規則都視為嚴格的契約。一旦你和採訪對象都同意基本規則，你們就必須遵守，除非兩人重新協商。標準的基本規則如下：

- **公開發表：**你可以不受限制地使用準確的對話版本。
- **關於背景：**你可以使用訊息發展故事，但不能指明訊息是採訪對象提供的，就算隱匿對方的身分也不行。如果你想發表這些訊息，就必須從其他採訪對象取得正式紀錄，而且發表時必須註明訊息來源。
- **知名不具：**你可以使用訊息，但任何署名都必須是雙方都同意的不具名來源。例如，如果你打算將引語來源歸於「校長身邊的人士」，你的採訪對象就必須在此描述上簽字表示同意。

- **不公開發表**：你不能使用訊息，除非你從另一個採訪對象取得正式紀錄，並在發表時充分、公開地註明消息來源。

這些基本規則並非一成不變，而是可以商議，並且做出大幅度改動。或許採訪對象不願意你描述或拍攝她家裡的某個房間，或者不希望你問到惱人的離婚事宜。是否接受對方的條件，取決於這個議題對你的重要性。你或許會認定自己無法接受要求，因為那會扭曲故事的基本真相。但如果接受了條件，就要堅持到底，除非你們日後可以重新協商。

我發現，一旦採訪對象在故事內文中看見不具名，或是甚至不公開發表的訊息時，他們往往會放寬要求。我會寫一個包括他們提供的訊息的版本給他們閱讀。「在我看來這麼寫似乎不會造成什麼傷害，」我說。「你確定不要把訊息放進來嗎？」他們有可能會鬆口。

政治家與其他習慣公眾監督的採訪對象對於基本常規非常熟悉——反倒會反過來要求你遵守。但是經常出現在敘事性非虛構作品中的那些人未必那麼精明，所以你應該要向他們徹底解釋清楚並適時提醒。最重要的是，如果沒有任何異議，一切訊息都是可以公開發表的，就算通常認為是在隱私的情況下進行的交談也不例外。有一次，一名採訪對象進到男廁，走到我旁邊的小便斗前，一邊解放一邊開始討論一些敏感的訊息。我勉強擠出話來，「這是可以公開發表的，對吧？」我記得他要我忘了他剛才說的話，並立即轉移話題。

雖然錄音機的使用、採訪筆記與採訪場合，可能沒有採訪方式來得重要，但敘事作者談論工作時，爭執這些的新聞界老話題還是會出現。我不確定這些事物是否有那麼重要。在長期觀察期間，使用錄音機沒有什麼意義，因為錄了好幾個鐘頭的內容，可能幾乎毫無價值。但是也沒有理由不用錄音機錄下常規採訪過程或是對話的豐富重要片段，雖然很久以前錄音帶絞帶的經驗告訴我，錄音的同時務必要做筆記備份。現今的數位錄音機與智慧型手機可靠得多，但我還是認為做筆記備份是個好主意。無論如何，我不擔心錄音會讓採訪對象噤聲，產生某種海森堡效應（Heisenberg effect，譯註：事件的參與者影響事件本身的效應，例如受訪者有意識地給予記者他想聽的答案），進而改變他們的說詞與行為。若是如此，所有 Podcast 敘事都會被質疑。再說，現代錄音設備安靜又不顯眼，採訪對象習慣這類裝置，就如同他們也習慣了做壁上觀的觀察者。現今智慧型手機無所不在，融入於背景之中。在任何情況下，採訪對象最終會忘記記者與錄音設備的存在。

仍然有許多敘事作者與採訪對象共處一室時，會盡量少用錄音機與筆記本。蓋·塔雷斯偶爾才會拿出筆記本記下特別生動有趣的幾句話，不過當對方離開房間，他還是會做筆記。他也和泰德·柯諾瓦及許多其他人一樣，會在一天的採訪工作結束後，謄打出較完整的筆記。柯諾瓦實際上是在為《新來的》的這本書做臥底，這是他做為新新監獄獄警的生活紀實，他不能隨便拿出記者的筆記本來記錄。但幸運的是，獄警在胸前口袋裡會放一本小筆記本，這樣他們就可以記錄違規行為等情況。所以柯諾瓦匆匆記下對牢房裡緊張時刻的描述時，並沒有引起懷疑。

如果你用電子方式錄下電話交談內容，務必要讓採訪對象知道你在錄音。這是誠信問題。美國有些州立法規定錄音必須得到當事雙方同意，如果你沒有告知採訪對象偷偷錄音，就會違法。這就是為什麼蘋果公司不允許 iPhone 安裝電話錄音 App。有些錄音 App 可以規避那項限制，用安卓系統的手機進行電話錄音就容易得多。但是在錄音必須雙方（或多方）同意才能進行的州，法律限制仍然適用。

大多數優秀的記者都贊同面對面的採訪是最好的，而且非正式的場合有助於讓採訪對象放鬆下來。我向來盡量避免與採訪對象隔著桌子相對而坐，即使是進行傳統新聞採訪也是如此。理查・班・克雷默不喜歡在客廳進行採訪，因為「那是你雙手交叉坐著的地方」。他會詢問採訪對象能否改坐到廚房桌前。好主意。而且依照我的經驗，來杯啤酒會有幫助。

❖ 角色、場景、行動與主題

作者來找我指導寫作，我總會在前幾次上課時了解他們的工作方式。我詢問他們如何組織素材、尋找結構和寫草稿。最能看出端倪的是他們的採訪筆記。如果他們還是新手，我很有可能看到一頁又一頁的直接引述。

寫滿引文的筆記本，無疑是為了撰寫枯燥的傳統新聞故事，對敘事來說則是死路一條。如果缺乏了建立角色、創造場景、描述行動和發展主題所需要的素材，你要如何述說一個真正的故事？敘事作家的筆記本（甚或是一個優秀專題作者的筆記本）應該寫滿了視覺細節、軼事、連續行動、氣味等等，最好還能包括對記者本身的報導，記下在觀察期間發生的所有問題、情緒或其他內心反應，都有助於指導寫作。

隨著報導持續發展，這些筆記也會愈來愈聚焦於某些特性，反映出更大的主題正在浮現。你沉浸在觀點角色的世界中，接受這一切並認真思索它們的意義。辛西亞・戈尼曾說，她會在創作初期將所見所聞大致列出來，發現別具意義的素材時，才會集中注意力收集更加局限於某些種類的細節。[10]

角色推動故事，敘事作家的筆記本中對於觀察到的身體外貌、臉部表情、手勢、聲調，以及所有其他直接描述角色元素的速記應該要特別豐富。觀察對話的時候，做這樣的筆記尤其重要——就傳達意義而言，非言語的暗示往往比實際用語言表達更為重要。在標準採訪中，記者的老把戲之一是問一個並非真正關心的問題，這樣你就可以在採訪對象滔滔不絕時記下其身體外貌、衣著與周圍環境的細節。

請記住，故事起始於某人渴求某個東西，所以對故事敘事的報導也應該聚焦於動機。為了完成一部重要作品，喬恩・富蘭克林會進行可能長達數小時、他所謂的「心理訪談」。他會從詢問兒時記憶開始，尋找動機的遺傳與行為根源。接著他會慢慢走進主角的生活，聚焦於對方做出的關鍵決定，以及牽涉其中的要素。

大多數的敘事報導沒有那麼詳盡，但就算是寫最基本的故事，仍舊需要人格特質理論來指導你蒐集訊息。在蓋・塔雷斯〈壞消息先生〉的人物側寫中，《紐約時報》訃聞作者奧爾登・惠特曼（Alden Whitman）除了冷靜、有條不紊與實事求是，還有一絲浪漫。所以塔雷斯聚焦於能夠反映如此性格的細節上——惠特曼的菸斗、領結、早餐茶。崔西．季德深入挖掘保羅．法默的過去，找出這位爭強好勝、志向遠大的人道主義醫師，為何沒有表現出一般美國人對於財富與舒適生活的追求。法默一團混亂的童年細節——他曾一度生活在停泊於沼澤的一艘舊船上，揭示了一切。

細節建立理論，而理論能夠指導你搜尋更多細節。一旦推斷你面對的採訪對象有潔癖，執著於有序的生活，你可以請他讓你看一眼放襪子的抽屜。如果所有襪子都捲好，按照顏色分列排好，你就有了很好的理由。

在主題與觀察之間同樣地來回反覆，也能引導你挑選視覺細節與行動線的片段。楚門．卡波提說，要撰寫非虛構敘事，「必須有一．〇的好視力來找出視覺細節——意思就是，你確實必須是個『文學攝影師』，只不過是極為挑剔的那種。」[11]

角色的社會結構幾乎總是與動機有關。我們通常會希望擁有朋友和同事所重視的事物，或我們希望加入的社交圈所重視的事物。因此，參透動機的一個方式是，留意湯姆．沃爾夫認為極富啟示意義的「地位指標」。你的角色開的車是豐田普銳斯還是悍馬？他車庫架子上擺著越野滑雪板還是下坡滑雪板？她喝的是波本威士忌還是蘇格蘭威士忌？紅酒還是啤酒？

由於趣聞軼事展現出人在這個世界上真正表現出來的個性，所以沒有什麼比它更能揭示角色性格。還記得約翰．麥克菲筆下的野生生物學家卡蘿嗎？她把手伸進半淹沒水中的空心樹樁裡拉出一條名叫山姆的蛇。

一些和我一起工作的記者向來能帶回精彩的軼事，他們有些人對於能夠得到一個發人深省小故事的希望，就像漁夫期望能用小魚叉捕到藍鯨那麼大。我在奧勒岡大學教書的老同事、《創意採訪技巧》（*Creative Interviewing*）一書的作者肯．梅茨勒（Ken Metzler），他提供的提示解釋了原因。他說：「要獲得故事，你必須講述故事。」

正是如此！有人告訴我們旅行嚴重延誤的悲慘故事，我們也會跟著挖出自己錯過轉機、遺失行李這類禍不單行的故事。

為了獲得軼事，你要先告訴對方一個故事（你自己的故事或主角的故事），然後要求對方再說另一個故事。「某某人真是個潔癖，他給我看他放襪子的抽屜，所有襪子全都捲得好好的，還用顏色分類！我打賭他在辦公室也是這樣。」

哪怕細節再小，個人故事再相對平凡，精挑細選也能確保其產生影響。「你確實必須相信微不足道的事件的力量與重要性，」湯姆．法蘭奇說。「報紙記者接受過訓練，因此我們真的很擅長報導重大事件。但是入行愈久，我愈懂得在看似平靜無波的時刻要保持信心。在我面前有非常重要的事正在發生，我只是需要學習投注更多注意力。」

如果讀者知道你說得有道理，不是漫無目的地報導各種個人歷史的景象、聲音和事實，那麼他們就會仔細注意你所選用的細節。「這就像蒂芬尼的櫥窗，」瑪麗．羅區說。「如果裡頭只有一樣飾品，而你認真把它擺好，確實能夠讓它光芒四射。」[12]

至於要找到寶石，布景的品質遠比寶石的品質重要。在報導的過程中，布景的品質也反映出你思考的品質。你不斷地捫心自問：「這個故事意味著什麼？」、「她為什麼這麼做？」、「這個故事能為我們所有人都必須面臨的挑戰帶來什麼啟示？」

如果你持續追問，你就會不斷地發現，縱使你所找到的不見得是你預期的。「準備好的科學家要有特定的新發現，機率微乎其微，」喬恩．富蘭克林說，「但他肯定會有所發現，這是一個定局……當一個技巧嫻熟的作家追蹤短篇真實故事時，同樣的過程也會在發揮作用。」

❖ 鑑別故事

一旦學會如何將世界拆解為故事的普遍真理，就會開始看到故事無所不在。找到有意思的衝突，就有可能找到好故事；識別出好的主角，就有機會創作出一個能夠引起觀眾興趣、富有挑戰性的故事。

肯．福森透過尋找有日常慾望的角色來磨礪自己的眼光。他說：「我真的嘗試將重點縮小到只關注這個人想要什麼，他們是否能成功？他們能贏得這場比賽嗎？會得獎嗎？上台演講時不會昏倒吧？」[13]

湯姆．霍曼也聚焦在糾葛上。一旦他發現有人正面臨挑戰，他就會緊隨左右，賭他找到一個最終會解除糾葛的主角。一名大公司的年輕律師放棄優渥薪水，接受郡檢察官辦公室薪水微薄的職位時，湯姆追蹤報導他的一舉一動，希望環境的變化能令他對人類處境產生洞見。當一名發展性障礙年輕人從母親的房子搬出來，住進自己的公寓時，湯姆也亦步亦趨，亟欲發現這場冒險通往何處。

不是所有糾葛都有解決方法，但所有解決方法都來自糾葛。因此，喬恩・富蘭克林建議作者從最後的收尾來尋找進入故事的門道。他指出，許多解決方法都像最近的新聞來源那麼近。他說：「大多數新聞故事述說的都是結局，卻沒有附帶開頭。」例如，一則車禍報導可能會掩蓋讓受害者活下來的一連串英勇行為。

兩度獲得普立茲獎的富蘭克林，認為他成功的主要因素，在於能夠從故事元素的角度看世界。「我知道什麼是故事……同樣重要的是，我也知道什麼不是故事。因此，我能夠立即發現好故事。」

敏銳的非虛構說書人很快就會明白，好故事俯拾即是。一名婦女在荒野中迷路十天，仍倖存下來的新聞故事；你終於將生活創傷拋諸腦後的領悟；一名警察在追捕殺人犯；新生兒護理師在他們的小病人死亡時所遭受的心理壓力；一個著迷的科學家；被淘汰的四分衛。任何話題都可以寫成一篇傑出的故事……只要你知道自己追尋的目標是什麼。

11 故事敘事

Story Narratives

故事猶如雪花，看似片片相同，實則截然不同。

——喬恩・富蘭克林

技巧純熟的非虛構敘事作者，如同優秀巧匠，深諳自己所擁有的工具。在著手撰寫敘事初期，他們冷靜審視素材，自問一個基本問題：「我們在此談論的究竟是哪一種敘事？我需要用什麼工具來完成它？」

工具琳瑯滿目。

故事敘事最接近的模式，是我們大多數人談到「故事」時，心裡所想到的「主角—糾葛—危機解決」，但即使在這個基本模式中，仍有許多不同類型。類型不同，寫作方式也不同。釋義性敘事往往缺乏像主角這樣的基本要素；在敘事性文章中，敘述者就是主角；事件回顧完全是敘述重建；小品文則完全是觀察性的。

所有形式都為非虛構作家提供了豐富的可能性，我們會依序討論。不過要緊的事先做，我們還是要先談論真實的故事，不論長短。

❖短篇故事敘事技巧

「有錢人和我們不一樣。」費茲傑羅推測說。「是的，」海明威回答。「他們比較有錢。」

而短篇敘事與長篇敘事不同，它們字數比較少。

此一差異可能比你以為的更重要，因為一旦字數受到限制，你能講述的故事種類也會跟著受限。短篇與長篇非虛構作品的差異，就是虛構作品中短篇故事與小說的不同。短篇寫作缺乏運作空間來探究角色的複雜性。因此，虛構作品的一個基本原則就是——小說探索角色，短篇故事探索情境，亦適用於非虛構作品。

基於上述理由，短篇非虛構敘事聚焦於行動。我曾在第一章以斯圖爾特．湯姆林森的故事為例，這篇描寫警察將一名女子從燃燒的汽車中救出來的故事不到八百字，從警察目睹造成後續情境的事故開始，幾乎全都在描寫行動線。我們對受害者的個性一無所知，她甚至到最後一段才開口說話。我們對目睹事故的警察傑森．麥高溫也了解不多，只知道他目睹車禍發生，逮住肇事司機，並盡力撲滅受害者車中頑強的火勢。

短篇敘事作家也必須限制自己，只描寫一到兩個場景。依據經驗法則，我估計要描寫一個場景並且包含一個行動線，至少需要五百字。相應地，斯圖爾特的八百字火燒車故事基本上只有一個場景，接著是在醫院更簡短的那一段。一篇三千字的雜誌敘事文章可能包含六個場景；一個分成四部分的報紙連載文章或雜誌封面故事，則可能包含三十個場景；一個Podcast節目在一個小時內可能可以容納大約十個場景；一本完整的書則可能包含幾百個場景。

短篇故事敘事還必須速戰速決，敘事弧驟然上升，再陡然落下。我敦促作者在故事一開始就進入行動。斯圖爾特的故事以「一輛皮卡車呼嘯而過……」開始，以簡潔扼要的結尾作結，在醫院的場景讓倖存者最後能說句話。

這個弧線雖然陡峭，仍能容納所有基本要素：闡述、劇情鋪陳、危機、高潮、危機解決／結局。當然，一篇短篇作品可以有一個主題，只是缺乏篇幅更長、更具有文學性的敘事作品的深度與細膩。斯圖爾特充滿動感的冒險故事除了告訴我們「果斷的行動能拯救生命」，幾乎沒有其他東西了。

還是那句話，每一個帶來正面結果的真實生活片段，都表現出成功的人生。我最喜歡的一種，是真實又漫長艱難的故事，充滿膽識與榮耀，在某個我從未注意到的地方突然出現，證明偉大的敘事就潛藏在我們身邊。

《奧勒岡人報》古典樂評大衛・史泰伯勒（David Stabler）觀賞完奧勒岡交響樂團週六晚上的演出後，盡職地寫了一篇評論，讚揚加拿大鋼琴家路易・洛提（Louis Lortie）詮釋的謝爾蓋・拉赫曼

尼諾夫《第三鋼琴協奏曲》。這是一個不小的成就——「拉三鋼」的音符猶如暴風雪，演奏技巧艱深，被公認是古典音曲目中最難的曲子之一。但洛提被安排要一連演奏三天，他接下來還有兩場演出。

接著，週日晚上，交響樂團公關在演出期間致電大衛，告知洛提的手受傷了。當晚他並未演奏拉三鋼，週一也不會。

嗯，從故事的角度看，一顆彗星剛剛把一顆行星撞出穩定的軌道。以早期一篇敘事作品入圍普立茲獎的大衛明白，遊戲開始了。他和他的編輯道格．派瑞（Doug Perry）來到我的辦公室，計畫寫這個正在展開的故事。敘事弧遠未完成，但我和派瑞敦促大衛無論如何都要先擬出故事草稿。愈早開始動筆，腦袋就能愈早開始規劃故事進程。

起初，大衛把焦點放在著急拯救週日晚上的表演。隔天他寫出的草稿如此開頭：

每一個樂團經理都害怕的電話，在週日奧勒岡交響樂團音樂會開場前九十分鐘響起。當晚的明星鋼琴獨奏家路易．洛提因為手痛難耐，無法登台。

接下來是一場拯救音樂會的競賽，因為音樂會預定在晚上七點半開始。

這場兵荒馬亂形成一齣很有看頭的短劇，足以成為生活休閒版報導的敘事性專題。開幕前三十分鐘，交響樂團指揮卡洛斯．卡爾馬（Carlos Kalmar）和團長及藝術總監湊在一起說些什麼。

為了這場音樂會聚集在一起的音樂家也加入討論，以下是大衛透過採訪公關人員及主要參與者所重建的場景。

音樂家們開始提出其他替代方案，都是他們最近演奏過的曲目：《漂泊的荷蘭人》序曲、沒有加農砲聲的《一八一二》序曲、貝多芬的《第五號交響曲》。

交響樂團樓上的樂譜室收藏了一百部交響樂樂譜，替換的曲目必須能從中找到曲譜，而且曲子要夠長，足以填補音樂會的後半場。有人建議提供三、四首曲子讓觀眾票選，但這個主意不了了之。

當柴可夫斯基的《第四號交響曲》被提出來時，眾人都點頭同意了。音樂家們很常演奏這首陰鬱且激盪的曲目，最近一次是在五月，當時只花了最短的時間排練。他們一就定位，便在心中演奏起自己的那一部分。

樂團的樂譜管理員把樂譜收集起來，在中場休息時間分發給大家。隨後，樂團的即興演出大獲成功，柴可夫斯基的《第四號交響曲》氣勢磅礴，觀眾起立大聲喝采。交響樂團團長親自去應付那些因為沒聽到拉三鋼而不滿的觀眾。有些人表示失望，但沒有人要求退費。

我和大衛、道格一起討論大衛的初稿。內容很短，大約九百字。大衛按照時間順序鋪陳（「晚上七時三十分上台」……「晚上八點交響樂團辦公室」），強調挽救週日晚上演出的時間壓力。草稿很好地捕捉到選擇替換曲目，以及音樂會下半場即興演出所帶有的戲劇性。不過結尾直接引述洛提的話，並更新他的現況，使得焦點始終集中在這位受傷的鋼琴家身上，賦予故事一種標準新聞專題的風格，而非一篇紀實敘述文。

「這是我最不希望發生在自己身上的事，」他說。「我是那種無論如何都要把事情順利完成的人。我考慮過在演奏時略過一些音符，但可能會變成一場災難。要做出抉擇很難。時間所剩不多，你只能跟隨本能行動。」

洛提週一飛往加州奧克蘭向專科醫師諮詢。「我真的很擔心。我不願意去想即將到來的其他場音樂會該怎麼辦。」

但是在第十一段，大概草稿的中間部分，其中隱含的訊息有潛力讓故事發展得更具有戲劇性。交響樂團的藝術總監查爾斯・康莫（Charles Calmer）亟欲滿足專門為了聆聽「拉三鋼」來參加週日音樂會的觀眾，有些人遠道而來，都非常想看看頂尖音樂家是如何對付鋼琴曲目中這隻惡名昭彰的野獸。自從洛提決定取消演出，康莫就不停打電話，努力尋找能接替他在週一登台的鋼琴家，那是連續三場音樂會的最後一場。

當我和道格從大衛那裡探聽出更多訊息，意義便浮現出來。該報很幸運有這樣一位學識豐富、擁有三個鋼琴演奏學位的樂評。用大衛自己的話說，他曾經「接近」拉三鋼，試圖彈奏這個曲目，但始終無法駕馭。在談論這首曲子的時候，他的個人經驗賦予他特別的權威，也使他特別理解康莫的種種努力。能夠演奏拉赫曼尼諾夫的曲子的鋼琴家屈指可數，這些明星鋼琴家通常在一年前或是更早以前就已經敲定演出時間。因此，週日的音樂會結束後，大衛仍和康莫與樂團公關保持聯繫，追蹤尋找替代人選的進度，直到週一早上，大衛仍對能否找到人感到懷疑。後來他回憶自己當時是這麼想的：「要是能找到一個今晚能演奏的人就好了。」

康莫比較有信心。週一早上十點，他成功了。雅科夫．卡斯曼（Yakov Kasman），范克萊本國際鋼琴大賽銀牌得主的俄羅斯鋼琴家，當時任教於阿拉巴馬大學。他嫻熟拉三鋼，剛好也有空。最後一班從伯明罕起飛、轉機到波特蘭的班機還剩下一個座位。

這就有了戲劇製造懸念的要素，並具備絕處逢生故事的成分。卡斯曼從未到過波特蘭，與奧勒岡交響樂團指揮卡洛斯．卡爾馬素不相識，也從來沒有未經排練就演奏拉赫曼尼諾夫的曲子，而且他已經五個月沒有碰過這首曲子了。航程八個小時，飛機會在晚上七點抵達波特蘭。幸運的話，他能在開幕前幾分鐘趕到音樂會現場。

在那個週一早晨之前，我對拉三鋼一無所知。但隨著我們的交談，我的興致越發高昂。如果事情發展如預想的那樣，大衛就握有一個極好的故事，它能夠輕易占據週三發行的報紙上一個顯著的版面。為了重建尋找卡斯曼的歷程，他會再做所需的額外報導，他會參加週一晚上的演出，他會在週二和我還有道格一起工作，把完整的敘事文章寫出來。

第一個故事討論會議結束後，大衛做了一些補充報導，對故事進行第二次潤色。他按照初稿的方式開頭，增加一些打電話的細節，說明樂團指揮是在音樂廳附近的餐廳接到電話。隨後故事以敘事方式進行，敘述用柴可夫斯基的《第四號交響曲》替換拉三鋼的混亂情形。他還沒有讓故事達到高潮——距離音樂會開始還有幾個小時。但所有環節已然到位：

週一早上，卡斯曼跳上途經明尼亞波利斯的班機，但要到晚上七點才會抵達，距離開幕只剩下一小時……康莫計畫從機場迅速地直接載他到音樂廳，卡斯曼會在那裡換上白領結與燕尾服，並與卡爾馬簡略地討論曲子。直到演出前幾分鐘，卡斯曼才有可能摸到琴鍵。

當晚，大衛緩步走進波特蘭施尼策爾音樂廳，這棟義大利洛可可建築擁有近兩千八百個座位。他在包廂高處 L 排的一個座位坐下來。純屬巧合，大衛發現坐在旁邊的是著亨利．魏爾區（Henry Welch），他是波特蘭人，本來在沙加緬度出差，專程飛回家鄉參加週日晚上的這場音樂會。拉三鋼是魏爾區最喜愛的古典樂曲，得知公告洛提手受傷，他發了一點牢騷，當他聽說週一晚上會改由其他鋼琴家演奏這首曲子，他也訂了那一場演奏會的位置。

卡斯曼的班機準時抵達，康莫趕緊送他到音樂廳。卡斯曼走向鋼琴，他只有七分鐘的時間可以練習，接著他與樂團指揮卡洛斯．卡爾馬對了一下拍子與轉調。八點整，卡爾馬走上舞台，宣布即將演奏拉三鋼。魏爾區用力鼓掌。卡斯曼從後台走出來。「真是難以置信，」大衛回憶道。

「這個矮小的俄羅斯人走出來，臉上沒有一絲笑容。他看起來像是希望自己身在其他地方。」

卡斯曼抬起手開始演奏，而且——太令人驚訝了！完全投入到整個驟雨雷鳴般的表演之中。

隔天早上，我和大衛、道格・派瑞在我的辦公室碰面，進行第二次的討論會議。我們將整篇故事梳理一遍，討論故事弧線與情節點。大衛不確定是否連「打算用柴可夫斯基的作品來代替、挽救週日晚上演出的混亂過程」這個素材都要用上。他問道，把焦點全放在週一晚上拉三鋼的獨奏鋼琴家身上，會不會比較好？我們來回討論。我認為好的敘事蘊含張力的起落，而柴可夫斯基那一段正有這種效果。而且因為週日晚上的許多觀眾都是專程來聽拉三鋼的忠實樂迷，那一段強調過程的緊急，有助於突顯週一的演出。此外，柴可夫斯基曲目的演出本身就提供了一些很好的戲劇效果——八位交響樂團的新成員從來沒有和波特蘭交響樂團一起演奏過柴可夫斯基的曲子。

我們交談的過程中，我在黃色便條紙上粗略畫出敘事弧。我們想出了和圖 7 一樣的計畫。

我敦促大衛改進一下開頭，使其做為一個完整發展的場景，從而捕捉到交響樂團團長威廉・萊伯格（William Ryberg）乍聽見他的明星鋼琴家手受傷無法演奏時，那間高雅餐廳的氛圍變得如何。我建議當那通致命的電話打來時，大衛應該暫時不要透露電話內容，以增加戲劇性。會議結束後，大衛回去寫稿。他帶著第三稿回來時，原本的開頭轉變如下：

週日傍晚六點，威廉．萊伯格正坐在南方公園餐廳裡、鋪著亞麻桌布的餐桌前，一個街區外就是施尼策爾音樂廳。奧勒岡交響樂團團長萊伯格與國際音樂家職涯經理薩爾蒂．克拉默（Seldy Cramer）才剛點好燴海鮮與摩洛哥雞肉，克拉默的電話就響了。

沒有任何解釋，克拉默驟然起身，離開餐廳。

新版本也介紹了魏爾區，強調他為了參加週日演奏會所做的犧牲，以及洛提取消演出，交響樂團要用柴可夫斯基的《第四號交響曲》取代原有曲目時，他失望地嘟囔抱怨。增補的報導透露了細節，放大了卡

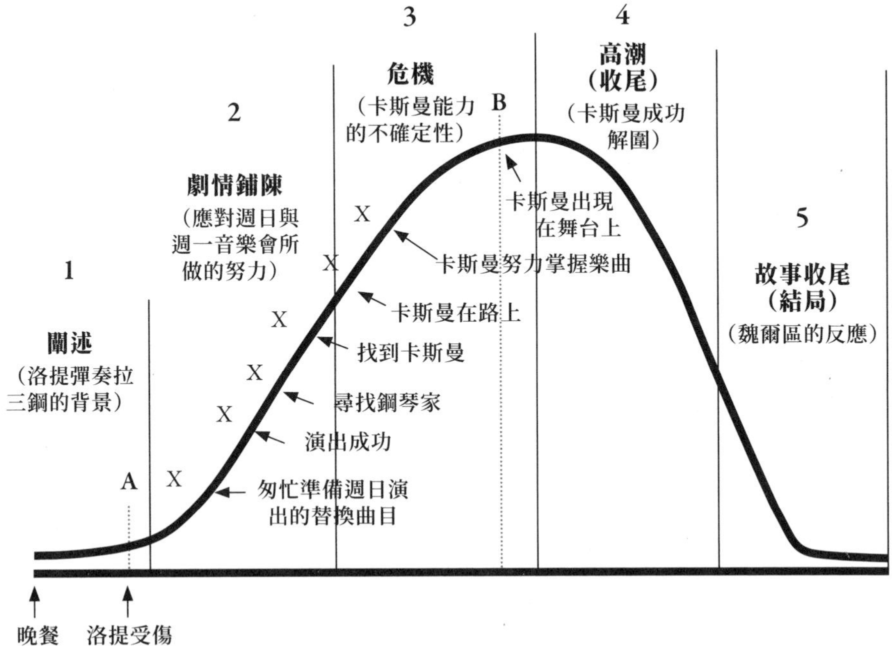

圖 7｜拯救拉三鋼

斯曼演出風險的準備工作。它指出卡斯曼從未利用過他的范克萊本國際鋼琴大賽獎項從事演出，來發展頂級的音樂會生涯規劃；所以奧勒岡的這場演出對他而言是個天大的機會。文章也強調交響樂團下了多大的賭注：

聽見卡斯曼答應的幾分鐘之內，奧勒岡交響樂團的宣傳部寄了電子郵件訊息給一萬名樂團之友，打了一千通電話給持有週一音樂會門票的觀眾，並發送新聞稿給五家廣播電台、四家電視台、地方報紙，當然還有交響樂團成員。

演出結束後，大衛抓住一點時間採訪卡斯曼，他獲得了細節，將這位鋼琴家橫跨美國的緊急旅途活靈活現地描述出來。卡斯曼狼吞虎嚥地吃著雞肉和義大利麵，他的上一餐是十個小時前，當時他的妻子正忙亂地替他收拾行李。在漫長的飛行過程中，他試圖在腦海裡演練拉三鋼，但他記得的部分太少，只好挫敗地放棄。

最重要的是，第三稿有結局，而且是我和大衛、道格所希望的結局。無視所有期待，卡斯曼充滿自信與氣魄，淋漓盡致地完成整場表演。觀眾們愛死了。

我與道格都同意第三稿擁有吸引廣大讀者的所有要素。我們把這篇文章排入隔天的報紙排程表中，我有信心能在下午的新聞會議中把它推銷出去。剩下的就是最後的編輯工作，然後是校訂與美編設計。

道格和大衛都來到我的辦公室。我坐在電腦前，手放在鍵盤上，兩人拉來椅子坐在我身後。我按照習慣大聲念出內容，接著我們討論可能會做出的修改。文章結構堅實，只需要稍加潤飾，讓戲劇性與結尾高潮部分的效果發揮至最大化。

大衛至今還記得其中一個巧妙的安排。「怕」是一個很棒的轉折字眼，我說。這個字只有一個音節，有強烈的子音，並飽含情感內涵，所以我們必須設法讓第一句結束在這個字。我們推敲詞語，最後寫成：「週日傍晚六點，電話響了，帶來的消息讓每一個交響樂團指揮聽了都怕。」

稿子就這麼進行。這裡改動一下，那裡刪減一點。我鼓勵大衛加入他的專業權威與聲音。身為說書人，他在文中不只是樂評，本身就是技藝高超的鋼琴家，他了解拉三鋼。他可以提出深刻的見解，讓像我這種愣頭愣腦的讀者了解這首可惡的曲目究竟有多麼困難。

進行最後的編輯工作時，我們加入更多拉三鋼的背景知識，說明它惡魔般的壞名聲。我們用「音樂界的食人魔」來描述它。大衛提到它曾將澳洲天才鋼琴家大衛・赫夫考（David Helfgott）逼瘋，他是電影《鋼琴師》（*Shine*）的靈感來源。我們談論更多這首曲子的難度，並補充寫道：「世界上只有少數鋼琴家的手夠大、神經足夠強壯來演奏它。」

我們還琢磨著如何善用拉三鋼的狂熱樂迷魏爾區，尤其是在結尾部分。魏爾區在第三稿中只出現過一次，用以說明拉三鋼的樂迷有哪些，以及許多樂迷得知週日演出取消的失望情緒。但在第四稿中，魏爾區成為持續登場的角色。我們用他來為卡斯曼週一的演出做鋪陳，強調懷疑，增強戲劇性：

晚上八點，魏爾區是兩千三百五十四名引頸期盼的聽眾之一，他皺著眉頭坐在包廂L排的位子。那天下午工作的時候朋友打電話告訴他，交響樂團找到了一位獨奏鋼琴家。魏爾區心生狐疑，他從未聽說過卡斯曼這號人物，但他知道拉赫曼尼諾夫。儘管如此，他還是衝回家洗了澡換了衣服。

最重要的是，魏爾區用具體的動作為讀者創造出一幅全場震懾的畫面，為結尾錦上添花，這種具象的力量釋放了戲劇張力。

卡爾馬舉起指揮棒，樂團開始演奏。卡斯曼的雙眼始終盯著指揮，雙手放在琴鍵上。

接下來的演出只能說不可思議。

從開頭幾個音符開始，卡斯曼優游在樂曲中，用豐滿的音調彈奏出大量和弦，甚至不時加入有趣的轉折。在高速彈奏某些極快的跳進時，他漏掉了幾個音符，但這不影響樂曲的結構。最不同凡響的是，他的演奏超越了音符本身的難度，如同沉浸故事的說書人，一派泰然自若。

最後，雷鳴驟雨般的和弦讓他從琴凳上站了起來。魏爾區也從座位上猛然彈起，欣喜地大叫。他周圍的聽眾爆發出歡呼聲。

我們將故事送到編輯部，編輯們下了一個出色精彩的標題：「與時間競賽，拯救拉赫曼尼諾夫」。設計人員將標題與交響樂團團長及指揮的大頭照放在都會版新聞前面，卡斯曼彈琴的照片則放在內頁。印刷機在午夜開始運轉，三十五萬份報紙送到訂戶家門前、書報攤與販賣機。[1]

週二，對報導的回饋源源不絕地湧進報社。一名訂戶寫道：「你們今天早上講了一個多麼令人難以置信的故事！令我深深著迷。」另一位訂戶打電話來說，他隨著大衛逐漸推進的結局，最後都坐到椅子邊緣了。根據其他讀者說，「這是一篇緊張刺激的故事」、「絕妙好文」、「非常出色」。我們報社自己的員工，包括執行主編在內，也都讚不絕口。

大衛則是用他的方式，平靜地笑納各方讚美，甚至比卡斯曼更表現出「說書人沉浸在自己故事中的自然與自信」。

❖ 長篇故事敍事技巧

大衛・史泰伯勒的那篇絕妙短文定稿只有不到一千兩百字，這是報紙專題文章、雜誌跨頁文章或單集 Podcast 的標準長度，亦可做為廣播或線上新聞的專題報導，而且具有廣泛的多媒體可能性。由於文章篇幅很短，不論採用什麼媒體，幾乎都是聚焦於行動，極少著墨角色或場景。在大衛的版本中，我們對雅科夫．卡斯曼了解甚少，只知道他夠勇敢，飛越美國三分之二的領土，且在沒有練習的情況下，演奏難如登天的曲目。

如果有大展身手的空間，平衡的情況就會發生變化。當然，行動會持續發揮核心作用——我們在這裡談的是故事敘事，而創造敘事弧的正是行動。但是篇幅的延長使說書人能生動描繪場景，將角色發展得更為完整成熟，尤其是說書人擁有茱莉．蘇利文（Julie Sullivan）的才華，更是如此。

茱莉從小在愛爾蘭移民紡紗工人中長大，她的文采是渾然天成的。她記得父親和叔叔們會比賽說離奇的故事。她說：「我是聽人們比賽說故事長大的。」

她在標特（Butte）出生，就讀蒙大拿大學新聞系，在蒙大拿與阿拉斯加的報社工作過，後來任職於華盛頓斯波坎（Spokane）的《發言人評論報》。她對敘事理論知之甚少，但她的直覺就是要用愛爾蘭的方式說故事，收放自如，高潮迭起的結尾，以及對人的關注。「沒有敘事，你就無法有效撰寫人物，」她說。「沒有其他方法比敘事更能掌握人生大小事。」

除了對故事的感知，她在文字表現方面自成一格，且她的直覺敘事具有一種抒情風格，引起全國讀者的關注。在斯波坎時，她贏得著名的美國報紙編輯協會（American Society of Newspaper Editors）短篇專題寫作獎。

她來到《奧勒岡人報》，投入即將到來的戶口普查報導中，這使她開始報導移民被無能的美國移民暨歸化局所不當對待的故事。李奇・里德加入這項調查工作，使得我也參與其中。接著我的同事，執行主編阿曼達・班奈特組織並領導一個團隊，成員有茱莉、李奇和社內最頂尖的幾位調查記者，完成的系列文章獲得美國新聞界最高獎項——普立茲公眾服務金獎。

這個經驗也讓茱莉與調查團隊更加合作無間，很快地，他們將焦點轉向奧勒岡中部的暖泉印第安保留區。循線密切追蹤，調查組發現保留區兒童及青少年死亡率可怕的統計數據。調查小組火力十足，調出許多文件，證實暖泉的兒童正在以高出該州其他地方的數量死去，但這需要像茱莉這樣的人為故事注入人性的一面，用敘述的方式說明這場人類災難的起因，讓讀者能夠發自內心地理解。

茱莉與兩度獲得全國年度報紙攝影師獎提名的羅伯・芬奇（Rob Finch）合作。在四個月的時間裡，兩人多次開車上高速公路，在險峻的山路上艱難行駛兩個多小時前往暖泉，但向來不信任外來者的部落社會將兩人拒於門外。茱莉回想起他們每次去那裡被充滿敵意與冷漠地阻擋在外時說道：「真是太恐怖了。」後來有人告訴他們，有個老人生活在保留區的偏僻角落，他因為意外、自殺與謀殺而失去七個孩子。茱莉與羅伯開車前往辛那蕭（Simnasho）的小村莊，找到切斯里・亞丁（Chesley Yahtin）的家，並敲響了門。他打開門，看見他們倆便說：「我不和白鬼講話。」接著當著他們的面把門甩上。茱莉以不得到故事不罷休著稱，她再度敲門。切斯里・亞丁再次開門，茱莉說：「亞丁先生，我知道您的幾個孩子過世了，我想和您談談這些事。」

接下來探訪部落生活內部殿堂的旅程，令人嘆為觀止。切斯里・亞丁帶領他們進入暖泉的法庭、學校、社會服務機構、監獄，其中最重要的，是他的家。他提供茱莉所有她希望找到的主要角色、敘事弧，以及一扇向這個世界打開的窗，讓《奧勒岡人報》最後記錄成〈孩子們在這裡死去〉的系列報導。

當茱莉意識到自己有了長篇敘事的素材時，她的編輯指引她來找我，我們因此開啟一段愉快的合作關係，直到我從報社退休才告終。我們首先長談她到目前為止發現了什麼，嘗試將敘事理論的一般通則，應用到亞丁家族及暖泉文化的具體細節中。這篇故事帶出關於角色塑造、場景設置、結構、觀點和主題等所有基本問題。

我們討論的第一個話題是觀點。茱莉對切斯里．亞丁很有好感，在許多方面他似乎都是理想的核心觀點角色。他出生時，暖泉的印第安人仍在實行許多傳統的生活方式，後來他被送入寄宿學校，原生文化就此中斷，從而導致最終會殘害保留區的諸多問題。他是一名戰士，是受勛的韓戰軍醫，也是一個做實事且勤奮努力的工資階層，他失去了大多數的孩子，現在正努力撫養孫子女。他會跳古老的舞蹈，生活還是沿用許多傳統方式。他是一個「真正的印第安人」，一個白人孩子看見切斯里時如此說道。從我身為編輯的觀點來看，有利於切斯里成為主角的主要論據是茱莉真心喜歡他，而且這位老人一定會以一個令人同情的角色出現在報導中。

不過做為主角，切斯里．亞丁有嚴重的缺點。一個好的主角，最重要的是成為自己命運的統帥。對於一個故事來說，要採取提供有價值的人生經驗教訓的方式，主角必須面對糾葛，通過一段時期的劇情鋪陳與之搏鬥，最後通過自己的積極性解決問題。但在這個故事中，切斯里更像是一個被動的受害者。他失去了他的孩子，努力照顧在家裡瘋跑的孫子女。在茱莉與羅伯報導這個故事時，他沒有做任何能夠改變現狀的事。切斯里可能可以為釋義性敘事提供平板的行動線，卻不利於他創造真實故事敘事的弧線。那需要一個能做出重大改變的角色。

茱莉到訪後的那個週末，切其里·亞丁開車前往波特蘭探望女兒桃樂西，她在那裡接受戒酒機構治療。茱莉回憶道：「她很有趣、心胸寬大、慷慨，一開口就是句句名言。她也是一個慈愛的母親和無可救藥的酒鬼。你時常會在和她相處很愉快、卻又想殺死她之間糾結。」

換句話說，桃樂西不是扁平的角色。她具有茱莉所需要用來掌握圓形人物的深度與複雜性。茱莉立即意識到桃樂西亦是〈孩子們在這裡死去〉希望說明的那些問題的縮影。桃樂西同時也有改變的可能，只要她能戒酒並與孩子團聚。

我和茱莉討論時，我明白她已經隱約有了一個強而有力的主題，不僅可以做為敘事的重心，亦可凝聚整個系列。她開始做出總結，暖泉的問題在於，那些將美國原住民融入更廣泛美國文化的嘗試，已經使得原生的社會控制體系崩塌，卻沒能用其他東西來取代。

十九世紀，暖泉部落被迫離開先祖的土地，包括哥倫比亞河豐饒的漁場，遷移到目前的沙漠高地保留區，此處集合了三個具有不同傳統與價值觀的部族。二十世紀上半葉，當時切斯里·亞丁已經成年，白人寄宿學校硬是把像他這樣的孩子帶離開家，不准他們使用母語，破壞了建立在跨世代大家族上的社會結構。亞丁那一代人從未學過如何用傳統方式養育孩子，這是要靠言傳身教潛移默化。在過去，幾乎不需要什麼紀律，因為孩子們沒有那麼多誘惑或其他選擇。

由於不知道還有其他選擇，他們是以身邊所見大人富有責任感的行為為榜樣。但是在現代世界，在毒品、酒精與其他現代文化的誘惑中，沒有紀律的孩子們長大後就會胡作非為。

切斯里七個孩子的死亡體現了這種災難的後果，像桃樂西這種受殘害的倖存者也是如此。他們是哥倫比亞中部存留幾千年的印第安文化鏈中斷裂的一環。如果暖泉部落要做為一個完整社會延續下去，就必須修補這個鏈條。

我們替茱莉的敘事下的標題是〈斷裂的文化鏈〉，表達了這個核心概念，我們所選擇的主角也反映出這一點。如果有人想修復這個鏈條，必須是桃樂西和她那一代的其他成員。切斯里那個時代的老一輩人正在退場。唯有下一代的剩餘成員（桃樂西那一代人）能拯救成長時期沒有父母在身邊教導的孩子。他們必須站出來。

桃樂西做出努力。多年來她首次沒喝醉，而且有可能完成波特蘭的戒酒療程，只要她能成功，就可能重新申請被法庭帶走的孩子的撫養權，孩子們現在與切斯里住在辛那蕭。如果她這樣做了，那麼她就是透過自身行動解決她的糾葛，茱莉就獲得了她需要的敘事弧。

因此我們祈求好運，並追隨著桃樂西的故事。這麼做有風險。如果她又重新喝起酒來，可能會永遠失去她的孩子，我們也會錯失獲得喬恩・富蘭克林所說的「建設性收尾」的機會。我們還是能寫一齣悲劇，一個關於糾葛如何擊潰主角的故事，但多一個美國原住民的悲劇能帶來什麼教誨？我們要的是亞里斯多德所說的喜劇——一個關於主角如何戰勝糾葛的故事。

所以這是桃樂西的故事，必須從桃樂西開始。不過要從哪裡開始呢？顯然，劇情鋪陳從她前往波特蘭參加戒酒療程開始。在那之前發生了什麼？最後促使桃樂西從酒精與失責的黑歷史中振作起來的磨難是什麼？茱莉回到暖泉，調查桃樂西的近況，採訪在自己與羅伯到來之前的幾個星期，當桃樂西陷入人生低谷時在她身邊的部落成員。

起初，茱莉的報導是重建性的。她採訪在桃樂西參加戒酒療程前，親眼目睹她陷入低潮的人，並蒐集亞丁家族的背景資料。但後來她的報導變得愈來愈具有觀察性。茱莉貼近切斯里與桃樂西．亞丁的生活，仔細觀察並做紀錄。在整個過程中，茱莉享受到天降好運。接受治療六十天後，桃樂西完成酒精康復療程。她搬到中途之家，輔導員安排她的兒子塞西爾來和她一起住。桃樂西的舉止開始像個母親，她養育塞西爾，陪伴他適應在波特蘭的新生活。

由於桃樂西成功了，她贏得兩個年紀較大孩子的臨時監護權，他們分別是十二歲和十四歲。她回到保留區，面對部落法庭，撤銷了六張尚未執行的逮捕令。她參加部落節慶，卻強忍著靈魂的暗夜，在那個晚上她非常想再次喝酒，但是當她面對年幼女兒喝酒，這是她不堪回首過去的恐怖再現。茱莉與羅伯人在現場親自觀察，當晚的情景可以做為完美進展的敘事弧的危機片段。

桃樂西和女兒回到波特蘭。孩子們茁壯成長。法庭判給桃樂西完整的法定監護權。桃樂西多次回到保留區照顧父親及長子。她已經取回自己的位置，做為美國原住民文化生活鏈中的一環。

我要求茱莉準備一個主題陳述。這個過程對她來說是新體驗，雖然她沒有完全做到「主題—

及物動詞—受詞」這個我所偏好乾淨俐落的形式，但她提出的主題陳述確實掌握了能夠指導她寫作的核心概念：

主題：父母是孩子生命中最重要的人。在暖泉鎮，有一個世代的父母都不在其位。

接著，她提出以下的場景式大綱：

場景一：桃樂西，五個孩子的未婚媽媽，面臨人生低谷。

—闖進部落酋長在辛那蕭長屋的聚會。

—拋棄家庭與孩子，開車過門不入。

—她的軍醫父親帶她到安全的地方——到波特蘭接受戒酒療程。

場景二：酒精使得桃樂西的孩子們變成孤兒。

—她的父親切斯里·Q·亞丁孤立在家。

—她年幼的孩子們有酒駕及打架紀錄。

—祖父亞丁身心俱疲。

場景三：「我叫桃樂西，我是個酒鬼。」
——懷著懺悔與希望離開美國原住民西北部復健協會（NARA）（戒酒治療）。

場景四：重聚。
——兒子塞西爾與剛從酒精中清醒過來的桃樂西團圓。
——由於過往經驗，祖父和男孩都不信任她。

場景五：被撇下的孩子們誤入歧途。
——兒子塞西爾健康長大，但他的手足卻被拘留。
——祖父在前往監獄的途中承受著過去情景閃現的痛苦。

場景六：世代失落的問題始於上一個世代。
——切斯里·亞丁被迫進入寄宿學校，失去母語根源。
——逃進美國軍隊，成為韓戰軍醫。
——創傷後壓力症候群（PTSD）及酒精毀了第一段婚姻。

場景七：桃樂西在穩固、沒有酗酒問題的第二段婚姻中誕生。

——當桃樂西的母親因為糖尿病早逝，家庭隨之崩解。
——四個兄弟與一個姊妹死於暴力。

場景八：桃樂西自我放逐。

——生下有古柯鹼毒癮的寶寶阿密利歐。
——軍醫父親及部落族人救了這個寶寶。
——桃樂西逃避責任與法律制裁。

場景九：現在戒酒成功，桃樂西回來做出彌補。

——回到暖泉鎮，冒著坐牢的風險面對指控。
——撤銷訴狀。
——重新取得孩子的臨時監護權。

場景十：回到保留區有破酒戒之虞。

——年度團圓是一場災難。
——讓受勛的父親蒙羞。
——桃樂西為自救而逃離。

場景十一：桃樂西首度擔起母親職責。
—孩子成長並改變。
—阿密利歐在暖泉的寄養家庭中健康成長。
—桃樂西取得完整法定監護權。

場景十二：桃樂西回到保留區。
—即使是保留區，也是安全、清醒的地方。

這份大綱形成完美的敘事弧，我和茱莉將其畫出來，指導她寫作（見圖8）：有大綱與敘事弧在手，茱莉開始寫作。羅伯也從仔細的寫作前置作業中獲益。由於清楚了解主題、場景大綱與敘事弧，引導他能從數百張在暖泉與波特蘭拍攝的照片中做出選擇。最後出現在我們為這個故事所設的特刊中的二十張精彩照片，展現出茱莉的敘事中所有的關鍵時刻，從桃樂西與她的酒友在保留區的危機之夜，到她與孩子們團圓。

茱莉的第一個場景，細膩地重建她所做的採訪，重現的片段啟動了敘事弧：

桃樂西．亞丁發現從辛那蕭長屋散發出來的亮光，汽車都還停在停車場，接著她一瘸一拐地走向光源。暖泉保留區崎嶇不平的山坡一路延伸到黑暗的地平線，上頭綴有點點鼠尾草。

她的雙手在十一月底的寒風中凍僵了。她記得自己麻木地推開門，跌跌撞撞地走了進去。

部落酋長和他的家人在二〇〇二年的感恩節週末歡聚在一起吃晚餐。他們抬頭看向她。

茱莉追蹤採訪到一位當晚在長屋的女子，她把桃樂西帶到自己家中，讓她在那裡等待酒醒。這名女子是社工，為了記錄情況，她拍了一張桃樂西的照片，為茱莉提供了她所需要的最初的外表特徵，這對於人物塑造至關重要。照片捕捉到

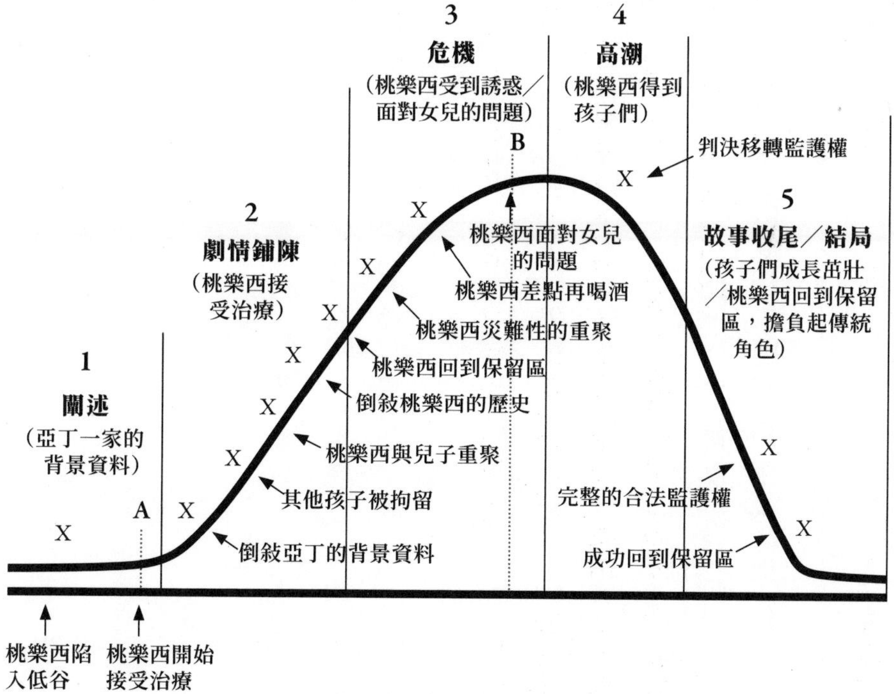

圖 8 ｜修補斷裂的文化鏈

桃樂西跌跌撞撞進入長屋的形象：

桃樂西的黑色長髮披散在憔悴的臉頰旁。後來拍攝的照片生動捕捉到她腫脹左眼四周的紫色瘀青。她的上唇微張，露出害羞的微笑。她聞起來就像溫暖的啤酒。

任何故事的第一個部分都需要某種程度的闡述，隨著行動線前進，茱莉插入亞丁家族的背景資料，以提供讀者理解個中糾葛的訊息。這六百五十字的段落，以切斯里．亞丁來到女人家中接桃樂西，她已經從醉酒的狂鬧中恢復過來，並把她送到波特蘭接受戒酒治療結束：

桃樂西爬進老爸的車裡，他將車子開上二十六號公路。但他不是向北開往辛那蕭，而是轉向東南方到馬德拉斯的灰狗巴士站。他把手伸進口袋，把身上的每一分錢都給了她。去波特蘭，桃樂西，他說。去接受治療。我沒辦法再這樣下去了。

到這個時候行動線已經充分發展，為更多的離題闡述提供空間。這個故事已經吸引讀者上鉤，茱莉可以放心地開始寫關於暖泉部落、保留區歷史及亞丁家族等實質性的背景部分。這給了她一個寫出更完整主題陳述的機會，從而讓讀者理解接下來的內容都是有意義的：

在美國各地的原住民社區中，都是由大家庭共同分擔育兒工作，但是像桃樂西這樣的父母，理應在這種集體責任中扮演關鍵角色。然而現在，亞丁家族就像保留區的許多家庭一樣，父母都不在其位。一條連接五百代哥倫比亞中部印第安人的文化鏈已經斷裂。

她用一個漂亮的句子結束這個部分，完成中心概念的陳述，並預示後續的戲劇性爭鬥：

部落老一輩的婦人們教導說，孩子很珍貴，是造物主賜予的禮物。如果你不細心照顧孩子，造物主就會把他們收回去。

敘事沿著與茱莉原本的大綱明顯平行的軌跡繼續進行。場景三以桃樂西乘坐的巴士到達波特蘭開場。她前往滾木路，喝得酩酊大醉，最後吞下一整瓶泰諾止痛藥試圖自殺。經過緊急醫療處置及七天的解毒治療後，她開始了戒酒療程。這標誌在情節點A——主角陷入糾葛。這種情況意味著桃樂西要開始努力戒酒，重拾母親的角色，並在斷裂的部落文化鏈中負起連結的角色。敘事弧的第一部分（闡述）到此結束。

一流的故事在第二部分（劇情鋪陳）總是跌宕起伏，接下來的危機階段也是如此。還記得我們在故事結構那一章討論的劇情鋪陳與危機來回擺盪的曲線嗎？桃樂西的故事符合這個模式（見圖9）。

危機曲線首次下降發生在桃樂西的兩個孩子（十二歲的雀兒喜與十四歲的桑尼）因自身的酗酒問題最後被關進保留區的拘留所。正如茱莉在整篇敘事中一貫的做法，她架設場景的細節雖然不多，卻令人信服。場景六以保留區的定場鏡頭開場：

春天如地毯一般在暖泉鎮鋪展開來，絹雀麥與苦刷草轉變為濃郁的綠色。

接著她將注意力集中在拘留所，用少量的細節描寫年輕孩子被關在寒冷、嚴酷的環境中的辛酸場面：

兩個孩子有機會可以在拘留所的院子碰到面，那是一片狹小的水泥地，四周是十五英尺高的空心磚牆，牆上有蛇腹形鐵絲網。

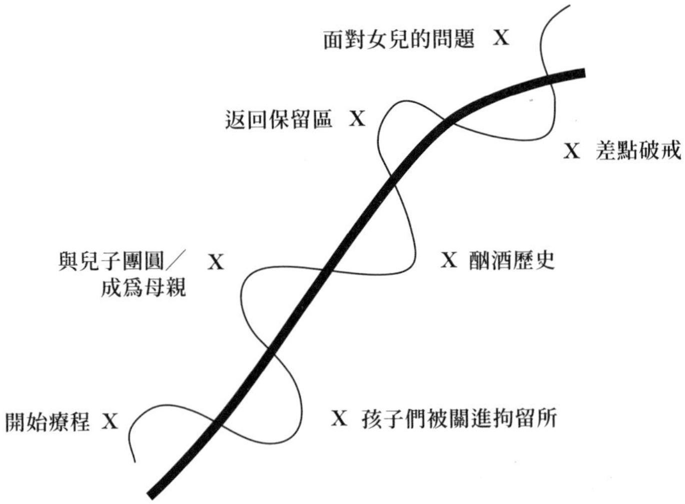

圖 9｜桃樂西・亞丁有如雲霄飛車的戒酒過程

頭頂上方，他們可以看見一片奧勒岡中部的燦爛藍天，除此之外什麼都沒有。

不過曲線緊接著上升。桃樂西保持清醒，小兒子西塞爾來到波特蘭和她團聚。

桃樂西有了一些改變。她去上育兒課程，接受輔導，並參加十二步驟戒酒無名會的聚會。四月底，她的行為為她贏得在西庇護所二樓租賃一間公寓的權利，她至少可以在那裡住兩年。

二〇〇三年春天，塞西爾的母親第一次在他生命中出現了。她到學校參加他的班級活動；他下校車時她會在轉角等待；他第一次去洛伊德中心溜冰時，她在溜冰場邊等他。

這段充滿希望的進展，又提供了多一點空間，於是茱莉抓住機會，進行第二次說明性倒敘，回顧桃樂西過去令人沮喪的酒毒人生。

倒敘之後，茱莉回到主要行動線，進入另一個劇情鋪陳的階段。用羅伯特．麥基的話來說，主角的「價值感」正朝著積極的方向大幅邁進。隨著桃樂西返回保留區，撤銷未執行的通緝令，並贏得孩子們的臨時監護權，劇情鋪陳也告一段落。

接著故事進入危機階段。那時桃樂西與孩子們參加部落節慶，桃樂西強忍著靈魂的暗夜，她和朋友開車去買酒，她看著朋友喝酒，幾乎又陷入自己酗酒的深淵。就在這時，她撞見十二歲的女兒在喝酒，彷彿看到自己的人生在眼前重演。這就是故事理論家所說的洞見點，主角的頓悟改變了自身的世界觀，帶來高潮。

高潮來了，如期而至。部落法官允許桃樂西擁有孩子的監護權，有效地修補斷裂的文化鏈。故事進入收尾階段，結局要將遺留下來的鬆散細節做一個總結。桃樂西返回波特蘭，繼續過著她戒酒成功、負責任的新生活，法庭授予她完全合法的監護權。她拜訪保留區，重新擔起自己放棄已久的養育角色：

多年來切斯里一直在履行桃樂西的職責。除非有其他人能夠接替他的位置，否則部落中沒有一個成員能夠好好安息，轉生進入下一世。

那個週末，桃樂西與雀兒喜一起打掃切斯里的房子。她們掃地、洗碗，煮飯給他吃。然後她們去看望雀兒喜最好的朋友，那個女孩和年邁的祖母一起住在一個偏遠的地方。桃樂西與雀兒喜也幫那個女子洗碗、打掃家裡。而後她們帶雀兒喜的朋友回辛那蕭共度一晚。

午夜時分，桃樂西坐在父親的椅子上打盹。孩子們圍繞在她身邊，電視的光線映照著他們的睡顏，面帶微笑且倍感安心。

臥房中，祖父也睡著了。

就這樣，茱莉完成了她的敘事弧。在這個過程中，她精心描寫了一個完整的故事，這個故事擁有深刻的主題，強而有力的場景架構，深度的角色描寫，以及戲劇性的行動線。她還為一個重要的調查計畫做出貢獻——茱莉的故事與羅伯的照片在該系列特刊的開篇日占了近四分之三的版面，其餘則是調查小組用事實與數據提出的有力說明。桃樂西．亞丁的故事達到傑出的說書技藝最精湛的成就，將官方文件變得富有人性。故事捕捉到經驗，並賦予它意義。[2]

12

釋義性敘事——Explanatory Narratives

有勇氣離題。

——約翰・麥克菲

李奇・里德走進我的辦公室，坐了下來，愁眉不展。這很不尋常。李奇向來樂觀開朗，他遊遍世界各地，冷靜沉著、神采奕奕地為《奧勒岡人報》採訪國際商業新聞。雅加達的暴動，在阿富汗驚險穿越山路逃命，各個偏遠機場永無止盡的班機延誤，對他而言都不算什麼。

他還是個老練的記者。李奇負責該報的東京分社多年。他在曼谷與交通狀況搏鬥，在達蘭薩拉（Dharamsala）採訪達賴喇嘛，並揭開北韓首都平壤的神祕面紗。他對中國就像對自家附近的超市一樣熟悉。

事實上，他才剛去過泰國。當地貨幣泰銖貶值，整個經濟隨之崩盤。李奇路過一間曼谷的賓士經銷商，儘管價格一降再降，車子仍舊停在停車場賣不出去，可以說「泰」不值錢。泰國經濟泡沫破滅，國內新興中產階級撤出豪華房車市場。李奇認為大事不妙。

他回到《奧勒岡人報》的新聞編輯部時，危機的連鎖反應席捲了亞太地區各國的奇蹟經濟體。新加坡貨幣也崩盤了，印尼動盪混亂，就連該地區的經濟龍頭日本也搖搖欲墜。和其他新聞媒體一樣，我們的報紙也在持續報導一些慘況，但這些報導只是對遙遠困境和沉重後果的連篇廢話，令人費解。

「聽著，」我依稀記得李奇這麼說，「我們一直在報導亞洲經濟危機的消息，但我們的讀者絲毫不明白發生了什麼事，也不知我們為什麼要關注這些事。」他說，他有些想法能夠改善這樣的狀況。

他向商業編輯部介紹一則故事，但對方興趣缺缺。而且資深編輯們手中已經有一則國際報導在進行，不確定是否要再花錢做另一則報導。李奇的提議被拒絕了兩次，但他做出最後努力，終讓對方改變心意。獲得許可之後，他來找我。

李奇解釋說，他的想法是，我們可以追蹤一些本地的產品，從它們在太平洋西北地區的原產地到亞洲的目的地，在這個過程中，我們還可以探討貿易如何將奧勒岡與環太平洋其他地區的商業關係聯繫起來，解釋印尼等地的變化如何影響我們本地的經濟，向讀者展示遙遠市場的變動如何擾亂西北小城鎮的日常生活。

但是要選擇什麼產品呢？他考慮了幾種，最後找到一樣極品。這項產品大量流向環太平洋地區，市場主力是受經濟崩盤威脅最大的新興中產階級。我們所處的地區主導這項產品的生產。

這項產品隨處可見、技術含量低、沒有威脅性，而且容易理解。李奇說，如果有什麼東西能把太平洋西北地區和亞洲經濟危機聯繫起來，那就是麥當勞的冷凍薯條。

他提議追蹤西北地區薯條到麥當勞在亞洲門市的路線，沿路解釋其商業體系如何連接環太平洋地區的經濟。

我突然領悟到他談論的是一種經典的釋義性敘事，我的文學偶像之一、《紐約客》的撰稿人約翰．麥克菲，就是採用這種結構教導讀者了解從地質學到阿拉斯加乃至籃球等主題。我向李奇解釋了這一點，他洗耳恭聽。他從來沒有試過像麥克菲的解釋者的寫法。

麥克菲用這種結構替雜誌撰稿與寫書。書籍長度的釋義性敘事在科學與醫學寫作相對常見。G．韋恩．米勒探討開心手術起源的《暫時停止心跳：開心英雄的故事》正是釋義性敘事，麥可．波倫的《雜食者的兩難》（*Omnivore's Dilemma*）也是。紀錄片和 Podcast 也運用這種結構。在任何時候，敘述者都可以介入正在進行的敘事，提供釋義性的說明。這種形式也非常適合議題導向的紀錄片，如《麥胖報告》（*Supersize Me*），或《前線》（*Frontline*）、《新星》（*Nova*）等電視節目。

我告訴李奇，為了使這種方法奏效，不能只追蹤一條路線，還必須追蹤某個人或事物。釋義性敘事需要貼近現實的具體內容，讀者必須將特定時間的特定地點形象化。所以如果你要追蹤薯條，就必須追蹤某特定批次的薯條。你必須追蹤某個農場的某片田地所生產的馬鈴薯，循線追蹤到包裝工廠、船運，最後到供應薯條的麥當勞櫃台。

這段對話是李奇至今對那次長談記得最清楚的部分。他畢竟是駐外記者，通常寫的是分析性的報導，內容涵蓋熱門主題、重大發展、大趨勢，還包括有時候會使整個環太平洋地區幾百萬人都捲入其中的沉重話題。這個古怪的編輯冷不防要他用一粒沙看世界，或者說，在這裡例子中，要從一根薯條來看經濟風暴。

我們首次會面大約一個小時後，我們在新聞編輯部的電梯那兒又碰到面了，於是一起出去吃午餐。我們漫步走上通往波特蘭州立大學學生宿舍的街道，在一間自助餐館排隊買了三明治，而後坐到中庭的桌前。

我說，這樣吧，你要的是一系列行動的描寫，必須基於仔細的觀察，近距離貼近事實，充滿大量具體細節與行動。通常情況下你追蹤的對象應該是某個人，但沒有理由你不能追蹤一個沒有生命的物體，那可以是一艘船、一把槍或一車煤炭。但它必須要移動，而且在移動的過程中，它會不可避免地接觸到一連串的人物，這就將必要的人性帶進故事中了。不過重要的是行動，它創造出一系列建立敘事的行動，正是它把你帶到合適的位置上，讓你能夠解釋與你的主題相關各方面的問題。

我們津津有味地嚼著三明治，學生穿過中庭來來去去。

我告訴李奇，在這個計畫中，你要寫的是薯條。這是可行的——薯條將會在漫長的運輸旅途中經過你想探索的地方。但你不是在寫一個故事敘事，因為你沒有與糾葛搏鬥的主角。薯條的旅程只是將各個片段聯繫在一起的主線，使敘事成形。但這是一條平順的敘事線，從A到Z，而不是一條帶領主角經歷劇情鋪陳、高潮與收尾的弧線。讀者會想要跟隨你的敘事，就像他們想要跟隨任何一個有趣的敘事一樣。但讀者不會被文中的戲劇張力所吸引，不會被一個引人共鳴的角色為解決某些重大挑戰的奮力鬥爭所吸引。讓我們面對現實吧；讀者不會迫切想知道那一車薯條發生什麼事。必須用其他東西來吸引他們。

我說，現代釋義性敘事的吸引力在於一種獨特的結構要素。作者追隨一條行動線前進，彷彿他是在寫真實故事，有主角、糾葛與收尾。也許是像麥克菲的敘事，一名美國陸軍工兵部隊駕船順著阿查法拉亞河而下，沿途檢視路易斯安那州的防洪工程。但每隔一段時間作者就要中斷行動，拉開敘事的布幕，然後離開主線，改對話題進行一些探究，這些抽象的解釋為讀者在敘事中所目睹的事賦予深度及意義。這些說明在業界稱為「離題」（digression），是使釋義性敘事發揮效用的關鍵。

我補充說，麥克菲一直貼在他辦公桌上的一句話非常有名，上面寫著：**要有勇氣離題**。

兩個結構性要素推動了釋義性敘述的雙重使命。行動線營造整體外貌，推動敘事前進，穿越時空。如果只是因為讀者不知道接下來會發生什麼事，透過探索新地點，介紹新人物，以及營造溫和的戲劇張力可以吸引讀者進入敘事中。

但是離題提供了實際說明，將行動線置於某種更大的背景中。行動發生在抽象階梯較低的層級，在那裡是以情感為原則；說明發生在階梯的較高層級，由意義占據主導地位。

在釋義性敘事作品最簡單的印刷格式中，會小心翼翼地將抽象的釋義離題內容與較具體的動作場景分開，通常是用某些排版符號將這些部分區分開來。在手稿中是用一條星線，也就是三個星形符號置中，彼此之間距離十格半形空格：

★　★　★

——這是標準的標註方法，這類標記被稱為「星形換行符號」。在出版工作中，新段落開頭會使用放大的大寫字母（「首字大寫」）、一個小標題或是一個居中的項目符號：

■

——都可以起到相同的功用。在影音紀錄片或釋義性的 Podcast 節目中，場景的變換通常代表要離題。敘述者可能會突然出現在畫面中或是聲音背景裡，表示解釋性的離題開始了。

無論用什麼方法表示，離題會徹底打斷正在前進發展的行動線，即馬克．克雷默所說的「行進的現在」（the moving now）。以下是麥克菲式離題的經典範例，摘錄自美國工兵部隊及努力控制路易斯安那州洪水的故事。當載著麥克菲與軍方人員的內河船「密西西比號」撞上沙洲時，這段收錄在麥克菲《掌控大自然》（*Control of Nature*）一書中的敘述文字也慢慢停了下來——從字面上來說：

> 然後，隨著一陣從船身深處傳來的震動，密西西比河號被阿查法拉亞河困住了。這艘美國工兵部隊的中美旗艦擱淺了。

於是麥克菲有了勇氣離題，把我們懸置在行動線這個有趣的情節點上，他才能去探索密西西比三角洲的防洪歷史：

> 一九六三年啟用後，密西西比河的控制結構得等到十年後才能證明其效用。一九五〇與一九六〇年代的密西西比河谷是安全的。從人類的角度來說，一代人都沒有遭遇過洪災。

成功離題的一個祕訣，就是在正確的時刻離開行動線，以保持戲劇張力。如果在某件事情懸而未決的時候，作者透過停頓製造懸念，那麼讀者通常會懸著心思，等著看敘事重新開始後事情會如何進展。或者，正如馬克．克雷默所言：「在行動進行到一半，而不是在行動與行動之間離題，效果往往是最好的，因為這樣我們會記得更清楚，而且更樂意回來。」

麥克菲讓我們被困在沙洲上，《紐約客》另一位撰稿人大衛·葛蘭則把我們交給一個鬼迷心竅的紐西蘭人，他下定決心要活捉一隻大王魷魚並飼養牠。他的計畫是什麼？開著敞篷小船出海，釣一隻大王魷魚的寶寶，也就是這種大海怪的浮游幼生。葛蘭遇見了他，加入他的探險：

幾個月以來，他一直仔細探索我們的目的地，研究魷魚的遷徙模式，以及洋流與溫度的衛星讀數。他計畫往南走，他之前曾在那裡發現過浮游幼生。可是到了最後關頭他卻改變主意。「我們去北方。」他說。當我們回到他的卡車上時，他補充道：「我應該警告你，有一道氣旋正朝我們而來。」

氣旋朝敞篷小船而來，嗯？我想我會在這裡停頓一下。這種情況帶有一種馬克·克雷默所謂的「高情感效價」，這種說法具有絕妙的學術客觀性。他接著補充道：「情感效價愈高，就可以離題愈久。」

因此，當大衛·葛蘭教我認識海怪的歷史，並解釋大王魷魚可能是其主要源頭時，我都由著他。

自從有水手出海以來，他們便會不斷帶回來關於海怪的故事。《聖經》曾提到「海中蛟龍」；羅馬百科全書《博物志》也講到巨大的「水螅蟲」。

相反，在一個不那麼戲劇性的時刻做出停頓，離題的篇幅就要縮短，以降低突兀感。麥克菲為《紐約客》撰寫過一系列關於駁船和火車的貨運工的故事，其中一篇〈一個人的艦隊〉（*A Fleet of One*），他跟隨一位長途貨運卡車司機橫越美國，車上滿載危險品。旅程大多時候是平安無事的，只有偶然遇到的陡峭山路和幾個惡劣司機使得行動活躍起來。麥克菲只短暫離題，並將離題編入行動線中，而不是另起一段打斷行動線。

我們朝太平洋西北地區出發時，他說：「我們的重量是七萬九千七百二十噸，所以我們必須仔細留意要在哪裡加油。」在這一行，如果你「超淨重」，意謂著貨物逼近重量上限。在過磅站，那裡的人員可以讓你「就地合格」——把你留置在那裡，等你卸下夠多貨物，直到不超重為止。

「穀物運送司機也許認識願意收購貨物的農夫，但我車上這種腐蝕性物品哪有人會要。」安斯沃說。他的雙槽油箱位在拖車兩側，能裝三百加侖的燃料，一加侖燃料重七磅，「滿了肚子的燃料」重達兩千一百磅。我們從來沒有把燃料裝滿過。他必須時時計算，力求精準。

行動與闡述的巧妙穿插，可以使釋義性敘事精緻且非常吸引人。大師能引領我們進入本來不屑一顧的主題。我讀過約翰·麥克菲的三本地質學書籍，這些主題從來無法讓我捨不得睡覺。托老天的福，有一次我還讀了八千字描寫美國山艾的段落。

這股魅力有很大一部分來自作品的潛在結構，也就是支持讀者所見的場景、行動線與角色這些框架。由於驅動並引導敘述的是這種看不見的結構，而非其他較明顯的寫作元素，喬恩·富蘭克林稱之為「機器裡的靈魂」。

不論是釋義性敘事或其他類型的敘事，所有卓然有成的敘事作家都會給予結構應有的重視。他們大多數人在開始寫作前都會埋頭研究大綱。麥克菲說，擬大綱在他的寫作過程中至關重要。「從頭到尾梳理一遍，能創造出故事的格式與型態，」他說。「這麼做也能讓作家鬆口氣，一旦了解結構，在每天的寫作中就只需要關注一件事。你會明白什麼地方該怎麼寫才合適。」

由於釋義性敘事是透過通篇場景動作描述與說明性離題以連續而穩定地前進，採用的是一種邁可·羅伯茲（Michael Roberts）比作千層蛋糕的結構。邁可·羅伯茲長期擔任《亞利桑那共和報》（*Arizona Republic*）的寫作教練。我編輯每一篇敘事時也都會草擬結構，如下所示：

釋義性敘事的大綱

敘事開場
離題1
敘事場景2
離題2
敘事場景3
離題3
敘事場景4
離題4
敘事場景5
離題5
敘事場景6
離題6
敘事終場

李奇・里德幹勁十足地要烤製一個巨大蛋糕。追蹤一車來自太平洋西北地區農場的馬鈴薯到亞洲，將會需要一條非常長的行動線。他還需要相當多的說明性離題來解釋亞洲經濟危機等複雜議題。他有大量的報導要寫。

我們的午餐會議結束後，李奇去尋找他的那一批薯條。他知道這在太平洋西北地區是門大生意，每年收益多達二十億美元，包括環太平洋地區貨運業在內，它是該地區出口的主力。但是除此之外，他一無所知。

他致電位在波夕（Boise）的辛普勞公司（J. R. Simplot Company）。正如你想像中的愛達荷州農業綜合企業，辛普勞全力生產馬鈴薯產品。事實上，從雅加達到邁阿密再到莫斯科，速食迷不斷塞進嘴裡的麥當勞薯條，正是以辛普勞為全球首要供應商。

李奇打第一通電話就挖到了寶，帶來一連串驚人的好運，這將會伴隨他的整個敘事過程。波夕辛普勞公司的公關曾經當過記者，立即領略到李奇的計畫，他打電話到辛普勞在奧勒岡州赫米斯頓（Hermiston）的大型加工廠，為李奇與攝影師凱薩琳・史考特・奧斯勒安排參訪。他們兩人爬上公務車，沿著哥倫比亞峽谷，顛簸了五個小時，到達巨大圓形灌溉農田所在地。

對於認為麥田圈是小綠人製造出來的外星迷來說，從空中俯瞰，這整個地區都是證據。但外星人與哥倫比亞盆地的圓形灌溉農業其實沒有關係。來自大河的水力為巨大的灌溉設備提供能量，讓它們可以圍繞田地中心的定錨點不眠不休地工作，創造出鬱鬱蔥蔥的作物圈，將不毛之地點綴得斑斕。

辛普勞的工廠矗立在廣闊的哥倫比亞高原上，是行動與氣味的農業科技奇蹟。機器將成山成海的黃褐色馬鈴薯削去皮，再送入有法式內格狀刀片的長柱形通道，這種法式分切刀（french knives）就是炸薯條（french fry）的命名由來。切好的薯條會被丟進植物油中預先油炸，這道工序使得整座工廠彌漫著熱油的濃郁氣味，隨後將半成品薯條急速冷凍，用大紙箱包裝，每個紙箱都有條碼。

李奇回憶說，整個場面就是一場視覺饗宴，非常適合用於敘事的場景設置。他轉頭告訴帶領他參觀工廠的副理說，他對運送到印尼的薯條特別有興趣，那是受亞洲經濟危機衝擊最嚴重的國家。

好運連綿不絕。「這個嘛，」辛普勞的副理答道，「這一批薯條正是要運往那裡。」他補充說他非常確定，因為一名穆斯林神職人員才剛來過，檢查證明工廠製程已轉換為清真標準，相當於伊斯蘭教符合猶太條例的潔淨食物和用具。這項認證向穆斯林消費者保證薯條不含其教規所禁止的動物脂肪，而工廠的主要穆斯林顧客就是印尼人。

李奇與凱薩琳面面相覷，兩人同時領悟到一件事。「這就是我們要找的馬鈴薯，」李奇回憶自己當時的想法。「我們正處在這個時刻。這是敘事的一部分，就在這裡！」

「那麼你們的馬鈴薯又是從哪裡來的？」李奇問道。

在某些方面，釋義性作品的報導策略與任何敘事性作品的報導如出一轍。敘事作家在抽象階梯上必須比典型記者更大幅度的上下移動，一方面是為了取得場景細節，另一方面則是擴大主題意義。為了探索階梯的底部層級，他們採訪與觀察以獲取有啟發意義的細節：一名穆斯林神職人員進行清真驗證。為了爬上更高層的階梯，他們設法將具體案例適用於更大的模式：例如薯條代表成長中的環太平洋貿易。

由於非虛構敘事作者不太可能從其他管道獲得所需要的細節，所以相對於採訪與文獻研究，他們比傳統記者更仰賴觀察。他們全身心投入主題，將自己的過去拋諸腦後，像民族誌學家般靜靜觀看並聆聽，實行壁上觀技巧，藉以探索其他方式所無法深入的細節。

不過釋義性敘事也為敘事報導增添了另一個層面。離題的內容是從另一個角度出發，是記者好奇事件會如何運作而衍生的看法。辛西亞·戈尼說關鍵是要問對問題，「調整思維，讓你周遭一切都成為故事來源。」她解釋說，你必須不斷質問你的故事。要想找到一個好的解釋者，你要退開幾步去看握有的素材，問：「為什麼這很重要？為什麼是這裡？為什麼是現在？」[1]

她建議想要成為釋義性報導記者的人要超越傳統新聞來源，交談對象可以是守衛，也可以是主管，可以是居家照護人員，也可以是醫生。她建議經常去網路布告欄與聊天室看看，閱讀與主題相關的專業期刊，在相關事件發生地點的「後台」晃晃。她還提供一張問題清單，旨在揭露我們世界的運轉機制：

- 他們是怎麼做到的？
- 那是從何而來；又要去往何處？
- 那個傢伙是誰？
- 事情怎麼會發展到一團糟的地步？
- 成為他或她會怎麼樣？

副理領著李奇．里德與凱薩琳．史考特．奧斯勒到一個地下室的房間，有個女人弓身坐在那裡打電腦。李奇重複一遍他的問題。他想知道當天加工廠包裝的那一批馬鈴薯是誰栽種的？

就如同現今常見的情形，現代科技讓敘事作家的工作變得更容易。加工廠可以透過每個薯條包裝外箱上的條碼，追蹤貨物從栽種者到消費者的運輸路線。李奇意識到他的編輯所說的不可能的任務——實地追蹤一批馬鈴薯完成整個流程，是可以實現的。

那個女人按了幾個鍵。她說，那天的馬鈴薯來自一個大型農產綜合企業、一個家庭式供應商，還有一個哈特派（Hutterite）農場。

李奇問，哈特派是誰？

幸運女神再度微笑。哈特派是重浸派的一個分支，與阿米什人（Amish）類似，但有一點顯著不同：他們接受現代科技，經營全美一些最有效率、收益也最高的農場。不過，儘管他們在田地裡使用GPS系統替最先進的拖拉機導航，但仍舊穿傳統服飾，過著集體生活。他們富有新聞色彩，將會成為該系列報導最大的賣點。

李奇迅速記下哈特派農場經理的名字，但他打電話過去時，那位經理有所保留的態度往他的熱情澆了一盆冷水。哈特派人很友善，但儘管給予各種暗示，他似乎還是無法理解李奇的瘋狂提議。他絕口不提邀請李奇到農場，不過倒是同意到摩西湖（Moses Lake）喝咖啡，從農場過去只要幾分鐘，但是從波特蘭過去卻要五個小時的車程。好吧，李奇嘴上這麼說，心裡卻想，為了喝杯咖啡，這段路也太遠了。

當然不可能止步於此。好記者總會有門道，而李奇是個佼佼者。在摩西湖喝咖啡時，他隨口詢問那位農夫，他與教派的弟兄們冬天都在做些什麼。當然是在木工房做工了。好一個木工房！他們用農場賺得的利潤添購工廠等級的電動工具，用來製作精美的家具。李奇眼睛一亮。他一直都在做木工活。他緊抓著這個共同興趣，聊工具、技術與計畫。在車床停機前，他與凱薩琳跟著哈特派人來到農場——參觀木工房。

他們輕輕地踏進哈特派人的世界。李奇談論著木材，筆一直收在口袋裡沒有拿出來。凱薩琳也把相機收進皮套裡。經理放鬆下來，對話變得熱絡起來。李奇說：「嘿，你覺得我們是不是也能參觀一下農場？」

農場之旅開始時，一名哈特派婦女出現在穀倉門口，她頭戴軟帽，穿著傳統服飾，背後襯著完美的天光。不過，凱薩琳按兵不動，生怕干擾到她想要做的事。很快，她就坐在公共餐廳的女性座位區，感受女性視角中的哈特派生活。另一邊的男性座位區，李奇和哈特派男人聊起了木工、農作與國際貿易。「一旦和某人一起吃過飯，」李奇事後說，「只要沒有出大醜，你就算過關了。」

不久，他獲邀重訪農場，說服他們讓他坐進聯合收割機的駕駛室。接下來幾個小時，主人家和一個追根究柢的記者一起被困在封閉的空間裡，因而鬆懈下來，告訴李奇所需要了解在哥倫比亞盆地進行馬鈴薯圓形灌溉農作的一切。李奇也探索哈特派農人精明的生意經。他們非常明白自己與亞洲經濟的關聯，也很清楚遠方國家的貨幣崩盤造成的危險。李奇由此構思出一幅引人入勝的圖像，可以成為故事開頭：

> 在薯條之旅的開端，健壯的哈特派婦女穿著長裙，將種用馬鈴薯切片，她們用軟帽向傳統致敬，用鵝翎為現代農場機器揮塵。

李奇與凱薩琳開始解釋一個影響半個地球的複雜現象，他們的目標是追蹤一條橫越太平洋

的行動線。我和李奇早就意識到，我們討論的是一整個系列的故事和成千上萬的文字。

儘管大多數釋義性敘事不需要薯條這種傳奇故事最終定稿的篇幅，但是需要一定的長度。「場景—離題—場景」的結構無法只是被壓縮到一個點上一筆帶過。就我估計，一般印刷成文的場景平均字數為五百字，相當於報紙十二個欄寸。離題可長可短，但平均來說，長度應該和包含行動的場景相當。如果作者只是把離題編入敘事當中，並未打破離題獨立成段，那麼這個比例應該保持不變——有一句離題就要有一段行動。當然，這只是極其粗略的估算，但是在寫作初期思考故事結構時有很大的幫助。

每一個故事都需要開頭、中間與結束。做一個千層蛋糕，意味著你需要在開頭和中間之間有一個離題，在中間與結束之間再一次離題。在我看來，這對一篇真正的釋義性敘事已經是最低限度的要求了。我把這種形式稱為「3＋2闡述」——一種由兩個離題隔開的三段敘述場景的結構。在大綱中是這個樣子：

A 3+2 闡述

敘述1：介紹主要角色並提出解釋性問題。
離題1：提供必要背景與整體脈絡。
敘述2：跟隨主要角色走完行動線的主幹。

離題2：完成闡述。
敘述3：將行動線帶向合理的終點。

我想說，掌握這種形式不需要進行腦部手術，但是《奧勒岡人報》確實就是用這種模式探索一種新的小兒科腦部手術。你可以用「3＋2」處理幾乎任何主題。《奧勒岡人報》的專題作家史帝夫．畢文將這種結構應用在各式各樣的主題上，無不大獲成功。

他跑社會新聞時發掘到第一個運用「3＋2」的主題，他發現了「監控族」，一群不分日夜透過無線電掃描儀收聽警察與消防調度訊息的業餘愛好者。

我無法想像為什麼有人會主動聽掃描儀的內容。我也跑過社會新聞，職責往往需要坐在桌前監聽掃描儀的內容。掃描儀會自動從一個頻道跳到另一個頻道，間或傳來小車禍與犯罪的消息，對我來說，很少有比過程中不停發出的嗡嗡聲與雜音更惱人的聲音。但是眾多的掃描儀迷可不這麼認為。他們有自己的協會、部落格與全國發行的雜誌。當他們從掃描儀聽見有火災與犯罪事故發生時，經常會衝到現場，他們和在那裡遇到的警察和消防員都很熟。

史帝夫．畢文利用這樣的模式來建立敘事線。他遇到他的主要消息來源，一位七十八歲、名叫喬．麥卡錫（Joe McCarthy）的監控族，而他們相遇的地點是在一間失火的民宅（驚奇吧！）。那場火災非同小可，救援過程驚心動魄，已有一名死者。史帝夫對於身在火災現場的喬的觀察，給予他第二段敘事所需要的一切。後來，他去喬的家拜訪，一邊進行採訪，一邊觀察他的採訪對象生活在持續不斷的掃描儀雜音中。

史帝夫的故事是這樣開始的：

波特蘭東南部一棟房子發生火災，猛烈的火勢從二樓窗戶竄出，有人被困在屋裡。坐在電視機前的喬．麥卡錫關掉法醫節目……抓起餐桌上正大聲廣播的監聽掃描儀。

接下來，史帝夫採用經典的3＋2結構展開敘事：

監控族的敘事大綱

敘述1：喬，家中，聽見掃描儀報導民宅火災。

離題2：無線電掃描儀與監控族概述。

敘述2：喬目睹民宅火災現場，包括戲劇性的救援場面。

離題2：監控族的心理分析，當地幾位業餘玩家的例子。

敘述3：喬回到家，聽著掃描儀，並談論他對於此事的熱情。

如同辛普勞加工廠，哈特派也將紀錄完善地保存下來。李奇．里德鎖定農場裡的六號田圈，因為這裡正是生產運往印尼那批馬鈴薯的地方。由於他已經掌握了加工廠的場景，至此他已穩妥地得到故事最開始的兩個敘事場景。下一步就是要追蹤那些冷凍薯條，直到它們進入某些亞洲人的胃裡。

薯條被送進赫米斯頓的倉庫冷凍時，李奇也回到波特蘭休息。然後電話響起，辛勞普的公關說：「我們的薯條要上路了。」

李奇再次長途跋涉來到赫米斯頓。在馬鈴薯加工廠外，他見到了貨運司機蘭迪．休森（Randy Thueson），看著倉庫工人將二十噸的冷凍薯條搬上他的重型貨櫃聯結車。李奇爬上駕駛室，兩人向西行駛，要把十一萬三千份的哈特派薯條運往塔科馬（Tacoma）港口。

好運再度降臨。休森是越戰老兵，曾在美國軍艦上朝北越發射火箭。這層淵源讓李奇自然而然離題，他開始闡述東南亞的現代歷史，貨幣危機等所造成像戰爭一樣的經濟崩壞，以及環太平洋國家的貿易機制。持續移動的行動線讓釋義性片段順利開展。例如，在總結了印尼的政治情勢後，李奇快速將重點拉回到緩緩前進的卡車上：「休森換成低速檔，與引擎的轉速準確配合，他甚至沒有踩離合器，用左手操控方向盤，將卡車駛上主要岔道。」

李奇與蘭迪將車駛進港口，一名操作員操作起重機抓住裝有冷凍薯條的貨櫃，高高吊起，放到一艘即將前往橫濱的丹麥貨船上。李奇登上貨船，與德國船長閒聊，還遇見一對已經預訂船位的德州夫婦。他們答應會回報這次旅途的細節，最終提供了李奇不少有趣的事（例如，這艘出國貨船出普吉特灣時遇到一群虎鯨，一隻巨大海龜在南海驚現等等），都令敘事更加生動精彩。

這趟炸薯條之旅中，蘭迪．休森不過是與讀者相遇的幾個有意思的人物之一。如同許多出現在釋義性敘事中的人物一樣，蘭迪是一個小角色，而不是主角。換句話說，他是通往終點的一環（負責將薯條運送到港口），而非終點本身。不過，在釋義性敘事中，人物仍會起到關鍵作用。有趣的人物有助於在敘事中吸引讀者。在大多數釋義性敘事中出現的走動、說話的人物，是作者探索手中主題的媒介。角色透過語言和行動來進行闡述。

與大多數人物塑造的過程一樣，作者只強調一些關鍵的性格特徵和個人歷史片段。就廣播紀錄片而言，攝影機拍攝角色之際，旁白或字幕解說可以補足背景資料。

對於像《連環殺手》這樣分成多集的 Podcast 節目來說，核心人物阿德南．賽義德（Adnan Syed）的個性撲朔迷離。了解他的真實性格為何，便能說明他是否犯下罪行。解說員莎拉．柯尼格（Sarah Koenig）為解開賽義德的性格謎團而慢慢展開的探索，是驅使敘事前進的戲劇張力的關鍵來源之一。

在報章雜誌的故事中，靜止的照片有助於使關鍵角色生動鮮活起來，文字則填補了重要的背景細節。凱薩琳・史考特・奧斯勒拍攝的相片，描繪出李奇・里德那篇炸薯條故事中的所有關鍵角色。因此李奇僅簡短描述蘭迪・休森是「一個身材精瘦、留著整齊褐色鬍子和一頭灰色捲髮的男人」，提到了他的越戰經驗，並觀察他的駕駛技術。更重要的是，休森為李奇故事中的重要主題提供了富有見地的評論。他談到有一次見到J・R・辛普勞本人，他是與雷・克洛克（Ray Kroc）合作將冷凍薯條開發成麥當勞主力商品的馬鈴薯國王。休森還對美國州際高速公路系統提出精闢的評語，認為該系統以更廉價、更緊密的經濟力量替美國保持競爭力。而後他送達貨物，從故事中消失。

有些釋義性敘事需要更成熟的角色。史帝夫・畢文用「3＋2闡述」結構介紹盧・吉爾伯特（Lou Gilbert）這位「史上最偉大的推銷員」時，焦點專注於盧本人。這位老人家的個性和行事作風在闡述主題中發揮核心作用，該主題探討在這數十年間零售推銷技巧的轉變。因此史帝夫花了更多時間與篇幅使得盧的人物特徵更加完善，動用許多標準的文學手段，好讓人物能夠躍然紙上。在文章開頭，他先描述外貌（盧「七十八歲，戴著助聽器，禿頭，身材像顆保齡球。」）描寫他的衣著打扮與個人所有物品的某些方面（湯姆・沃爾夫稱為「地位指標」），是為了告訴讀者他的社會階級、收入狀況及社會地位等訊息。由於這些訊息對他做為一個推銷員來說非常重要，史帝夫忠實地再現許多例子，展現盧的談吐與特有的習慣，這兩者永遠是發展角色的有用工具。史帝夫還奉送一整段盧的個人歷史的離題，為揭示到底是什麼激發他的銷售技巧發揮巨大作用。你應該還記得崔西．季德用一整本書探索保羅．法默這個人物，這位人道醫師在海地救助赤貧窮人。

李奇與凱薩琳在香港與薯條重逢，載著薯條的貨船因為設備損壞而在此停靠。他們跟隨一名澳洲維修人員通過大門，巧妙地混入管制區。在貨船高高的桅杆上，李奇為維修人員撐傘，以保護他工作時不被季風雨淋到。之後，李奇與凱薩琳找到了船長及船員。

與此同時，在印尼，經濟危機正在摧殘這個國家年輕的中產階級，他們是印尼新一波繁榮的驅力，巧合的是，他們也是麥當勞薯條的主要銷售市場。印尼似乎即將爆發全面抗爭，示威者走上了街頭。

離開香港前，李奇打電話到赫米斯頓，確認薯條的運送計畫。由於印尼國內出現騷亂，承運人已經將哈特派的那批貨物轉運到新加坡。按照計畫，李奇與凱薩琳接下來要飛往越南，在那裡他們好不容易獲得另一個關於耐吉（Nike）簽約工廠的故事，這是美國太平洋西北地區與亞太地區的又一個聯繫。然後他們前往中國一個偏遠的農業區，辛普勞公司將生產馬鈴薯的部分工作外包給這裡的農民，他們仍用馬拉車，把收穫的農作物儲存在洞穴裡。這個想法是希望以更低的成本價格供應亞洲的薯條市場，結果卻對像哈特派農場這種高科技美國生產商帶來嚴酷的競爭。

一路上李奇不斷發現，雖然追蹤的是不起眼的薯條，卻揭露愈來愈多全球化對整個環太平洋地區及其他地區經濟統一性的例子。中國偏遠村莊裡一個無足輕重、滿身塵土農民的一舉一動，也會影響到在哥倫比亞盆地駕駛有空調的聯合收割機的司機。讀者將進一步了解，亞洲經濟危機與《奧勒岡人報》發行地區的日常生活息息相關。

李奇與凱薩琳跟隨薯條來到新加坡，哈特派六號田圈的馬鈴薯終於接近目的地。一部分貨物最後抵達繁忙烏節路上的麥當勞。李奇與凱薩琳檢查冷凍庫裡的紙箱。沒錯，就是這個洩露祕密的條碼，這是他們的薯條。

恩維爾一家走到櫃台前點了一批薯條。「在勉強躲過經濟與政治崩盤，並跨越半個地球後，」李奇指出，「根據麥當勞的規定，這些炸好的薯條必須在七分鐘內遞出櫃台。」薯條抵達目的地，恩維爾家的歐亞混血孩子們開始大快朵頤。凱薩琳迅速拍下照片。

釋義性敘事作品的核心目標就是解釋——要不然呢？行動線之所以存在，是因為它是顯示某件事是如何運作的有效方式。一些故事元素不可避免地會在你描述行動時出現；你引入的角色一路走下來也面臨著他們必須解決的問題；而場景在任何一個比較完整的故事中都是關鍵要素，在釋義性敘事中也發揮關鍵作用。

但是當我們用千層蛋糕的方法來描述一個具有挑戰性的主題時，真實故事敘事的所有元素鮮少包括在內。炸薯條不是主角，而且即便是主要關注人類的釋義性敘事，往往也是圍繞一群角色展開，而不是跟隨一個帶領敘事線的個人。

篇幅比較短的釋義性敘事或許會緊跟著一個主要角色，但即使是那樣的敘事，通常也不追求完整的故事結構。我們見到監控族或史上最偉大的推銷員，不是為了跟隨他們走完帶有洞見點和高潮的敘事弧，而是為了共度幾個短暫場景，做為進入他們世界的窗口。

但沒有人說不能用釋義性結構來述說真實故事——包括糾葛、變化、角色發展與收尾。李奇・里德寫完〈從薯條說起〉（The French Fry Connection）後的第一個大型計畫就是用這種方式。由於他想要解釋全球經濟主題，並以文學觀來述說完整故事，所以這樣的嘗試更富挑戰性。

里德遇見高橋啟一（Keiichi Takahashi）的時候，日本像個經濟巨人一樣穩穩地站在環太平洋地區，正在全美各地成立工廠，包括奧勒岡州。高橋為一家日本大型公司日本電氣NEC管理奧勒岡的一間工廠，他是個很特別的人。身為前學生革命分子以及藝術家之子，他展現出日本男人身上罕見的個人風格與坦率。他在美國發展得很好，喜歡美國的生活方式，但他不那麼受拘束的作風與日本傳統之間的衝突，顯然造成了壓力。李奇多年來親身觀察研究日本文化，他對高橋的興趣與日俱增。

最終，日本經濟衰退。高橋關閉奧勒岡的工廠回到日本，與NEC死板的階級制度做鬥爭，並在讓一間虧損的國內工廠在維持經營的戰爭中打了敗仗。其後他擔任管理NEC外包製造的工作，並在與像中國、韓國和台灣等不斷增長的經濟勢力競爭中勉力生存。李奇一直與高橋保持聯繫，關注這位高階主管的職業生涯如何應對環太平洋經濟的重組潮流。我和李奇約好一週一次在一間當地咖啡館碰面，我們聊了幾個月高橋的故事，逐漸看到一個大規模故事的大綱浮現出來。

最後便有了〈世界加速運轉〉這篇故事，分成三部分連載，述說高橋的故事，同時探索較廣泛的經濟議題。第一節的開場是高橋來到奧勒岡管理工廠，李奇隨即將此事件放進他的解釋性背景中。

在接下來的十年中，高橋將對美國與日本製造業大量消失、離岸委外激增及中國的崛起做鬥爭。最終，這些失業的人將在日本與美國釋放出強大的政治力量。

故事中的人性層面也在這十年間隨之展開。高橋因為家庭背景、學生時代經驗及在美國生活的關係，比較不受傳統日本價值觀束縛。當他周遭的世界發生變化時，他遭受的是一種信仰上的文化危機。隨著NEC工廠關閉，同事們失去曾經保證是終身職的工作，高橋感覺到自己對老東家的忠誠度在減退。正如李奇所說：「忠誠度的喪失，在三十年前是無法想像的，如今卻是一種解放。」在該系列文章的結尾，高橋以一個全新的形象現身，更像在歐美與他同等地位的人。他不再如奴隸般長時間工作，他花時間陪伴家人、打高爾夫球、品嘗美食。他在NEC的最終命運似乎清楚可見——公司會縮編，高橋可能要提早退休。傳統經濟秩序不復存在，傳統的日本主管亦成為過去式。

釋義性敘事如果將故事述說得更為完整，便能吸引大眾強烈的關注。理查．普雷斯頓的《伊波拉浩劫》打入暢銷排行榜，被改編成電影，並引發全國對致命病毒的關切。普雷斯頓以前是約翰．麥克菲的學生，專業為科學寫作。故事以非洲感染伊波拉病毒的個案開始，創造出三部分結構，從不同視角逐步述說疑似伊波拉病毒在維吉尼亞州雷斯頓（Reston）一群獼猴中爆發開來。伊波拉病毒甚至比新冠肺炎更致命，受感染者大多會死亡，因此這一事件具有高度戲劇性。

不同於李奇．里德的寫作方式，普雷斯頓沒有在整個故事弧線中跟隨單一角色。但是伊波拉病毒的歷史，軍方生物學家處理伊波拉病毒這類致命病原的故事，以及遏止病毒在維吉尼亞州爆發的奮戰過程，都為敘事提供大量弧度，支撐著讀者完成精彩的閱讀旅程：了解現代病毒學、線狀病毒的自然歷史，以及人類損害地球生態體系所導致的潛在致命後果。創造出真實緊張的氛圍，深入淺出的描述，這種說書策略大獲成功，也讓我們大多數人上了生物課，這是永遠無法以其他方式獲得的——不幸的是，當致命的冠狀病毒在二〇二〇年出現時，主要決策者仍未吸收相關教訓。

李奇與凱薩琳追尋小小薯條之旅，把兩人帶到另一個站點——薯條原本要被送達的正在發生動亂的城市。雅加達的情況恰好可以生動地說明「亞洲經濟危機」這個難以理解的抽象概念

所造成的街頭效應，而這種概念正是他們要論述記錄的。

他們看見暴民湧上街頭，城市四處起火。負責確保麥當勞薯條完好冷凍的倉庫經理擔心倉庫的發電機燃料用盡，拚命尋找膽子夠大、敢駕駛汽油槽車穿越附近起火街區的司機。最後，他拯救了薯條，但是那一天有五百人命喪街頭，不斷蔓延的動亂使得政府倒台。

對印尼人來說，這場危機的後果極為慘痛，但是對李奇與凱薩琳而言，他們追蹤薯條一路上不可思議的好運仍在延續。李奇有了非常好的行動場景來推動敘事，並提供離題的起始點，說明薯條貿易仰賴中產階級的方式，以及反過來中產階級為什麼對亞洲經濟崛起至關重要。凱薩琳拍下街上憤怒印尼人的照片。

「當像薯條這種微不足道的小東西能夠遠颺到印尼各島時，」李奇可能會這麼寫，「想想美元、日圓與歐元能夠到達多遠。當商人冒著生命危險拯救一批馬鈴薯時，想想全球經濟力量可以多麼輕易地推翻政府，並建立或摧毀國家與地區。」

回到波特蘭後，凱薩琳編輯照片，李奇規劃結構，建立了一個追蹤記錄每一段敘事與離題的詳細大綱。接著他靜下來心來寫作，最終完稿有一萬多字，分為四天連載，總共占據報紙兩百八十五個欄寸。《奧勒岡人報》的美編為動作與說明配圖以加強李奇的文字張力。在一張全球地圖上，從六號田圈標出的薯條追蹤路線橫越了太平洋，其他地圖標示薯條沿途經過的特定地點。一條時間線追溯馬鈴薯的運輸進程，另一條勾勒出進行中的經濟危機。凱薩琳的照片架起一座圖像之橋，從務農的哈特族婦女，延伸至在新加坡大啖薯條的中國孩童。[2]

這個系列引起極大的迴響。「我通常會跳過這類文章，」一位女士寫道，「因為太枯燥了。」但是她承認，無意間看到第二天的文章後，她發現自己竟然急著找第一天的文章來讀。接著她認真讀完這個系列的後續文章。

其他評論則證明了釋義性敘事魅力無窮，它能夠把非專業人士帶入某個主題，使他們產生興趣，並帶領他們進入新的理解層次。一名讀者寫道，這個系列「讓不懂商業的人能夠了解是怎麼一回事。」另一個人指出「通常我不讀商業故事的」，他接著補充，「但寫得太精彩了。」第三個讀者來信說「除了這篇文章，沒有什麼能幫助我了解亞洲經濟危機的影響範圍有多大。」

多年來像這樣的回饋，使我成為釋義性敘事的鐵粉。行動確實能夠解釋過程，這也是我決定寫這一章的原因，以講述李奇與凱薩琳報導〈從薯條說起〉時所創造的行動線為基礎，旨在說明釋義性敘事的創作過程。換句話說，這是一章說明釋義性敘事技巧的釋義性敘事文章。

李奇的系列文章在各大獎項中脫穎而出，包括在某個著名的全國商業寫作競賽中獲得首獎。接著，普立茲獎不公開的評審過程，也傳出〈從薯條說起〉入圍釋義性新聞獎的小道消息。

在普立茲獎結果正式公布那一天，《奧勒岡人報》的員工都聚集到每日召開新聞例會的地點天井（The Well）。在大螢幕上，美聯社的電子新聞滾動更新，每分鐘播出各獎項的得獎者名單。釋義性新聞獎的名單映入眼簾，李奇．里德贏得了《奧勒岡人報》四十二年來第一座普立茲獎。眾人歡呼，記者與編輯相互擁抱，開香檳慶祝，發行商發放獎金支票。

隔月，李奇與該報的主編們來到紐約參加頒獎典禮。在哥倫比亞大學洛氏紀念圖書館的圓形建築中，李奇面帶微笑，從《奧勒岡人報》那一桌起身，隨著一隊人走上台，從校長手中接過證書及一張支票。巧合的是，約翰．麥克菲也在其列，他因為在釋義性敘事創作的開拓性成就而榮獲特別終身成就獎，跟在李奇身後上台。典禮結束後，我和李奇走向麥克菲那一桌。謝謝你，我們齊聲說。我們從你那裡偷來了整個寫作計畫才寫出〈從薯條說起〉。麥克菲露出他特有的害羞微笑。

當晚，報社老闆請整個團隊到當時紐約最高級的馬戲團餐廳用餐，電影明星與媒體名流就坐在鄰桌聊天。更多的香檳、精緻的沙拉送上桌，預示著這是一次頂級的用餐體驗。接著，主廚帶著閃閃發光的銀質餐盤過來。他在桌邊傾身向前，鄭重地掀開蓋子，透過堆成小山的炸薯條所冒出的熱氣瞧著我們，咧嘴一笑。

13 其他敘事

Other Narratives

一篇敘事作品是一張有意義的年表。

——喬恩・富蘭克林

從最基本層面來看，敘事只是描述一連串的行動，不需要有洞見點、高潮或糾葛。它可以來自觀察性或重建性報導，它可能是一本書的長度，也可能只用幾行字。

了解有哪些選擇是有所助益的。例如，如果你認為故事敘事能窮盡所有可能性，就不可避免地會遇到不適合的素材。你明知道這是好素材，富含情感或懸念，或只是小人物大故事。但是它缺乏主角，或是無法營造任何戲劇張力。它可能只要透過一個行動就能展開，連變化場景都不需要。

我不只一次勸說那些試圖遷就敘事素材而削足適履、因此感到挫敗沮喪的作家，他們通常是寫作遊戲的新手，誤以為「敘事」和「故事」是同義詞。直覺告訴他們蒐集到的素材是有價值的，但是價值何在？往往當他們處在放棄整個考慮不周的計畫時，殊不知一個簡單建議就開啟了他們從未想像過的可能性。

我在前文已經提過幾種可能性。第六章介紹過「事件回顧」，奧勒岡漁船塔奇圖號的不幸遭遇是故事性敘事，但完全是根據海巡隊紀錄與倖存者的採訪內容重建而成，沒有採用一些故事敘事中典型的沉浸式報導方法。就像艾瑞克．拉森的《白城魔鬼》，是一部敘述詳盡、讓人身歷其境的歷史著作。

在新新聞學全盛時期，蓋．塔雷斯的〈壞消息先生〉首次發表於《君子》雜誌，展現出另一種敘事方式，而不是有時被誤認為是簡介的簡單成就描述。[1] 如同其他敘事性側寫，塔雷斯對《紐約時報》訃聞作者奧爾登．惠特曼的描寫，給予讀者一窺主角在自己的世界中行住坐臥的機會。文章始於一個平凡的早晨，惠特曼在紐約自家公寓起床，替自己泡了茶，瀏覽報紙有沒有患病名人的消息，也許很快就需要發訃告。他坐火車到市中心，進入新聞編輯室準備動筆。行動線簡單扼要。但是透過它，塔雷斯以釋義性敘事的方式離題，以便討論做為一種藝術形式的訃告寫作。

不過，掌握了故事性敘事技巧、釋義性敘事技巧、事件回顧技巧以及敘事性側寫技巧，你仍舊無法用一篇敘事來應付所有情況。假設你在市中心的街角看到一些有趣的事，好吧，或許你能寫成一篇獨立的小品文，很適合刊登在報紙的旅遊版或專業雜誌的最後一頁，或是你的個人部落格。又或許昨天發生在你身上的事造成強烈的情緒反應，也許能寫成一千字的個人隨筆。

可能性並非無窮無盡，但是比許多作家以為的還要多。重要的是，你要保持心胸開闊。如果你有什麼事可以在和朋友喝酒時說出來取樂，那麼你就可能擁有寫出一篇能刊登在某個地方的敘事素材。問題只在於找到合適的寫作形式。

❖ 小品文

小品文只有單一場景，獨立存在。因此討論場景建構的第六章所提出的指導方針，也適用於撰寫小品文。

小品文就和所有場景一樣，包含一條發生在實際地點的行動線，但缺乏故事敘事的完整弧線。小品文沒有糾葛、危機或收尾。雖然通常會有一到兩個觀點角色，但可能沒有主角。

小品文和普通場景有一個重要的區別：由於小品文獨立成篇，所以必須更努力地提供一個擁有豐富主題的生命片段，且要能揭示通往美好生活的一些重要祕密。

前《華盛頓郵報》作家華特．哈林頓，後來成為現代敘事性非虛構寫作大師，他稱小品文是「新聞俳句」，這個詞掌握了此種寫作形式是基於現實的內容、有限的長度，以及啟發更多真相的能力。出於同樣的原因，記者與編輯也稱呼小品文是「音詩」。無論怎麼稱呼，小品文在報章雜誌甚至電視都有天然的市場。CBS 新聞記者查爾斯．庫拉特（Charles Kuralt）就是這種寫作形式的行家。小品文也適用於部落格或個人網站等第一人稱的網路媒體。

小品文涵蓋了人類所有的經歷。《維吉尼亞領航報》的厄爾・史威夫特（Earl Swift）描寫情人節當天的離婚法庭，很多夫妻證明了愛情走味的危險。安琪拉・潘克拉奇歐（Angela Pancrazio）是我最喜歡的作家暨攝影師（對我來說是雙重威脅），她和我合寫了一系列的小品文，從每年春秋重設塔鐘時間的人、到拖著巨大十字架走在市中心街道上的宗教狂熱分子，無所不包。凱蒂・穆爾杜恩（Katy Muldoon）也發表了我在《奧勒岡人報》工作這些年來讀過最好的小品文之一，內容是關於搭飛機——人生如文。

如同傑出的小品文常見的情形，這顆寶石是在一個極為普通的狀況下落入凱蒂手中。她發現自己被攔在登機門外，她要搭乘的班機無限期誤點。我們大多數人都知道接下來會發生什麼事。惱怒的旅客癱坐在座位上發牢騷，愈來愈焦躁。情緒最激動的那人跑去和票務員理論。當然，善用這個任何旅客所無法控制的狀況才是最明智的。凱蒂看見有些同班機的受害者正是這麼做，也發現了寫下這段文字的契機：

> 在六十六號登機門前，眾人嘟嘟囔囔抱怨，接著傳來吵嚷聲，在幾秒鐘內就演變成夾雜著咒罵的吼叫。
>
> 一名機師請病假，從舊金山飛往波士頓的班機會延後出發。延後非常久。也許三個小時，也許六個小時。
>
> 什麼？

你說什麼！

旅客跺腳哀號又嘆氣，無奈地接受這場苦難，走去吃平淡無味的三明治、喝七．五九美元的啤酒打發時間。

嗯，大部分的人都這麼做。

但是這位穿著藍色西裝外套、帶著吉他的中年男子卻沒有這樣做。他今天一大早就從波特蘭出發，要在舊金山轉機飛往波士頓。

帶著口琴的灰髮男子也沒有這樣做，他用每個人都能聽見的聲音說他本來可以選擇搭更早的班機，卻選擇了這一班……結果晚得離譜……天啊！

他們都沒有離開，守在六十六號登機門前，在那裡，吉他盒為他們打開了話匣子，兩人愈聊愈起勁，誰也想不到，吉他男與口琴男竟然能彈奏許多首相同的歌曲。

〈你那欺騙的心〉（Your Cheatin' Heart）、〈弗爾森監獄〉（Folsom Prison）、〈在我親愛的寶貝懷中〉（Rollin' in My Sweet Baby's Arms），全是某個特定年紀樂迷必備的標準歌曲。

他們拿出樂器，開始暖嗓。坐在附近的第三個人用藍牙耳機對著手機那頭的人說道：「是啊，我人在機場，這裡有人要開始合唱了。」口琴男向周圍的人說：「除了要我們『閉嘴』……有沒有人要點歌？」

正當他為自己的笑話大笑時，一位身材嬌小、留著銀白捲髮的老太太從第六十四號登機門大喊：「〈在老斯莫基山頂上〉（On Top of Old Smokey）！」

吉他撥響，口琴低吟，那些通常會避免目光接觸的旅客們相視而笑。但是一個非常瘦，穿著緊身褲、蛇皮平底鞋，拿著LV包的小姐沒有笑，她操著倣慢的紐約口音，大聲詢問附近的每一個人，「他們很可怕吧？他們真可怕。」

「噢，老天，噢，我的天啊！

「可怕，可怕。

「噢，老天！

「他們以為自己很行嗎？

「他們以為自己很行耶。

「噢，天啊！可怕。」

吉他男與口琴男以及十幾個合唱的旅客接著唱〈晚安艾林〉（Irene Goodnight），歌曲終了，從六十六號到六十四號登機門爆發出一片掌聲。

而那位緊身褲、蛇皮平底鞋、LV包的紐約客小姐用在場眾人都聽得見的聲音說：「噢，天啊！」

她周圍的乘客都露出尷尬的表情。

她的聲音刺耳，簡直可以磨碎乾酪。

這篇文章有幾點值得注意。它篇幅極短，只有四百多字。它的聲音強而有力，像是「什麼？你說什麼！」的句法結構就透露出作者狡黠的個性。它是單一場景，發生在單一地點，就最嚴格意義上來說不算是個故事，因為沒有人發生改變，沒有人有洞見點，也沒有人解決糾葛。不，它只是生活的一個片段，揭示了一些普遍的東西。但是凱蒂的小品文刊登在週日旅遊版的封面，而且我敢用自己下一次的航班會被取消來打賭，對許多讀者來說，這篇文章在一堆滔滔不絕的廢話中最為突出。這篇小品文或許也能讓他們更有耐心一點。誰會想像緊身褲小姐一樣？

❖ 書擋敘事

在我右手邊的書架上放了幾個大理石書擋，這是在一個美食寫作坊教學時收到的禮物。它們很大，能輕易地支撐住整個書架上我所收藏的精裝工具書——這為說明書擋敘事結構做了極佳的比喻……要寫一篇書擋敘事，你就用兩段更引人入勝的場景行動，括住一段釋義性素材，用敘事開頭與收尾，就有力量支撐較長且枯燥的中間內容。

我至今仍記得很久以前的一個例子，那是我定期在波因特學院（這是一所記者在職進修學校）客座教學時，在一次前往授課途中、從如今已是《坦帕灣時報》上看到的，吸引了我的注意力。一種神祕的疾病正在折磨著鵜鶘，牠們是聖彼得堡濱水地區的標志性鳥類。記者加入大量的釋義性資訊——鵜鶘的背景知識、專家訪談、統計數字、關於這個問題的理論等等。但他選擇以一艘漁船做為開場，船身在坦帕灣上下起伏，船長在一群盤旋的鵜鶘面前揮舞著餌魚青魚，鵜鶘群隨著魚餌的每一次移動上下撲騰，扭動挪移。「我都說這是鵜鶘交響樂。」船長說。

一旦作者用這種富有吸引力的敘述快速抓住讀者，他便轉向較為枯燥的釋義性素材。在他費力寫完這些內容之後，他把結束的最後場景轉回到漁船上，完成其書擋敘事策略。

書擋技巧大幅擴展了使用敘事來描寫重大趨勢、議題及政策報導的可能性。試想一下，你可以用一名守舊派女士面對淹水的地下室來開場，寫一篇錯綜複雜選舉內幕的文章，再用她在沙發上啜泣作結。你可以讓某個癌末病人對著他藏在藥櫃裡的巴比妥酸鹽陷入沉思，來報導醫師輔助自殺的相關立法爭議。

我讀過最有引人注目的一個例子是C．J．奇弗斯（C.J. Chivers）所寫的故事，這是一篇刊登在《紐約時報》頭版、讓人難以抗拒的敘事作品。奇弗斯為我們報導了伊拉克戰爭最勇敢、最前線的故事，文章以一名海軍陸戰隊無線通信兵被射殺做為開場：

子彈穿過一等兵胡安．瓦爾德斯—卡斯蒂洛（Juan Valdez-Castillo）的身體，當時他所屬的海軍陸戰隊巡邏隊正沿著一條泥濘城市小路前進。一聲槍響。這名一等兵倒向牆面，他試著站起身，但又倒了下去。

班長傑西．E．利奇（Jesse E. Leach）中士面向子彈射來的方向，舉起步槍和榴彈發射器，迅速步入狙擊手和滿身是血的隊員之間。他向後退，掃視前方，並準備開火。

接下來還有兩段敘述，細述眾人努力拯救這名年輕海軍陸戰隊隊員的性命和對抗看不見的威脅。下一段構成所謂的「轉折」，突然爬上抽象階梯，以陳述開頭場景所代表的宏觀意義：

週二在安巴爾省的這起繼起事件，僅發生在頃刻之間，卻說明伊拉克戰爭的威脅不斷在擴大。軍官與海軍陸戰隊的士兵表示，近幾個月來，反抗軍愈來愈常出動狙擊手，且效果更為顯著，擾亂了軍方的行動，激起挫折感與無言的憤怒。

在追根究柢的堅持下，《紐約時報》用整整四欄詳述反抗軍的新戰術及美國在因應反擊時所做的努力。奇弗斯報導一場旨在應對當前威脅的軍事會議，內容包括遭狙擊手伏擊的傷亡統計數字，並詳述針對反制潛在狙擊手所計畫的戰地策略。他談到狙擊手瞄準無線通信兵，因為他們負責聯繫空軍及砲兵支援步兵團。終於，在最後四段他回歸敘事本身：

在一等兵胡安．瓦爾德斯—卡斯蒂洛中彈身亡並撤退後，汗流浹背、滿身是血的中士利奇帶領他的小隊越過剩下的鐵絲網。士兵重新進入火線時，一場憤怒的匯報開始了……關於如何殺掉狙擊手，大家沒說什麼；海軍陸戰隊的隊員們不知道他藏身何處。他們傳遞香菸，在太陽底下抽了起來，滿腹怒氣。

「下次由我帶著無線電，」一等兵彼得．史普列格（Peter Sprague）說。「反正我沒有孩子。」

❖ 個人隨筆

十六世紀的法國人米歇爾．德．蒙田（Michel de Montaigne）是第一位個人隨筆大師，他主張書寫自己時所表現出來的傲慢是合理的，因為他的個人經歷為其他人提供了教誨。當然，為了傳授這些經驗，你必須先重現個人經歷，如此其他人才能夠分享。要做到這一點的一個方法是寫一則短篇敘事。

菲利浦．羅培特描述蒙田或許是「有史以來最偉大的隨筆作家」，蒙田的典型做法是用自己生活中的一個小片段做為文章的開頭。例如在〈一個畸形兒〉一文中，他開頭就指出他前一天看到一個畸形男孩，接著他回想自己過去曾遇見過的畸形的人。但是因為創造萬物的是上帝，蒙田主張，在祂眼裡沒有什麼東西是畸形的。因此，「萬物法自然」。他的結論是，不相信這一點的人，忽略了萬物的宏觀格局。[2]

這裡展現的是適應性最強、最實用的現代敘事形式。篇幅更短（標準字數一千字）的個人隨筆是專欄及雜誌寫作的主要形式，這種只要五分鐘的閱讀方式可以出現在任何地方，從社區報紙到個人部落格、到機關雜誌再到優質的全國出版品。個人隨筆通常占據雜誌最後一頁「編後語」的位置，做為當期全部內容結束的標誌。我就曾把一篇這樣的文章賣給全國發行的飛蠅釣雜誌。

個人隨筆的內容千變萬化，但基本結構包含共同的要素。所有個人隨筆都學習蒙田的榜樣，包含敘事、轉折與結語。換句話說，個人隨筆是循循善誘式的，從特定事物（一個畸形的孩子）開始，接著攀爬抽象階梯（主張大自然孕育的一切都是上帝計畫的一部分），最後以某種宇宙真理結束（無知讓人以為罕見的自然事件是不自然的）。

千字篇幅的慣例有其實務基礎。這樣的長度，用兩倍行高大約能排版成五頁的印刷稿，配上一張大的照片或圖表以及標題，可以填滿一頁雜誌內頁。你能從很多方向來處理這千字文，但我喜歡自己在寫作時使用的一種單刀直入的結構，並且傳授給敘事性散文寫作新手。如圖10所示。

當我不知怎的，被以往所經歷的事情影響情緒時，我通常會轉而寫下個人隨筆。有一次我發現自己走進樹林深處，來到某個陌生人的黃金獵犬的紀念碑前，在那裡淚流滿面，而後我寫下這篇飛蠅釣的隨筆。我對自己的古怪反應感到困惑（我並不是因為陌生人的狗而落

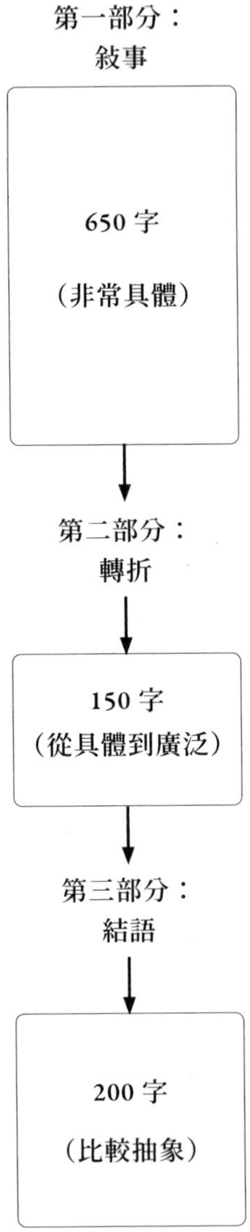

圖10｜一千字個人隨筆結構圖

淚），最後我決定寫下這篇敘事，用這種方式來發掘自己的感受。結果看來與更多讀者分享是值得的。

我嚴格遵循基本的一千字結構。嘉博兒・葛雷瑟（Gabrielle Glaser）是經驗豐富的專題作者，但才剛接觸隨筆形式，當她走進我在《奧勒岡人報》的辦公室，告訴我一個不尋常的經驗時，我建議她用這樣的寫作結構。

她經過家附近的零售區，一個騎電動代步車的胖女人跌下人行道。這引發了一連串處於行動中的事件，這些事件使得嘉博兒做出一些不尋常的舉動，並讓她思考這一切的意義。我說，第一步是把敘事部分寫下來。嘉博兒這樣開場：

「別打九一一，」那女人喘著氣說。「別打九一一。」她的代步車卡在人行道邊緣，她癱倒在西北二十三大街的水溝旁，氧氣管懸晃著。一些人快速聚集過來。我們四肢健全，當然能把這個胖女人扶起來。

但沒有人確切知道該從哪裡下手。「我太胖了，」她說。「很抱歉。」電動代步車的把手被她壓在身下，頂著她的背，而我們人數不夠移動不了把手。

一個名叫戴夫的短髮高個男子走上前，冷靜地把旁觀者組織起來。嘉博兒找來一輛路過的野馬跑車上的兩個男人幫忙，在戴夫的指揮下，眾人將女人抬回代步車上。戴夫替她清理傷口。

女人求他別叫救護車，顯然是擔心費用問題。他向她保證不會叫救護車，一切都在掌控之中，還說「我經歷過許多比這更糟糕的情況。」

兩名路人護送這個女人前往她醫生的診所。協助救援與清理傷口的嘉博兒認定戴夫有軍人風姿，衝動之下她邀請他去喝一杯。他含糊帶過自己的經歷，只暗示他在中東親歷過戰爭。事後她描述給別人聽時，這段情節引起質疑：

> 我的丈夫對軍中男人的陽剛世界很了解，他對戴夫的說法心生質疑。我姊姊也奇怪我為什麼要約他去喝啤酒。我告訴別人這件事時，他們都很不明白我們怎麼沒打九一一。

我問嘉博兒，所以妳從這一切得出什麼結論？妳為什麼會放鬆戒心和一個完全陌生的人坐下來喝酒？整個事件顯露出什麼樣的人生狀態？

我們來回討論，主題於是逐漸浮現。透過為什麼沒有人打九一一這個疑問所產生的轉折，嘉博兒掌握住了主題。

> 不過我們不用打九一一。我看著戴夫指揮一群陌生人，包括一個連指尖都有刺青的傢伙。我看著他指揮從野馬跑車下來的兩個男人。我看著他在那個女人滿臉羞愧地看著他時，安撫她的情緒。

我請他喝啤酒是因為我想知道更多關於他的事。一個才剛從巴格達回國的男人（如果他真的才剛從巴格達回國），如何應對一個規則大不相同的世界？這是我們對歸國的退役軍人通常會想到的第一個問題。我們的話題集中在戰爭的代價，對軍人身心所造成的傷痕。

但是這個男人，讓我相信他是那種經歷過許多軍事行動的退役軍人，而他在現在這個世界應對自如。這讓我開始思索考，我思考的不是把年輕人送上戰場通常會帶來的負面影響，而是關於戴夫帶進西北二十三大街與法蘭德斯小規模危機的本領。

嘉博兒的結論是，也許把男人送到一個他們必須變得勇敢、果斷且足智多謀的危險世界，會給社會帶來些許好處，這是我們在熱烈討論戰爭的其他後果時所忽略的益處。此外，出身自開拓先民家族、土生土長的奧勒岡本地人，嘉博兒認為她發現了那些益處是什麼。她在結語乾淨俐落地總結道：

在那裡，在二十三大街上，大多數旁觀者立即想到打九一一。當生活向我們提出挑戰的時候，我們不是直接處理，而是召喚專家。我們將自己無法（或不想）做的任務交給別人——甚至包括把一位可憐的女人從她的電動代步車扶起來都不太願意。

也許這些人有的剛從滿懷敵意的世界回來，也帶回除了創傷後壓力症候群以外的東西。

那些東西曾經我們所有人都有，一些根深柢固的東西，是美國人的一部分。

「我沒有多想，」戴夫說。「就這麼做了。」

他喝光啤酒，露出笑容，脖子上的青筋跟著突起。

「我必須時時提醒自己，」他說。「你們都只是普通老百姓。」

這篇文章刊登在隔週日的意見欄。我猜讀過的人成千上萬，不少人還會花時間討論領導力、都市生活與個人責任。我確信對許多人來說，嘉博兒的文章產生某種「轉向思考」。個人隨筆的終極回報是讀者會跟著作者從特定事件進入一般現象，然後跨越一座新的抽象階梯，再往下走進自己人生中的具體細節。或許嘉博兒的某些讀者會想到自己的從軍經歷如何改變了他們在平民社會的生存方式。或許其他人會想到自己在某些場合中，將責任轉嫁給收費的專家，而非自行負起責任。或許其中有些人會下定決心在未來的生活中要更加主動。

如果你不喜歡我建議的短篇個人隨筆結構，你還有許多選擇：可以將敘事分成好幾個部分，邊寫邊穿插結論；可以將敘事篇幅最小化，擴充對主題較為抽象的討論；也可以讓敘事占據主導地位，而讓普世性的結論透過細微的文學線索浮現。這就是美國對於蒙田的回應——E．B．懷特（E. B. White）在其傑作〈重遊緬因湖〉中的做法。

懷特的這篇隨筆首次發表於《哈潑》雜誌，此後又再發表了數十次。文章帶領讀者到懷特度過許多童年時光的湖邊：

那年夏天，大約是一九〇四年，父親在緬因州的一座湖邊租了營地，帶我們到那裡度過八月。我們都被小貓傳染了金錢癬，不得不從早到晚在手臂和腿上塗抹旁氏乳液，父親也和衣睡在獨木舟裡；但除此之外，這次的假期很成功，而且從那時候開始，我們都認為世界上再也不會有比緬因湖更好的地方。我們每年夏天都會來到這裡——每次都是在八月的第一天來，待上一整個月。

成年後，懷特帶著兒子故地重遊，這次的停留構成敘事大部分的內容。對懷特來說，這是一次懷舊又怪異的體驗，他注意到湖泊已經發生無法阻擋的變化（過去鄉間有馬拉車行走留下的第三條車轍痕跡，如今減少到只有兩條），懷特的兒子來到湖邊融入他過去的角色（蜻蜓停在男孩的釣竿上，和當年停在懷特釣竿上的情形一模一樣），以及一代人不可避免被下一代人取代的感覺：

我開始產生一種幻覺，覺得他就是我，而經過簡單的角色轉換，我則是我父親。這種感受縈繞不去，在那裡的整個期間不斷出現。這並不是一種全新的感受，只是在這個環境中，這種感覺增強許多。我似乎過著雙重生活。在我做某些簡單動作的中途，也許是我拿起餌箱或放下叉子，或說什麼話的時候，突然間我變得不是我，而是我父親在說那些話或做那些動作。這讓我感到毛骨悚然。

敘事繼續進行，父子倆去釣魚、探險、觀察大雷雨。懷特愈來愈不安，他感到隨著兒子的生命綻放開來，他的時光正在結束，這種感覺折磨著他。有別於標準模式，敘事持續到最後一段，懷特描寫兒子準備潛入湖中，然後以歐・亨利（O. Henry）式的絕妙結尾做為結束：

他把滴水的泳褲從掛滿整個淋浴間的繩子上拉下來，把它們擰乾。我不想進去，無精打采地看著他，他結實又瘦小的身軀光溜溜的，我看到他把那件小小的、溼透冰冷的衣服拉到重要器官附近時，身子微微瑟縮。當他扣住膨脹的皮帶時，我的鼠蹊部突然感覺到死亡的寒意。

❖專欄

報紙、雜誌、線上與音頻專欄文章通常約為八百字。大多數是感想，對某些近期發生的事件做出評論，裡面會用到標準的報告寫作方式，例如統計數字與直接引述。不過八百字已能為短篇敘事提供充分的空間。事實上，有些最成功的專欄文章是因為運用說書技巧，而不是拍桌怒斥的意見來吸引忠實讀者。麥克・羅伊克（Mike Royko）是《芝加哥論壇報》的特約專欄作者，多年來一直是全國最受歡迎的專欄作者之一，他經常運用說書的方式，不時以虛構的另一個身分史萊茨・葛羅布尼克（Slats Grobnik）為主角。

瑪吉・鮑爾（Margie Boule）擔任《奧勒岡人報》的專欄作家多年，她在文章中沒有使用過虛構角色，但她確實十分仰賴敘事。她為生活風格版撰稿，她寫的都是日常主題，不帶有新聞版的嚴肅。但她在讀者統計調查中的聲勢頗旺，使得一些跑重大新聞的同事感到困惑，很難理解對他們來說沒有分量的題材為何這麼成功。他們只是不了解一個好看的小故事所具有的吸引力。我的敘事檔案裡就收藏了這麼一篇故事，正如瑪吉所說，它是「兩個凱薩琳、兩個藍獎章和六片完美巧克力豆餅乾的故事」。

大約四十五年前，凱薩琳・卡瑞拉（Katherine Carella）上了一門凱薩琳・弗里茲・菲妮康（Kathryn Fritz Finnicum）教授的家政課。這些課程內容令人印象深刻，「當凱薩琳・卡瑞拉擀平做派的麵團，或是為了做布朗尼切碎堅果，或是在薯泥中加入白脫牛奶時，耳邊都會響起凱薩琳・弗里茲・菲妮康的聲音。」

做為教學的一部分，菲妮康女士組織了四健會，並指導她的學生為參加園遊會烘烤作品。當十歲的凱薩琳・卡瑞拉用一條堅果麵包贏得一個藍獎章時，這是她童年的最精彩的經歷之一。多年來她經常想起那個藍獎章，在她丈夫退休後，她又參加了另一場園遊會的比賽。

凱薩琳決定做一些布朗尼、肉桂糖餅乾、磅蛋糕、燕麥葡萄乾餅乾和巧克力豆餅乾。她讀遍烹飪書，鑽研家傳食譜。她還透過朋友打聽到凱薩琳．弗里茲．菲妮康的電話號碼，打電話給她尋求建議。

到目前為止，瑪吉的故事幾乎是純粹的敘事。但是已經開始出現一些強而有力的主題：一位充滿愛心的老師帶來的長遠影響，童年成就塑造個性的重要性，家務與廚藝技巧將幾個世代的人聯繫在一起的方式。

凱薩琳．卡瑞拉花了一整個炎熱下午的時間在廚房裡烤製蛋糕餅乾，然後把成品送交到園遊會的評審面前。她的丈夫被她的熱情感染，把退休後開始種的一些蔬菜拿去參賽。評審結束後，他們到園遊會查看成果。卡瑞拉先生種的四季豆與小番茄分別贏得第二名和第三名的獎章。不過卡瑞拉太太的成績更好：

「然後我看到放在我的巧克力豆餅乾上的藍獎章。我想著，『太好了！太好了！太好了！我做到了！我還是做得到的！』」

興奮之餘，凱薩琳．卡瑞拉打電話給昔日的導師。

「她就像個小孩子一樣，興高采烈，」凱薩琳．菲妮康說。「我告訴她，『我也感到非常開心，孩子。』」

說了故事之後，接下來瑪吉結束敘事，讓這一段甜美的人生小教誨浮現在個人隨筆典型的抽象結論中：

自那時候起，凱薩琳一直想起她替四健會女孩們上課的那些年。「直到這麼多年過去，你才知道自己在孩子們的心靈灌輸了什麼，」她說。「我很高興與凱薩琳和我分享這個成就。告訴你吧，這非常有意義，它讓我覺得自己在這世上做了一些正確的事。」

園遊會結束後，凱薩琳獲得家庭組獎金七．五美元。她的銀行家先生安哲羅注意到他們花了一百六十美元買材料。「他說：『我們得和我們的會計師談談要怎麼向國稅局報告這件事。』」凱薩琳忍不住笑了。

但她毫不懷疑這是筆好投資。「除了獎章，你還獲得許多報償。」凱薩琳說。安哲羅對他的豆子與番茄產生新的自豪感。凱薩琳小時候的老師凱薩琳．弗里茲．菲妮康「了解到她向一個孩子灌輸了對學習的熱愛與成就感，經久不衰。我也能藉此對老師說，『謝謝妳。』」

❖第一人稱敘事性議題散文

有人說，散文是「帶著想法去散步」的一種方式。對敘事性議題散文而言，這個比喻千真萬確。散文作家四處奔走，帶著她從一個素材來源到另一個素材來源，探索議題，推敲並探查，尋找有助於擴展觀點的資料。這類探索是雜誌的支柱，如《哈潑》雜誌與《紐約客》這樣嚴肅的出版品，便是採用第一人稱寫成的散文，以敘事的形式探討議題。《大西洋月刊》資深記者詹姆斯・法羅斯（James Fallows）經常為他任職的雜誌撰寫提供這類文章，文章可能很長，一萬五千字或是更多，而且可以報導非常深入的議題。法羅斯發表在《大西洋月刊》最著名的文章之一〈第五十一州〉（The Fifty-First State），為此他花了幾個月的時間，針對即將派兵入侵伊拉克的行動採訪數十個人。文章寫出來後，隨著法羅斯提出個人論點，他帶領讀者從一個素材來源走向另一個素材來源。他認為美國當然能打敗薩達姆・海珊（Saddam Hussein）的軍隊，但隨後會使自己陷入戰後困局，受困於薩達姆過去以鐵腕控制的派系鬥爭之中。當然，這個預測後來不幸地被證明是有先見之明。

麥可・波倫在雜誌和書籍中都運用這種形式。他主張不但可以用敘事來探索地點，還可以探索系統。《雜食者的兩難》（*The Omnivore's Dilemma*）是他調查美國食品生產系統所寫的暢銷書，正是最好的例子。這本書是由較短的雜誌文章發展而成，其中包括曾在《紐約時報雜誌》刊登過的文章〈動物的地位〉（An Animal's Place）。

文章以一個安靜簡短的敘事行動線開始，波倫透過將兩個矛盾的概念揉合在一起，開始了他的探索。

> 我第一次翻開彼得．辛格（Peter Singer）的《動物解放》（*Animal Liberation*）時，正獨自在棕櫚餐廳享用三分熟的肋眼牛排。如果這聽起來像一份認知失調（而非消化不良）的好食譜，那就八九不離十了。這在動物權的支持者看來或許很荒謬，因為我的所做所為無異於在一八五二年美國深南地方的莊園中閱讀《湯姆叔叔的小屋》。

從這個適切的起點開始，波倫投身於動物權文學，特別關注吃肉與美國食物生產系統的議題。第四段是核心段落，以《華爾街日報》式的總結來說明這個議題的重要性：

> 動物解放是人類道德進程中合乎邏輯的下一個階段，已不再是一九七五年時那種邊緣觀點。哲學家、倫理學家、法學教授與倡導者所發起的運動逐漸擴大，愈來愈有影響力，證明我們這個時代重大的道德鬥爭，就是為動物權而戰。

波倫承認，辛格的書「成功地讓我站上守備方」。而且從那以後，他帶領我們進入第一人稱的發現之旅。下一段他提到德國，德國通過一條法規，賦予動物享有尊重與尊嚴憲法規定的權利。他直接面對普林斯頓大學哲學教授辛格提出的論點，各個擊破。他調查其他動物權積極分子的意見，逐一針砭，就像詹姆斯．法羅斯可能帶領我們進行一連串的訪談。他帶領讀者到工廠化的農場，那裡的雞與豬生命短暫，為提供最大化的食物產量而遭受殘酷圈養。他承認動物會感覺到痛苦，有些動物甚至會思考，而為了讓人類穿上皮草殘忍殺死野生動物，似乎尤其沒有必要。他探索得愈深入，就愈想把肋眼牛排推到一旁，轉而成為素食主義者。

接著，為了做出對比，波倫帶我們前往波里菲斯農場：

但是在你發誓再也不吃肉之前，請讓我描述一個非常不同的動物農場。它不具有代表性，但它的存在將畜牧養殖業的整體道德問題推放到一個不同的觀點之下。波里菲斯農場占地五百五十英畝，位在維吉尼亞州的雪倫多亞河谷，草地和森林連綿起伏。在這裡，喬爾．薩拉丁（Joel Salatin）和家人飼養了牛、豬、雞、兔、火雞和羊六種不同的食用動物。用薩拉丁的話來說，農場透過精心設計的共生關係，讓每種動物都能「充分展現其生理特性」。

在波里菲斯農場，豬隻在堆肥裡肆意翻滾，心滿意足的牛群在牧場上吃草，而後讓雞群來啄食牛糞中昆蟲的幼蟲，同時替草地施肥，並除去寄生蟲。一切都處於平衡狀態。可以肯定的是，動物是為了養活人類而死亡，但與此同時，牠們活得盡興，使牠們能夠展現基本天性。而且根據波倫的論點，牠們會以人道的方式死去，從而讓人類展現出自己的人道精神。

最後，波倫翻轉論調，抨擊素食主義者。他主張，把動物當成食物吃下肚，是人類動物天性的一部分。此外，如果每個人都是素食主義者，更多動物（像是田鼠和鳥類）會死在用來種植農作物的機具的輪子和刀片之下。更甚者：

動物權積極分子身上瀰漫著濃濃的清教徒氣息，他們不僅對人類自身的動物性感到有種難以消除的不適，對動物的動物天性也是如此。無論在我們看來如何，捕食動物無關乎道德或政治，而是生物的共生關係。狼獵食鹿或許殘忍，但鹿群也要依靠狼來維持良好的生存狀態；沒有掠食者捕殺，鹿會在棲息地過度繁衍，然後餓死。

就這樣，波倫帶著我們在他的個人旅程中繼續前進。有時是到實際地點——文章開始的餐廳，以及他為一種新型農業提供充分理由的農場。但大多數時候他帶領我們前往的是進行爭論及反爭論的精神空間。他確實是帶點子出來散步——吃肉是邪惡的觀點。在他寫完九千字的內容後，他發現這個觀點有缺失，但他已經達到全新的理解層次。美國的工廠化農場是邪惡的，但不代表吃肉也是邪惡的，還有第三條路，將成為推動《雜食者的兩難》的敘事方式。這本非凡的暢銷書引領數十萬名讀者進入波倫的思路。

再一次，是敘事的有效運用打開了大門。

❖ 紀錄片

沒有一本談論非虛構敘事的著作能忽略紀錄片，但本書卻近乎如此。

為什麼？

一部分是因為《說故事的技藝》這本書是根據我個人的實際經驗，來自於寫作、編輯、進行非虛構敘事寫作教學指導的第一手知識，而我在電影或電視完全沒有這方面的經驗。電影製作的技術層面本身就需要多年研究和實踐才能徹底了解，我不會假裝自己是個中老手。

對於那些對紀錄片敘事結構特別感興趣的人來說，羅伯特・麥基的《故事的解剖》（*Story*）、克里斯多夫・佛格勒（Christopher Vogler）的《作家之路》（*The Writer's Journey*）和席德・菲爾德（Syd Field）的《實用電影編劇技巧》（*Screenplay*），都是很好的參考來源，我在本書其他內容有引用並討論過這三本重要的故事理論著作。約翰・特魯比（John Truby）的《故事寫作大師班》（*The Anatomy of Story*）在這個領域也享有卓著的聲譽。（特魯比曾為《西雅圖夜未眠》〔*Sleepless in Seattle*〕和《史瑞克》〔*Shrek*〕等電影編寫過劇本。）

很早就確立紀錄片敘事天才地位的肯・伯恩斯（Ken Burns，譯註：美國紀錄片導演兼製片，擅長運用資料影片拍攝美國歷史題材），開設了紀錄片大師的完整線上課程，邀請的客座講師包括韋納・荷索（Werner Herzog）、朗・霍華（Ron Howard）、安妮・萊柏維茲（Annie Leibovitz）等導演與攝影師。

本書所涵蓋關於故事理論的基本原則並非與紀錄片無關。近來談論編劇的所有著作都會出現一個主題，即強調故事理論對說故事技藝的重要性。此一重點呼應神經科學家近年的發現，大腦的故事機制對我們看待世界的方式有多重要。

而且就像腦科學家一樣，我們也日益察覺到，同樣的原則幾乎適用於任何說故事形式，無論是非虛構還是虛構。正如我在第一章第一段提到，我是在聽艾拉．格拉斯談故事理論時「靈光一閃」，當下我意識到他用來建構《美國人的生活》劇集的理論，和我們雜誌用來建立非虛構敘事的理論是一樣的。我從全職新聞工作退休後，對這個信念進行試驗，撰寫了我的第一本小說。面對新形式，我確實有過一番掙扎。但是在小說寫作朋友們的眾多協助之下，我最終完成了初稿，也找到願意給新作家一個出版機會的出版社，《強力之夏》（*Skookum Summer*）出版後獲得好評。它不是暢銷書，但對我來說，它絕對證明了同樣的故事理論可以套用在雜誌敘事、小說或電影上，無論是劇情片還是紀錄片。

❖ Podcast

「誰知道人心潛藏著哪些邪惡？影子知道！」（配上狂笑與陰森的音樂。）隨著這一段開場白，美國各地的孩子們開始在巨大的落地式真空管收音機前瑟瑟發抖，期待著奧森．威爾斯（Orson Welles）用甕聲甕氣的嗓音述說另一個令人毛骨悚然的奇談。

一九三〇年代晚期的美國，幾乎無人不識「影子」（The Shadow，譯註：「影子」本來是一九三〇年代一系列連載小說中的角色，後來威爾斯將系列故事製作成廣播劇，並親自擔任旁白）。幾十年來，這個打擊犯罪的通俗劇角色（每集都以「種惡因，得惡果」這句話作結）頻繁出現在低俗小說、漫畫和主題電影中。其歷久不衰的受歡迎程度，證明了廣播劇在媒體的黃金時代具有多大的威力。

敘事幾乎從一開始就在廣播中找到了立足之地。廣播公司設法讓聽眾沉浸在極為私密的想像空間中，地方電臺在一九二〇年代初期就開始嘗試播送短篇廣播劇。一齣以沉船為背景的法國戲劇原本預定在一九二四年播送，但因為太過寫實，法國政府唯恐聽眾誤以為是真的求救信號，禁止電臺播出。（最終於一九三七年播送。）隔年，奧森．威爾斯欺騙廣大的美國聽眾，使他們相信火星人正在進攻紐澤西州，造成大恐慌。為了避免還有聽眾心存疑慮，威爾斯組建的水星劇團（Mercury Theatre）以廣播劇《世界大戰》（*The War of the Worlds*）牢固地建立起廣播的力量。

較為輕鬆的節目，如《菲伯．麥基與茱莉》（*Fibber McGee and Molly*）這樣的情境喜劇，在最終被電視節目取代之前，已經播送了數十年。《阿莫與安迪》（*Amos 'n' Andy*）從一九二八年播送到一九六〇年，其龐大聽眾（有時高達廣播總聽眾人數的一半）著迷於這種以可信的想像空間吸引人的新穎麥克風作品。然而劇中由白人演員飾演無知好騙的黑人角色，延續了明顯的種族刻板印象，最終受到廣泛譴責。（美國全國有色人種協進會〔NAACP〕描述它「對黑人做出明顯的誹謗，扭曲了真相」。）在短暫搬上電視並以黑人演員主演後不久，節目便夭折了。

現今的新技術讓廣播劇起死回生。Podcast 結合了昔日廣播的親和力與參與感，以及網路串流的隨選方便性，事實證明，它是非虛構敘事的一種出色現代技術媒體。Podcast 與其他像個人主題長文等當代形式的相似性，讓我對 Podcast 這樣的形式相當放心，可以向 Podcast 新手諮詢，而且它是如此新穎，所以不像紀錄片有豐富的文獻，可以說明如何將故事理論運用到這種形式中。

這也不是說 Podcast 只是換湯不換藥，沒有新穎之處。首先，它可長可短，極其靈活。不同於傳統的廣播節目，Podcast 可以只有五分鐘，也可以成為總長五十小時的系列節目。Podcast 很適合進行第一人稱描述，透過旁白的真人聲音表達，這種媒體會自然產生親近感，反過來又增強了旁白為節目帶來的個人風格。

這種親近感似乎是 Podcast 的魅力關鍵。這是一種利用廣播核心特徵之一的感受。不只一份 Podcast 分析研究提到美國第三十二任總統羅斯福的「爐邊談話」，是表現良好的音頻能創造溫馨與包容的絕佳例子。

「當主持人就在聽眾耳邊說話，」休布恩．麥休（Siobhan McHugh）寫道，「那種親近感會更加強烈。但 Podcast 能將那些特質發揮得淋漓盡致，原因有二：人們通常是私下聽廣播，往往戴著耳機；而且它是聽者主動選擇的媒體。這為建立親近感創造了完美的條件。」

我通常在開車載著我那坐在副駕駛座的黑色拉布拉多，疾駛在高速公路上時聽 Podcast 節目。那也是一個私密空間，而一則優秀的 Podcast 敘事，能讓好幾公里的路飛逝而過。

基於上述所有理由，Podcast 在近十年來爆紅。一項針對 ApplePodcast 節目的調查顯示，多達五十萬名用戶會自行選擇要聽什麼節目，從傳統的廣播節目（像是《媒體前線》〔*On the Media*〕或《車話》〔*Car Talk*〕），串流到對寵物鳥或祕魯美食等主題的偏門討論等，包羅萬象。就像專業雜誌，想出一個主題，你可能就會找到一個專門的 Podcast 節目。

其中大多是按照主題安排節目內容的形式。然而，有些是真正的敘事，由場景建構而成，至少有時候是在接近抽象階梯的底端運作，再跟著不一定會追蹤敘事弧的段落前進。如我在前文指出，《美國人的生活》是以創新的非虛構形式忠實追隨故事理論的原則，它是公共廣播的週播節目，於一九九五年首次播送，並迅速確立艾拉．格拉斯在美國說書領域不可撼動的地位。該節目的前製作人莎拉．柯妮格，大膽嘗試更為廣泛的 Podcast 形式，推出《連環殺手》，一播出即成為經典，贏得廣大聽眾支持，截至二〇一八年底，下載量高達三億四千萬次，創下世界紀錄，並獲得美國廣播界的每個重要獎項。

《連環殺手》第一季於二〇一四年首播，分成十二集，採用非正式的第一人稱視角，帶領聽眾跟著柯妮格探討一九九九年馬里蘭高中生李海敏的謀殺案，她的同學阿德南．賽義德因此被捕，最終被定罪。

莎拉．柯妮格的開場白為接下來的所有內容定調。

> 去年的每一個工作天，我都在試著找出某位高中孩子在一九九九年某天放學後的那一個小時去了哪裡。或是說得精確一點（顯然我也這麼做了），一九九九年某天放學後的

二十一分鐘，那個高中孩子人在哪裡。這樣追查有時令我感覺有失顏面，我不得不探問一群青少年的性生活——在哪裡？頻率如何？對象是誰？得打聽他們在課堂上傳的紙條內容、他們的吸毒習慣、他們和父母相處得如何，但我既非警探也非私家偵探。我連刑事記者都算不上。但是，沒錯，這一年的每一天，我都在試著為一名十七歲男孩尋找不在場證明。

《美國人的生活》開創音樂為指標形式之先河，音樂在背景中播放，像在電影那樣幫助營造情緒。柯妮格對自己採訪經歷的個人反應，則是推到臺前與中央，協助吸引聽眾加入她的探查。使用非正式、日常對話的表達方式（說調查的那個高中生是個「孩子」，不是用學生這個說法）。柯妮格強調她沒有調查這件案子的資格，從而將自己放在聽眾的業餘水平。柯妮格的方法（到二〇二〇年為止已經又製作了兩季，第四季正在製作中）在在是有計畫地要讓這個 Podcast 節目成為聽眾能參與的共享經驗。

當然，休布恩．麥休所謂的所有「人為的非正式形式」，以及自我貶低的謙遜，大多是一場騙局。出色的非虛構敘事作家辛西亞．戈尼，我多次引用她的作品，她決定要嘗試做 Podcast 節目，卻發現所需的技術專業本身就是很大的障礙，讓她無法隨意使用這種新媒體：

> 報導 Podcast 故事與我所習慣的報導有很大的不同：要有設備。沒有這些東西就做不了

採訪，設備有按鈕與滑標，把各條電線接對各個插頭，然後才能開始作業。它們有必須時時檢查的儀表，同時要確保鐘不會在準點時噹噹作響，垃圾車不會在受訪者講到精彩處時發動引擎。還有閃爍的紅燈！噢，天啊，閃爍的紅燈。我至今仍會夢到。

辛西亞・戈尼的 Podcast 處女作是獻給《百分之九十九看不見》（*99% Invisible*）節目，由羅曼・馬斯（Roman Mars）製作，部分資金來自 Kickstarter 募資平臺的活動，每季能籌募數十萬美元。二〇一四年，馬斯成立「電臺烏托邦事業群」（Radiotopia），由二十幾個獨立 Podcast 節目組織而成，像是《真相》（*The Truth*）、《陌生人》（*Strangers*）、《萬物論》（*Theory of Everything*）等。該組織的節目每個月被下載超過一千九百萬次。

上述數字有助於說明，為什麼過去報紙是優質非虛構敘事的大本營，如今卻大舉轉移到 Podcast。妮可・漢娜—瓊斯（Nikole Hannah-Jones）主持《紐約時報》的系列 Podcast 節目「一六一九計畫」，與該報在美國奴隸制度四百週年製作的一系列平面報導同時推出。《洛杉磯時報》的《髒鬼約翰》（Dirty John）也大獲成功，這部 Podcast 劇集採用故事敘事的形式，追蹤一位天真的室內設計師和一個試圖勾引她的渣男之間不幸的戀情，並引發一連串最終致命的懸疑事件。擔任該劇解說員的《洛杉磯時報》記者克里斯多福・高弗（Christopher Goffard），很快又製作了 Podcast 節目《崔普警探》（*Detective Trapp*），這是一部似乎十分適合這種形式的真實犯罪劇集。

不是只有美國報社在嘗試製作播送真實犯罪類型的 Podcast 節目。《世紀報》（*The Age*）與《雪梨晨鋒報》（*Sydney Morning Herald*）也製作了《峰秀號的最後之旅》（*The Last Voyage of the Pong Su*），此劇共十集，講述北韓船員試圖用一艘北韓船隻，走私一百五十公斤的海洛英到澳洲。

一旦大型可敬的報社投入 Podcast 節目製作，大型可敬的獎項計畫跟著加入這個領域也就不令人意外。皮博迪獎（The Peabody Awards）在二〇一五年頒給《連環殺手》，二〇一八頒獎給《S 鎮》（*S-Town*），這部同樣大受歡迎的劇集是《美國人的生活》的衍生作品。二〇一九年，普立茲獎主辦單位宣布一個新獎項，「獎勵音頻新聞報導的傑出範例，它們為公眾服務，特色是具有啟示性的報導與啟發性的說故事手法」。新獎項將新聞報導、偵查故事、聲音紀錄片等各種音頻報導混合在一起，無所不包。但可以肯定的是，非虛構敘事確實在獲獎者中占有顯著地位，就像特稿寫作也是其他大範疇的重心。

我們還需要什麼證據來證明，Podcast 已經來到非虛構故事的世界裡？

14 道德——Ethics

事情要麼發生，要麼沒有發生。

——泰德．柯諾瓦

我的基本原則非常簡單：誠實為上，實事求是，公開透明。縱使稍稍偏離事實就能使故事富有戲劇性、脈絡清晰且獨具風格，但千萬不要弄虛作假。

說起來容易，做起來卻是難上加難。敘事的道德黑白分明，也有最微妙的灰色地帶。我參與過的所有大型敘事計畫都會引發道德問題，有些極為棘手。

比方說，你決定追蹤報導兩家大型電力公司的合併案，其中一間公司就在你生活的城鎮，兩方都同意接受採訪，但是直到交易完成之前都不得透露消息。你已經面臨第一個道德問題：即使你目睹可能損及讀者利益的事，你還是會繼續保持沉默嗎？

如果你接受這個要求，前路會變得更昏暗難辨。兩家公司的執行長在一個遙遠的城市祕密商談，會議室裡空蕩蕩的，只有你和這兩位老闆。當你撰寫報導內容時，會透露自己也在場，還是選擇提升戲劇性，只描寫兩位執行長面對面討價還價的過程？

接著，你決定要在行動線中加入一些活動和戲劇性的活力，因為到目前為止描寫的大多局限於電話交談與會議洽談。你建議其中一名重要的執行長參觀水力發電水壩的渦輪機房，她一邊經過轟鳴的發電機一邊談論生意。這是一個完美的場景——場面宏大、嘈雜、活躍，象徵著該公司的業務，甚至讓老闆與一些真正製造電力的員工有所接觸。但是透過提出參觀的建議來改變現實，真的妥當嗎？

隨著計畫進行，你發現自己與其中一位執行長的關係愈來愈好。她為人熱誠、討人喜歡，也喜歡你。忙完一天的工作之後，你們一起喝酒，她開始像朋友一樣跟你聊天，而不是受訪者。她向你透露一些重要的背景資訊。你能直接採用嗎？還是你會提醒她你或許會採用，給她機會表示這不能公開發表？你在完稿中會如何描寫她？如果你報導的內容帶給她或她的公司不好的影響，是否代表你背叛了你們的友誼？

如此這般。如果你回頭請受訪者解釋先前的一段對話，你會把釐清的評論融合進第一次的對話當中嗎？如果你問另一個人，她在做出一個重大決策時心裡在想什麼，你會不會把這個無法證實的內心獨白放進敘事中？如果關於這次會議，兩位執行長就有兩種不同說法（他們確實會如此），你會選擇採用誰的版本？如果交易失敗，受訪者要求你停止整個敘事報導，你會怎麼做？

這還只是一篇關於商業交易的敘事。想想其他故事中的道德隱患，如醫師輔助自殺，或是不當領養，或是著名公眾人物與員工有私情。

❖ 挑戰

撰寫非虛構敘事就像看老式黑白電視裡一隻在遠處的蝴蝶。現實或許就在那裡，但用不完美的記錄手法來描寫，會模糊了輪廓、沖淡了色彩，並忽略發生在狹窄視野之外的一切。華特．哈林頓說，當我們寫作時，「我們會明白我們所進入的複雜世界幾乎不可能用文字來重新創造。」

每一次試圖描述現實，都會在某方面改變現實，而每一次改變都代表一個道德抉擇。請思考上一段引述華特．哈林頓的話。碰巧的是，我親耳聽過這句引文，華特當時在聖路易舉行的二〇〇四年全國作家工作坊研討會上發表主題演講。當華特演講時，我把他說的話一字不漏地記在我的記事本上。我是受過訓練的記者，掌握了很好的速記方法，我專注聆聽，我敢保證這句引用絕對正確。

但要是我錯過那場研討會，只能透過採訪與會者來重現這句引言呢？會場裡有幾百個人，透過登記表我幾乎能聯絡到所有人。但假設我採訪他們，就會發現有些人根本不記得那句話，其他人也記得不夠清楚，無法一字不差地重述，會寫下來的人少之又少，在這些人之中，能夠完全正確記錄的人更是寥寥無幾。有些人甚至可能寫成，「我們會明白用文字重現複雜的世界是可能的。」

任何重建的敘事，即使是可靠的目擊者的描述，都只是趨近於真實情況，一些後現代主義類型的人據此解釋為外部現實並不存在。但基於純粹的實務理由，我無法認同這個論點。非虛構敘事最重要的目的就是幫助我們應對充滿挑戰的世界。我們將世界描寫得愈接近精確，我們的故事就愈有幫助。不，我們永遠無法做到絕對正確，在很多事情上也永遠無法達成絕對的共識，但是唯一合乎道德的做法，就是盡可能接近事實。

我們可以將那台搖搖欲墜的老式黑白攝影鏡頭朝蝴蝶挪近一點；可以加入描述色彩的旁白；可以模仿肯．伯恩斯的風格，邀請專家講解蝴蝶的相關生物學知識與重要性；可以把鏡頭對準不同方向，展現蝴蝶的生長背景與過程；可以研究蝴蝶的歷史並預測牠的未來。換句話說，我們可以進行完整誠實的報導與寫作。也就是說，我們可以奉行華特．哈林頓的指導標準：

當我寫到泉水是攝氏五十一度時，已經用溫度計量過；當我寫到參訪白宮並喝歌瑞瑪酒莊的特藏夏多內白酒、吃煙燻鮭魚慕斯時，已經在布希總統圖書館查看過白宮的舊紀錄；當我寫到肯塔基鄉間的山脈高七百、八百和九百英尺時，已經核對過土壤保育地圖上標示的高度；當我寫到我記得小時候某天晚上和父親一邊開車一邊唱著〈紅河谷〉，途經阿士蘭路的下坡，正好經過維吉爾．葛雷（Virgil Gray）的家，仰賴的是我對那晚和那首歌的回憶，但我向父親查證過，住在那間房子裡的確實是維吉爾．葛雷。後來我開了兩個小時的車來到阿士蘭路，確定經過維吉爾家時，真的有一段下坡路。

❖ 背棄信念

一九八〇年，珍妮．庫克（Janet Cooke）承認她在〈吉米的世界〉捏造了一個海洛英成癮的孩子，這篇刊登在《華盛頓郵報》的文章為她贏得普立茲獎。庫克引咎辭去報社職務，倍感羞恥的編輯們將獎項退還給主辦單位。自此形勢每況愈下。一九九八年，史蒂芬．葛拉斯（Stephen Glass）被揭發假造提供消息的受訪者，他為《新共和》雜誌撰寫的二十七篇故事，至少有一部分是編造的。同年，《波士頓環球報》都會版專欄作家派翠西亞．史密斯（Patricia Smith）承認捏造人物與引述後從報社辭職。同為《波士頓環球報》的專欄作家邁可．巴尼寇（Mike Barnicle）而後也因為被控抄襲一些專欄作品並捏造內容而辭職。二〇〇一年，麥可．芬克爾（Michael Finkel）為《紐約時報雜誌》撰稿，東拼西湊數個角色憑空捏造了一個人物。二〇〇三年，《紐約時報》透露傑森．布萊爾（Jayson Blair）在一篇特稿中剽竊了一些文章片段並捏造內容。二〇〇四年，《今日美國》的編輯斷定明星駐外記者傑克．凱利（Jack Kelley）「在至少八篇重大故事中杜撰大量內容，從競爭對手的出版品中剽竊近二十四段引文或其他素材，在代表報社公開發言時說謊，並企圖誤導調查其作品的人員。」[1]

二〇一一年，大眾得知魯柏．梅鐸（Rupert Murdoch）經營的英國低級小報《世界新聞報》（*News of the World*），旗下記者經常竊聽流行文化名人、皇室成員、一名被殺害的女學生、過世軍人家屬等私下手機通話內容，這則醜聞讓小報收攤，梅鐸公司裡幾位重要高層主管也因此下臺。二〇一四年，《滾石》（*Rolling Stone*）雜誌發表一篇〈校園強暴〉的文章，這篇來源不明的報導激起強烈抗議，最終雜誌撤下該篇報導，發表道歉聲明，並解決一起重大誹謗訴訟。二〇一八年，《紐約時報》編輯得知一名年輕記者與任職政府的線人有曖昧關係，訓斥她一番後將她調離原本負責的採訪區域。[2]

上述有些醜聞發生在世上最有聲望的新聞媒體中，因此極具破壞性。即使是《紐約時報》，例行的校正也無法確保百分之百正確。但是被標示為非虛構的作品，至少應該代表對描寫現實的一種嘗試。誠如華特．哈林頓在聖路易的演講中也提到：「真相可能眾說紛紜，但並非完全沒有。」

真相當然不是一個「合成角色」，合成角色是珍妮．庫克與麥可．芬克爾這種非虛構作品無賴的權宜之計。兩人都辯稱他們結合在實際報導中所遇見的真實新聞來源，創造出合成角色，只是為了反映真實世界的真相。撰寫《人生變遷》（*Passages*）等流行心理學暢銷書的作家蓋爾．希伊（Gail Sheehy），她曾編造名為「紅褲子」的妓女，將其描寫成真實的應召女郎，她為自己辯解說在文中她有表明這名女子是合成角色，但這句說明在編輯時被刪掉了。不管他們如何辯解，我還是贊同約翰．麥克菲的觀點，他說：「在我的世界裡，合成角色就是一種虛構。」[3]

❖ 回憶錄的道德倫理

一九九六年《安琪拉的灰燼》（*Angela's Ashes*）這本書出版後，法蘭克．麥考特（Frank McCourt）描寫自己在貧困的愛爾蘭家庭中成長的故事迅速飆升至暢銷書的地位，佳評如潮，並獲得普立茲獎。當書籍銷量衝上五百萬本時，只有少數人質疑麥考特為什麼能記得孩童時期的精確對話內容。麥考特書中的大部分情節都發生在愛爾蘭城市利默里克（Limerick），當地憤憤不平的居民站了出來，指出麥考特對該市的描述有幾十處錯誤。麥考特早已名利雙收，搬進占地二十四英畝的莊園。

沒有人聲稱麥考特的回憶錄全是捏造的，但許多對話明顯是編造的，他顯然也沒有用華特．哈林頓的標準來確認歷史真確性。不過，麥考特還是贏得了普立茲非虛構獎。這本書有資格獲獎嗎？

我的許多新聞界同行會反對麥考特獲獎，許多教導並實際創作非虛構作品的作家，卻無法理解他們反對的原因。這個道德分野在回憶錄寫作中表現得最為明顯。

新聞文本對準確性制定了明確的規定：引述精確，名字要正確，再小的細節都要準確無誤。

創意性非虛構教科書對準確性的標準大不相同，有時在同一篇文章裡也是如此。在《寫出真相：創意非虛構寫作的藝術與技巧》（*Writing True: The Art and Craft of Creative Nonfiction*）一書中，桑德拉．珀爾（Sondra Perl）與米米．舒瓦茲（Mimi Schwartz）一開始便做出了區分，那是我、喬恩．富蘭克林或華特．哈林頓都會讚揚的。兩位作者說，創意性非虛構作品在於：

忠於真實性，如實描寫現實世界——並運用回憶與想像力向讀者展現這個世界的全部色彩。如果你改變或發明事實來為故事增色，你寫的是小說；如果你用既有事實來寫自己的經驗，你寫的就是創意性非虛構作品。

珀爾與舒瓦茲用愛麗絲．華克（Alice Walker）寫的一段話做為回憶錄的開場白，直接引用據說發生在她十二歲時的對話。她們對於準確性的標準因此變得更有彈性：

創意性非虛構作家意在富有創意與忠於真實，創作時如履薄冰，其他類型作家卻非如此。記者與學者忠於事實，盡量避免模糊不清的記憶與想像；小說作家忠於故事，毫無顧忌地創造有趣的世界。但是創意性非虛構作家，立意寫出真實的好故事，卻必須拿捏好道德與藝術清晰的界線。報導太多，會進入學術或新聞領域；想像過多，則會進入虛構作品的領域。

令我煩惱的是，珀爾與舒瓦茲接下來又開闢出一個中間立場。她們寫道：「如果我們只堅持使用確實、可驗證的事實，我們的過去就會像著色本中的線條徒具輪廓。我們必須替它們上色。」而「替它們上色」包括用「想像力補充我們依稀記得的細節」。

有鑑於人類記憶的變幻無常，我認為這種妥協意味著允許編造故事，並稱其為事實。但我想珀爾與舒瓦茲不會認同我的看法，也許她們認為「上色」是一種獲得「情感真相」的方式。

「情感真相」的觀點經常出現在創意性非虛構作品準確性的討論中。此一觀點主張，或許你無法確保每個細節都正確，但你能從基本正確的事實中捕捉到更廣大的意義。在非虛構文學界中這個論點很常見，卻不是通則。珀爾與舒瓦茲說：「在創意性非虛構的作家研討會中，情感真相與事實真相這兩個詞總會掀起激烈論戰。」

在二〇〇三年詹姆斯·弗雷（James Frey）出版《百萬碎片》（*A Million Little Pieces*）一書後，這個爭議達到巔峰。這是一本充斥著陳腔濫調的回憶錄，據說寫的是弗雷本人與酗酒及毒癮的搏鬥。二〇〇六年，此書在歐普拉·溫芙蕾（Oprah Winfrey）的背書下賣出三百萬本。隨後，真相調查網站「鐵證」（The Smoking Gun）揭露這本書是個騙局。

起初，弗雷的出版商雙日出版社（Doubleday）提出「情感真相」的觀點，在發布的新聞稿中寫道：「關於最近的指控……儘管如此，整體閱讀經驗的力量是如此強大，以至於本書對數百萬名讀者來說，仍是發人深省、療癒人心的故事。」弗雷本人也用相同的論點逃避指責，他告訴賴瑞・金（Larry King），他「堅持認為這本書寫的是我人生的基本真相」。歐普拉也辯稱無論事實細節如何，這本書仍具有價值。

但是在《百萬碎片》中，無論是情感或其他方面，幾乎沒有真相。弗雷最終承認他本來是寫小說，但被十七間出版社拒絕，最後雙日出版社的編輯南・塔雷斯（Nan Talese）告訴他，如果他改寫成回憶錄，她就會出版。弗雷與塔雷斯已經觸碰到道德底線，彷彿小說與回憶錄的唯一差別，只是回憶錄銷量更好。

「鐵證」網站揭露的真相引起全國譁然。歐普拉感受到壓力，收回前言，並邀請弗雷再次上節目，激烈抨擊他「背叛了數百萬名讀者」。雙日出版社的母公司藍燈書屋也為感覺受騙的讀者提供全額退款服務。

但同樣可疑的回憶錄，仍源源不絕地從道德底線的爛泥中湧現。瑪格麗特・塞爾澤（Margaret Seltzer）的回憶錄《愛與後果：希望與倖存的回憶錄》（*Love and Consequences: A Memoir of Hope and Survival*）獲得《紐約時報》與《洛杉磯時報》的熱烈推薦。這本書的作者署名為瑪格麗特・B・瓊斯（Margaret B. Jones），但事實證明這不過是騙局的開始。《奧勒岡人報》書評編輯傑夫・貝克（Jeff Baker）指出，瓊斯／塞爾澤女士是白人，不是她聲稱的美國原住民；她成長在加州謝爾曼奧克斯（Sherman Oaks）富裕的郊區，不是洛杉磯中南區的寄養家庭；雖然她曾在奧勒岡大學主修種族研究，但是並沒有從這所大學畢業。而且正如貝克指出，她根本不是「血幫的幫派分子，從來沒有販毒、製作過快克古柯鹼」。

大衛・塞德里（David Sedaris）則對回憶錄採取較為維護的立場，欣然承認他寫的內容大部分是虛構的。正如《紐約時報》莎拉・萊爾（Sarah Lyall）的報導：

塞德里先生一向說他為了達到效果而誇大其詞，尤其是在對話中；他新書的「作者按」描述這些故事為「真實滋味」。他也堅稱在他所寫的那類文章中，現實這個概念既主觀又圓滑，更何況人們對同一件事的回憶各不相同。他說：「你在回憶錄中是無法期待發現真相的。」

好吧，也許不僅僅是回憶錄。美國電影長期以來也模糊了真相與虛構的界線，沒有人會期待好萊塢如實呈現真相，就連奧利佛・史東（Oliver Stone）的《誰殺了甘迺迪》（*JFK*）、《喬治・布希之叱吒風雲》（*W*）及《一代毒梟艾斯科巴》（*Escobar*）這樣的電影，也把扭曲的歷史當成事實呈現。即使是日益受歡迎、讓觀眾期盼忠實報導的紀錄片，也經常不甚嚴格地面對事實。羅賓森・戴佛（Robinson Devor）的《動物園》（Zoo）據說是一部關於戀獸癖的紀錄片，但他承認自己的電影不是傳統意義上的真實紀錄。他說道：「我一直張調我們只是嘗試了解事件的精髓，而不是用節目《六十分鐘》的作風來揭露該事件。」他也是用情感真相的論點來合理化他的騙局。如果《動物園》所描寫的人物看到這部電影，他承認，「他們或許會說：『事情不是這樣。』我會反問他們：『我是不是忠實呈現你說的話和你的精神？』」4

據菲利浦·傑拉德所言，這種後現代主義的現實觀甚至影響到廣播新聞節目。他寫過一篇文章，描述他在一間搬家公司工作時的經歷，該公司曾毀損一名女子的物品。那名女子哭完以後說「為物品哭泣是不對的」，並給他一本威廉·史岱隆（William Styron）的《蘇菲的抉擇》（*Sophie's Choice*）。在故事中，傑拉德把這篇文章交給《萬事皆曉》（*All Things Considered*）的製作人時，她很喜歡，但認為把《蘇菲的抉擇》中大屠殺的內容放進一篇失去物品的故事來說太沉重。她問道，能不能換一本書？

> 換一本書！為什麼我覺得這麼做很令人反感？是否因為《萬事皆曉》是全國頂尖的新聞節目之一，所以應該保證對事實合理的忠誠？或許吧。但當我冷靜下來思考，我回到那個核心信念，即凡是非虛構的作品都應該務求恪守事實。

同樣令人憤慨的是約翰·伯蘭特（John Berendt）的《熱天午夜的慾望花園》（*Midnight in the Garden of Good and Evil*）長踞《紐約時報》非虛構暢銷排行榜兩百一十六週，即使被問到書中的一些事實時，伯蘭特承認，「這並不是實事求是的報導，因為很明顯是我捏造的。」[5]

就像《熱天午夜的慾望花園》表現出來的，書上「非虛構」的標籤無法保證絕對的準確性。華特·哈林頓說，一位著名的圖書編輯告訴他，他對精確度的挑剔程度「太過新聞化」，而他「現在不僅僅是記者，還是個作者」。另一個編輯也告訴他，如果能讓敘事更順暢，角色發生事件的年齡從四十歲改成二十歲也沒問題。

這讓華特感到震驚，我也是，畢竟我們同為新聞業出身。就像〈廣島〉的作者約翰·赫塞（John

Hersey）曾說過，「記者證上的說明應該寫：『絕無虛言。』」

❖ 揣測

一旦開始進行報導，你會發現自己一天做了多少假設——有些正確，有些錯誤。新手記者幾乎總是從一連串令人尷尬的錯誤中學到慘痛教訓。我擔任《西北雜誌》的編輯時，曾安排一位年輕的自由作家撰寫樂透得主的故事。他採訪一位得到一大筆獎金的女子，問她聽到消息後做的第一件事是什麼。她告訴他，她帶全家人去吃漢堡王。他在文章中稍微加油添醋，寫她帶家人到漢堡王吃華堡，這家連鎖速食店的招牌漢堡。

天知道！那名女子是素食者，她會選擇去吃漢堡王是因為那裡的沙拉。她火冒三丈地打電話向我抱怨那個作者破壞她的名譽。最後她終於氣消了，而我感謝這位雜誌社的繆思沒有告我們誹謗。

我想，有些假設是合理的，一位誠實的作者可以為了說好故事而做出這些假設。理查・普雷斯頓在《伊波拉浩劫》中便經常採用假設，他對於伊波拉病毒爆發的描寫極為吸引人。但是當普雷斯頓以合理假設為基礎重建場景時，他在書中透過穿插使用「可能」、「或許」和「也許」等提示詞，讓讀者明白他做的是大膽假設。

下午也許下過雨，這是埃爾貢山的常態，所以莫內和朋友可能待在帳篷裡，或許在雷雨敲打帆布的時候做愛。天色漸暗，雨勢漸弱。他們生火煮飯。時值新年前夜，他們或許在慶祝，喝香檳。

普雷斯頓在撰寫報導時，莫內已經死於伊波拉病毒，這個不幸的事實嚴重限制了訪談的可能。所以如果普雷斯頓希望寫出完整的敘事，包含生動的場景描述，一些揣測就不可避免。他走了莫內曾走過的路線，用像是喝香檳等片段來填補空白。可以接受。我在讀《伊波拉浩劫》時，我很清楚普雷斯頓的用意。

艾瑞克．拉森也面臨類似的挑戰。《白城魔鬼》所描寫的原始事件目擊者全都已經過世，雖然芝加哥世博會已經過去一個世紀多，這次的凶手不是伊波拉病毒，而是時間。

如同較傳統的歷史學家，拉森用腳註記錄資料來源，這種手法避免了諸如「他可能認為」或「他在回憶錄中憶及」等歸因所造成的混亂。腳註確實偶爾會出現在流行敘事中，在九〇年代道德醜聞爆發後，甚至連報紙也嘗試使用腳註。《華爾街日報》在對二〇〇一年九月十一日的恐怖攻擊事件重構時也加上腳註，繁瑣到一些評論家嘲笑這種做法矯枉過正。

儘管有腳註，但拉森很少在文中註明出處，這點讓我困擾，我經常暫停閱讀自問，他怎麼可能知道書中描寫的那些事？有一段他描述一名女子走進樓上的房間，「天氣很熱。蒼蠅停在窗框上。窗外，另一輛火車轟隆隆駛過十字路口。」我想你可以從當時的資料查證那天的氣溫，甚至可以發現火車行經十字路口的頻繁程度。但我納悶的是，你怎麼知道蒼蠅停在窗框上，又怎麼知道火車剛好在那一刻轟隆隆駛過十字路口？我不認為這些是有人會費功夫記下來的細節，但拉森的腳註，對此隻字未提。

拉森並非輕忽此類問題。他的「作者按」表明了主要資料來源，包括法院審判紀錄、回憶錄與報紙報導（包括信件與電報等原始資料的摘錄）。這種鍥而不捨、詳盡無疑的研究精神令人印象深刻。不過，拉森還是經常不拘於手中的事實。他在書中某一段如此描寫連環殺手的夜間行動：

> 晚上，一樓的商店關門，茱莉亞與珀爾及大樓的其他住戶都睡著後，有時他會到地下室，仔細地鎖好門，再點燃窯火，驚嘆於那非比尋常的熱度。

在腳註中，拉森承認這是以事實為依據的揣測，因為「大家都知道賀姆斯會在半夜踱步，表示他睡得不好。精神病患需要刺激。窯爐有難以抵擋的吸引力，欣賞並點燃窯火，能加強他對權力以及掌控樓上住戶的意識。」嗯。這些可能都是真的，但我覺得延伸這些事實去創造一個實際場景，有點過分。

身為編輯，我可能會建議拉森這麼寫：「從我們對精神病患的了解，可以輕易想像賀姆斯到地下室，仔細鎖上門，再點燃窯火，驚嘆於那非比尋常的熱度。」句子確實比較拗口，但讓我不再那麼不自在。

可以用多少揣測來為單薄的行動線賦予血肉，誠實的敘事作者持不同意見。但我的底線是，讀者應該明確知道，作者是從哪裡得知所宣稱知道的事情。不只是我，競賽評審也經常堅持要求這方面的透明度，普立茲獎主辦單位還曾排除一個傑出的入圍者，因為她無法清楚交代其資料來源。二〇〇三年，美國報紙編輯協會在宣布年度寫作獎獲獎名單時，發表關於資料來源的特別聲明，強調對這方面的顧慮：

近年來我們的評審很關心在故事中、尤其是敘事寫作，缺乏來源標示的問題。幸運的是，我們發現優秀的作者能夠毫無困難地將資訊來源融入作品中；但我們不得不拒絕一些不錯的作品，因為它們沒有適當標示資料來源。

❖ 開誠布公

我可能會對艾瑞克·拉森的一些細節問題頗有微詞，但他收錄在《白城魔鬼》的文章所使用的方法，符合我對透明度的基本要求。讀者能看見他在做什麼，並對於他的準確度、證據與公正性形成自己的見解。我是這類說明的粉絲，我編輯過的大多數敘事作品也傳遞類似的訊息。

以下是我對湯姆・霍曼的普立茲獲獎文章所寫的編按：

為了報導〈面具下的男孩〉，小湯姆．霍曼耗費數百個小時，歷時超過十個月，鑽研醫療紀錄，閱讀賴特納家族的日誌，在賴特納家走動，和山姆一起上學，訪問山姆的朋友，還兩度與賴特納家一起遊遍美國。他幾乎親眼看見每一個重要發展，親耳聽見每一次的關鍵對話。

因此，〈面具下的男孩〉的重建場景相對較少，而這些場景都是與事件參與者詳細訪談的成果，每一個這樣的場景都包含參與者回憶的出處。

霍曼親耳聽見的對話才會被放進引號內。

「作者按」也給予作者機會揭示自己在什麼地方偏離了絕對真相。勞倫・凱斯勒（Lauren Kessler）的《與玫瑰共舞》（*Dancing with Rose*）源於她在阿茲海默症護理中心擔任助理的經驗，她在那裡定期輪班照顧病人。但勞倫不是普通的助理，她同時也主持奧勒岡大學的敘事性非虛構寫作計畫，她的這種報導策略明顯引起隱私疑慮。勞倫在作者按中解釋她的因應之道：

這是一部非虛構作品。雖然楓樹林這個名字不是真的，但這個地方真實存在。書中人物——楓樹林的居民以及他們的家人、機構的照護人員和行政人員等，全是真實人物。我更改了幾個人的名字以確保隱私，但只有一個小地方（某人的家鄉），我刻意改動了關於當地居民實際生活的細節。書中所記錄的事件與遭遇都曾實際發生。那些我並未直接見證的少數事件，我是根據當時在場的人的採訪加以重建。書中記錄的所有對話都是真實發生過。我聽見對話（並參與其中許多對話），當場或稍後就記在我的採訪筆記本上。

❖ 沉浸

就某方面來說，沉浸式報導的記者就像是家庭訪客，獲邀進入私人空間，心照不宣地遵守家規。好的客人彬彬有禮，不妄加斷論。聽從主人的安排，盡可能不擾亂家庭的日常慣例。盡力幫忙，減輕陌生人在場的負擔。

沒有一個記者比李奇．里德更有禮貌、更不妄加斷論、更能提供幫助，這清楚說明他為何是個獲得普立茲獎的成功沉浸式記者。二〇〇四年海嘯發生後，他的名聲無疑有助於他獲邀隨同一個醫療團隊前往斯里蘭卡。在那裡，醫療團隊發現許多村落整個被沖走，漁船隊盡毀，失去孩子的父母悲痛欲絕。有一回，一個承受不住壓力的團隊成員向李奇求助，詢問他能不能幫忙分擔一些分類藥物的簡單任務？不，李奇說，我不行。

拒絕所導致的尷尬，乍看似乎讓心照不宣的主客默契遭受粗魯的破壞，不過，這也充分說明沉浸式報導常常引起的奇怪衝突。醫療團隊的任務是救助斯里蘭卡災民的性命，李奇的工作則是記錄他們的工作，但不親身參與以免改變現實。他在動身前往斯里蘭卡之前就向團隊成員解釋過他的任務。

經驗豐富的記者對於他們需要在多大程度上保持置身事外，爭論不休。波因特學院的倫理學專家鮑伯·斯蒂爾（Bob Steele）曾造訪我的新聞編輯室，並召集一群記者、編輯與攝影師討論這個議題。「有時候，我認為我們會說不能介入來拉開距離，」一位與會的記者說。「但有時候這麼做，會阻礙我們深入事件更深的層次。」她又補充說，這麼做是以其特有的方式扭曲了真相。其他幾名與會者說，在災區他們會毫不猶豫地幫忙分揀藥品。一位編輯說：「我們希望按照自己的方式行事，不願被其他人牽著鼻子走。」他轉向李奇·里德，問道：「如果你需要醫療照護怎麼辦？你會希望他們把你留在路邊等死嗎？」

聽完大家的爭論後，斯蒂爾針對沉浸式報導的道德原則問題加入討論。他說：「每個人有不同的職責，記者的職責是獨特的，而且不可或缺。」他總結了記者的職責包含四個道德指令：

1. 說出真相；2. 保持獨立；3. 力求減少傷害；4. 有責任感。

當你用第一人稱寫作時，同樣的準則也適用嗎？當你成為自己的敘事中的一分子時，發生在你身上的任何事情都是故事合理的一部分。羅賓·科迪在記述《夏陽航程》（*Voyage of a Summer Sun*）一書時，他用第一人稱敘述划著獨木舟從哥倫比亞河順流而下的旅程，他一定會毫不遲疑地去救一個溺水的游泳之人。事實上，這樣一個情節本來就是一個宏大的敘事契機。

鮑伯·斯蒂爾「說出真相」的指令，是否意味著作者必須全盤托出自己的身分和目的？為了撰寫《新來的》這本書，泰德·柯諾瓦化身臥底，應徵獄警一職。在將近一年的時間裡，他每天都到新新監獄工作，其他獄警（更不用說那些犯人）對他為了寫書做筆記的事一無所知。最近柯諾瓦也做了類似的事情，他為了替《哈潑》雜誌寫一篇報導，在一間肉製品加工廠找了一份工作。柯諾瓦為自己的欺瞞行為申辯，指出這是最後手段。他為了撰寫這兩個故事試圖爭取常規的採訪門路，但是都被拒絕。在他心裡，這兩個主題的重要性，證明了他為獲得採訪權而採取的欺瞞行為是合理的。

不過他的欺瞞行為是有限度的，他的指導手冊《沉浸：深入作家指南》（*Immersion: A Writer's Guide to Going Deep*）出版後，他在「尼曼故事版」網站的問與答專區，針對凱提亞·薩夫丘克（Katia Savchuk）的問題列舉出幾項限制：

不要主動說謊。不要編造虛假的背景故事來解釋你為何在那裡，或為何做這份工作。我想十之八九你都能以不回答或表示自己不想談來迴避問題。有些人只因為你穿上獄警的制服或聯邦肉類製品檢驗員的制服，就說你有意欺瞞。就某種程度上來看，他們是對的。但另一方面，我並沒有假裝自己在做這份工作——我確實是在做這份工作。

我認為千萬不要偷偷溜進有治療性質的場所，例如十二步驟戒酒團體。在進行這類沉浸活動時，也千萬不要與他人建立親密關係。不應該做那些在正常情況下你認為不道德的事，因為不可能因為是臥底，你的行為就能獲得道德上的通融。

其他敘事作家的決定則不同。瑪麗・羅區曾想過喬裝成外科醫師，這樣她就可以混進看診一次要價五百美元的整形外科診所，院內還提供用來研究的屍體頭顱。後來她決定還是以記者的身分公開進行採訪，我認為這是健全的道德選擇。新聞編輯室大多禁止匿名報導，除非那個事件人人都能自由參與。而且老實說，我們大多數人都沒有處理屍體頭顱的資格。

❖ 背叛

一九七九年，被指控謀殺懷孕的妻子和兩個女兒的軍醫傑佛瑞・麥唐諾（Jeffrey MacDonald），請敘事記者喬・麥金尼斯（Joe McGinniss）寫他的案子。麥金尼斯寫過一本大受歡迎的書《推銷一九六八年的總統》（*The Selling of the President 1968*）。顯然，麥唐諾與他的律師希望此描寫對他有利。但是在麥金尼斯沉浸到這個故事之中後，他斷定麥唐諾其實是有罪的，他是一個病態的自戀狂，因為扭曲的心理因素殺死家人。麥金尼斯在關於這起案子的書《致命的幻影》（*Fatal Vision*）中譴責麥唐諾，用詞遣字甚至比法庭更嚴厲。法院於一九七九年將這名軍醫判刑。麥唐諾最終控告麥金尼斯詐欺。這件案子以懸而未決告終，麥金尼斯以三十二萬五千美元的代價達成庭外和解。

故事還未結束。一九八九年，珍納・馬爾肯（Janet Malcolm）在《紐約客》雜誌用以下這句煽動性的話做為兩部分系列文章的開頭：「每一個不是太蠢或是太自以為是的記者都知道，他所做的事情在道德上站不住腳。」她主要是在影射誰？喬・麥金尼斯。

馬爾肯的論點後來以《新聞記者與謀殺犯》（*The Journalist and the Murderer*）一書的形式出版：敘事記者與訊息來源者所形成的關係是一種誘惑，往往會導致背叛。

主流新聞界爆發出一片哀號抗議。「我們不是這樣！」受傷的新聞記者喊道。「我們是好人。」

嗯，也許吧。但事實是，固有的矛盾會影響記者與消息來源者之間的關係，而敘事性非虛構寫作往往會放大這樣的矛盾。我當時認為馬爾肯說出了重點，現在亦如此想。

問題是，作者與消息來源者對於敘事計畫往往有著互相衝突的期待。消息來源者將日常社會規範帶進與記者之間的關係，以同情與忠誠為前提。但對記者來說，消息來源者是達成目的的手段。「人們忘記你在那裡是為了工作，」泰德・柯諾瓦說。「他們以為你是朋友。」

那麼，你能做些什麼來緩和這種衝突並消弭背叛的感覺？鮑伯・斯蒂爾說，在投入報導前要先解釋基本規則。描述你的角色是一名記者，以及你的身分和消息來源者的期望可能會有何不同。他說：「我始終相信，要在報導開始的時候就做好道德決策。」

李奇・里德就日本商人職涯的報導計畫與高橋啟一聯繫時，李奇簡扼地寫下高橋也許不想合作的所有理由。高橋在回信中提出相反的論點，全權委任李奇處理。兩人都明白說出期望，最後愉快地完成計畫。高橋再來美國時，我跟他們兩位一起享用了一頓豐盛的晚餐。

另一位跟我合作過多個敘事計畫的記者伊娜拉・維澤姆涅克斯（Inara Verzemnieks），她也採用相同的手法。她堅持趁早「打開天窗說亮話」。她說：「有幾次我差點想說服對方放棄參與報導。」

在一個長期計畫進行時，這種直接對話才禁得起回頭驗證。敏銳的作者會請消息來源者參與寫作過程。「我是這麼想的……」、「我知道你認為是X，但我會把她說的理解成Y。」、「最終，我才是說故事的人，所以我們只能在那個有分歧的問題上達成共識。」

但是，透明度是否就表示要將未發表的原稿給消息來源者看？負責任的作者不會同意這麼做，一部分是因為「出版前審查」長期以來是新聞編輯室的禁忌。讓消息來源者看未發表的文章本身就是違反道德的行為，是向消息來源者交出掌控權，並有損記者的獨立性。瑪麗・羅區仍然堅守這項原則，她會將引文念給受訪者聽，以確保沒有寫錯，如果有必要，她也會向消息來源者再三查證事實，但她不會讓消息來源者閱讀整篇原稿。她解釋道：「如果他們有機會能夠修改什麼，他們就會這麼做。」

關於這點我不置可否。我經常讓消息來源者閱讀我的整篇或部分原稿，但是在這麼做之前我總是會加上但書：我完全願意改正錯誤，但我解釋的部分不能更動。如果採訪過程完全透明，原稿不應該有任何太大的意外。消息來源者審讀也能確保你寫的一切千真萬確。我請大衛・

史泰伯勒喝咖啡，好讓他能幫我確認我在第十一章提過的文章〈與時間競賽，拯救拉赫曼尼諾夫〉，即拉赫曼尼諾夫《第三鋼琴協奏曲》的故事。我很高興自己這麼做，因為我拼錯了拉赫曼尼諾夫的名字。

❖想像模式

與說故事倫理相關的腦部研究，其中最早的一項發現也最令人不寒而慄。一九四四年，弗里茨．海德（Fritz Heider）與瑪麗安．西梅爾（Marianne Simmel）向受試者展示一段各種形狀在螢幕上移動的影片。正如伊莉莎白．赫爾姆斯．馬古利斯（Elizabeth Hellmuth Margulis）的報告，受試者「傾向將形狀看成會互動、具有能動力的活物，不受指示行動。為了理解這些明顯抽象的幾何形狀及其活動，人們推論出一種敘事方式。」

麗莎．克隆的結論也相去不遠：「人類的大腦不喜歡看似隨機的事物，它會大費周章地硬加上秩序，無論這秩序是否真的存在。」

這種現象穩固到甚至有個名稱，克隆稱之為「幻想性錯覺」（pareidolia），即人類傾向看見根本不存在的形狀。「就像月亮上有人臉，或是馬鈴薯有聖母的模樣，或是雲的形狀像隻恐龍」。

其他評論家則看出人類對於陰謀論的弱點，無論多麼離奇，都是同一個大腦迴路的產物。近年來，這種理論在政府的最高層占據主導地位，這是模式識別（pattern recognition）失控的悲哀案例。

這類失控的情況也出現在非虛構敘事中，我在朋友與熟人的作品中看到過這樣的例子。人們傾向從混亂如麻、令人眼花撩亂的現實中找尋故事，而沒有什麼比這種需要更能刺激人們尋找模式。不幸的結果可能是使得敘事的根基不穩固，邏輯顛倒。「這場謀殺如果是因為隨機犯案而發生，那太沒道理了，所以它必須是某種陰謀的結果，是那些一定有什麼祕密要隱藏的人之間的深度腐敗。」

是啊……也許是吧。但在缺乏實質證據的情況下，也有可能不是。也許李・哈維・奧斯華（Lee Harvey Oswald，譯註：甘迺迪遇刺案的主嫌）是獨自犯案，儘管不太可能。也許你希望透過戲劇性Podcast節目證明無罪的犯人，真的犯下了謀殺罪。也許形狀只是隨機地在螢幕上遊走，但你的大腦卻告訴你其中有玄機。

負責任的非虛構說書人永遠會暫停下來，退一步捫心自問：「目前的線索是否真的能引導我們依據可證明的事實，對發生的事做出結論？」最重要的是，要保持心胸開放，永遠不要提出一個你無法證明但合理懷疑的主張。否則你的信譽會變得岌岌可危，制度與人類的聲譽亦是。

❖ 故事結構與風格

新聞編輯室有句老話，說有些故事「好得不用再查證」。這當然只是在開玩笑，通常的情況都是記者一邊嘆氣，一邊拿起電話查證一個好故事真假時說的。不過就像所有玩笑話，其中也有真實成分。一個好的故事是一種誘惑。當我們開始追求一個好的故事，我們會冒著忽視有可能與之矛盾的證據的風險，一方面是因為我們求好心切，另一方面是因為我們根本沒有料到在故事模板之外，還有其他的可能性。勞倫．科斯勒承認，「追求故事時，就連品德高尚的非虛構作家也會受到黑暗面的誘惑。」[6]

完整的故事需要有主角，因此，黑暗面會賦予角色超過原有更強的責任感去解決糾葛。完整的故事需要有高潮，因此，黑暗面會賦予小事件超過原有更多的意義。完整的故事還需要收尾，因此，這場誘惑要把殘局收拾乾淨，甚至比現實生活中的情況更加俐落。

詹姆斯．弗雷深受這些誘惑所害。當一開始的小說逐漸演變成回憶錄，弗雷就是無法輕易放棄小說家所能掌握的故事元素，還無須關心實際發生的事。弗雷解釋，「我希望書中故事有跌宕起伏，有戲劇性的弧線，有所有偉大故事所需要的張力。」[7]

我當然也感受過同樣的誘惑。當山姆．賴特納的手術無法給他一張正常的臉時，我和湯姆．霍曼明顯都感到失望透頂，而我必須羞愧地承認，不僅是因為結果讓山姆本人大失所望，手術失敗也意味著我們的敘事弧不成立：我們本來預想的糾葛是，山姆想和別人看起來一樣的壓力，以及山姆到高中註冊的刺激誘因，都會增加那股渴望與別人一致的壓力。湯姆親眼見證山姆本人發揮主角本色，決定接受風險很高的手術。接著故事沿著一條美麗的曲線來到劇情鋪陳階段，自然而然走向手術的成功。

避重就輕或忽略手術失敗這件事都不是明智之舉。我和湯姆都出身自新聞編輯文化，不可能像詹姆斯．弗雷一樣造假。再說，班．布林克（Ben Brink）為山姆所拍攝的術後照片也說明了一切。正如《勝利之光》（*Friday Night Lights*）一書的作者H．G．貝辛格（H. G. Bissinger）所說，「你愈是想要事事如意，你所擁有的事實真的會讓你吃盡苦頭。」

唯一合乎道德的解決辦法，要麼是放棄這一年來寫這篇故事所花費的心血，要麼找出新的敘事弧。湯姆持續進行採訪。當他看見一位學校行政人員讓山姆越過人龍到前頭註冊，但山姆表示「我應該在這裡排隊」時，他找到了洞見點。透過鍥而不捨的努力，湯姆發現了一個更加真實的故事。山姆正在逐漸接受他的處境，持續往前，這正是大多數成功的成人面對真實世界挑戰的方式。

如果你想要竭盡全力寫故事，但你掌握的素材就是無法提供所需，一個真正有道德的記者會面對事實，將作品正確標示為小說。撰寫非虛構敘事作品《凶殺案》及《街角》的《巴爾的摩太陽報》警務線記者大衛．西蒙，他在創作《火線重案組》時就是如此，他對巴爾的摩犯罪、腐敗與墮落有力的虛構描述令人震驚。西蒙的決定是非虛構作家在道德抉擇上的當機立斷。你可以寫一本非虛構著作或製作一部紀錄片；你可以寫一本小說或製作一部長片。但無論誘惑有多大，你都不能偷偷地將倚賴想像力的虛構成分與非虛構形式結合在一起。

❖ 技藝

即使是在最嚴謹的非虛構作品中，你也會犯錯。本書中稍微不確定的事實我都逐一查證，但我相信難免仍有錯。沒有人能寫十萬字而百分之百正確。寫出負責任的非虛構作品，真正的途徑不是追求絕對正確，而是誠信。勤練文筆，力求正確，再三查證，絕不故意偽造任何事物，無論大小。

魔鬼從不放棄建議你撒一到兩個小謊。「我們都明白在日常講故事時撒點小謊的誘惑。」勞倫．凱斯勒說。「描述中的魚變大條，遲了十分鐘才想到的巧妙反駁。」[8]

直接引述哪怕只是稍微更動，都會讓我感到忐忑不安。在論聲音與風格那一章，我引用諾曼．西姆斯的話做為題詞。諾曼在《文學記者》（*The Literary Journalists*）一書中寫道：「聲音將作者帶進我們的世界。」我把這句放在第四章標題下方，英文原文為“Voice brings the authors into our world”，我心想如果改成這樣會好很多：“Voice brings authors into our world”。我拿掉了“the”，在我看來這一點也不影響西姆斯的原意。然而這樣的改變讓我惴惴不安，所以我還是把“the”放回去，又再次去掉。最終，我想我無法摸著良心更動原文，所以又把“the”擺回去了。我真傻，如此過分關注一件微不足道的小事。

或許是我誇張了。許多道德無瑕的非虛構作家會毫不猶豫地對引文進行細微的改動，只要不影響原意即可。倍受讚譽的加拿大專題作家大衛・海耶斯（David Hayes），他欣然承認，「在我的整個寫作生涯中，都在對對話進行微幅更動。」他主張說話時支支吾吾、結巴和開頭不順等說話方式的特點，沒有什麼意義，刪掉這些反而能彰顯原意。海耶斯說，他希望有人把他的評論去蕪存菁，他從觀察中得出這個論點：「要是，嗯，這種情況不常發生，感謝上帝，但只要有一次沒有人編輯，你知道，我的對話有點，至少，我是說如果他們沒有修改我說的話，把一些廢話去掉，我會很不高興，因為聽起來會很糟。我的意思是，在紙上。」[9]

刪掉無意義的廢話是一回事，引用有問題的對話又是另外一回事，有道德的非虛構作家能夠認清兩者的區別。對於《白城魔鬼》，艾瑞克・拉森註明「凡是放進引號內的文字，都是來自書信、回憶錄或其他書面文件。」

你也不能去找一個你知道會支持自己論點的消息來源者，而忽略那些會影響你的主題的消息來源者，這種做法稱為「選派角色」（casting）。還有，你不能讓人留下一種印象，即你目睹了你重建的場景。曾獲普立茲獎的《紐約時報》專題作家瑞克・布萊格（Rick Bragg），在提交一篇以「佛羅里達州阿巴拉契科拉報導」標註地點的第一人稱專題文章後，結束了他在該報的職業生涯。[10] 這篇文章充滿生動描述。一名蚵農的船「緩緩飄盪」，「溫柔地闖進白鷺群，牠們飛離水面，就像紙飛機一樣滑過頭頂。」事實上，布萊格僅短暫造訪過阿巴拉契科拉（Apalachicola），停留了一小會兒，只是為了確定文章標註的報導地點。他也沒有看見蚵農的舉動，是聽了一名特約記者的描述。布萊格不是公然說謊，但他的確有欺騙之實。《紐約時報》將他停職兩週，但眾怒持續沸騰，最後布萊格遞交了辭呈。沒有人比他的幾個同事對這種欺騙行為更加憤怒。「我們的採訪都是盡忠職守，」商業記者艾力克斯．布蘭松（Alex Berenson）說。「至少我們大部分人是如此。」[11]

❖ 思維的道德習慣

儘管每一個敘事性非虛構寫作計畫幾乎都會涉及道德議題，但沒有兩部作品會遇到完全相同的問題。撰寫關於真實世界的作品實在太複雜、太微妙了，而且充滿不可預測的人性，難以將任何情況簡化為一個道德公式。實現道德行為唯一可行的途徑是循序漸進，衡量利益衝突，提出關鍵問題，並考慮所有實際的替代方案。道德的非虛構寫作是一場旅程，不是目的。

當一個故事的想法成形時，旅程就開始了，首先要考慮的問題應該是衡量概念是否違背道德含義。你能誠實地獲得關鍵來源嗎？你能直接觀察到多少東西，需要重建的又有多少？如果進行重建，你找到可靠目擊者與支持性證明文件的機會有多少？你自己帶有偏見嗎？你的主題是從報導中浮現，還是你強加於事實，描述的不是世界本來的樣貌，而是你希望它成為的樣子？

這些問題會在採訪過程中持續出現。我使用的是不同的、有代表性的消息來源，還是我在試圖透過選派角色來製造案例？我的消息來源如何知其所知？我是否用文件證據對照再次查證目擊者的描述？我的消息來源是否有利益衝突？我自己呢？

就這樣，這些問題一直到最終的編輯階段都不斷被提出來。你能保證引號內的內容一字不差嗎？你能用確切的證據來支持每一段的概述嗎，還是不要把話說得太滿比較好？消息來源的標示夠清楚嗎，時間順序正確嗎，是否透露出你的猜測？你確定她吃的是華堡嗎？

這段過程的大部分提問可以歸納為所謂的「詰問式編輯」（prosecutorial editing），這種思維習慣是以地區檢察官用來面對刑事被告相同的嚴格態度來質疑一切。在我的新聞室，我們試著讓它成為採訪、寫作與編輯過程中的一個常規，成為作家與編輯的思維特徵。

《奧勒岡人報》在二〇〇一年獲得普立茲公眾服務金獎與專題寫作獎之後，《哥倫比亞新聞評論》的一位編輯邀請我和阿曼達．班奈特為這兩篇獲獎文章寫些什麼。我們撰寫的文章重點介紹使結合道德與採訪高標準的詰問式寫作過程。我們把文章寫成一齣六幕劇，每一幕說明一個採訪與道德標準，例如「只引用你知道的第一手資料」、「只報導你看見的事」，以及「選擇你能查證的故事」。

阿曼達帶領的團隊獲得金獎的故事是關於美國移民及歸化局所進行的調查。李奇．里德與茱莉．蘇利文花費一年多的時間採訪當地移民及歸化局辦公室的濫權行為，記者金．克里斯汀生（Kim Christensen）與布蘭特．威爾斯（Brent Walth）隨後加入他們，將故事背景擴大至全國，記錄了機構種族歧視、無能與腐敗的普遍實例。身為李奇的編輯，我參與了團隊會議，因而有機會見識到他們卓越的詰問式編輯工作。

阿曼達通常扮演檢察官的角色。有一次，她把團隊召集到一間會議室，用麥克筆在白板上奮筆疾書，引領團隊展現出他們的本領。大家希望證明什麼？一位記者說：「腐敗。」另一個人說：「祕密監獄。」第三個人說：「失職。」好，阿曼達回應，要怎麼做才能證明上述的每一項？她列出每一條可能的證據，會後團隊分頭到全國各地蒐集資料。

團隊對蒐證與平衡報導設定了明確的標準。他們發表的所有內容都將來自主要消息來源，避免採用利益團體的資料，並廣納各政治陣營的意見，而且至少會從不同消息來源與地區各舉三個例子，以支持每個論點。

進入寫作階段時，阿曼達再度召集團隊成員，扮演檢察官的角色去質疑每一個結論。她在我們合寫的《哥倫比亞新聞評論》文章中描述這段過程：

「你挑選出一些獨立事件，然後把它們串聯在一起。」班奈特扮演評論家的角色抨擊道。威爾斯開始在統計數據上做記號，證明每個事件都代表了許多其他事件。

「你把幾個孩子的故事寫得太聳人聽聞。」她繼續提到一篇描寫兒童入獄的文章。蘇利文講述許多其他例子讓報導免於被拿掉。

「你這麼做是被政黨利用了。」她說；李奇．里德開始舉出從兩大政黨及非政治消息來源蒐集來的證據。

在此期間，我正與湯姆．霍曼合作撰寫〈面具下的男孩〉，這是當年普立茲專題寫作得獎作品。在替《哥倫比亞新聞評論》寫的文章中，我描述湯姆如何重構山姆．賴特納在醫院裡用手寫問答進行的對話，以及我們如何重新設定故事主題，以因應故事弧線改變。我描述湯姆如何仔細審閱一萬七千字的完整草稿，他用黃色螢光筆標出親耳聽見或親眼目睹的細節，表明報導有八成以上是來自第一手採訪。我也展現了編輯過程中我所採取的詰問態度：

霍曼的草稿中有一段描述其他病人在醫院的候診室盯著山姆看。「他們全都看著山姆，似乎覺得不論自己是來看什麼病，都不會比擁有那張臉的男孩還糟。」

但哈特在審稿後提醒霍曼要「小心『似乎覺得』這類陳述。我們可不希望有人指責我們會讀心術。」

霍曼回頭翻看筆記，重寫這幕場景：「山姆找到座位，快速翻閱一落雜誌。他與坐在對面的女子對上目光。她別過頭去。山姆看見她向坐在旁邊的女子耳語，然後兩人都轉過頭來盯著他。」

自從在奧勒岡大學教授新聞道德這門課以來，我對這個主題的看法完全改變了。在課堂上，學生努力學習一系列道德案例研究，在學期論文中寫下自己的道德規範。後來我到《奧勒岡人報》任職後，創建了一個資料庫，其中囊括十幾份報紙、廣播、雜誌、新聞組織的道德規範，以便我們遇到道德問題時可以參酌。但事實上，我發現那些規範並不是特別有幫助，多年來我一條也沒用上。決定你的行事是否符合道德操守的，是你提出的問題，而不是你給出的答案。

近十年來，出現幾個不錯的關鍵問題清單。儘管這些問題都只觸及你在敘事文章中所可能遇見的議題表面，但我還是覺得很有用。我偏好鮑伯・斯蒂爾與齊普・斯坎蘭在波因特學院提出的清單。12

給非虛構說書人的提問清單：

齊普・斯坎蘭與鮑伯・斯蒂爾 編

1. 我如何知道我所呈現的，真的像我說的那樣發生了？
2. 這是真的嗎？依據誰的說法？
3. 我不僅掌握了事實，還掌握了正確的事實？
4. 我的重建有多完整？它是基於一個、兩個還是多個來源？我是否用其他參與者的回憶予以檢驗？

5. 我是否從歷史陳述或公開紀錄等文件資料中尋找過獨立證據？例如，我的資料來源者描述一個「月黑風高的夜晚」，我是否曾致電國家氣象局，取得當天的氣象報告？

6. 我對自己的消息來源有高度信心嗎？我是否被一個不可靠的消息來源者的錯誤記憶或別有用心所愚弄？

7. 我的目的合法嗎？我是想為讀者傳達事件真相，還是只是想用我的寫作能力來娛樂或打動讀者？

8. 缺乏消息來源（重建敘事的標誌）是否降低了可信度？重建是否需要作者按，以幫助讀者了解故事的採訪過程和取材來源？

9. 我是否願意向我的編輯和讀者毫無保留地揭露並解釋我的方法？

我對非虛構敘事作品道德目的的想法也已經改變。就年輕記者來說，道德是確保新聞來源合作、保障公平、贏得讀者信賴並避免誹謗訴訟的方式。當然，這些仍然是可貴的目標。但是隨著我的職業從新聞報導轉向非虛構敘事，我發現了另外的原則與動機。

我所學到關於故事的一切都在強化我的信念，那就是唯有秉持真相與正派，才能充分發揮說書的力量。非虛構敘事的長遠歷史告訴我，它在我們應對世界的方式中扮演著基本核心的角色。故事在人類大腦中是以組織原則的方式在運作，此一研究發現告訴我，我們是從敘事的因果流動中尋找意義。我對各種敘事形式的廣泛欣賞，也讓我明白，非虛構故事是彈性極大的工具，能夠處理每一個作家所面臨的每一種挑戰。非虛構故事或許缺少完美的主角、顯見的高潮與精確的洞見點，但只要讀者相信，它仍舊能夠勝過那些最好的小說。

湯姆．沃爾夫很久以前就指出，讀者之所以如此快速對精巧的非虛構作品做出反應，正是因為這個原因。他寫道：「在技巧問題之外，非虛構故事一直以來有一個如此明顯、如此內在的優勢，幾乎讓人們忘了它所具有的力量：事情很簡單，讀者明白這一切全部實際發生過。」

我們藉由非虛構敘事來理解我們身處的世界。當敘事透過向我們展示人類同胞如何戰勝我們都會面臨的挑戰，來揭開成功人生的祕密時，我們感受到了它的力量。那種洞見可能是作者最寶貴的貢獻，是所有辛勞、挫折與磨難辯護的任務，是一種真誠的努力，是為了找到定義我們共同經驗的模式。

歸根究柢，進行道德報導和寫作，最好的理由就是真相的力量。

謝辭
Acknowledgments

特別感謝我的原編輯保羅・席林格（Paul Schellinger），他看出《說故事的技藝》的潛力，並提供指導成書。感謝新舊兩版的文字編輯馬克・雷希克（Mark Reschke），他敏銳的眼力幫助我避免了許多尷尬錯誤。還要感謝瑪莉・勞爾（Mary Laur）從一開始便對這本書有信心，在保羅離開芝加哥大學出版社後，接手成為新版的編輯。感謝辛西亞・戈尼、邁爾斯・哈維（Miles Harvey）與諾曼・西姆斯，這三位認真的審稿人為本書提供了數十個寶貴建議。感謝《奧勒岡人報》的前編輯珊蒂・羅伊（Sandy Rowe）及該報的其他頂尖編輯，他們為我和與我共事的作家們提供了一處讓非虛構敘事能蓬勃發展的避風港。還要感謝凱倫・阿爾博（Karen Albaugh）持續不懈的支持，讓我在最低潮的時候依然保持希望。

註釋——Notes

前言

1 李奇・里德與茱莉・蘇利文的故事摘錄自《奧勒岡人報》從二〇〇〇年四月至十二月採訪美國移民與歸化局的系列追蹤報導。本書提到發表在《奧勒岡人報》的其他文章，詳見參考文獻。

Chapter 1 故事

1 二〇〇一年十二月一日，艾拉・格拉斯在麻州劍橋尼曼敘事新聞大會（Nieman Conference on Narrative Journalism）進行演講。

2 古爾德與平克討論故事原型與各地故事的普遍性。古爾德舉的一個例子，請見〈吉姆・鮑伊的信與比爾・巴克納的腿〉（Jim Bowie's Letter & Bill Buckner's Legs）。平克的《語言本能》（*The Language Instinct*, 1994）與《心智探奇》（*How the Mind Works*, 2009）也陳述這類議題。

3 關於報紙文章的敘事形式相對於其他形式的表現，見 Debra Gersh, "Inverted Pyramid Turned Upside Down" 的討論，以及 Northwestern University's Media Management Center 所編製的 Readership Institute's Impact Study, 2000，可以透過 Readership Institute at Northwestern 取得資料。關於學生如何掌握其他形式的敘事結構的研究，請見 Carole Feldman, "Youths' Writing Skills Fail to Impress"。

4 Michael Price, "World's Oldest Hunting Scene."

5 Gottschall, *Storytelling Animal*.

6 Carey, "This Is Your Life (and How You Tell It)."

7 D'Cruz, Douglas, and Serry, "Narrative Storytelling."

8 麥基的話引用自 Janet Burroway, Writing Fiction: *A Guide to Narrative Craft*, 3。

9 Pinker, "Toward a Consilient Study of Literature."

10 情節的定義引用自 Burroway, *Writing Fiction* 及 Macauley and Lanning, *Technique in Fiction*。

11 閱讀完整故事請見：www.press.uchicago.edu/books/hart。

12 柯諾瓦的話引自 Boynton, *The New New Journalism*。

13 塔雷斯是在二〇〇一年尼曼敘事新聞大會中做出這段評論。
14 閱讀湯姆的完整故事，請見：www.press.uchicago.edu/books/hart。

Chapter 2 結構

1 艾芙隆在二〇〇一年的尼曼敘事大會做出這段評論。
2 齊普・斯坎蘭的採訪引用自 *Nieman Storyboard*, November 29, 2019。
3 羅德斯的話引用自 Sims, *The Literary Journalists*。
4 湯姆・法蘭奇在 Jon and Lynn Franklin 所運作的敘事非虛構郵遞名錄伺服器上發表此一評論，已獲得許可引用。
5 瑪麗・羅區的評論來自二〇〇七年二月九日奧勒岡大學新聞系在奧勒岡州波特蘭舉行的「Putting the Non Back in Nonfiction」研討會。
6 吉姆・柯林斯的話來自二〇〇一年尼曼敘事新聞大會。二〇〇二年春季號的《尼曼報告》（*Nieman Reports*）收錄了柯林斯與許多人的演講摘要。
7 閱讀馬克的完整故事，請見：www.press.uchicago.edu/books/hart。
8 狄更斯的公式隨處可見，其中一處是 *Encyclopedia of World Biography* (1994)。
9 柯諾瓦的話引用自奧勒岡大學新聞系「Putting the Non Back in Nonfiction」研討會。
10 C. O. Brink 的賀拉斯譯本是標準讀本之一，書目詳見參考文獻。

Chapter 3 觀點

1 Bates, Hallman, and O'Keefe, "Return of the River," A1.

Chapter 4 聲音與風格

1 雷貢恩的話引用自 Cheney, *Writing Creative Nonfiction*。
2 戴衛森的話引用自 Sims, *The Literary Journalists*。
3 柯諾瓦的話引用自 Radostitz, "On Being a Tour Guide"。
4 Kidder, "Facts and the Nonfiction Writer," 14.
5 迪勒的《與中國作家相會》引用自 Cheney, *Writing Creative Nonfiction*, 80。
6 普林頓引用自 Cheney, *Writing Creative Nonfiction*, 19。

7 麥克菲的兩段引文都出自〈喬治亞洲旅行〉，轉載於 Sims, *The Literary Journalists*, 39。
8 Sims, *The Literary Journalists*, 40。
9 瑪麗・羅區的話引用自奧勒岡大學新聞系「Putting the Non Back in Nonfiction」研討會。

Chapter 5 角色

1 福斯特是引用 Macauley and Lanning, *Technique in Fiction*, 87。
2 威爾克森在二〇〇一年尼曼敘事新聞大會中做出這段評論。
3 Stein, "Branded by Love."
4 Kaufman, "Learning Not to Go to School."
5 Tomlinson, "John Lee Hooker."

Chapter 6 場景

1 引自 Lisa Cron, *Wired for Story*。
2 引自 Cron。
3 契訶夫在一八八九年寫給朋友的信中首次發表此一評論，但終其一生不斷變化重述。這段話的來源能追溯至 Rayfield, *Anton Chekhov: A Life*。

Chapter 7 行動

1 在《文字技藝》第四章「力道」中，你會學到不及物動詞、被動語態和其他對強而有力的書寫造成威脅的做法。第五章「簡潔」說明冗贅、非必要的助動詞，和我們描述動作的開始而非動作本身的不自覺習慣，可能會削弱敘事的力道與引人入勝的能力。
2 斜體是用來強調。
3 麗莎・克隆在《大腦抗拒不了的情節》引用布蘭斯弗德的話，她形容他是「出色的文學部落客」。
4 湯姆・法蘭奇這段談步調的話來自二〇〇二年十一月八日至十日在麻州劍橋舉行的尼曼新聞敘事大會，二〇〇二年的春季號《尼曼報告》也收錄摘要。
5 湯姆・法蘭奇在二〇〇七年的尼曼敘事大會討論〈給琳賽・羅絲的袍子〉。

Chapter 8 對話

1 Harvey, “Tom Wolfe's Revenge.”

Chapter 9 主題

1 平克的話引用自 Cron, *Hardwired for Story*。
2 諾拉・艾芙隆的話引用自二〇〇一年尼曼敘事新聞大會。
3 Cather, *O Pioneers!*
4 富蘭克林在二〇〇一年尼曼敘事新聞大會上做出這段評論。

Chapter 10 報導

1 霍姆斯的話引用自二〇〇二年春季號《尼曼報告》，20。
2 辛西亞・戈尼在二〇〇六年《奧勒岡人報》寫作坊中列出沉浸式報導的技巧，並做出以上評論。
3 Plimpton, “The Story behind a Nonfiction Novel.”
4 Kramer and Call, *Telling True Stories*.
5 Boynton, *The New New Journalists*, 54.
6 Boynton, 16.
7 戴許、柯諾瓦與克雷默的話引用自 Robert Boynton, *The New New Journalists*。
8 瑪麗・羅區在奧勒岡大學新聞系「Putting the Non Back in Nonfiction」研討會的發言。
9 湯姆・法蘭奇在二〇〇一年尼曼敘事新聞大會的發言。
10 辛西亞・戈尼在美國報紙編輯協會年度寫作競賽中獲獎後接受採訪時，如此描述她的採訪報導方法。這篇訪談與戈尼的得獎故事都刊載在 Modern Media Institute, *Best Newspaper Writing*, 1980。
11 Plimpton, “The Story of a Nonfiction Novel.”
12 羅區在奧勒岡大學新聞系「Putting the Non Back in Nonfiction」研討會的發言。
13 福森的話引用自 Stepp, “I'll Be Brief”。

Chapter 11 故事性敘事

1 大衛的完整故事，請見：www.press.uchicago.edu/books/hart。
2 閱讀茱莉的完整故事，請見：www.press.uchicago.edu/books/hart。

Chapter 12 釋義性敘事

1 辛西亞・戈尼在二〇〇六年《奧勒岡人報》的寫作坊談到進行釋義性敘事報導的過程。
2 閱讀完整系列內容，請見：www.press.uchicago.edu/books/hart.

Chapter 13 其他敘事

1 〈壞消息先生〉重印於塔雷斯的文集 *Fame and Obscurity*。
2 〈一個畸形兒〉重印於洛佩特的 *Art of the Personal Essay*。

Chapter 14 道德

1 Blake Morrison, “*Ex–USA TODAY* Reporter Faked Major Stories.”
2 Eustachewich, “NY Times Reassigns Reporter in Leak Scandal.”
3 麥克菲的話引用自 Sims, *The Literary Journalists*, 15。
4 引文來自 Levy, “Give It to Me Straight, Doc,” D11。
5 引文來自 Harrington, “The Writer's Choice”。
6 奧勒岡大學新聞系「Putting the Non Back in Nonfiction」研討會。
7 Wyatt, “Frey Says Falsehoods Improved His Tale.”
8 奧勒岡大學新聞系「Putting the Non Back in Nonfiction」研討會。
9 大衛・海耶斯在敘事性非虛構寫作作家的郵遞名錄伺服器 WriterL（如今已停止運作）發表評論。
10 “An Oyster and a Way of Life, Both at Risk,” *New York Times*, June 15, 2002.
11 布蘭松的話引用自 Kurtz, “Rick Bragg Quits at *New York Times*”。
12 這份列表來自波因特學院網站上的齊普・斯坎蘭專欄：http://www.poynter.org/content/content_view.asp?id=9506。

參考文獻——Bibliography

Aldama, Frederick Luis. "The Science of Storytelling: Perspectives from Cognitive Science, Neuroscience, and the Humanities." *Projections: The Journal of Movies and Mind* 9 (June 1, 2015).

Altmann, Jennifer Greenstein, "Assembling the Written Word: McPhee Reveals How the Pieces Go Together." *Princeton Weekly Bulletin*, April 7, 2007.

Aristotle. *The Poetics*. London and New York: Penguin, 1996.

Arrowsmith, Charles. "Daniel Mendelsohn: 'Ecstasy and Terror' Spans the Greeks to 'Game of Thrones.'" *Washington Post*, October 17, 2019. Reprinted in the *Oregonian*, December 15, 2019.

Baker, Jeff. "'Memoir' More about Lies and Consequences." *Oregonian*, March 5, 2008.

Banaszynski, Jacqui. "Listen Up!" *Nieman Storyboard*, December 8, 2019. https://niemanstoryboard.org/storyboard-category/digital-storytelling/.

Bates, Doug, Tom Hallman Jr., and Mark O'Keefe. "Return of the River." *Oregonian*, February 11, 1996.

Beaven, Stephen. "Lou Gilbert Says Lou Gilbert Is the Greatest Salesman Who Ever Lived." *Oregonian*, December 28, 2003.

Beaven, Stephen. *We Will Rise: A True Story of Tragedy and Resurrection in the American Heartland*. New York: Little A, 2020.

Bernton, Hal. "Distant Water." *Oregonian*, April 12–14, 1998.

Berry, Deborah Barfield, and Kelley Benham French. "1619: Searching for Answers: The Long Road Home." *USA Today*, August 21, 2019.

Binder, Doug. "Help from Above." *Oregonian*, February 14, 2002.

Bingham, Larry. "Nothing to Do but Climb." *Oregonian*, October 23, 2004.

Bissinger, H. G. *Friday Night Lights*. Cambridge, MA: Da Capo Press, 2000.

Blundell, Bill. *The Art and Craft of Feature Writing*. New York: New American Library, 1988.

Blundell, Bill. "The Life of the Cowboy: Drudgery and Danger." *Wall Street Journal*, June 10, 1981. Reprinted in American Society of Newspaper Editors, *Best Newspaper Writing 1982*. St. Petersburg, FL: Modern Media Institute, 1982.

Boo, Katherine. *Behind the Beautiful Forevers: Life, Death and Hope in a Mumbai Undercity*. New York: Random House, 2012.

Bottomly, Therese. "News Is Vital, but Its Delivery Evolves." *Oregonian*, January 5, 2020.

Boule, Margie. "A Teacher's Long-Lasting Lessons Yield Blue-Ribbon Results." *Oregonian*, September 12, 2004.

Boulenger, Véronique, Olaf Hauk, and Friedemann Pulvermüller. "Grasping Ideas with the Motor System: Semantic Somatotopy in Idiom Comprehension." *Cerebral Cortex* 19 (August 2009): 1905–14.

Boyd, Brian. *On the Origin of Stories: Evolution, Cognition, and Fiction*. Cambridge, MA: Harvard University Press, 2009.

Boynton, Robert S. *The New New Journalism*. New York: Vintage Books, 2005.

Brink, C. O. *Horace on Poetry*. Cambridge: Cambridge University Press, 1971.

Burroway, Janet, with Elizabeth Stuckey-French and Ned Stuckey-French. *Writing Fiction: A Guide to Narrative Craft*. 10th edition. Chicago: University of Chicago Press, 2019.

Campbell, James. *The Final Frontiersman*. New York: Atria Books, 2004.

Carey, Benedict. "This Is Your Life (and How You Tell It)." *New York Times*, May 22, 2007.

Carroll, Joseph. "An Evolutionary Paradigm for Literary Study." *Style* 42, nos. 2–3 (Summer–Fall 2008): 103–35.

Cather, Willa. *O Pioneers!* New York: Vintage Classics, 1992. First published in 1913.

Cheney, Theodore A. Rees. *Writing Creative Nonfiction*. Cincinnati: Writer's Digest Books, 1987.

Chivers, C. J. "Sniper Attacks Adding to Peril of U.S. Troops." *New York Times*, November 4, 2006.

Clark, Roy Peter. *Murder Your Darlings*. New York: Little Brown, 2020.

Cody, Robin. "Cutting It Close." In *Another Way the River Has: Taut True Tales from the Northwest*. Corvallis: Oregon State University Press, 2010.

Cody, Robin. *Voyage of a Summer Sun*. New York: Alfred A. Knopf, 1995.

Cole, Michelle, and Katy Muldoon. "Swimming for Life in an Angry Sea." *Oregonian*, June 12, 2003.

Connors, Joanna. "Beyond Rape: A Survivor's Journey." *Cleveland Plain Dealer*, May 4, 2008.

Conover, Ted. *Coyotes: A Journey through the Secret World of America's Illegal Aliens*. New York: Vintage Books, 1987.

Conover, Ted. *Immersion: A Writer's Guide to Going Deep*. Chicago: University of Chicago Press, 2016.

Conover, Ted. *Newjack: Guarding Sing Sing*. New York: Random House, 2000.

Conover, Ted. *Rolling Nowhere: Riding the Rails with American's Hoboes*. New York: Viking, 1984.

Conover, Ted. *The Routes of Man: How Roads Are Changing the World and the Way We Live Today*. New York: Alfred A. Knopf, 2010.

Conover, Ted. *Whiteout: Lost in Aspen*. New York: Random House, 1991.

Cron, Lisa. *Wired for Story: The Writer's Guide to Using Brain Science to Hook Readers from the Very First Sentence*. Berkeley, CA: Ten Speed Press, 2012.

Curtis, Wayne. "In Twain's Wake." *Atlantic*, November 2007.

Dakota Spotlight. Podcast hosted by James Wolner. https://dakotaspotlight.com/.

D'Cruz, Kate, Jacinta Douglas, and Tanya Serry. "Narrative Storytelling as Both an Advocacy Tool and a Therapeutic Process: Perspectives of Adult Storytellers with Acquired Brain Injury." *Neuropsychological Rehabilitation*, March 1, 2019. https://www.tandfonline.com/doi/abs/10.1080/09602011.2019.1586733.

DeSilva, Bruce. "Endings." *Nieman Reports*, Spring 2002.

Didion, Joan. *Slouching towards Bethlehem*. New York: Farrar, Straus, Giroux, 1968.

D'Orso, Michael. *Eagle Blue*. New York: Bloomsbury, 2006.

Drake, Donald. "The Disease Detectives." *Philadelphia Inquirer*, January 9, 1983.

Dzikie, M., K. Oatley, S. Zoeterman, and J. B. Peterson, "On Being Moved by Art: How Reading Fiction Transforms the Self." *Creativity Research Journal* 21, no. 1 (2009): 24–29.

Egri, Lajos. *The Art of Dramatic Writing*. Boston: Writer, Inc., 1960.

Ellis, Barnes. "A Ride through Hell." *Oregonian*, July 14, 1991.

Engel, Susan. *The Stories Children Tell: Making Sense of the Narratives of Childhood*. New York: Freeman, 1995.

Ephron, Nora. *Wallflower at the Orgy*. New York: Viking, 1970.

Eustachewich, Lia. "NY Times Reassigns Reporter in Leak Scandal." *New York Post*, July 3, 2018.

Fallows, James. "The Fifty-First State." *Atlantic*, November 2002. Reprinted in *The American Idea: The Best of the Atlantic Monthly*, edited by Robert Vare. New York: Doubleday, 2007.

Feldman, Carole. "Youths' Writing Skills Fail to Impress." *Oregonian*, June 8, 1994.

Fink, Sheri. *Five Days at Memorial: Life and Death in a Storm-Ravaged Hospital*. New York: Crown Publishers, 2013.

Finkel, David. "The Wiz." *Washington Post Magazine*, June 13, 1993.

Fitzgerald, F. Scott. *The Great Gatsby*. Cambridge and New York: Cambridge University Press, 1971.

Foster, J. Todd, and Jonathan Brinkman. "The Green Wall." *Oregonian*, March 29, 1998.

Franklin, Jon. *Writing for Story*. New York: Mentor/New American Library, 1986.

French, Thomas. "Angels & Demons." *St. Petersburg Times*, October 26–November 9, 1997.

French, Thomas. "A Gown for Lindsay Rose." *St. Petersburg Times*, February 28, 2003.

French, Thomas. "Serial Narratives." *Nieman Reports*, Spring 2002.

French, Thomas. "South of Heaven." *St. Petersburg Times*, May 12–15, May 19–21, 1991.

Gardner, John. *The Art of Fiction: Notes on Craft for Young Writers*. New York: Alfred A. Knopf, 1984.

Gawande, Atul. *Being Mortal: Medicine and What Matters in the End*. New York: Metropolitan Books, 2014.

Gawande, Atul. *Complications: A Surgeon's Notes on an Imperfect Science*. London: Picador, 2002.

Gawande, Atul. "How Childbirth Went Industrial." *New Yorker*, October 9, 2006.

Gerard, Philip. *Creative Nonfiction: Researching and Crafting Stories of Real Life*. Long Grove, IL: Waveland Press, 1996.

Gersh, Debra. "Inverted Pyramid Turned Upside Down." *Editor & Publisher*, May 1, 1993.

Glaser, Gabrielle. "I Witness." *Oregonian*, May 13, 2007.

Goldsmith, Jack. "Jimmy Hoffa, My Stepfather, and Me." *Atlantic Monthly*, November 2019.

Gorney, Cynthia. "Chicken Soup Nation." *New Yorker*, October 6, 2003.

Gorney, Cynthia. "Mic Drop? A Veteran Longform Writer Trades Notebook for Headphones, Text for Sound." *Nieman Storyboard*, October 18, 2018. https://niemanstoryboard.org/stories/mic-drop-a-veteran-print-reporter-puts-down-her-notebook-and-puts-on-headphones/.

Gottschall, Jonathan. *The Storytelling Animal: How Stories Make Us Human*. Boston: Houghton Mifflin Harcourt, 2012.

Gould, Stephen Jay. "Jim Bowie's Letter & Bill Buckner's Legs." *Natural History*, May 2000.

Grann, David. *Killers of the Flower Moon: The Osage Murders and the Birth of the FBI*. New York: Doubleday, 2017.

Grann, David. *The Lost City of Z: A Tale of Deadly Obsession in the Amazon*. New York: Doubleday, 2009.

Grann, David. "The Squid Hunter." *New Yorker*, May 24, 2004.

Hall, Stephen S. "Journey to the Center of My Mind." *New York Times Magazine*, June 6, 1999.

Hallman, Tom, Jr. "The Boy behind the Mask." *Oregonian*, October 1–4, 2000.

Hallman, Tom, Jr. "Collision Course." *Northwest Magazine*, October 9, 1983.

Hallman, Tom, Jr. "The Education of Richard Miller." *Oregonian*, September 13, 1998.

Hallman, Tom, Jr. "Fighting for Life on Level Three." *Oregonian*, September 21–24, 2003.

Hallman, Tom, Jr. "A Life Lost. . . and Found." *Oregonian*, December 20, 1998.

Hammett, Dashiell. *Red Harvest*. New York: Alfred A. Knopf, 1929.

Harr, Jonathan. *A Civil Action*. New York: Vintage Books, 1995.

Harrington, Walt. *The Everlasting Stream: A True Story of Rabbits, Guns, Friendship, and Family*. Boston: Atlantic Monthly Press, 2007.

Harrington, Walt. *Intimate Journalism: The Art and Craft of Reporting Everyday Life*. Thousand Oaks, CA: Sage Publications, 1997.

Harrington, Walt. "The Journalistic Haiku." A paper presented to the Canadian Association of Journalists national convention, Vancouver, BC, May 7–9, 2004.

Harrington, Walt. "The Writer's Choice." *River Teeth*, Fall 2008/Spring 2009, 495–507.

Harrison, Jim. *Off to the Side*. New York: Atlantic Monthly Press, 2002.

Hart, Jack. *The Information Empire: A History of the Los Angeles Times and the Times Mirror Corporation*. Lanham, MD: University Press of America, 1981.

Hart, Jack. *Wordcraft: The Complete Guide to Clear, Powerful Writing*. Chicago: University of Chicago Press, 2021.

Hart, Jack, and Amanda Bennett. "A Tale of Two Tales: A Pulitzer Prize–Winning Play in Six Acts." *Columbia Journalism Review*, September/October 2001.

Harvey, Chris, "Tom Wolfe's Revenge." *American Journalism Review*, October 1994.

Hillenbrand, Laura. *Seabiscuit*. New York: Ballantine, 2001.

Hogan, Dave. "A Boy Seeks Help after Watching His Father Overdose on Heroin." *Oregonian*, May 3, 1990.

Hsu, Jeremy. "We Love a Good Yarn." *Scientific American*, August 2008.

Irizarry, Adrienne. "Why Is Storytelling So Compelling?" *Leviosia Communication: Storytelling* (blog). August 16, 2018. https://leviosacomm.com/2018/08/16/why-is-storytelling-so-compelling/.

Johnson, Rheta Grimsley. "A Good and Peaceful Reputation." *Memphis Commercial Appeal*, November 1, 1982. Reprinted in American Society of

Newspaper Editors, *Best Newspaper Writing 1982*. St. Petersburg, FL: Modern Media Institute, 1983.

Junger, Sebastian. *The Perfect Storm*. New York: W. W. Norton, 1997.

Kaufman, Naomi. "Learning Not to Go to School." *Oregonian*, June 30, 1990.

Kessler, Lauren. *Dancing with Rose: Finding Life in the Land of Alzheimer's*. New York: Viking, 2007.

Kidder, Tracy. "Facts and the Nonfiction Writer." *Writer*, February 1994.

Kidder, Tracy. *Mountains beyond Mountains: The Quest of Dr. Paul Farmer*. New York: Random House, 2003.

Kidder, Tracy. "Small-Town Cop." *Atlantic Monthly*, April 1999.

Kidder, Tracy. *The Soul of a New Machine*. New York: Little Brown and Company, 1981.

Kidder, Tracy, and Richard Todd. *Good Prose: The Art of Nonfiction*. New York: Random House, 2013.

Kluger, Jeffrey. "How Telling Stories Makes Us Human." *Time*, December 5, 2017.

Krakauer, Jon. *Into the Wild*. New York: Anchor Books, 1996.

Kramer, Mark. "Narrative Journalism Comes of Age." *Nieman Reports*, Spring 2000.

Kramer, Mark, and Wendy Call. *Telling True Stories: A Nonfiction Writers' Guide from the Nieman Foundation at Harvard University*. New York: Plume, 2007.

Kurtz, Howard. "Rick Bragg Quits at *New York Times*." *Washington Post*, May 29, 2003.

Larabee, Mark. "Clinging to Life—and Whatever Floats." *Oregonian*, December 12, 2007.

LaRocque, Paula. *The Book on Writing: The Ultimate Guide to Writing Well*. Oak Park, IL: Marion Street Press, 2003.

Larson, Eric. *The Devil in the White City*. New York: Vintage Books, 2003.

Larson, Eric. *Isaac's Storm*. New York: Random House, 2000.

Leonard, Elmore. *Ten Rules of Writing*. New York: William Morrow, 2001.

Levine, Mark. "Killing Libby." *Men's Journal*, August 2001.

Levy, Shawn. "Give It to Me Straight, Doc." *Oregonian*, February 4, 2007.

Lopate, Phillip, ed. *The Art of the Personal Essay*. New York: Anchor Books, 1995.

Lukas, J. Anthony. *Common Ground*. New York: Vintage Books, 1986.

Lyall, Sarah. "What You Read Is What He Is, Sort Of." *New York Times*, June 8, 2008.

Macauley, Robie, and George Lanning. *Technique in Fiction: Second Edition*. New York: St. Martin's Press, 1987.

Maclean, Norman. *Young Men and Fire*. Chicago: University of Chicago Press, 1992.

Malcolm, Janet. *The Journalist and the Murderer*. New York: Vintage Books, 1990.

Margolis, Michael. "Humans Are Hard-Wired for Story." *Storied* (blog). May 8, 2013. https://www.getstoried.com/hard-wired-for-storytelling/.

Margulis, Elizabeth Hellmuth, et al. "What the Music Said: Narrative Listening across Cultures." *Nature Communications*, November 26, 2019. http://www.nature.com/articles/s41599-019-0363-1.

Martinez-Conde, Susana, et al. "The Storytelling Brain: How Neuroscience Stories Help Bridge the Gap between Research and Society." *Journal of Neuroscience* 39, no. 42 (October 16, 2019): 8285–90. https://doi.org/10.1523/JNEUROSCI.1180-19.2019.

McGinniss, Joe. *Fatal Vision*. New York: Penguin Putnam, 1983.

McHugh, Siobhan. "Subjectivity, Hugs and Craft: Podcasting as Extreme Narrative Journalism." *Nieman Storyboard*, October 8, 2019. https://niemanstoryboard.org/storyboard-category/digital-storytelling/.

McKee, Robert. *Story*. New York: ReganBooks, 1997.

McMaster University. "The Art of Storytelling: Researchers Explore Why We Relate to Characters." *ScienceDaily*, September 13, 2018.

McPhee, John. *Coming into the Country*. New York: Farrar, Straus, and Giroux, 1976.

McPhee, John. *Control of Nature*. New York: Farrar, Straus, and Giroux, 1982.

McPhee, John. *Draft No. 4: On the Writing Process*. New York: Farrar, Straus and Giroux, 2017.

McPhee, John. "A Fleet of One." *New Yorker*, February 17, 2003.

McPhee, John. *The Pine Barrens*. New York: Farrar, Straus, and Giroux, 1968.

McPhee, John. "Travels in Georgia." *New Yorker*, April 28, 1973. Reprinted in *The Literary Journalists*, ed. Norman Sims. New York: Ballantine, 1984.

Meinzer, Kristen. *So You Want to Start a Podcast: 7 Steps That Will Take You from Idea to Hit Show*. New York: HarperCollins, 2019.

Miller, G. Wayne. *King of Hearts*. New York: Times Books, 2000.

Monroe, Bill. "A Night on the River." *Oregonian*, September 14, 1994.

Morrison, Blake. "Ex–*USA Today* Reporter Faked Major Stories." usatoday.com, March 19, 2004.

Muldoon, Katy. "Guitar Guy, Harmonica Man Liven Up a Dreary Wait at Gate 66." *Oregonian*, July 16, 2006.

Murali, Geetha. "Books Can Rewire Our Brains and Connect Us All." *Hill*, September 1, 2018.

Murray, Don. *A Writer Teaches Writing*. Boston: Heinle, 2003.

Murray, Don. *Writing for Your Readers: Notes on the Writer's Craft from the Boston Globe*. Boston: Globe-Pequot, 1992.

Newman, Barry. "Fisherman." *Wall Street Journal*, June 1, 1983.

Nigam, Sanjay K. "The Storytelling Brain." *Science and Engineering Ethics* 18, no. 3 (September 2012): 567–71.

Oatley, Keith. "A Feeling for Fiction." *Greater Good Magazine*, September 1, 2005.

Orlean, Susan. *The Orchid Thief*. New York: Random House, 1998.

Pancrazio, Angela. "His Rolling Cross to Bear." *Oregonian*, March 5, 1997.

Pancrazio, Angela. "His Work in Time." *Oregonian*, October 28, 1996.

Parker, Ian. "The Real McKee." *New Yorker*, October 20, 2003.

Paterniti, Michael. "The Long Fall of One-Eleven Heavy." *Esquire*, July 2000.

Perl, Sondra, and Mimi Schwartz. *Writing True: The Art and Craft of Creative Nonfiction*. New York: Houghton Mifflin, 2006.

Pinker, Steven. *How the Mind Works*. New York: W. W. Norton, 2009.

Pinker, Steven. *The Language Instinct: How the Mind Creates Language*. New York: Morrow, 1994.

Pinker, Steven. "Toward a Consilient Study of Literature." *Philosophy and Literature* 31 (April 2007): 161–77.

Plimpton, George. *Paper Lion*. Guilford, CT: Lyons Press, 1965.

Plimpton, George. "The Story behind a Nonfiction Novel." *New York Times*, January 16, 1966.

Pollan, Michael. "An Animal's Place." *New York Times Magazine*, November 10, 2002.

Pollan, Michael. *The Omnivore's Dilemma: A Natural History of Four Meals*. New York: Penguin, 2006.

Preston, Richard. *The Hot Zone*. New York: Random House, 1994.

Price, Michael. "World's Oldest Hunting Scene Shows Half-Human, Half-Animal Figures—and a Sophisticated Imagination." *ScienceMag.org*, December 12, 2019. https://www.sciencemag.org/news/2019/12/world-s-oldest-hunting-scene-shows-half-human-half-animal-figures-and-sophisticated.

Radostitz, Rita. "On Being a Tour Guide." *Etude: New Voices in Literary Nonfiction* (online magazine), Autumn 2003.

Raver-Lampman, Greg. "Adrift." *Virginian-Pilot*, October 22–24, 1991.

Raver-Lampman, Greg. "Charlotte's Millions." *Virginian-Pilot*, August 11–17, 1997.

Rayfield, Donald. *Anton Chekhov: A Life*. New York: Henry Holt and Company, 1997.

Read, Rich. "The French Fry Connection." *Oregonian*, October 18–21, 1998.

Read, Rich. "Racing the World." *Oregonian*, March 7–9, 2004.

Roach, Mary. *Grunt: The Curious Science of Humans at War*. New York: W. W. Norton, 2016.

Roach, Mary. *Gulp: Adventures on the Alimentary Canal*. New York: W. W. Norton, 2013.

Roach, Mary. "Just Sharp Enough." *Sports Illustrated Women*, October 2001.

Roach, Mary. *Spook: Science Tackles the Afterlife*. New York: W. W. Norton, 2005.

Roach, Mary. *Stiff: The Curious Lives of Human Cadavers*. New York: W. W. Norton, 2003.

Roach, Mary. "White Dreams." A Wanderlust column for *Salon*, December 1, 1997.

Roberts, Michelle. "Law Man Races Time and Elements." *Oregonian*, December 10, 2006.

Rose, Joseph. "Thief Learns Lessons in Do's and Doughnuts." *Oregonian*, January 19, 2005.

Ruark, Robert. *The Honey Badger*. New York: McGraw-Hill, 1965.

Rubie, Peter. *The Elements of Storytelling*. Hoboken, NJ: John Wiley and Sons, 1996.

Rubie, Peter. *Telling the Story: How to Write and Sell Narrative Nonfiction*. New York: HarperCollins, 2003.

Rule, Ann. *Small Sacrifices*. New York: E. P. Dutton, 1987.

Savchuk, Katia. "5(ish) Questions: Ted Conover and *Immersion: A Writer's Guide to Going Deep*." *Nieman Storyboard*, February 7, 2017. https://niemanstoryboard.org/stories/5ish-questions-ted-conover-and-immersion-a-writers-guide-to-going-deep/.

Savchuk, Katia. "Singular Moments, Timeless Questions: Two-Time Pulitzer Winner Gene Weingarten Finds the Beating Heart at the Center of His New Book about One Ordinary, Extraordinary Day." *Nieman Storyboard*, October 22, 2019. https://niemanstoryboard.org/stories/singular-moments-timeless-questions/.

Schroeder, Peter. "The Neuroscience of Storytelling Will Make You Rethink the Way You Create." *The Startup* (blog). January 3, 2018. https://medium.com/swlh/the-neuroscience-of-storytelling-will-make-you-rethink-the-way-you-create-215fca43fc67.

"The Science of Storytelling: A Conversation with Jonathan Gottschall." *PBS Newshour's Science Thursday*. June 14, 2012.

Shadid, Anthony. "In a Moment, Lives Get Blown Apart." *New York Times*, March 27, 2003. Reprinted in American Society of Newspaper Editors, *Best Newspaper Writing, 2004*. St. Petersburg, FL: Poynter Institute, 2004.

Shontz, Lori. "From Basketball Stardom to Rosary Beads: Twenty-Five Years after a College Athlete Keeps a Promise to God, ESPN Follows Up with a Rare Story from Inside a Cloistered Convent." *Nieman Storyboard*, December 10, 2019. https://niemanstoryboard.org/stories/from-basketball-stardom-to-rosary-beads/.

Simon, David. *Homicide: A Year on the Killing Streets*. New York: Houghton Mifflin, 1992.

Simon, David. "Making the Story More than Just the Facts." *NewsInc*, July/August 1992.

Simon, David, and Edward Burns. *The Corner: A Year in the Life of an Inner-City Neighborhood*. New York: Broadway Books, 1997.

Sims, Norman, ed. *The Literary Journalists*. New York: Ballantine Books, 1984.

Sims, Patsy. *Literary Nonfiction: Learning by Example*. New York and Oxford: Oxford University Press, 2002.

Singer, Mark. "The Castaways." *New Yorker*, February 19 and 26, 2007.

Smith, Daniel, et al. "Cooperation and the Evolution of Hunter-Gatherer Storytelling." *Nature Communications*, December 5, 2017.

Stabler, David. "Lost in the Music." *Oregonian*, June 23–25, 2002.

Stein, Michelle. "Branded by Love." *Oregonian*, January 19, 1990.

Stepp, Carl Sessions. "I'll Be Brief." *American Journalism Review*, August/September 2005.

Strauss, Darin. "Notes on Narrative." Blog entry at Powellsbooks.com. July 11, 2008.

Swift, Earl. "The Dark Side of Valentine's Day." *Virginian-Pilot*, February 15, 2000.

Talese, Gay. *Fame and Obscurity*. New York: Laurel, 1981.

Talese, Gay. *Honor Thy Father*. New York: Ballantine Books, 1971.

Thompson, Hunter. *Hell's Angels*. New York: Random House, 1966.

Thompson, Hunter. "The Kentucky Derby Is Decadent and Depraved." *Scanlan's Monthly*, June 1970.

Tomlinson, Stuart. "John Lee Hooker." *Oregonian*, January 19, 1990.

Tomlinson, Stuart. "An Officer Reacts." *Oregonian*, October 13, 2004.

Tomlinson, Tommy. "A Beautiful Find." *Charlotte Observer*, November 16, 2003.

Volz, Jan. "Of Time and Tashina." *Redmond Spokesman*, October 1, 1997.

Voutilainen, Liisa, Pentti Henttonena, Mikko Kahria, Maari Kiviojab, Niklas Ravajacd, Mikko Samse, and Anssi Peräkyläa. "Affective Stance, Ambivalence, and Psychophysiological Responses during Conversational Storytelling." *Journal of Pragmatics* 68 (2014): 1–24.

Walker, Spike. "Tragedy in the Gulf of Alaska." *Northwest Magazine*, December 26, 1982.

Weinberg, Steve. "Tell It Long, Take Your Time, Go in Depth." *Columbia Journalism Review*, January/February 1998.

Weingarten, Gene. "The Beating Heart: A Tragic Crime. A Medical Breakthrough. A Last Chance at Life." *Washington Post Magazine*, September 30, 2019.

Weingarten, Gene. *One Day: The Extraordinary Story of an Ordinary 24 Hours in America*. New York: Blue Rider Press, 2019.

Weingarten, Gene. "The Peekaboo Paradox." *Washington Post Magazine*, January 22, 2006.

Weller, Debra. "Storytelling, the Cornerstone of Literacy." *California Kindergarten Association*, 2016. http://www.californiakindergartenassociation.org/wp-content/uploads/2009/01/Weller-Article1.pdf.

White, E. B. "Once More to the Lake." *Harper's*, August 1941.

Wilkerson, Isabel. *The Warmth of Other Suns: The Epic Story of America's Great Migration*. New York: Random House, 2010.

Wolfe, Tom, and E. W. Johnson, eds. *The New Journalism*. New York: Harper and Row, 1973.

Woods, Keith, ed. *Best Newspaper Writing 2004*. Chicago and St. Petersburg, FL: Bonus Books and Poynter Institute, 2004.

Wyatt, Edward. "Frey Says Falsehoods Improved His Tale." *New York Times*, February 2, 2006.

Zak, Paul J. "Why Your Brain Loves Good Storytelling." *Harvard Business Review*, October 28, 2014.

Top
6008

說故事的技藝（增訂版）
普立茲獎評審親傳 美國大學非虛構寫作聖經
Storycraft: The Complete Guide to Writing Narrative Nonfiction

作　　者　傑克・哈特（Jack Hart）
譯　　者　謝汝萱

總 編 輯　魏珮丞
特約編輯　李承芳、游璧如
封面設計　兒日設計
排　　版　JAYSTUDIO

社　　長　郭重興
發 行 人　曾大福
總 編 輯　魏珮丞
出　　版　新樂園出版／遠足文化事業股份有限公司
發　　行　遠足文化事業股份有限公司
地　　址　231 新北市新店區民權路 108-2 號 9 樓
電　　話　(02)2218-1417
傳　　真　(02)2218-8057
郵撥帳號　19504465
官方網站　http://www.bookrep.com.tw
法律顧問　華洋國際專利商標事務所 蘇文生律師
印　　製　呈靖印刷

三　　版　2023 年 05 月
定　　價　520 元
ISBN　978-626-97052-1-4

國家圖書館出版品預行編目 (CIP) 資料

說故事的技藝：普立茲獎評審親傳 美國大學非虛構寫作聖經 / 傑克・哈特（Jack Hart）著；謝汝萱譯 . -- 三版 . -- 新北市：新樂園，遠足文化，2023.05
416 面；17 × 22 公分 . -- (Top；6008)
譯自 :Storycraft: The Complete Guide to Writing Narrative Nonfiction

ISBN 978-626-97052-1-4(平裝)

1.CST: 新聞寫作　2.CST: 新聞報導

895.4　　112006818